현재는 이상한 짐승이다

현재는
이상한
짐승이다

전성욱 산문집

산지니

나는 나의 노래보다는 내 목이 낫다는 사실을 알고 있으며, 그보다는
나의 노래가 찬미하고 있는 저 사물들이 더 낫다고 생각하는 사람이다.

—베르톨트 브레히트

나는 무너진다

믿음은 바람에 살랑이는 버드나무처럼 가볍다. 그러나 나는 그 흔들림이 나를 무너뜨리는 유연한 질책인 줄을 모르고, 완고한 울분 속에서 언제나 홀로 고고했을 따름이다. 내 믿음의 목적은 묻지도 않은 채, 내가 믿었던 것들의 변절을 원망하는 나태. 번다한 글들을 한데 모아 엮어놓고 보니, 결국은 이 글들이 역시 그 나태를 견뎌보려는 교묘한 수작이 아니었는지 의심스럽다.

신념이 강한 자는 아집이 강한 사람이다. 나를 버린 믿음들, 내가 떠나버린 믿음들. 그 믿음들은 영원을 동경하던 찬란한 착각이었으므로, 어둠 속으로 저물어버린 빛은 더욱 적막하기만 하다. 그러나 사람은 바로 그 적막 속에서 비로소 자기를 발견한다. 무너지는 자신을 허용할 수 있는 겸허란, 짙은 어둠 속에 스스로를 오래 내버려두었을 때라야 가능한 마음일까. 최초의 빛을 기억하는 어둠 속에서, 그 간절한 그리움 속에서, 드디어 나는 자학과 자만의 시간으로부터 조금씩 헤어난다. 고요한 저녁, 나는 창 너머의 가까운 해안을 바라보며 발레리의 유명한 구절을 조금 바꿔서 읊조려본다. 바람이 분다…… 나는 무너진다!

차례

첨언 : 바깥에서, 바깥으로

1부

장르 클리셰의 형이상학

―세르지오 레오네 걸작선

장르 클리셰는 완고한 형식의 틀 안에서 작동한다. 그 틀이 돌출적인 상상력을 제약하는 정형적 형식이라면 장르는 그저 상투형의 덧없는 반복이 이루어지는 장소가 된다. 그러나 '유형'과 '공식'이라는 무료한 반복 속에서 장르의 그 틀을 내파하는 어떤 위험한 순간을 맞이할 때, 역설적으로 그 틀은 구속의 공간이 아니라 세상에서 가장 아늑하고 완전한 세계다. 그러므로 장르는 단지 존재의 유형학적인 분류인 것만이 아니라, 새로운 세계를 상상하는 고도의 형이상학이다. 다시 말해 장르는 경험의 공리 따위에 얽매이지 않는 세속 너머의 초월적 지평인 것이다.

대체로 그 클리셰의 지독한 진부함이 세속의 경험적 진실들을 통속화시킬 때, 어떤 사람들은 장르를 대단히 천박한 것으로 여기게 된다. 지상에서의 경험적 삶에 비중을 두는 사람들에게, 장르 클리셰의 형식적 틀이란 리얼리티를 왜곡하고 상상력을 구속하는 고답적인 주형(鑄型)의 기구다. 그러나 장르를 애호하는 작가들은 그 틀 속에서 현실의 논리를 사뿐히 뛰어넘어 전혀 다른 세계의 질서를 입법한다. 그 세계는 그야말로 비역사적인 시공간의 공법으로 축조된 매트릭스다. 헤겔이 중국과 인도를 일컬어 '세계사의 바깥'이라고 했던 것처럼, 그것은 역사의 바깥에 존재하는 현실 너머의 아득한 형이상학적 세계다. 헤겔의 아시아 인식에 대한 시비는 논외로 하더라도, 그 구절의 단호함이 주는 문제성은 지금도 여전하다. "객관적인 존재와 그 아래에서 일어나는 주관적 운동의 대립이 빠져 있기 때문에 그곳에는 어떠한 변화도 생겨날 수가 없고, 우리가 역사라고 부르는 것 대신에 영원히 똑같은 것이 다시 나타난다." (헤겔, 『역사철학 강의』) 장르 클리셰는 주인과 노예의 모순을 조건으로 하는 역사적 대결을, 프로타고니스트와 안타고니스트라는 서사적 기능 간의 대결로 대치함으로써 삶을 탈역사화한다. 여기엔 해소되어야 할 갈등이 도식적인 수순을 거쳐 극적으로 해결되는 '영원히 똑같은 것'의 끔찍한 반복이 있을 뿐이다. 장르의 탐닉은 현실의 완악함을 초월하려는 바로 그 탈역사성의 형이상학에 대한 매혹이다. 세속의 고달픔에 지치고 현실의 완강한 부조리에 절망한 사람들, 역사의 구성력에 대한 희망마저 잃어버린 이들은, 저 영원회귀의 반복 속에서 안주의 거처를 얻게 된다. 그런 의미에서 장르의 형식은 내용을 간섭하는 울타리가 아니라 슬픔을 머금은 자위의 공간이다.

　그렇다고 형식의 탐미성에 매료된 이들을 형식주의자라고 힐난할 필요는 없다. 그들은 다만 삶의 저주로부터 벗어나고자 불가능한 세계를 꿈꾸는 몽상가이거나, 지상의 척도를 위반하고픈 고고한 관념주의자일 따름이다. 예술을 주제나 이념으로 환원하는 이들에 대한 그들의 멸시는, 미학적으로 완전한 형식의 세계에 대한 열망의 또 다른 표현이다. 아름다움은 형식에 깃들어 있으며 형식을 통해 분출한다. 그것이 그들의 절대적인 믿음이다. 그러나 비천한 세속에 대한 증오와 불가능한 세계의 몽상이 세계의 질서를 전복하는 혁명적 진보주의는 아니다. 그것이 상징계를 초극하고픈 '실재'의 충동인 것은 맞지만, 대체로 그 미학적 아방가르드의 취향이란 일상의 긴장을 견디지 못하는 취약한 감수성으로부터 주조된 것이다. 그들은 사물보다는 언어를 사랑하고, 있는 것보다는 있어야 할 것에 매달린다. 다시 말해, 헛것에의 경도 속에서 고고한 초월의 지평을 사유하는 사람들이 형식에 탐닉하는 아방가르드다. 새로운 형식의 도래를 구원의 신학으로 전유하고, 삶의 실상을 시상으로 비약함으로써 진리를 시적인 것으로 감각하려는 것이 그 가장 전형적인 태도다.

우리에게 형식이란 무엇인가. 이 물음 속에는 슬픔이 배어 있다. 새로운 역사의 시간이 도래하는 것을 미처 감지하지 못했던 어떤 무능의 시대가 역사의 예민한 선지자들을 밀쳐내 버렸던 그 결정적인 착오. 그리하여 지금 우리를 사로잡고 있는 그 형식은 서구로부터 박래한 것이다. '근대'라는 역사의 관념은 바로 그 형식이 '탄생'한 계보학적 기원의 터전이다. 그리고 형식은 자발적인 수용과 강제적인 이입의 틈새를 비집고 요동치면서 비서구 지역으로까지 널리 확산되었다. 형식은 유럽에서 창안된 근대의 터에서 발아하여, 전 지구적으로 퍼져나가 세를 누렸다. 그러나 이제 '근대'라는 역사의 목적론적 관념은 더 이상 불가능한 이념인 것으로 드러나버렸다. 근대주의는 재빠르게 탈근대주의로 전향하더니, 역사의 끝장을 외치며 역사 그 자체를 해체하고, 마침내 진보 그 자체를 불구로 만들었다. 그리고 대신, 형식의 해체라는 재귀적인 형식을 입안해 그 해체의 과정으로 역사와 진보를 대체해버렸다. 그러니까 역사의 진보라는 인류의 규제적 이념을 역사의 종말로 수리함으로써, 역사라는 이념이 불가능한 그 자리를 형식의 해체적 실험이라는 미학적 아방가르드로 접수해버린 것이다. 그것이 서구적 근대와 그 구조로서의 형식의 역사이다.

서언이 장황했으나 이런 사념의 단초는 지극히 사적인 나의 일상에서부터 비롯되었다. 영화의 전당에서 상영 중인 고다르의 〈마리아에게 경배를〉을 보러 갔다가, 비치되어 있는 '세르지오 레오네 걸작선'(2014. 2. 6.-2. 13.)의 리플렛을 보았다. 그리고 며칠 뒤 나는 〈석양의 건맨〉(1965)과 〈황야의 무법자〉(1964)를 연이어 관람했다. 영화사에서는 세르지오 레오네를 존 포드 류의 전통적 웨스턴과는 다른 독창적인 서부극으로, 이른바 '마카로니 웨스턴'의 창시자로 소개한다. 유년의 기억을 더듬을 때, 서부영화는 현란한 총질을 뽐내는 마초들의 허풍에 가까운 영웅주의가 인상적이었다. 옛 추억을 상기시켜서인지 극장에는 연로한 남자들이 제법 많은 자리를 채우고 있었다.

전통적인 서부극이 서부개척 시대의 영웅주의를 통해 문명(백인)이 야만(인디언)을 순치하는 아메리카의 건국신화를 서사화했다면, 마카로니 웨스턴에서 인디언은 사라지고 대신 변경의 멕시칸이 악역을 떠맡는다. 그 영화들에서 멕시칸은 사악하거나 보호받아야 할 연약한 '대상'으로만 표상된다. 악덕을 국가의 외부로 추방하고, 변경을 국경으로 확정함으로써 국가의 도덕을 확립하려는 것이 마카로니 웨스턴의 정치적 함의다. 그런 의미에서 마카로니 웨스턴이 아메리카니즘을 벗어났다는 교과서적인 해설들은 분명 과장이라고 할 수 있다. 그것은 다만, 미국적 신화가 노골적인 유럽중심주의로 심화되었을 따름인 것이다. 여자나 노인 그리고 아이들이 주변적인 존재로 밀려나 있고, 백인 남성의 영웅상이 부각되는 마초이즘은 여전하다.

웨스턴은 악을 소멸시키는 일종의 희생제다. 문명이 야만이라는 악덕을 소멸시키기 위해선 많은 죽음이 필요하다. 석양의 건맨은 인디언이나 멕시칸의 희생을 통해 문명의 숭고함을 전시하는 제의의 주술사에 다름 아니다. 작은 폭력으로 거대한 폭력을 틀어막는 희생제의(르네 지라르)의 형식은 인류의 원형적 사고를 상징적으로 재현한다. 그 인류학적 원형이 웨스턴의 서사적 클리셰로 형식화되었다는 것은 두말할 필요가 없다. 그래서 웨스턴은 리얼리티에는 별 관심이 없고, 원형의 재연에 충실할 뿐이다. 그 숱한 죽음들에는 비탄이 스며들 여지가 없다. 너무 쉽게, 그리고 너무 많이 죽고 또 죽인다. 세르지오 레오네의 웨스턴에서 사람들은 총을 맞아도 피를 흘리지 않는다. 피는 극적인 상황에서 가시화해야 할 때만 제한적으로 보여줄 뿐이다. 그러니까 이 영화들의 죽음이란 지극히 비현실적이다.

주인공의 비현실성은 말할 것도 없다. 흙먼지를 날리며 황야를 내달리는 그 영웅들을 배경으로 흐르는 엔리오 모리꼬네의 음악은 비장함을 극대화시키며, 그들의 현전을 신비로움으로 채색한다. 수적인 열세는 아무런 문제가 되지 않으며, 희한하게도 총알은 운 좋게 모두 그들을 피해간다. 위기와 시련은 영웅으로 거듭나기 위한 성장의 입사식이고, 그들은 언제나 죽지 않고 죽이는 사람이다. 악을 소탕하고 정의를 실현한 뒤에 그들은 다시 홀연히 길을 떠난다.

그들은 원적지를 알 수 없는 길 위의 사람이고, 구구절절 말을 하지 않는 과묵한 사나이다. 깊은 곳에 숨겨온 사연을 품고 있을 뿐 선불리 자기의 내면을 드러내지 않으며, 용기와 배짱으로 어떤 악덕 앞에서도 고개를 숙이지 않는다.

서부극의 영웅은 예외상태를 결정하는 주권자와 같다. 그들은 탈법적인 악행들을 초법적으로 단죄한다. 서부극의 황야는 노략질과 약탈이 판을 치고, 죽임과 죽음으로 만연한 예외상태의 정치적 공간이다. 그러나 웨스턴의 장르로 재연되는 범법과 처벌의 서사는 권선징악의 도덕률에 의지하는 유사 정치의 드라마일 뿐이다. 그 도덕률은 신적인 권능과도 같은 절대적인 힘으로 서사의 모든 요소를 지배한다. 지상의 근원적 악을 일소하는 그 초월적 권능이야말로 서부극의 형식적 본질이다. 따라서 망토를 두른 채 입에는 담배를 물고 악당들 앞에 현현하는 클린트 이스트우드의 자태는 전능한 메시아의 도래를 모방한다. 결투를 앞둔 그의 표정에는 어떤 두려움의 기미도 엿보이지 않는다. 황야의 무법자는 역설적으로 근엄한 재판관의 형상으로 악한들 앞에 그 모습을 드러내는 것이다. 그러나 마카로니 웨스턴의 주인공은 공익을 위한다는 명분 없이, 오로지 자기의 탐욕을 채우려는 계기 속에서 싸우는 세속화한 영웅이다. 그 전형을 우리는 세르지오 코르부치의 〈장고〉(1966)에서도 볼 수 있다. 영웅을 세속화함으로써 선과 악의 선명한 대립이 모호해지고, 그렇게 반영웅의 탄생은 극적인 아이러니로 정의의 실체를 탐문한다. 마카로니 웨스턴을 전통적 서부극의 절대적 도덕률로부터 구분시켜주는 것이 바로 그 아이러니다.

서부극의 장르 클리셰는 악을 퇴치하는 완전한 정의의 형식을 구성한다. 그러나 현실에서 악의 완전한 소멸이란 불가능한 소망이다. 서부극은 그 불가능한 소망의 대리충족을 현전하는 형이상학이다. 사람들이 한때 서부극에 열광했던 이유는 악한으로 들끓는 세속의 삶으로부터 벗어나 잠시나마 몽상의 위안을 얻을 수 있었기때문이다. 폭력과 죽음이 난무하지만, 그것은 현실이 아닌 형식 안에서의 카니발이다. 그래서 그 형식 안에서의 폭력은 아픔이 없고, 죽음은 두렵지가 않다. 오히려 폭력의 극렬함과 죽음의 태연함이현실의 모든 시름과 고뇌, 그리고 고통과 좌절을 위로한다. 그러나그 위로는 장르의 형식이라는 매트릭스 안에서만 가능하고, 따라서그것은 모피어스가 네오에게 내밀었던 파란약이다. 아늑하지만 지독하게 위험한 위로, 웨스턴의 형이상학은 그렇게 형식에의 매혹을고뇌하게 만든다.

장 뤽 고다르의 시간

—〈영화사(들)〉

반복되는 두 개의 장면을 통해 우리는 고다르가 영화사의 기술에 대하여 갖고 있는 어떤 태도를 짐작할 수 있다. 서가에서 시가를 입에 문 고다르는 전동타자기의 자판을 두드린 다음 그것을 다시 출력한다. 물론 그 내용은 고다르의 내레이션을 통해 확인할 수 있으며, 글이 출력될 때의 전동타자기 소리는 경쾌한 리듬감을 부여한다. 편집기에 걸린 필름이 감기고 풀리는 장면도 특유의 기계음과 함께 단속적으로 되풀이된다. 그러니까 고다르는 영화사를 '집필하면서' 동시에 인용하며 '보여주고' 있는 것이다. 그러므로 우리는 그것을 읽으면서 응시하고 또 듣게 된다. 영화사를 기술하는 주체는 분명 고다르지만, 그의 내레이션은 시종일관 다른 (목)소리들의 간섭으로 겹쳐지고 굴절되어, 끝내는 다성악적인 분절 속에서 뿔뿔이 흩어져버린다. 그래서 그 목소리는 단호하지만 그 내용은 유기적인 전체로 모아질 수 없는 소음에 가깝다. 고다르는 그 소음을 동반한 잡스러운 인용을 통해 영화 100년사의 연대기를 해체한 다음, 철저하게 주관적인 추체험의 기억을 통해 영화의 역사를 자기의 개인사로 재구성한다. 그렇게 그의 삶은 영화사 100년의 역사와 하나로 포개진다.

영화사의 지식을 구하려는 사람에게 이 영화는 별다른 소득을 주지 않는다. 그러나 고다르라는 인물에 깊은 관심을 가진 사람이라면, 고다르의 영화적 정체성이 구성되어간 그 산만한 흔적들에서 진지한 무언가를 느낄 수 있다. 몰입을 요청하면서도 끝끝내 몰입을 방해하는 그 심술이야말로, 실은 그가 자신의 영화 세계 안으로 관객들을 초대하는 가장 정중한 방식이다. 무차별적으로 제시되는 영화사의 장면들과, 그 상관성을 쉽게 추리하기 어려운 회화들이 교차하거나 병치되는데, 거기에 더해 에크리튀르의 점멸과 소란스런 음향과 음성 그리고 음악들이 동시적으로 난무한다. 거의 정신을 차리기 힘들 정도의 어지러운 인용들로 뒤범벅이 된 이 흥미로운 텍스트는, 그럼에도 그 카오스 속에 어떤 일관된 리듬과 질서를 내장하고 있다. 그래서 그 리듬을 느끼기 시작하는 순간부터는, 그 소란스러움이 오히려 유쾌한 난장으로 즐거워진다.

1988년에 기술하기 시작한 고다르의 영화사는 10년을 채워서야 겨우 끝을 맺었다. 그러나 고다르의 영화 여정이 끝나지 않은 이상, 그것은 '완성'이라고 부를 수 없는 잠정적인 '일단락'이라고 해야 할 것이다. 역사의 기술이란 어차피 완고한 의미의 객관성보다는 사실들의 파편들을 편집하는 주체성의 역량에 좌우되기 마련이다. 영화사의 방대한 순간들을 폭력적으로 절취하는 선택과 배제의 역학에 기초해, 안이한 연대기적 수순으로 그 모든 이질적인 것들을 하나로 관통해버리는 것은, 그 부당한 잔혹함에도 불구하고 오랫동안 유력했던 역사기술의 한 방법이었다. 그래서 저 전동타자기의 기계음은, 나에겐 마치 이 같은 역사 서술의 타성을 향해 내갈기는 기관총 소리처럼 들린다.

고다르는 시간의 순차와는 무관하게 오직 자기의 체험과 기억과 인식을 동원해 기술할 뿐이다. 네 시간 반의 시간 분량을 여덟 개의 장으로 배분해, 그 안에 요령부득의 내용들을 요령을 부려 담아낸 형식의 현람함이 놀랍다. 그리고 엄청난 고유명사들. 뤼미에르 형제, 막스 오퓔스, 데이비드 그리피스, 조르주 멜리에스, 사샤 기트리, 장 엡스탱, 장 비고, 장 콕토, 로버트 시오드맥, 프리츠 랑, 프리드리히 무르나우, 칼 프로인트, 찰리 채플린, 오손 웰스, 프랭크 카프라, 하워드 혹스, 에드가 울머, 알프레드 히치콕, 조지 스티븐슨, 오즈 야스지로, 로베르토 로셀리니, 루키노 비스콘티, 페데리코 펠리니, 미켈란젤로 안토니오, 조르주 프랑주, 프랑수아 트뤼포, 자크 리베트, 로베르 브레송, 에릭 로메르, 마그리트 뒤라스, 알렉산드르 도브젠코, 어빙 탈버그, 하워드 휴즈, 데이비드 셀즈닉, 에리히 포머, 로버트 플라허티, 앙리 랑글루아, 릴리안 기쉬, 메리 덩컨, 자크 드미, 루이 주베, 엘리자베스 테일러, 스칼렛 오하라……. 톨스토이, 도스토옙스키, 에드가 앨런 포우, 드니 디드로, 스타알 부인, 에밀 졸라, 귀스타브 플로베르, 샤를 보들레르, 빅토르 위고, 오스카 와일드, 윌리엄 포크너, 제임스 조이스, 앙드레 말로, 마르셀 프루스트, 마르셀 파뇰, 앙드레 바쟁, 브레히트……. 르누아르, 피카소, 고야, 야콥 엡스타인, 오노레 도미에, 렘브란트, 조토 디 본도네, 앙리 마티스, 들라크루아, 벨라스케스, 사르트르, 기 드보르, 칼 마르크스, 히틀러, 아인슈타인……. 여기에 더해 그 이름을 일일이 다 거론하기 힘든 영화사와 회화사의 무수한 장면들. 이런 고유명들이란 바로 고다르 자신이며, 동시에 분열된 영화사의 파편들이다. 고다르의 말을 빌리자면, 그 역사는 새로움의 역사이면서 고독의 역사다. 새로운 창조는 언제나 고독한 것이므로, 그렇게 고다르가 새로 쓴 영화의 역사는 드디어 역사의 새로움과 역사의 고독을 창조한다.

고다르에게 역사란 상투화된 정체성의 실체를 확인하는 대상이 아니다. 역사란 오히려 바로 그 오인된 실체를 주체적으로 거부함으로써 탈구축하는 추체험의 과정이다. 그는 그렇게 프랑스의 정체성을, 영화의 정체성을, 누벨바그의 정체성을 따져 물으며 그 물음 가운데서 자기를 적극적으로 발견한다. 이것은 무엇보다 영화의 역사에 자기의 인생을 포갠 기이한 작업이다. 영화사 100년의 시간 안에서 살아온 고다르는 그 영화적 삶을 비평하면서, 그것을 분절된 영상들의 파편들을 통해 감각적으로 표현했다. 그래서 이 영화사는 애초부터 하나의 영화사가 아니라 영화사'들'로써 쓰일 수밖에 없었고, 대문자의 역사를 잘게 부수어 소문자들의 역사로 다시 조립할 수밖에 없었던 것이다.("s가 붙는 영화의 역사. s가 붙는 영화의 역사. 모든 있을 수 있는 역사, 일어나게 될 역사, 혹은 일어났던 역사") 역사에 대한 이런 자의식은 영화에 대한 누벨바그의 자의식 속에 이미 내장되어 있었다. 유기적 통일성이라는 전체주의의 미학적 강령에 대한 반발은 고다르에게서 가장 자각적이었다. 그래서 고다르의 영화는 늘 반영화적 태도로 일관한다. 그의 영화들은 언제나 영화 그 자체에 대한 회의적 질문 속에서 영화라는 매체의 정형적인 상투성을 파괴해온, 영화사의 가장 전위적이고 끈질긴 도발이었다. 그런 의미에서라면, 그의 모든 영화들은 이미 언제나 영화사(들)이지 않았던 적이 없다. 그러니까, 영화가 그에게 역사의 도구이지 않았던 적은 단 한 번도 없었다.

고다르는 두 번에 걸친 세계대전을 영화라는 시약의 리트머스로 생각한다. 그리고 그 시약의 반응을 통해, 영화가 그 폭력의 역사에 잠식되어버린 것을 보고 안타까운 심사를 토로한다. 라디오가 괴벨스의 도구가 되었을 때 1939, 1940, 1941년의 영화들은 지크프리트와 M을, 또 독재자를 영상에 담았다. 1942, 1943, 1944년에 당대의 영화는 상상의 힘을 실재의 윤리로 전유하지 못했다. 회화와 문학이 그 역사에 대하여 나름의 응답을 도모하고 있을 때, 영화는 무정하게도 아우슈비츠와 라벤스브뤼크을 외면해버리고 말았다. 비엔나에서 마드리드까지, 파리에서 LA와 모스크바에 이르기까지, 영화는 그 어디에서나 피도 눈물도 없이 매정했을 따름이다. 세계대전 이후의 영화는 순교도 부활도 없이 바빌론의 노예처럼 할리우드의 힘에 압도되었다.

고야가 그린 〈1808년 5월 3일의 학살〉이나 피카소의 〈게르니카〉는 역사의 망각에 저항한다. 그 저항은 폭력에 대항하는 힘이다. 회화의 역사가 그 힘으로써 역사에 개입하고 있음을 증명했다면, 영화라는 신생의 예술은 스스로 역사가 되기도 전에 오락과 산업의 수단으로 자기를 증명했다. 1차 대전이 미국영화의 부흥을 불러오면서 프랑스영화는 텔레비전의 도래와 함께 몰락했다. 그리고 2차 대전 이후 금융자본의 득세와 함께 유럽영화는 폐허가 되었다. 역사의 가능한 힘을 망각해버린 영화는 소녀가 아니라면 총의 스펙터클로 자극적일 뿐이었다. 고다르는 이런 사정을 히틀러의 사진 위에 포르노를 겹친 장면으로 압축한다. 이 영화에서 포르노그라피는 잔혹한 폭력의 장면들과 자주 겹쳐진다. 그것은 폭력의 선정성을 야유하는 고다르의 독특한 몽타주다.

고다르는 영화가 현실도피를 돕는 산업적 도구로 이용되는 것에 대하여, 어느 누구보다도 철저하게 저항했다. 그에게 영화는 항상 진짜 삶보다 더 진짜가 되기를 원했던 경이로운 기구였기 때문이다.("영화는 예술이나 기술이 아니라 미스터리다.") 고다르는 영화사의 기술이라는 방법을 통해 영화의 정치적, 윤리적, 미학적 난제를 가로지르는 모험을 감행함으로써, 영화의 그 경이로움을 스스로 증명하려고 했다. 그에게 "영화는 20세기에 실현된 19세기적 사건"이었다. 영화가 할 수 없는 것을 영화로 하여금 하게끔 하는 것이, 고다르가 시종일관 밀어붙였던 영화적 실천이었다. 할리우드가 섹스와 죽음을 팔아서 수익을 올릴 때에도, 그의 영화는 바로 그 섹스와 죽음을 통해 할리우드를 비판했다.

고다르에게는 아우슈비츠라는 역사적 부조리를 영화라는 장치를 통해 미학적으로 돌파해야 한다는 의지가 일종의 의무인 것처럼 확고하다. 가장 사랑스럽고 행복한 순간을 가장 끔찍하고 고통스러운 순간과 결합시키는 미학적인 콜라주는, 고다르가 그 의무를 수행하기 위해 동원하는 특유의 변증법이다. 이 영화에서 가장 빈번한 화면은 아마도 처참하게 죽은 시신들과 성애의 충동으로 달아오른 벌거벗은 육체들일 것이다. 타나토스와 에로스의 결합을 통해 몸은 '타자의 얼굴'로 우리 앞에 출현한다. 이로써 미학의 난제는 윤리의 난제로 전이된다. 영화에서 반복적으로 표기되는 '치명적인 아름다움'이란 바로 그 미학의 윤리를 함축한다. 한편으로 이 영화에는 부활과 구원이라는 메시아적 구제의 열망이 녹아 있다. 그것은 때로 신학적 논의로 이어져 고다르의 영화를 신비화한다는 비판에 직면하기도 했다. 그러나 그것은 미학적인 전위가 윤리적 난제를 초월하는 아방가르드의 상투적 방법일 뿐이다. 그래서 "부활의 때에 이미지가 도래할 것이다"라는 고다르의 신학적 언명에서는 실감의 치열함이 느껴지지 않는다. 고다르의 농밀한 미학적 고투가 신학의 어법으로 해소되어버릴 땐, 그의 영화는 이미 정치적 전선의 후방으로 퇴각한 뒤다. 현기증이 날 정도의 지나친 작위의 형식이, 형식 그 자체가 메시지인 그의 영화를 궁지로 내몰기 때문에, 그 궁지에서 벗어나려는 궁여지책으로써 신학적인 명상이 요청될 수밖에 없는 것이다.

고다르는 스스로를 '시네마테크의 자식'이라고 불렀다. 이 영화에서도 충분히 엿볼 수 있지만, 앙리 랑글루아의 시네마테크는 그의 영화적 정체성을 구성하는 '정신의 공간'으로서 확고하다. 그의 도전적인 미학적 실천들이, 다만 색다른 실험의 차원으로 격하되어서는 안 되겠지만, 텍스트의 박물관에서 익힌 감각이란 상호텍스트성의 유희로 안주할 가능성이 농후하다. 역사에 진입하는 것의 곤경에 대하여 그는 누구보다 깊이 고뇌하였지만, 그 만족할 만한 방법에 이르는 길은 이렇게 멀고 아득하다. "손으로 생각한다"는 문장을 언표하는 것이 손의 사유를 실천하는 것은 아니기 때문이다. 사유의 모험을 정치적인 힘으로 올라서게 하는 미학적인 해답이란 게 따로 있을 리 만무하다. 그러나 그에게 요긴한 것은 신학이 아니라 유물론임에는 틀림없다. 고다르의 영화사는 이미지의 물질성이 빛나는 역작이지만, 나는 더 많은 역사(들)의 시간을 통과하는 유물론적인 견딤 속에서 그의 형이상학적 물음들이 더 깊어지기를 기다린다.

영화로 개시되는 사유의 운동

—〈필름 소셜리즘〉

나에게 영화의 재미, 그러니까 줄거리나 볼거리에서 그저 얻는 즐거움이 아니라, 적극적으로 반응하고 다시 능동적으로 사유할 수 있게 해 주는 영화의 존재론적 힘, 그 놀라운 향락의 희열에 눈뜨게 해준 것은 고다르였다. 말하자면 나는 고다르의 영화를 만나기 이전에 영화를 통해 사유하는 법을 알지 못했다. 타르코프스키는 너무 아득했고, 베리만은 너무 현학적으로 느껴졌으며, 무엇보다 나는 영화를 사유의 대상으로까지 생각할 만큼 영화에 대해 알지 못했다. 그러나 격렬하리만큼 작위적으로 분방한 고다르의 영화는, 노모스의 극한에 대한 열정으로 언제나 뜨거웠다. 아이러니컬하게도 그 정념이 영화에 대한 내 사념의 단초였고, 드디어 그것은 예술의 개념에 대한 내 상투적 관념을 크게 흔들어놓았다.

처음 본 것은 〈내 멋대로 해라〉(1959). '오늘 엄마가 죽었다. 아니 어쩌면 어제'로 시작되는 『이방인』(1942)의 첫 구절. 카뮈는 정말 과감하게도, 어머니의 죽음이라는 통곡해야 마땅한 사건을 앞에 두고, 오늘과 어제라는 시간 사이에서 대수롭지 않은 듯 허세를 떨었다. 그것은 물론 인간의 감정을 인과적인 상투성으로 규율해온 낡은 관습에 대한 반항이다. 다시 말해 고다르의 첫 번째 영화는 『이방인』의 저 도발적인 구절을 반복한 것이었다. 이후로 나는 〈비브르 사 비〉, 〈여자는 여자다〉, 〈사랑과 경멸〉, 〈미치광이 피에로〉, 〈알파빌〉, 〈그녀에 대해 알고 있는 두세 가지 것들〉, 〈만사형통〉, 〈아워 뮤직〉 등에 이르기까지, 낡고 진부한 그 모든 비루한 '체제·체계'에 대한 고다르의 유쾌한 도발과 전복으로 즐거웠다. 그리고 드디어 나는 1930년생의 고다르가 2010년에 만든 〈필름 소셜리즘〉을 보았다. 예술가의 젊은 영혼은 육신의 노쇠마저도 창작의 새로움으로 전유하게 만든다. 그렇게 고다르는 한결같이 젊은 사람이었다.

　자막이 없는 영화라서 대부분은 알아듣지 못했다. 그러나 그것은 차라리 말이 아니라 웅얼거림이었고, 소음이 아니라면 그저 소리였다. 그리고 영화에서 단어는 불완전한 형태의 문자조합으로 나타난다. 하지만 '말'이라는 언어의 물질성은 의미의 장벽을 난폭하게 찢어버리고 어느새 나에게로 거칠게 난입해 들어왔다. 이 영화에서 언어란 독해의 대상으로 현존하는 것이 아니라, 바로 그렇게 탈존하는 것으로 끊임없이 유동한다. 그것은 이미 'Des Choses(사물들)'와 'Des Paroles(언어들)'이라는 장의 제목에서도 시사되어 있다. 아무튼 이 영화에서 언어학적 의미의 해독 불가능성은, 영화의 감상을 방해하기는커녕 창조적인 난독을 조장함으로써 오히려 영화에 더 집중하게 만든다. 그것은 이미 〈주말〉에서부터 시발된 영화적 도발이었고, 그래서 나는 그런 기총소사와 같은 문자의 난사에 당혹스러워하기보다는, 그 언어들의 놀이에 깊이 빠져들었다.

　그의 영화가 자주 그렇듯 〈필름 소셜리즘〉은 인과성의 합리로 배열되는 서사의 흐름에 무관심하다. 이미지들의 산만한 배치가 이미지들 사이의 충돌을 가져오고, 그 충돌이 만들어내는 불연속의 운동은 세계의 시간을 낯설게 조직한다. 이 영화는 그렇게 들뢰즈가 '사유의 충격(noochoc)'이라고 표현했던 것처럼, "우리 안에 사유의 가능성을 창조해내고 사유의 기회를 제공하며 우리의 사유를 진동하게 한다."(쉬잔 엠 드 라코트, 『들뢰즈: 철학과 영화』) 영화로 인하여 이처럼 세상을 '다르게' 사유한다는 것은 얼마나 놀라운 일인가!

넘실거리는 바다, 그 위로 유람하는 호화로운 배. 바다의 물결은 모든 경계를 출렁임 속에서 지워버린다. 너와 나, 그리고 자본가와 노동자. 그러나 우리가 발 딛고 사는 세상은 엄격한 구별로 치졸하고, 그 엄혹한 차별 때문에 비통하다. 그리하여 유람선 안의 사람들을 찍은 영상이 때때로 매우 거칠고 조잡하게 나타날 때, 우리는 고다르의 어떤 적의를 직감할 수 있다. 고다르는 영상의 정지와 흐름, 화면의 선명함과 불투명으로, 혹은 사운드의 지속과 단속 그리고 무음과 소음의 선명한 대비로 정치적인 것의 대립을 영화적으로 실현한다. 고다르는 언제나 그렇듯 이 영화에서도 푸른색과 붉은색을 즐겨 사용함으로써 시각적 효과를 극대화한다. 소품들과 인물들의 복장으로 드러나는 그 강렬한 색채의 대비는 노동자 계급에 대한 지지의 표현이거나, 박애(화이트), 자유(블루), 평등(레드)을 의미하는 프랑스 국기의 상징성을 재현한 것이 아닐까.

육지, 그러니까 땅 위의 삶. 이집트, 팔레스타인, 오뎃사, 나폴리, 바르셀로나. 모두 학살과 전쟁, 폭력의 역사가 흔적으로 남은 장소들이다. 자료화면으로 보여주는 과거와, 다시 되돌아와 보여주는 현재의 시간. 언뜻 스쳐 지나가는 히틀러와 스탈린의 영상, 그리고 이슬람 국가들. 인간의 역사는 잔혹한 분별 속에서 약탈과 살육으로 얼룩져 있다. 인물들의 대사와 내레이터의 해설 그리고 인터 뷰. 책의 어떤 구절에 대한 인용. 발자크와 라신, 그리고 비극의 원 리. 심지어 알랭 바디우까지. 난삽하게 절합되어 있는 이 모든 것들 은, 유기적인 인식으로 환원될 수 없는 이 세계의 비참함을 표현한 다. 이념과 자본의 욕망으로 들끓는 폭력의 세기, 그러니까 〈필름 소셜리즘〉은 그 속악한 세계의 구원을 바라는 한 유럽 좌파 예술가 의 고해성사다.

현재는 이상한 짐승이다

— 〈언어와의 작별〉

　여든이 넘은 고다르가 특유의 열정과 함께 여전히 실험적이라는 것은 결코 놀라운 일이 아니다. 그는 이미 1985년의 어느 인터뷰에서 이렇게 말해버렸고, 또 그처럼 지독하게 살아왔으니까. "피카소가 한 말을 인용하겠는데 나 자신을 그와 비교하고 싶어서가 아니라 그 말이 적절해서이다. 그는 '그림이 나를 거부하고, 더 이상 나를 원하지 않을 때까지 그림을 그릴 것이다'고 말했다. 나는 영화로 그렇게 하려고 한다. 영화가 나를 거부할 때까지 나아가겠다." (「다섯 번째 시기의 고다르」, 『고다르×고다르』) 나는 이번 부산국제영화제에서 영화가 아직 그를 거부하지 못했음을 분명하게 확인할 수 있었고, 오직 그것만으로도 넉넉히 만족할 수 있었다.

　'의미'에 대한 고다르의 성찰은 점차 극단으로 치닫고 있다. 그렇다고 그의 작품이 의미에 적대적인 '반-의미'의 영화로 이해된다면 곤란한 일이다. 또한 그것이 '무-의미'의 깊은 명상으로 침잠하고 있다는 견해도 충분히 사려 깊은 것이라고 하기는 힘들다. 오히려 그 성찰이 의미에 관한 가장 적극적인 형태의 탐구라는 점에서, 그것은 차라리 '비-의미'를 향한 필사적 기투라고 해야 할 것이다.

〈언어와의 작별〉(2014)이라는 표제는, 그런 의미에서 대단히 선언적이라고 할 수 있다. 이미 오래 전부터 합리적인 소통의 가능성에 회의적이었던 고다르에게, 그와 같은 '작별'의 유별난 선언에는 어떤 단호한 마음이 깊이 배어 있는 것처럼 보인다.

이번 영화제에서 상연되었던 〈사라예보의 다리들〉(2014)은 제1차 세계대전 100주년을 기념하는 옴니버스 영화였다. 여기엔 고다르도 〈탄식의 다리(The Bridge of Sighs)〉라는 단편으로 참여하고 있다. 고다르에게 '사라예보'는 '아우슈비츠'와 마찬가지로 '문명의 악덕'을 증언하는 장소다. 그 장소를 염두에 두고 그의 필모그래피를 거슬러 올라가면 〈사라예보를 기억하라〉(1993)를 만날 수 있다. 여기서 그는 2분이라는 극히 짧은 시간 안에 꽤 선명한 견해를 피력하고 있다. "문화는 규칙이고 예술은 예외"라는 것. 그리고 "규칙은 예외의 죽음을 원한다"는 것. 그러므로 규칙을 무기로 내세운 문화의 위협에 저항하는 것도 역시 예술을 통한 예외의 실현으로 가능할 수 있다는 것. 그러니까 지금 고다르가 작별을 고하는 '언어'란 문명의 바로 그 '규칙'을 말하는 것이다. 그러므로 〈언어와의 작별〉이라는 이 신작 영화는 예외를 수행하는 고다르의 가장 진보적인 실천이라고 하겠다. 고다르에게 예외는 규칙에 대한 위반을 넘어 규칙 자체의 무효화를 통해서만 실현될 수 있는 어떤 것이다. 그 무효화가 문명에 대한 심각한 도전인 만큼, 그 투쟁의 결기를 견고한 내공으로 숙성시키는 시간은 필수적이다. 그래서 그에겐 여정이 필요했다. 그는 신곡의 21세기 판본인 〈아워 뮤직〉(2004)에서 '유럽문학과의 조우'라는 세미나에 참석하기 위해 직접 '사라예보'를 방문한다. 그리고 이 영화 이후 그는 더 이상 '서사'가 있는 영화를 만들지 않겠다고 선언했다. 그러니까 사라예보에 이르는 그 여정은 문명의 규칙을 파괴하겠노라는 공공연한 선언이었던 셈이다. 다시 말해 '사라예보'는 예외를 실천하는 고다르 영화의 어떤 거점이라고 할 수 있으리라.

이 영화가 입을 뗀 첫 마디 말은 이렇다. "상상력이 부족한 사람은 현실에서 위로를 얻는다." 대개 고단한 현실을 견디기 위해 사람들은 상상력을 동원한다고 여겨진다. 그러나 고다르는 이를 뒤집어 상상력의 부족을 탓하고 현실의 불미함을 폭로한다. 물론 여기서 말하는 '현실'이란 언어의 규약이 통용되는 문명의 규칙을 가리킨다. 그러므로 '상상력'은 당연히 '예외'의 역능이다. 그래서 이 영화는 어떠한 요약과 정리도 불능으로 만드는 이상한 편집으로 관객들을 피로하게 하는 것이다. 그러나 이런 식의 해석이란 지극히 합리적이고, 그래서 어쩔 수 없는 동일성의 폭력을 되풀이할 위험이 다분하다. 그럼에도 해석의 기투는 역시 동일성으로 회수될 수 없는 텍스트의 낯섦을 감각하려는 외로운 사투이기도 하다. 그래서 나는 기어이 이 영화의 1부와 2부를 구성하는 '자연'과 '은유'를 각각 '예외'와 '규칙'이라는 개념에 맞세워버릴 생각이다. 그래야만 이 약분 불가능한 무리수(irrational number)와 같은 영화를 나의 감상과 사유 속에 겨우 안착시킬 수 있기 때문이다. 여기서 나는 발뺌하거나 굳이 숨기려 하지 않겠다. 이것은 사적인 소유의 열망이며, 그러므로 부르주아적인 탐욕이다. 모든 해석에는 이처럼 메피스토펠레스의 유혹이 잠복해 있다. 영혼을 팔아서라도 얻고 싶은 그 도취감이란 얼마나 아찔한 유혹인가.

영화는 그저 남자와 여자, 그리고 한 마리의 개를 보여준다.('의

자'라는 사물 또한 또 다른 등장인물이라 할 만큼 반복적으로 출현한다.) 남자와 여자의 분별은 문명의 규약 속에서 작동한다는 점에서 언어적인 문법의 체계에 소속된다고 할 수 있다. 그래서 그렇게 성차의 체계 속에 배치된 남자와 여자는 '언어'의 은유이다. 남과 여의 이항대립과 마찬가지로 사람(인간)과 개(짐승)의 분별도 역시 문명적 규약의 소산이다. 이런 규칙을 파괴하는 이미저리가 남녀의 나체다. 아무것도 두르지 않은 맨몸 혹은 알몸은 사람이 또한 개와 같다는 것을 혁명적으로 전시한다. 여기다, 똥이라는 메타포는 문명의 위엄을 조롱하는 또 하나의 파격이다. 그렇다면 섹스와 전쟁의 이항대립도 역시 자연과 문명의 분별을 반복하는 것인가. 섹스와 전쟁은 삶과 죽음이라는 자연의 섭리 안에서 하나다. 섹스가 생명을 잉태시키는 자연의 활동이라면, 세상에 태어난 아기는 곧 자연으로부터 떨어져 나와 문명 속에 정착하게 될 것이다. 그리고 그 아이는 장성하여 적대적인 인정투쟁의 유격전에서 살아남기 위해 살상을 자행하게 될 수도 있으리라. 그렇다면 서로를 살육하는 문명의 규칙에서 벗어날 수 있는 방법은 무엇인가. 고다르는 그 방법을 개-되기, 아니 우리 안의 짐승스러움에 대한 자각이라고 말하고 있는 것처럼 보인다. 그래서 고다르가 아기와 개 또는 울음과 짖음을 병치할 때, 그것은 인간이 곧 개라는 은유의 진실을 일깨운다. 여기서 그의 전언은 어떤 주저함도 없이 단호하다. "현재는 이상한 짐승이다."

책이 스마트폰에 밀려난 시대에 고다르는 3D라는 기술의 예술로 반시대적인 고찰을 시도한다. 아기의 울음과 개의 짖음이 병치될 때, 그것은 문명화된 언어 이전의 근원적 소통에 대한 생각들을 환기시킨다. '울부짖음'이란 말처럼, 울음과 짖음은 상당한 관련을 갖는 말이다. 그러니까 이 영화는 문명의 규율에 그 울부짖음으로 맞선다. 고다르는 〈필름 소셜리즘〉(2010)에서 이미 동물과 아이를 중요하게 부각시킨 적이 있다. 거기 나오는 '라마'가 무엇을 의미하는가는 명확하지 않지만, 스페인의 식민 지배를 받았던 남미에서 말과 당나귀를 사육하기 시작하면서부터 그 수가 점차 줄어들게 되었다는 역사적 사실을 생각해본다면, 이 동물이 유럽으로부터의 어떤 피폭력과 결부되어 있으리라는 유추도 전혀 어림없는 일은 아닐 게다. 그러나 그런 유추는 여전히 섬세한 것이라고 말하기 어렵다. 짐승과 사람의 분별을 철폐하는 라마는 역시 울부짖는 언어 이전의 존재인 것이다. 아이가 언어를 내면화하면서 어른이 되는 상징계의 진입 과정은 동물을 길들여 사육하는 가축화의 과정에 비견할 수 있으리라. 그러므로 그 울부짖음은 길들여지기 이전의 상상계를 회상하면서 실재의 세계를 갈망하는, 그러니까 언어를 초월한 신적인 신호가 아닐까.

이 영화 속에는 또 하나의 이야기가 포개져 있다. 널리 알려진 『프랑켄슈타인』과 더불어 세계의 종말을 다룬 묵시의 서사 『최후의 인간』을 쓴 작가 메리 셸리를 보여주는 장면. 이런 유형의 다른 서사들에서, 대체로 그 두 이야기의 층위는 긴밀하게 연결되어 있다. 그러나 이 영화에서 그 연결선을 찾아내는 일은 상당한 고역에 가깝다. 다만, 영국의 낭만파 시인 퍼시 비시 셸리와 결혼하기 전에 그들은 함께 유럽을 여행하기도 했으며, 결혼 후에도 바이런 등과 더불어 스위스에서 여름을 보내며 『프랑켄슈타인』을 구상했다는 사실. 여기서 우리는 유럽이 이루어놓은 문명에 대한 고다르의 어떤 냉소적 태도(종말론적 사유)를 어슴푸레 가늠해볼 수 있을 따름이다.

영화가 상영되기 전, 영화제의 자원봉사를 맡은 한 청년이 스크린 앞으로 나서더니 이 영화의 일부 대사는 감독의 의도에 따라 자막이 제공되지 않는다고 알려주었다. 번역되지 않은 불어, 그 이방의 언어는 기의를 소거한 기표이며 따라서 그것은 자연의 소리다. 다시 말해, 그것은 '울부짖음'과 다르지 않은 언어 이전의 말이다. 태초의 '말씀(로고스)'이 있기 전에 존재했던 그 무엇. 그러므로 언어와의 작별이란 이 찬란한 문명의 세계에 전하는 고다르의 쌀쌀한 이별통보다. 어떤 장면에서는 갑자기 3D의 초점을 의도적으로 흐려 시신경을 교란하기도 하는데, 이런 식의 도발적인 자극은 이 미친 자본의 시대를 사는 사람들에게 문명의 종말을 전하는 예언자의 절박한 질책처럼 여겨진다. 그 질책의 기묘한 방법에 응답하는 것은 마찬가지로 기묘해야만 하리라. 그것은 동의하거나 침묵하는 것이 아니라, 응답의 방법을 창안하는 힘겨운 과정이 되어야 할 현재이다. 고다르의 전언을 여기서 다시 복기하거니와, 현재는 이상한 짐승이다.

속죄와 구원

―다르덴 형제의 영화들

대가를 치르지 않은 평안은 없는 것일까. 다시 말해, 속죄하지 않고는 용서받을 수 없는 것일까. 장 피에르 다르덴과 뤽 다르덴 형제의 영화는 바로 이 물음에 대한 응답이다. 윤리적 대가를 자본주의는 '비용'으로 치환한다. 그러니까 비용을 치르지 않은 이윤은 없다는 것. 그러므로 비용이라는 대가는 이윤을 위한 미끼인 셈이다. 나아가 이런 상술에 바탕을 둔 셈법은 비용의 지불을 '투자'라는 명분으로 합리화한다. 그러나 그것이 교환의 술수로 초과이윤을 노린다는 점에서 투자는 기실 투기일 뿐이다. 물론 다르덴 형제의 속죄는 이윤 대신에 성장을 지향한다는 점에서 자본주의적 투기와는 다른 윤리적 책임을 파고든다.

다르덴 형제의 영화는 버림받은 아이들의 속죄를 응시한다. 아이들은 가족의 울타리 바깥에서 고단하다. 그리고 그들은 그 고단함을 벗어나려다 기필코 죄를 짓고 만다. 〈약속〉(1996)의 이고르는 불법이민을 알선하는 아버지의 악행에 동원되고, 〈로제타〉(1999)의 소녀도 알코올 중독자인 엄마를 돌보며 생계를 책임져야 한다는 부담감 속에서 우정을 배반한다. 〈아들〉(2002)의 프랜시스는 도둑질을 하다가 사람을 죽였고, 〈더 차일드〉(2005)의 브뤼노는 재혼한 엄마로부터 외면당하고 좀도둑질을 일삼다가 끝내는 자기 아이를 팔아버렸다. 〈자전거 탄 소년〉(2011)의 시릴도 아빠로부터 버림받고 동네의 불량배와 어울려 강도짓을 한다. 이 아이들에게 가족은 위안의 처소가 되지 못했다. 보살핌을 받지 못하는 아이들은 스스로 살아남아야 한다. 그래서 그들의 삶은 거칠고 처절하며 끈질기다. 거의 모든 영화에서 빠짐없이 나오는 장면 중의 하나는 그들이 길거리에서 빵을 먹는 모습이다. 그것은 사랑의 결핍, 그 존재론적 허기짐을 단적으로 가시화한다. 돈을 주고받으며 셈을 하는 것 역시 모든 영화에서 반복되는 장면이다. 살아남기 위해서는 그 교환의 질서 속에서 영악해져야만 하는 것이다. 그러므로 이 아이들이 저지르는 죄는 그들을 버린 이 속악한 세상에 대한 일종의 복수인 셈이다.

오로지 살아남기 위한 삶에는 어떤 희망도 없다. 그들이 희망에 가닿기 위해서는 지금의 비천함 삶으로부터 도약할 만한 계기가 필요하다. 그것은 다름 아닌 자기의 삶 자체를 끌어안는 인정이다. 그것은 무엇보다 자기들의 죄과를 인정하는 것이며, 그 인정을 통해 윤리적 책임을 감당하는 것이다. 속죄란 바로 그 책임을 감당할 때만 가능한 실천이다. 아이들은 그렇게 속죄함으로써 희망에 가닿는다. 그리고 우리는 그것을 어떤 위대한 성장의 이야기로 읽을 수 있다. 용서를 구함으로써 구원의 길이 열리게 되는 것, 다르덴 형제의 영화는 아이들이 그것을 배우는 과정을 집요하게 응시한다. 그것이 응시라는 것은 그 아이들의 뒤를 쫓는 카메라의 역동적인 움직임으로 인해 명백해진다. 컷들의 정교한 편집 대신에 카메라는 다만 숨

가쁘게 인물을 뒤쫓을 뿐이다. 그 응시의 시선이 누구의 것인지는 단정하기 어렵다. 그 시선은 영화를 보는 우리들을 이끌어 저 아이들이 다름 아닌 바로 우리 자신일 수 있음을 자각하게 만든다. 그러므로 그 응시가 향하는 곳은 결국 그것을 바라보는 우리들의 내면이다.

다르덴 형제의 영화에서 음악은 본질적이다. 대체로 그들의 영화는 배경음악을 전혀 사용하지 않는다. 〈자전거 탄 소년〉에서처럼 단지 서너 장면에서 극도로 절제된 음악이 배경으로 흐를 뿐이다. 음악을 기교적으로 사용하지 않음으로써 오히려 그들의 영화는 음악을 본질적인 것으로 밀어 올린다. 〈약속〉에서 죽음을 맞는 불법 이민자는 작업 중에 카세트로 음악을 듣고 있었다. 〈로제타〉의 소년은 직접 연주한 음악을 녹음해서 소녀에게 들려준다. 〈로나의 침묵〉(2008)에서 로나가 벨기에 국적을 얻기 위해 위장 결혼한 남편 클로디는 휴대용 CD플레이어기를 유산으로 남긴다. 현실에서 음악은 남루한 삶을 보듬는 위안의 대상이지만, 다르덴 형제는 그들의 영화에서 음악이 영화적 환상을 만들어내는 것에 대해서는 그 어떤 여지도 주지 않으려는 것처럼 보인다. 카메라의 운용도 그렇고 영화음악도 그렇고, 다르덴 형제는 가히 영화적 기교의 금욕주의자라고 할 만하다. 물론 그 금욕주의가 어떤 기교주의보다도 진중한 기교임에는 틀림없다.

다르덴 형제의 영화에서 중요한 것은 죄와 속죄 사이의 디테일이다. 예컨대 〈아들〉에서는 올리비에가 자기의 아들을 죽인 아이를 데리고 외딴 목재소로 가는 여정의 시퀀스가 있다. 중간에 들른 음식점에서 점원이 올리비에에게 그 아이의 음식값을 함께 계산할 것인지 묻자, 올리비에는 매몰차게 자기 것만 계산해달라고 말한다. 그 하나의 장면에는 여전히 해결되지 않는 감정의 난해함이 배어 있다. 줄거리로 요약한다면 지극히 간단한 서사지만, 그 사이사이의 디테일한 장면들은 군더더기라고는 없는 지극히 시적인 함축의 깊이를 보여준다. 나는 바로 여기에서 다르덴 형제의 영화가 갖는 무한한 매력을 느낀다.

마지막 장면들은 또 어떤가. 그것은 대개 회개와 속죄의 극적인 순간을 담고 있다. 다르덴 형제의 영화는 더 이상의 설명 없이 그 속죄의 순간에 과감하게 막을 내린다. 그래서 별안간 크레디트 타이틀이 올라가면 나는 아직 추스르지 못한 감정으로 한동안 먹먹해진다. 〈약속〉의 마지막 장면에서 이고르는 죄의 내막을 모두 고백한다. 가족을 돌봐달라는 불법이민자의 마지막 부탁, 그것은 먼저 자기의 죄를 인정하고 용서받을 때라야 가능한 약속이다. 누군가를 돌볼 수 있으려면 스스로 책임을 지는 윤리적 인간으로 거듭나야 한다는 것. 〈아들〉의 소년도 자기 죄를 인정하지 않고 달아나려다가 조용히 올리비에에게로 다가와 그의 일을 돕는다. 이 마지막 장면도 역시 구구한 설명 따위의 도움 없이도 그 자체로 깊은 울림을 만들어낸다. 〈로제타〉와 〈더 차일드〉의 눈물은 상대방의 용서를 이끌어내는 진정한 속죄의 장면을 연출한다. 흙바닥에 쓰러져 통곡하는 로제타, 그때서야 소년은 로제타를 안아서 일으켜 세운다. 자수를 하고 감옥에 간 브뤼노는 면회를 온 소니아 앞에서 속죄의 눈물을 흘리고, 소니아 역시 그때 그의 손을 맞잡고 얼굴을 마주한 채 같이 눈물을 나눈다.

〈약속〉과 〈로나의 침묵〉에서 묘사된 유럽의 불법이민 문제를 바라보는 시선에서도 다르덴 형제의 진심은 통한다. 그러나 그들은 현실 문제에 섣불리 개입하기보다는, 그 악덕의 현실을 사는 배덕자를 보여줄 뿐이다. 그렇게 설명하지 않고 응시하는 눈으로 바라보게 하는 것이 다르덴 형제의 진심이다.

다르덴 형제의 영화를 이야기할 때 또 하나 빼놓을 수 없는 것이 배우들이다. 〈약속〉의 이고르를 연기한 제레미 레니에는 〈더 차일드〉의 브뤼노로, 〈자전거 탄 소년〉의 비정한 아버지로, 그리고 또 〈로나의 침묵〉에서 약쟁이 클로디로 출연했다. 〈약속〉에서 나쁜 아버지였던 올리비에 구르메는 〈아들〉에서 살해당한 아들의 범인을 용서하는 아버지 역을 맡아 칸느에서 남우주연상을 받았고, 〈로제타〉와 〈로나의 침묵〉에서도 작은 역을 빛나게 만들었다. 〈로제타〉의 순수한 청년 파브리지오 롱기온 역시 〈더 차일드〉와 〈로나의 침묵〉 그리고 〈자전거 탄 소년〉에 출연했다. 같은 배우들과 같이 나이들고 성장하면서 이렇듯 오래 함께 작업할 수 있다는 것도, 나는 다르덴 형제의 진심이라고 생각한다.

두 대의 리무진

―〈홀리 모터스〉, 〈코스모폴리스〉

동구권의 몰락과 함께 냉전체제의 해체로 기억되는 거대한 전환의 시점. 1990년대는 그렇게 어떤 몰락과 더불어 억압되었던 것들이 일제히 해방되는 난립의 시기였다. 사회과학 서적을 읽던 대학생들은 움베르트 에코나 베르나르 베르베르의 소설을 탐닉했고, 무라카미 하루키에 열광했다. 변혁의 열정은 문화적 감성으로 흡수되었고, 구원을 기다리던 젊은이들은 이론에서 예술로 자리를 옮겼다. 그때 영화가 우리에게 왔다. 일본문화의 개방과 더불어 구로사와 아키라가 뒤늦게 상륙했고 이마무라 쇼헤이가 함께했다. 안드레이 타르코프스키는 너무나 시적이었고 그래서 난공불락의 아득함으로 매혹적이었다. 어디 그뿐이랴. 이른바 예술영화들은 무엇보다 작가주의 감독들과 그 작품들의 고유명사로 1990년대 당시의 한국 젊은이들을 사로잡았다. 그 사정의 이면엔 대기업들의 영상산업 진출이 음험했으며, 이념을 잃고 방황하던 세대의 지적 공백(허영)을 충족시킬 대리물에 대한 요구가 있었다.

레오 카락스에게는 〈소년 소녀를 만나다〉(1984)와 〈나쁜 피〉(1986)가 있었지만, 무엇보다 〈퐁네프의 연인〉(1991)으로 저 90

년대의 시네필들이 봉안한 만신전에 이름을 올렸다. 이념의 몰락 위에서 융성했던 대중문화는 IMF의 구제금융과 함께 크게 위축되었고, 누벨 이마주의 기수 레오 카락스도 어느새 어떤 향수로 기억되는 이름이 되고 말았다. 그도 그럴 것이 〈폴라 X〉(1999) 이후 무려 13년 동안 우리는 그의 소식을 들을 수 없었기 때문이다. 그런 그가 오랜 잠행 끝에 〈홀리 모터스〉(2012)로 돌아왔을 때, 내가 그랬던 것처럼 아마도 많은 이들이 그 귀환에 무심하기는 어려웠을 것이다. 무엇보다 그 귀환은 새삼스레 13년이라는 긴 시간의 의미를 궁금하게 만들었다. 내한 기자회견에서 그가 했던 말 중에 유독 기억에 남는 것이 있었다. "나는 영화의 원초적인 힘을 믿는다. 영화가 초창기에 가지고 있던 그 힘을 되찾기 위해 노력해야 한다고 생각한다. 디지털 기술이 발전했는데 이 기술이 아닌 다른 것을 통해 영화시대 초창기의 원초적인 힘을 찾아야 한다. 무성영화시대 무르나우란 감독의 영화 속 배우를 바라보는 카메라의 모습에서 신의 눈길이 느껴진다. 그 당시 기계가 너무도 컸고 따라서 많은 주저함이 있을 수밖에 없었다. 요즘엔 유튜브 등에 누구나 찍어서 올릴 수 있는데, 그런 것에선 신의 눈길이라는 것을 느낄 수 없다. 나에겐 신의 눈길을 다시 찾는 것이 중요하다." 나는 이 인터뷰 기사를 〈홀리 모터스〉를 보고 난 뒤에야 읽었는데, 영화를 본 사람이라면 '신의 눈길'을 다시 찾겠다는 그의 말을, 아마 아무도 허풍이라고 생각하지는 않았을 것이다. 그러니까 〈홀리 모터스〉는 영화라는 예술 그 자체를 사유한 영화로, 디지털 기술을 비롯한 하이테크놀로지가 영화예술의 절대적인 부분을 점유하게 된 오늘날에, 영화가 무엇인지를 다시 묻는 지극히 근본적인 주제를 탐문한 작품이다. 그러나 그 주제가 근본적이라서 이 영화를 보수적인 작품으로 오해해서는 안 된다. 오히려 레오 카락스는 그 근본적 물음을 가장 급진적인 방식으로 사유함으로써 영화예술의 가치를 재고한다.

레오 카락스는 영화의 첫 장면에 직접 출연하여 눈을 감고 영화를 관람하는 이 시대의 관객을 바라본다. 레오 카락스의 그 응시 속에는, 보아야 할 것을 보지 못하고 있는 우리 시대의 어떤 맹목에 대한 서늘한 비판이 담겨 있다. 그런 의미에서 그 응시는 '신의 눈길'을 패러디한 일종의 노려봄이라고 해도 좋을 것이다. 그렇다면 영화에서 보아야 하는 것, 영화사의 시간이 아무리 멀리 흘러가더라도 절대로 놓쳐서는 안 되는 그것은 무엇일까. 영화는 광학적 기계장치로 찍는 기술의 예술이지만, 기술 이전에 그 기계를 고안하고 제작하여 조작하는 것이 '사람'이라는 사실을 잊어서는 안 된다는 것. 그러니까 사람의 투박하고 세심한 손길을 대신한 디지털 기기가 아무리 대단한 기술적 완성도를 자랑한다 하더라도, 그 투박한 손길에 담긴 진정성을 대체할 수는 없다는 것, 그것이 레오 카락스가 오랜 침묵 끝에 우리들에게 던지는 메시지가 아닐까.

영화를 만드는 것은 기계가 아니라 사람이라는 시네마틱 휴머니즘의 선언. 그래서 이 영화는 드니 라방이라는 배우의 연기 그 자체에 모든 집중을 요구한다. 드니 라방이 맡은 아홉 개의 배역을 차례로 보여주는 것이 이 영화의 기본 구조이며, 따라서 영화는 곧 저 다채로운 삶들을 경유하는 일종의 로드무비다. 그 여정은 오딧세우스의 그것처럼 고향(영화의 근원 혹은 본질)에 이르는 고단한 성찰의 길을 비춘다. 그 여정을 따라가다 보면 어느새 알게 된다. 영화는 그토록 힘겨운 노역 속에서 이루어지는 예술이라는 것을.

영화에서 드니 라방이 분한 오스카는 리무진을 타고 다니면서 새로운 배역을 준비한다. 리무진은 분장실이고 의상실이고 대기실이다. 다시 말해 리무진은 오로지 배우의 공간이다. 그 공간은 배우가 땀을 식히고 다음 연기를 준비하는 실존적인 공간이다. 관객들은 그 공간에 관심을 별로 기울이지 않을 뿐 아니라, 그 안을 들여다볼 수도 없다. 그러므로 리무진 안의 공간을 보여주는 것은, 극적인 몰입을 방해함으로써 허구적인 상황 그 자체를 낯설게 인식하게 만드는 일종의 소외효과를 연출한다. 우리는 오스카의 연기에 몰입되려는 순간, 다시 리무진 안에 있는 그를 만나게 된다. 이처럼 리무진의 안과 밖, 그 절합을 통해 우리는 지금까지의 그 많은 영화들에서 보지 않고 외면했던 무엇을 깨닫게 된다. 영화란 무엇보다 사람이 만든 예술이라는 것, 여러 사람과 직능이 합작한 산물이라는 것. 그리고 그 합작을 통해 완성에 이르는 과정의 예술이라는 것. 따라서 우리가 한 편의 영화에서 놓치지 않고 응시해야 하는 것은, 지금 내 눈앞에 보이는 것의 이면, 그러니까 지금 저 장면이 우리 앞에 당도하기까지의 어떤 곡절이 담긴 과정이다. 그러므로 영화를 감상한다는 것은 그 완성을 확인하는 것이 아니라, 그 과정을 발견하고 탐색하는 것이다. 영화가 성스럽다면, 바로 이런 이유 때문이 아닐까.

흥미롭게도 데이비드 크로넨버그 역시 돈 드릴로의 소설을 각색한 〈코스모폴리스〉(2012)에서, 리무진의 내부를 가장 중요한 공간으로 하여 그 미장센을 연출했다. 리무진은 부와 성공의 이미저리를 구성하는 사물이며 그래서 대중에게는 선망의 대상이다. 두 영화 모두, 한 사람의 인물이 리무진을 타고 다니면서 하루 동안 겪는 일들을 '여정의 서사'라는 형식으로 영상에 담았다. 알레고리의 형식으로 현대의 삶을 풍자하고 있는 것도 두 영화가 공유하고 있는 부분이다. 당연한 말이지만, 그럼에도 둘은 결정적으로 다른 작품이다. 〈홀리 모터스〉에서 오스카는 자기의 쓸쓸한 실존에도 불구하고 연기로 펼쳐지는 다른 삶들의 가능성 안에서 살고 있다. 그러나 〈코스모폴리스〉의 에릭 파커는 오스카의 그런 등속적인 변신과는 달리 죽음에 이르는 비극적 여정으로 치닫는다. 처음에 말쑥한 차림으로 등장했던 에릭 파커는, 넥타이를 잃고 다음엔 재킷을 잃고 결국엔 목숨까지 잃게 될 것이다.(영화가 진행될수록 그의 모습은 점점 지저분하게 바뀐다.) 자본주의의 심장이라고 할 수 있는 뉴욕에서 최고의 투자가로 엄청난 부를 누리고 있지만, 금융이라는 투기자본의 지반 위에서 그 부는 언제나 위태롭다. 그래서 그는 밤에 제대로 잠을 잘 수 없었고, 다크서클로 피로한 눈을 숨기기 위해 항상 선글라스를 끼고 다닌다. 건강에 대한 염려 때문에 매일 의사의 검진을 받는 그는, 전립선의 좌우 크기가 다르다는 진단을 받는다. 아내를 만날 수 있는 것은 사람이 많은 음식점에서 겨우 식사를 해야 할 때뿐이고, 아내에게 잠자리를 요구하지만 언제나 거절당한다. 섹스와 배변을 비롯해 거의 모든 생활을 그는 리무진이라는 협소한 공간 안에서 해결한다. 그리고 이 가엾은 자본가의 일거수일투족은 모두 경호원의 감시 대상이다. 게다가 위안화의 가치 상승으로 엄청난 투자손실을 보게 되자, 대중은 그를 경멸하고 증오한다.

〈코스모폴리스〉는 그 우주적 법칙이 통하는 도시를 알레고리로 내세우지만, 반어적으로 영화의 대부분은 밀폐된 리무진의 실내를 비춘다. 리무진은 추상적인 관념의 공간이다. 그 안에서 내다보는 거리의 모습은 마치 영사되는 영화의 장면처럼 허구적이다. 그는 그렇게 관념의 공간 안에서 세계를 마주한다. 자본가들에게 시장이란 어쩌면 실물의 경제가 유통되는 곳이 아니라, 그처럼 통계와 수치들의 데이터로 합성된 가상의 매트릭스에 가깝다. 전립선이 비대칭이라는 것에 낙담한 에릭 파커에게 안드레 페트레스쿠는 총을 겨누며 힐난한다. 전립선의 비대칭에 낙담하는 것은 시장의 완전한 대칭을 믿는 것만큼 무망한 집착이라고. 영화의 결말부에서 에릭 파커는 감시자에 가까운 경호원을 죽이고 드디어 리무진의 바깥으로 나온다. 그러니까 그것은 거의 탈출에 가깝다. 리무진의 바깥은 더 이상 추상적인 관념의 공간이 아니라 죽음의 위험들로 만연한 실존의 장소이다. 그러나 죽음이란 어머니의 자궁으로부터 벗어나는 것이고, 나아가 아버지의 법으로부터 달아나는 것이며, 거세를 받아들여 그 매트릭스(상징계)로부터 벗어나는 유일한 길이다. 에릭 파커가 자기의 손을 권총으로 쏴버렸을 때, 그것은 일종의 자기 거세이며 아버지의 법에 대한 항명이다. 그러므로 그것은 운명에 순응하는 죽음으로써 아버지의 권능을 확인하는 그리스의 비극과는 다른 죽음이다. 그의 죽음은 운명을 받아들이는 것이 아니라 운명에 저항한다. 사실 리무진은 그 자체가 일종의 관이고 묘지였으므로 그 밖으로 나와 죽음을 맞이하는 것은 영생(실재)의 욕망을 극적으로 가시화한 것이다.

이 영화의 전언에 따른다면, 자본의 바깥은 자기 소멸의 길이다. 리무진(시장)을 버리고 나와야 다른 삶의 길이 펼쳐진다. 그러니까 죽어야 살 수 있다. 그러므로 에릭 파커의 죽음이란 자기의 소멸로 더 깊은 주체로 다시 태어나는 재생의 제의를 연출한다. 〈홀리 모터스〉에서 리무진의 공간이 배역 이전의 배우의 실존적 삶이 이루어지는 곳이었다면, 반대로 〈코스모폴리스〉의 리무진은 자본의 질서에 포획된 자아의 왜곡된 삶이 펼쳐지는 억압의 공간이다. 요설과도 같은 스펙터클로 사람을 속이는 것이 자본주의의 일상이다. 레오 카락스와 데이비드 크로넨버그가 공히 우리에게 전하는 전언이란, 다름 아닌 자본의 안과 밖을 살피라는 당부다. 자본은 그렇게 천지사방으로 침투하는 요술인 것이다.

말년의 고독

—〈아무르〉

미카엘 하네케 감독의 〈아무르〉(2012)는 지금까지 그의 작품들이 대체로 그러했던 것처럼, 역시 엄숙한 사유를 요청한다. 죽음 가까이에 닿아 있는 노년의 삶이란 적요한 가운데서도 격렬할 수밖에 없는 것이 아닐까. 삶은 지속되고 있으나 죽음이 언제 그 일상을 덮쳐올지 모르는 막연한 시간들 속에서 말년의 삶은 무료하고 불안하다. 그래서 말년의 정신은 때때로 세속 너머의 초월을 애착한다. 자연을 비롯해 근원적인 것에서 무상한 세계의 이치를 깨치려 하거나, 종교적 구원에 대한 신앙으로 삶과 죽음을 끌어안는다. 그것도 아니라면 최근의 이른바 요상한 원로들의 행보에서 사례로 볼 수 있는 것처럼, 세속의 한 자리에서 존재감을 확인받으려는 필사적인 경거망동으로 치닫는다. 그러나 세상의 범속한 노인들은 대개 죽음을 삶의 일부로 담담하게 받아들이며, 그저 소소한 일상의 낙을 누리며 살기를 바랄 뿐이다.

〈아무르〉의 첫 장면은 충격적이다. 신고를 받고 출동한 구조대가 문을 뜯고 들어가자 여자의 시신이 수의를 입고 누워 있다. 그리고 장면은 바뀌어 카메라가 피아노 연주회에 참석한 관객들을 오랫동안 비춘다. 그것은 아마도 이 연주회에 참석한 노부부 조르주와 안느에게 펼쳐질 앞으로의 일들을 예시하는 것인지도 모른다. 그러니까 안느의 발병과 그 후에 아내가 겪게 되는 인간적 존엄의 훼손을 지켜보아야 하는 조르주의 처지에 대한 어떤 예시. 다시 말해 그것은 지켜본다는 것의 의미에 대한 진지한 사유를 요구하는 장면이다. 다음 장면에서는 연주회에서 돌아온 부부가 뜯겨진 현관문을 마주한다. 노년의 불행은 이처럼 도둑처럼 찾아오는 것이다. 노부부의 집을 거의 벗어나지 않는 이 영화의 미장센은 대단히 단조롭다. 공간의 그 폐쇄성은 노년의 삶이 그러한 어쩔 수 없는 적요함을 표현한다. 그리고 노년에 맞는 질병은 곧 모든 관계들의 단절을 가져오는 지극히 위험한 것이다. 그러므로 노년은 얼마나 외로운 시간인가.

안느의 병세는 위중해지고 그녀 스스로 자기의 존엄을 지킬 수 없는 지경에까지 이르게 되자 조르주도 조금씩 지쳐간다. 그러던 어느 날 조르주는 열려 있던 창문으로 들어온 비둘기 한 마리를 내쫓는다. 발병과 함께 서서히 망가져가는 아내의 모습이란 초대하지 않은 불청객과도 같다. 조르주는 결국 결단을 내린다. 그는 자기의 손으로 아내를 죽이고 염습을 한다. 그리고 다시 날아 들어온 비둘기를 이번엔 조심스럽게 품어 안는다. 그리고 그도 아내의 영혼과 함께 집을 나선다. 여기서 조르주의 행동은 윤리적 논쟁을 불러일으킬 수도 있을 것이다. 안락사와 마찬가지로 존엄을 지키기 위한 죽임은 허용될 수 있는가, 라는 해묵었지만 여전히 난해한 그 '결정'의 문제. 그러나 〈아무르〉는 그 제목에서 암시하고 있는 것처럼, 그런 윤리적 결단의 문제보다는 사랑에 대한 물음 쪽에 더 절실하다. 다시 말해 이 영화는 우리들에게 사랑이란 '지켜보는 것'이라고 말하고 있는 것 같다. 상대의 사랑스런 모습을 지켜보는 것은 물론 행복한 일이다. 그러나 사랑하는 이의 몸과 마음이 모두 쇠락하여 죽음에 이르는 모습을 지켜본다는 것은 지극히 힘겹고 고통스런 일이다. 사랑이란 바로 그 아름다움이 무너지는 과정을 껴안고 받아들일 수 있는 마음이 아닐까. 그러니까 사랑이란 타인의 죽음을 끌어안는 일이다.

아내를 죽이고 절대적인 외로움 속에 홀로 남겨진 조르주는 담담하게 글을 쓴다. 그것은 아마도 죽은 아내에게 보내는 편지였으리라. 무엇인가를 적는다는 것, 대화의 상대를 잃은 외로운 사람은 글쓰기로 그 외로움을 견뎌보려 애쓰게 되는지도 모르겠다. 그것은 역시 애도의 한 방법이리라. 전후 일본의 문예비평을 대표하는 에토 준이 역시 그러했다. 그는 아내를 먼저 보내고 『아내와 나』(국역본으로 『당신의 손이 아직 따뜻할 때』)를 썼다. 그러므로 그 글은 한 인간의 애절한 그리움과 절절한 외로움이 빚어낸 것이다. 에토 준은 말기 암인 아내에게 끝내 병명을 고지하지 않음으로써, 홀로 쓸쓸함을 견디며 그녀의 두려운 마음을 위로하려 했다. "지금 아내는 아무 것도 모른 채, 저렇게 편안히 숨 쉬면서 자고 있지 않은가? 사람의 살고 싶다는 의욕과 희구(希求)를 그처럼 쉽게 빼앗아갈 수 있단 말인가? 더구나 나는 아내에게는 오직 한 사람의 가족이자 남편인데 말이다." 그들에게는 자식이 없었고 다만 한 마리의 애완견이 있을 따름이었다. 그러나 에토 준은 아내의 병세가 위중해지는 그 시간들 속에서도 일상의 시간에 대한 욕망을 버리지 못한다. 그는 역시 이십여 년 동안 월평 쓰기를 지속했던 일본 우익문단의 대표적 비평가였다. 아내를 간병하면서도 『소세키와 그의 시대』의 원고 집필에 매달리는 그의 모습은 가히 경이롭다. 하지만 그는 곧 일상의 시간에 대한 욕망을 후회하게 된다.

입원하기 전에 집에 있을 때와는 다르게, 그때 아내와 나 사이에 흐르고 있는 시간은 일상적인 시간이 아니었다. 그 시간은 말하자면, 삶과 죽음의 시간이라고 규정할 수밖에 없는 그런 시간이었다. 일상적인 시간이라는 것은 저 멀리 창 밖으로 보이는 고속도로를 달리는 차들의 흐름과 함께 흐르고 있다. 그러나 이 삶과 죽음의 시간이라는 것은 내가 이렇게 아내의 옆에 있는 한, 그것이 정말로 흐르고 있는지 아닌지 잘 알 수가 없다. 그 시간은 어쩌면 찰랑찰랑 가득 차 정체되어 있는지도 모른다. 하지만 흐르고 있는지 정지해 있는지 분명하지 않은 시간 속에 아내와 함께 있다는 것이 무언가 감미로운 경험처럼 여겨진다.
이 시간은 어쩔 수 없는 용무로 병실을 떠난다거나 하면 곧 바로 모래시계 속의 모래처럼 무너지기 시작한다. 그렇지만 병상 옆에 돌아와 마비되지 않은 아내의 왼손을 꼭 잡고 있노라면 또 다시 산 속 깊은 곳에 있는 호수 같은 고요함이 우리 두 사람 사이를 살며시 채워준다.
우리는 이렇게 하고 있는 동안 한 번도 암에 관한 이야기를 하지도, 죽음을 화제로 삼지도 않았다. 집안 살림의 정리에 관해서도, 거기에 부수되는 법률적인 문제에 관해서도 어느 것 하나 의논하지 않았다. 우리는 단지 함께 있었다. 사실, 함께 있는 것 그것이 무엇보다 소중했던 것이다.

왜냐하면 우리의 이별이 그리 멀지 않았기 때문이었다. 그때까지는 가능하면 함께 있고 싶었다. 전문의가 예측한 바, 길어야 일 년이라는 기한은 이미 2개월이 지났다. 이와 같이 아직도 함께 있을 수 있다는 것이 정말로 기적처럼 느껴졌다.

나는 내가 특별히 종교적인 인간이라고 생각한 적은 없다. 그러나 만약 죽음이 모든 사람에게 의식(意識)의 종언(終焉)을 가져오는 것이라고 한다면, 그 순간까지 아내를 고독하게 만들고 싶지 않다. 나라는 사람만이 옆에 있어주어 어떤 경우에도 혼자가 아니라고 믿어주기를 바라고 싶다.

'아내를 고독하게 만들고 싶지 않다'는 에토 준의 바람이야말로 미카엘 하네케가 〈아무르〉를 통해 전하고 싶었던 사랑의 진정한 의미가 아니었을까. 에토 준은 아내의 장례를 치르고 곧바로 중증 감염증이라는 심각한 상태로 수술을 받는다. 수술에 앞서 그는 변호사를 불러 유언장까지 미리 작성해 놓는다. 하지만 이 와중에도 그는 일상의 시간에 대한 미련으로 치열하다. "기어서라도 서재에 돌아가 '소세키와 그의 시대'를 완성해야만 한다. 여기서 죽고 말면 대학에서 대학원생을 연구 지도하는 일도 못하게 되지 않을까?" 그리고 무사히 수술을 끝내고 회복이 된 뒤에 그는 『아내와 나』를 집필한다. "이런 상태로 있으면 미칠 것만 같은 생각, 어찌됐든 무엇인가 쓰지 않으면 안 된다는 생각에 사로잡혔다." 그러나 글쓰기로 삶을 대신할 수는 없는 법, 에토 준은 집필을 완료한 바로 그해에 스스로 목숨을 끊었다. 그는 역시 조르주와 마찬가지로 '결단'의 요청 앞에서 서성이다 어려운 선택을 할 수밖에 없었다. 말년의 삶이란 무엇일까. 외로움은, 아니 사랑이란 무엇일까. 우리는 외로움을 견디기 위해 서로 사랑하지만 결국 말년은 또 다시 홀로 남아 외로움과 대면하게 되는 시간이다. 그러므로 말년의 사상은 외로움을 고독으로 비약하는 그 질적 전회의 문제를 제기한다.

남자가 남자를 사랑할 때

—〈해피 투게더〉, 〈열대병〉, 〈브로크백 마운틴〉

　　왕가위의 〈해피 투게더〉(1997), 아핏차퐁 위라세타쿨의 〈열대병〉(2004) 그리고 이안의 〈브로크백 마운틴〉(2005). 이 세 편의 영화는 모두 슬픈 사랑의 이야기다. 그 사랑이 슬픈 이유는 그들의 정념이 어떤 완고한 장벽에 가로막혀 길을 잃었기 때문이다. 저 영화들은 남자가 남자를 사랑하는 동성애 영화, 이른바 퀴어 시네마다. 그러므로 그들의 사랑은 환영받지 못하는 불청객처럼 서럽다.

　　모든 사람에게는 삶을 누릴 자유가 있다. 그러나 그 자유는 질서와 규율을 좋아하는 문명의 요구에 자주 제약되곤 한다. 문명은 야만의 퇴치를 빙자하면서 사람의 활력을 이런저런 제도적인 완력으로 제압한다. 그래서 야만으로 낙인찍힌 모든 비루한 것들은 문명 이전의 순수한 자연이라는 관념에 이끌리기 마련이다. 〈해피 투게더〉의 이과수 폭포, 〈열대병〉의 정글, 〈브로크백 마운틴〉의 브로크백 설산은 문명을 압도하는 대자연의 위엄을 드러낸다. 이 대자연 앞에서 인간의 문명이란 그리고 그 유치한 분별지들이란 얼마나 가소로운가.

　　사랑하는 사람의 살결에서 느끼는 깊은 즐거움과 그리움 속에서 얻는 서로에 대한 행복한 끌림의 감각들은, 삶이란 누려야 마땅한 무엇이라는 사실을 분명하게 일깨운다. 그럼에도 현실은 지극히 부조리하다. 언제나 소수의 삶은 다수적인 것의 횡포로 피멍 들어 있다. 타인의 행복을 질시하는 옹졸한 마음들이 모여 다수적인 것을 구성할 때, 그 횡포는 소수에 대한 잔혹한 폭력으로 비약하기 쉽다. 슬픔을 끝장내고 피멍든 사람들의 슬픔에 공감하기 위해서는 용기가 필요하다. 용기는 무엇보다 올바른 인식으로부터 차오르는 결기다.

강제적 이성애 체계와, 성정체성 개념을 확립한 담론 범주 사이에 존재하는 것으로 추정되는 그 특별한 동맹은 무엇인가? 만일 '정체성'이 담론적 관행의 결과라면, 젠더 정체성은 어느 정도까지 섹스, 젠더, 성 습관, 욕망, 즉 강제적 이성애로 규명될 규제적 관행들 사이의 어떤 관계로 구성될 것인가? 이런 설명은 우리를 또 다른 총체화의 틀로 되돌아가게 하는가? 강제적 이성애가 젠더 억압의 획일적 원인인 남근로고스 중심주의로 야기된다는 또 다른 총체화의 틀 말이다.(주디스 버틀러, 『젠더 트러블』)

사실 이런 생각은 놀라운 통찰이다. 우리는 일반적으로 동성애에 대한 편견의 기원을 '강제적 이성애 체계'와 '성정체성 개념'에서 찾아왔지만 버틀러는 그것이 결국은 또 다른 편견에 지나지 않는다고 지적한다. 다시 말해 그런 담론들은 미리 정해진 '총체화의 틀' 속에서 그 편견의 부정성을 확고하게 증명해버리는 폭력성을 드러낸다는 것이다. 그러므로 동성애를 바라보는 편견의 시선을 바로잡기 위해서는 먼저 저 본질의 형이상학과 결별해야 한다. 잔혹한 문명의 폭력에 대항해 대자연을 맞세우는 따위의 방법은 결국 그 본질의 형이상학에 갇혀 아무런 변화도 이끌어낼 수가 없는 것이다.

문명을 피해 자연 속에서만 허용되는 동성의 사랑이란 불행할 수밖에 없다. 그 자연이란 문명의 폭력에 지친 영혼에 짧은 위안이 될 수는 있겠지만, 사람은 미치지 않고서는 그런 관념의 자연 속에서만 살 수가 없다. 안타깝지만 동성의 사랑은 어떤 경우에라도 문명의 대낮을 활보할 수 없다. 그렇게 될 때 이성애라는 다수적인 사랑의 형식이 위태로울 수 있기 때문이다. 그들은 위험한 존재로 남아야 한다. 인지되지만 인정받지 못하는 그들의 불온한 존재성은 다수적인 삶의 형식을 자극하는 위험한 도발이다. 그 도발이 언제나 위험한 것으로 유지되기 위해서는 동성애가 소수적인 것으로 남아 있어야 한다. 그것이 인정되고 다수의 삶 속에서 평온해질 때 그들의 사랑은 진부한 것이 되고 말 것이다.

외로움 속에서 애틋한 사랑을 할 수밖에 없는 그들의 사랑은 지독한 고통 속에서 세상에 기여한다. 다수적인 것이 될 수 없는 서글픈 운명으로 당신들의 사랑은 오랫동안 숭고할 것이다.

감독의 길

—구로사와 아키라 탄생 100주년 특별전

한평생, 하나의 대상을 향해 열정을 쏟을 수 있다는 것은 진정으로 대단한 일이다. 많은 사람들은 삶의 어느 순간에 쉽게 그 열정을 잃어버리거나, 아니면 방향을 돌려 다른 대상에 열정을 쏟게 마련이다. 열정이란 사실 이처럼 변덕스럽다. 그러므로 우리는 긴 세월을 견뎌 무엇 하나에 그의 삶을 오롯이 바친 사람들을 볼 때 놀라움을 참기 어렵다. 때로 그것은 단지 놀라움에 그치지 않고 어떤 경이로움, 그리고 마음의 깊은 존경을 불러일으키기도 한다. 나는 20세기 세계영화사의 거장 구로사와 아키라에게서 그런 마음을 느낀다.

지금 해운대에는 무더위를 피해 모여든 인파들로 북새통이다. 나는 그 인파들을 피해 '시네마테크 부산'으로 간다. 지금 거기선 '구로사와 아키라 탄생 100주년 특별전'(2010. 8. 10-8. 29)이 한창이다. 몇몇 작품은 35mm 필름으로 한국에 처음 소개되는 것이라고 한다. 그의 영화는 내가 본 어떤 누구의 작품들보다 문학적이다. 선명한 이미지와 휴머니즘을 드러내는 다이내믹한 서사는 구로사와의 분명한 개성을 표현한다. 셰익스피어의 〈맥베스〉와 〈리어왕〉을 일본의 중세로 가져와서 재구성한 〈거미집의 성〉(1957)과 〈란〉(1985), 그리고 도스토옙스키 소설의 뻬쩨르부르크를 홋카이도로 옮겨서 만든 〈백치〉(1951)만이 그런 것은 아니다. 〈주정뱅이 천사〉(1948)에서 구로사와의 페르소나라고 할 만한 미후네 도시로가 맡았던 젊은 깡패 마츠나가의 그 광기 어린 파멸, 〈이키루〉(1952)에서 역시 구로사와의 많은 작품에 출연했던 시무라 다카시가 연기한 와타나베의 죽음이 묻고 있는 삶의 의미, 이런 것들은 정말 어떤 소설보다도 문학적인 감성으로 강렬한 인상을 남긴다. 나는 시네마테크의 한적한 로비에 있는 커피 테이블에 앉아 구로사와의 자서전을 읽는 가운데 그의 영화가 가진 문학성의 기원을 조금이나마 가늠할 수 있을 것 같았다. 그는 거기에 이렇게 적어 놓았다. "아마 상상력을 불러일으키는 힘은 기억력일지도 모르겠다."

육군 사관학교를 졸업한 아버지의 사무라이 기질, 어릴 때부터 심취했던 검도의 매력, 중학교 시절 관동 대지진의 현장에서 보았던 끔찍한 주검들과 그로 인한 공포, 뭐 이런 어린 시절의 체험과 기억들은 분명 그의 예술적 상상력의 중요한 발원지다. 아니, 자기의 지나온 삶 전부를 영화 속으로 끌어들일 만큼 영화는 곧 그의 삶에 육박하는 것이다. 그래서 그는 영화감독이 되기 전까지의 자신의 삶을 영화의 길을 예비했던 운명의 시간으로까지 받아들인다.

"미술, 문학, 연극, 음악, 그 밖의 여러 예술들에 열렬히 심취했던 나는, 영화 예술을 구성하는 온갖 요소들로 머리를 가득 채울 수 있었다. 하지만 영화라는 예술이 내가 배운 이 모든 것들을 다 활용해야 되는 매체인지는 미처 모르고 있었다. 도대체 그 무슨 운명이, 내가 걷게 될 인생의 길에 대해 그토록 나를 잘 준비시켜 줬는지 궁금할 뿐이다."

이런 사후적인 회고는 현재를 합리화하는 일종의 착각일 수 있지만, 영화의 길로 들어서기까지의 그 모든 방황의 시간들은 영화와의 만남과 함께 위대한 준비의 시간으로 되살아난다. 중요한건 그 방황마저도 유쾌하게 역전시킬 만한 그의 뜨거운 영화에 대한 애착이다. 그는 1943년 처녀작 〈스가타 산시로〉로 시작해 여든넷의 나이에 만든 〈마다다요〉(1993)까지 50년 동안 모두 31편의 영화를 연출했다. 그의 이런 필모그래피는 우리들에게 그 인생이 오롯이 영화에 바쳐진 것임을 말하고 있다. "나에게 영화를 뺀 합계는 0일 뿐이다."라고까지 한 그의 말은 과연 과장이라고 할 수 없을 것 같다. 심지어 그는 예순한 살의 나이에 영화 제작의 어려움을 느끼고 면도칼로 자살을 시도하기까지 했다. 그에게 영화 창작의 어려움은 곧 삶의 곤란이었고, 영화를 만들지 못하는 생은 이미 끝난 것이나 마찬가지였다. 그리고 그는 마지막 작품 〈마다다요〉를 끝내고 5년 뒤인 1998년에 여든여덟의 나이로 세상을 떠났다.

그저 오랜 시간을 한 가지 일에 집중하는 사람들은 많이 있다. 그러나 그 오랜 시간을 놀라운 열정으로 마지막까지 진정한 사랑을 갖고 헌신한다는 것은, 결코 누구에게나 쉬운 일이 아니다. 지금 이 무더운 열기 속에서 구로사와 아키라의 탄생 100주년을 기념하는 특별전을 보러 가는 길은, 바로 그 예외적인 인간의 위대함을 만나러 가는 길이다. 쉽게 지치고 또 쉽게 매혹당하는 우리들에게, 한 가지 일에 몰두한다는 것의 위대함이란 도대체 무엇일까.

오즈의 맛

—오즈 야스지로 50주기 특별전

마감을 앞둔 몇 개의 글들은 갈피를 잡지 못한 채 자꾸 미뤄지고 있었다. 시간이 지날수록 초조함은 더해가는데 처리해야만 하는 다른 일들은 끊이질 않고 밀려든다. 그러나 초조한 긴장감은 오히려 다른 쪽으로의 일탈에 더 이끌리게 만든다. 그리고 우연히 보게 된 팸플릿 하나. 지금 해운대 센텀시티에 있는 영화의 전당에서는 '오즈 야스지로 50주기: 오즈의 이면'(2013. 7. 2.-7. 7.)이라는 기획전이 열리고 있었다. 오즈라면 만사를 제쳐두어도 좋을 것 같았다. 그리고 나는 주말 이틀 동안 그곳으로 달려가 〈비상선의 여자〉, 〈동경의 황혼〉, 〈늦봄〉 이렇게 세 편을 보았다.

오즈의 영화는 논쟁적이다. 오즈의 그 지독한 반복과 일관성은 그의 영화에 대한 끈질긴 통념을 만들었고, 바로 그 통념에 대한 저항으로부터 오즈에 대한 독해들이 반박의 형식으로 제출되어 왔다. 오즈에 관한 논쟁의 중심에 놓여 있는 텍스트라면, 아무래도 하스미 시게히코의 『감독 오즈 야스지로』를 떠올리게 된다. 오즈에 대한 가장 일반화된 통념을 하스미는 한마디로 "부정적인 언사의 연쇄에 의해 한 사람의 작가를 긍정한다는 것"으로 정리한다. 쉽게 말해 그것은 "카메라 기교의 단조로움, 이야기 템포의 완만함, 극적인 사건의 부재, 사회적 비판 정신의 희박함"과 같은 '부정적 언사'들로 나열되는데, 하스미는 오즈에 대한 고평들이 이런 부정성의 역설로부터 이루어지고 있음을 지적한다. 저 부정성의 항목들은 오즈의 영화를 어느 정도 보아온 사람이라면 누구라도 긍정할 수밖에 없는 일반화된 세목들이다. 그러나 하스미는 그 세목들에 대한 성찰 없는 인정들이 '오즈적인 단조로움이라는 신화'를 완성시켰다고 보고 있다. 그에게 이런 신화가 명백히 허위일 수밖에 없는 것은, 단지 심증적인 차원의 반발에서가 아니라 먼저 실증적인 이유 때문이다. 〈젊은 날〉(1929)에서부터 〈꽁치의 맛〉(1962)에 이르기까지, 남아 있는 오즈의 영화는 불과 34편에 불과할 뿐이며 20여 편 정도는 안타깝게도 유실되어버렸다는 것. 그러므로 일반화된 통념이란 저 막대한 작품들을 소거한 채 이루어진 잠정적 판단에 지나지 않으며, 때로는 〈비상선의 여자〉(1933)와 같은 오즈의 필모그라피에서 예외적인 성격의 작품을 의도적으로 도외시함으로써 구성된 억견에 불과하다는 것이다.

하스미에게 진정 단조로운 것은 오즈의 영화가 아니라 오즈의 영화들을 둘러싼 비평적 담론들이다. 부정성으로 긍정하는 그 단조로운 비평적 언설들은 예의 그 일관성에 포함되지 않는 다기한 예외적 세부들을 삭제함으로써, 오즈의 영화가 내뿜고 있는 기호의 약동들을 무시하게 된다. 그러므로 시급한 것은 오즈의 영화에 대한 독법의 개변이다. 하스미는 그래서 부정이 아닌 긍정으로 결여가 아닌 과잉으로, 오즈의 영화가 스스로 말하는 그 기호의 약동에 귀 기울인다. 그때 들리는 것은 영화의 표현 그 자체의 한계, 영화 그 자체의 불가능성이라는 메타 영화적 성찰이다. 그리하여 하스미에게 오즈의 영화는 영화로 존재하지 않는 영화다.

물론 〈늦봄〉이 포함되어 있긴 하지만, 널리 알려진 〈동경 이야기〉나 〈가을 햇살〉 대신 〈비상선의 여자〉와 같은 오즈의 영화적 일관성에 균열을 일으킬 만한 작품을 선택한 이번 기획전의 의도는 분명해 보인다. 그동안 간과되었거나 심지어 삭제되었던 예외들의 복원, 그러니까 이번 기획전은 하스미가 제안했던 오즈 영화의 새로운 독법을 제안하고 있는 것처럼 여겨졌다.

〈비상선의 여자〉 상영 후에는 영화평론가 정성일의 '왜 오즈를 다시 보아야 하는가'라는 특별 강연이 이어졌다. 오래 전 수영만 요트 경기장 시절의 시네마테크에서 칼 드레이어 특별전이 열렸을 때, 나는 〈게르트루드〉(1964)를 보고 뒤이어 그의 강연을 들었던 적이 있다. 그때도 그랬지만 역시 이번에도 그는 영화의 내용이나 주제에는 아랑곳없이, 보이는 것의 형식적 미학에 대해 다소 장황한 해석을 시도하고 있었다. 그의 이번 강연은 마치 하스미 시게히코의 번안처럼 여겨질 정도로 『감독 오즈 야스지로』와 중첩되어 있었다. 그는 역시 지적인 갈급함에 몸 달은 시네필들의 욕구에 응답할 줄 아는 재치를 갖고 있다. 고유명사들의 현란한 인용은 물론, 잘 알려져 있지 않은 영화사의 흥미로운 에피소드들을 적절하게 언급하는 능수능란함. 무엇보다 기존의 통념을 전면 부정하면서 자기 해석의 고유성을 극적으로 표출하는 그 입담은 매번 그렇게 사람을 놀라게 한다.

정성일의 강연에서도 핵심은 오즈의 영화에 대한 통념을 뒤집어 새로운 독법을 제시하는 것이었다. 오즈에 대한 신판 독법이란 아마도 '숏은 성립하는데 왜 이미지는 불가능한가?'라는 그의 질문 속에 축약되어 있는 것 같다. 쉽게 말해 오즈의 숏은 마치 내용의 해독이 불가능한 스틸사진 같고, 그래서 그것은 '이미지의 정지'로 해석된다는 것. 오즈의 숏에서 인물들은 무엇을 보는지 심지어 무엇을 하는지조차 알기 어려운 '이미지의 표백' 상태를 자주 드러낸다는 것. 인물들이 대화를 나눌 때 이따금 상대의 얼굴을 빤히 바라보는 장면들에서 그는 역설적으로 그 인물들이 상대를 보고 있지 않다는 생각이 들었으며, 그것은 상대방을 '지나쳐서 본다'는 느낌으로 다가왔다는 것. 그것은 마치 장님을 찍듯이 대상을 묘사하는 이른바 '장님의 감각'이라는 것. 장님은 지팡이를 필요로 하며, 그런 의미에서 오즈의 영화에서 그 '지팡이'는 바로 카메라이고 따라서 오즈의 영화에서 카메라는 움직이지 않는 것이 아니라 움직이지 못한다는 것. 여기에 요점이 있는데, 숏에서 카메라가 멈추고 인물이 멈추고 디에제시스마저 멈추자 드디어 그 멈칫거림의 순간에 영화의 이상한 효과가 발생하고, 그것이 바로 숏이 스스로 말하면서 이미지가 멈추는 역설의 순간이라는 것. 바로 그 순간 하스미 시게히코가 말했던 바의 기호의 역동이 개시되는데, 정성일은 그것을 영화가 디에제시스적이 되면 미메시스가 작동하고, 영화가 숏의 존재론이 되면 기호의 활동에 주로 주목하게 된다는 말로 정리했다. 그런 의미에서 오즈의 영화야말로 브레송이 『시네마토그래프에 대한 단상』에서 말했던 '시네마'가 아닌 '시네마토그래프'에 도달했다는 것이다. 숏의 성립을 통해 이미지를 중단시키는 장님적 감각의 영화 만들기란, 특이성의 영화적 감각을 발명하는 동시에 내러티브 스페이스를 모두 날려버리는 상실을 초래한다. 정성일의 말을 빌려 다시 표현한다면, 문법을 거부하고 창작을 함으로써 대가를 치르게 된다는 것, 이른바 영화의 반격 내지는 복수로써 영화의 딥 스페이스라는 풍요로움을 상실(평면적)하게 되고 가시적인 사건을 포기(여백이 아님)해야 했다는 것이다. 여느 강연이나 집필에서 보아온 것처럼, 특히 그가 중요하게 삼는 분석 단위는 노엘 버치의 데쿠파주(숏 분할)에 착안한 숏들의 연결, 이른바 '상상선'인데 오즈는 리버스 숏의 필드를 포기함으로써 리버스 숏에 포함되어 있는 상상적 관객을 버렸고, 결국 오즈 영화의 마술이 가능하게 되었다고 본다. 세 시간이 넘는 그 강연에서 정성일은 오즈의 그 비합리적인 연출의 합리성을 필사적으로 해명하려 했다.

정성일은 분명 대단한 강밀도의 영화 애호가임에 틀림없다. 언제나 그의 비평은, 보았다는 환희와, 보았었다는 향수 속에서, 볼 것이라는 부푼 기대로 들떠 있다. 그가 영화를 사랑하는 방식은 인간이 지성의 힘을 통해 사유할 수 있는 가장 드높은 경지의 수준에서 그 미학적 형식을 집요하게 파고드는 것이다. 그것은 그야말로 인간으로서 누릴 수 있는 최고의 호사가 아닐 수 없다. 그럼에도 그는 왜 때때로 호들갑에 가까운 과장과 과잉으로 진중한 사유를 대신해 자기의 영화적 편애를 독점적으로 공개하려 하는 것일까. 그것은 아무래도 해석 주체의 그 관능적인 집요함이 영화 자체에 대한 존중을 넘어서고 있기 때문일 것이며, 영화가 혼자 누릴 수 있는 최고의 예술이면서 동시에 함께 공유하는 공통의 장에 존재하는 매체라는 사실을 망각했기 때문이 아닐까. 영화를 향한 그의 사랑은 오직 자기만이 그 대상을 독점하고픈 조급함으로 비뚤어져 있다. 때때로 그는 영화 속에서 남들이 보지 못한 것을 말하기 위해, 남들이 본 어떤 것들을 가볍게 기각한다. 그의 사랑은 독선적이고, 그래서 그것은 때로 엄청난 배타성을 드러낸다. 리비도의 과잉이 그를 지나치게 공격적으로 만드는 것은 아닐까. 그러므로 그 사랑이란 결국 자기를 향한 나르시시즘이다. 자기에 대한 집착은 결국 자기의 어떤 결핍을 타자를 통해 보충하려는 충동으로 드러난다. 그래서 그의 비평은 온통 작가와 작품이라는 고유명사들의 나열로 어지럽다. 미학적 본질주의가 성치적 보수수의와 공모하는 것은 흔한 일이다. 때때로 미학적 본질주의의 고고한 관념성은 정치적 보수주의를 윤리적 급진성으로 돌파하려는 꼼수로 치닫기 쉬운데, 그럼에도 그 고상한 의도가 끝내 추악한 속내로 좌절되고 마는 사례는 또 얼마나 허다한가. 그러나 오즈가 그렇게 한갓 고고한 유희의 대상으로 절취될 수 있다는 것도 역시 오즈의 영화가 갖고 있는 풍요로움의 방증이다.

오즈의 사후 20주년이 되는 1983년 빔 벤더스는 카메라를 들고 동경을 방문했다. 〈도쿄가〉(1985)는 그렇게 서방의 한 감독이 오즈에게 헌정한 최고의 오마주다. 빔 벤더스가 오즈 영화의 주요 무대인 동경을 뒤늦게 찾았을 땐, 오즈의 영화 안에서 가능했던 동경의 신화적 이미지는 이미 불가능한 것이 되고 말았다. 전후의 60년대를 경과한 동경은 이제 소비자본의 신천지가 되어버렸고, 미국 문화의 이미지들로 범람하는 동경의 현재는 벤더스를 상념에 잠기게 만들었다. 그리고 그는 오즈 이후의 동경에서 오즈의 영화를 이렇게 회고한다. "도쿄의 현실이 점점 정감 없이 매몰차게 몰아치고 위협적이고 비인간적으로 될수록 내 머리 속에 더 강렬하게 자리 잡는 긴 정립고 징돈된 세계의 이미지, 오즈 야스시로 영화 속의 신화의 도시 도쿄였다. 이제는 더는 존재하지 않을 것이다. 흐트러진 세계에서 여전히 질서를 지향하고 여전히 세계의 투명성을 기대하는 관점이다. 이런 태도는 설령 오즈가 아직 살아 있더라도 지금으로선 불가능할 것이다. 극도로 증폭된 이미지들이 이미 너무 많은 걸 망가뜨렸고 그 한 시절의 이미지는 벌써 영구히 살아졌을 것이다." 그리고 그는 오즈의 거의 모든 영화에 출현했던 배우 류 치슈와 함께 오즈의 묘소를 방문하고 이런 상념들을 늘어놓는다. "오즈의 묘비에는 이름도 없이 단지 한자로 無라 새겨져 있었다. 비었고 없다는 뜻이다. 돌아오는 기차간에서 이 문자에 대해서 생각했다. 없음, 어린 시절 종종 없다는 걸 상상하고 두려움에 떤 적이 있었다. '없는 건 존재할 수 없다'고 늘 생각했다. '오로지 존재하는 것은 실재이며 현실이다.' 관념은 영화 속에서 공허한 무용지물이다. 누가 스스로를 안다는 것은 현실의 인식을 뜻한다. 사람은 두 눈으로 현실을 본다. 먼저 타인을 보고 연인을 본다. 주변의 사물을 보고 살고 있는 도시나 시골을 보며 또한 인간의 운명인 죽음과 사물의 일회성을 본다. 사랑, 고독, 행복, 슬픔, 공포를 보고 겪는다. 한마디로 사람이 보는 건 인생이다. 사람들이 겪는 개인사와 화면에서 묘사되는 장면 사이에 때론 큰 격차가 있다는 걸 누구나 안다. 그 거리감을 익히 알면서도 삶과 동떨어진 영화가 지극히 자연스러운 사실에 아연실색하고 그러다 갑자기 영화 속에서 어떤 진실의 실체와 만난다. 그건 단지 배경 속의 한 아이의 몸짓이거나 프레임을 가로지르는 새의 비상이거나 순간적으로 화면에 비친 구름의 그림자다. 오늘날의 영화에서 그런 진실의 순간은 드물다. 사람들에게 보이는 대상이 현실 그 자체다. 그래서 오즈의 작품들이 아주 독보적이며, 특히 후기작에서 그렇다. 그런 진실의 순간들이 있다. 아니, 순간뿐만이 아니다. 그 진실은 시종일관 길게 지속된다. 영화는 계속 생생하게 삶 자체를 다루고 그 속에서 사람과 사물, 도시와 시골이 스스로 드러난다. 이런 현실 묘사와 기법을 오늘날의 영화에서는 더는 찾을 수가 없다. 모두 과거의 일이다. 無, 이제는 없는 것만이 남았다."

　오즈 이후의 일본을 바라보는 빔 벤더스의 시각은, 1959년 일본을 방문해 거기서 스노비즘의 징후를 읽어냈던 알렉상드르 코제브와 미묘한 시차적 관점을 드러낸다. 코제브는 역사의 종말과 함께 인간은 인정투쟁을 멈추고 자연으로 돌아가 합일하는 이른바 '인간의 동물화'에 이르는 바, 1950년대의 미국이 바로 그것을 실현하고 있다고 보았다. 그리고 그는 일본에서 그 반대의 극단에 있는 '스노비즘'을 발견했던 것이다. 스놉(snob), 그러니까 속물의 한 사례로 코제브가 제시한 것은 '무상(無償)의 자살자'였다. 무상의 자살로 표현되는 속물은 형식적인 것에 대한 집착을 노골화하는데, 그것은 곧 '무상'이라는 형식자체를 타인에게 극적으로 가시화하는 '타인지향형'의 한 형태인 것이다. 그러므로 무상은 '진정성'을 발현하는 '無'와는 전혀 무관한 것이다. 코제브에 따르면 "욕구 일반의 자아란 텅 빈 공허한 것(eine Leere)인데, 이러한 공허는 욕구된 피아(彼我)를 파괴하고 변화시켜 '동화(同化)'함으로써 욕구를 충족시키는 그러한 부정하는 행위에 의해서만 긍정적이고 실재적인 내용을 얻는다."(알렉상드르 코제브, 설헌영 옮김, 『역사와 현실 변증법』, 한벗) 無가 역사적 변증법의 지평 위에선 주체의 인정투쟁에 대한 욕망을 드러낸다면, 속물의 무상은 타인에게 붙들린 퇴폐적 주체의 한 증상이다. 빔 벤더스가 오즈의 영화에서 본 것이 無라고 한다면 그가 오즈 이후의 동경에서 본 것은 바로 속물들의 무상인 것이다. 하스미 시게히코와 정성일 그리고 빔 벤더스는 공히 오즈에게서 그 無를 보고자 그렇게 필사적이었던 것이다. 정성일은 '이미지의 표백'과 '장님의 감각'을 말했고, 하스미는 그의 오즈론을 이렇게 끝맺고 있다. "'無'란 한 편의 영화 속에 그려져 있는 것이 아니라 보는 도중에 겪게 되는 체험이다. 그것이 잔혹함과 경계를 접하는 쾌락임은 말할 것도 없다." 그러나 속물들의 천지가 되어버린 지금은 오즈의 영화에 함축되어 있던 '진정성'을 찾기 어렵다. 바로 그 곤란함이 오즈의 영화를 애타는 그리움의 대상으로 향수하게 만드는 것이다. 그것은 다름 아닌 잃어버린 無를 향한 우리의 집념이다. 그러므로 오즈의 영화가 가진 참맛은 맛-없음(無味)이다. 이 현란한 맛의 시대에 맛 없음이라니!

르상티망과 노예도덕

—〈아리랑〉

　　아리고 쓰라린 이별의 노래 아리랑은 비탄의 삶을 살아낸 사람들의 정한을 달래는 주술이었다. 김기덕은 마치 절규나 포효처럼 아리랑을 노래한다. 음계나 음색의 정결함 따위에는 아랑곳없이, 가슴에 맺힌 분노와 절망을 아리랑의 곡조에 실어 그냥 내어지른다. 그것은 어떤 칭얼거림이지만, 대단히 진지하고 열정적인 칭얼거림이다. 그것은 어리광이지만, 대단히 영악하고 어른스런 어리광이다. 그렇다면 그를 아리고 쓰리게 한 것은 무엇인가. 생각건대, 김기덕은 자기에게 주어진 애정과 존경, 찬사와 동경이 떠나가는 것을 도무지 견딜 수 없어 하는 것 같다. 그는 자기 인정투쟁의 절핍함을 마치 떼를 쓰는 아이처럼 노골적으로 하소연한다. 영화 〈아리랑〉은 그렇게 자기애의 절정에서 터져 나온 울분이다. 그러니까 그에게 '아리랑'은 타인의 인정으로부터 소원해진 자기를 구출하는 필사적인 주술이다.

　　김기덕은 때때로 그의 인물들에게서 말을 빼앗아버리곤 했다. 〈나쁜 남자〉(2001)의 한기는 그래도 한마디라도 했지만, 〈아멘〉(2011)이나 〈뫼비우스〉(2013)에서는 아예 인물들에게 말을 부여하지 않는다. 그러나 어쩐 일인지 〈아리랑〉은 울분으로 가득한 그 수다스러움이 인상적이다. 그것은 마치 일방적인 독백이나 강변에 가까운 연설처럼 느껴진다. 논리적인 척 애쓰고 있지만, 사실은 어쩌지 못하는 정념에 사로잡혀 강짜를 부린다는 인상이다. 하지만 의외로 그 강짜가 오히려 논리로 설명할 수 없는 진실을 드러낸다. 바로 그 강짜의 집요함이 이 영화를 보고 나서 오래도록 생각하게 만든다. 그의 울부짖음에 고스란히 담긴 자기애의 애틋함이야말로, 어떤 꾸밈도 없는 솔직함의 절정인 것이다.

그의 진솔한 고백은 어떤 화려한 미장센보다도 압도적인 장면을 연출한다. 열등감으로 가득한 내면을 들추어 보여주는 데에는 용기가 필요하기 때문이다. 영화감독이 되기 이전의 자기가 아무것도 아니었다는 고백은, 단지 생애사의 한 부분으로 쉽게 정리되어서는 안 된다. 그는 폐차장에서, 전자제품 공장에서, 또 길거리의 화가로 떠돌던 시절을 회고한다. 그때 그는 스스로를 초라하게 여겼으며, 자기가 세상으로부터 전혀 존중받지 못하고 있다는 생각으로 한없이 외로웠다고 한다. 이 한마디의 말이 그 탄식이다. "내 삶을 압축하면 외로움인 것 같다." 이처럼 어쩔 수 없는 외로움이란 타인의 인정을 바라는 노예의 감정에 다름 아니다.

외로운 사람은 자기를 내버려둔 세계에 대하여 복수를 꿈꾼다. 그래서 타인의 인정에 굶주린 자는 공격적이기 마련이다. 김기덕은 두 개의 사건을 지목한다. 〈비몽〉을 촬영할 당시에 여주인공을 죽일 뻔 했던 일, 거기서 그는 자기의 영화가 죽음에 대한 성찰이 아니라 죽임의 도구가 될 수 있음에 크게 놀랐다. 그러나 그 일을 겪고 난 뒤의 그는 더 견고해졌다. "죽음은 그냥 지금과 다른 거야!" 현자의 깨우침에 비견될 만한 이 말 속에, 그 일로 겪어내야 했던 고단한 외로움이 압축되어 있다. 외로움 속에서 그는 적개심으로 무너지지 않았다. 오히려 더 단단해졌고 또 깊어졌다. 그러나 두 번째로 닥친 일에서 그는 완전히 무너져버린 것 같다. 배우겠다고 왔다가 배신감을 주고 떠난 후배 내지는 제자에 대하여 말하는 그의 격렬함이 위태롭다. 그는 실명을 공개하고 자세한 내막을 거론하며 매도에 가까운 말들로 폭로를 자행한다. 자기 이익을 위해서, 자본주의의 유혹을 이기지 못해서 메이저로 투항해버렸다고, 떠나는 방법이 잘못되었다고, 너무 비겁하게 떠났다고 울부짖는다. 원체 외로웠던 사람이라 떠남에 대한 반응이 이처럼 남다른 것일까.

"존경한다고 왔다가 경멸하면서 갈 수 있어." 이런 자조마저도 매우 공격적으로 느껴진다. 사람들은 어차피 자기의 꿈과 욕망이 우선이기 때문에 우정은 끝까지 갈 수 없다고, 그것이 인생이라고 목소리를 높인다. 그는 그 일을 겪고 난 뒤로 모든 사람들이 기회주의자처럼 보였다고 울부짖었다. "나는 안 그랬어, 나는 안 그랬어!" 이 얼마나 순진한 사람인가. 그런데 이 장면에서 김기덕의 또 다른 자아가 등장해 김기덕을 한심하다는 듯이 나무란다. "그걸 이제야 알았어?" 그는 아마 알 수도 있었겠지만, 단지 그 후배가 그럴 줄은 몰랐을 뿐이다. 바로 이런 순진함이 사실은 가장 사악한 폭력의 이면일 수 있다.

삼 년 동안 영화를 만들지 못했던 이유가 정말 그 때문이었는지는 알 수 없는 일이다. 그러나 그 후배가 그에게 보여준 존경은 세계영화제에서의 인정에 버금가는 것이었을지 모른다. 아마도 그는 후배의 인정 속에서 한동안 덜 외로웠을 것이다. 하지만 후배의 무정한 떠남은 다시 그를 아리고 쓰라린 외로움 속에 방치하게 한 결정적 사건이 되었다. 엇나간 사랑은 그렇게 지독한 미움이 된다. 그러므로 '아리랑'은 떠남을 원망하며 하소연하는 외로운 자의 처절한 비명이다.

이별을 받아들이지 못하고 떠난 이를 욕하는 것은 부끄러운 짓으로 여겨진다. 그래서 그는 대놓고 후배를 욕할 수는 없었다. 그러나 욕하고 싶지만 욕할 수 없는 사람이란 더 큰 미움의 대상이 된다. 그래서 대개 사람들은 그 타자를 향한 분노를 돌려 자학으로 그 상황을 견디려 한다. 아마 삼 년의 공백은 바로 그 자학의 시간이었을 것이다. 그러나 대상(떠나간 타자)에 고착된 사람은 현재를 살아낼 수 없다. 애도하지 못하는 자의 병리는 그렇게 해서 발생하는 법이다. 다시 다른 타자들의 인정을 통해 자기를 일으켜 세워야 한다. 김기덕에게 그것은 영화를 통해서만 가능한 재기(再起)이다. 그러나 상황은 여의치 않았고, 그는 가장 어려운 조건 속에서 가장 창조적인 방법을 고안해냈다. 그것은 바로 영화를 찍을 수 없는 자기의 상황 그 자체를 영화로 찍는 것이다.

영화는 잠에서 깬 김기덕이 밖으로 나가서 배변을 하는 장면으로 시작한다. 그리고 커피를 마시고, 밤과 호박 따위를 구워 먹는다. 유난히 먹는 장면이 많다. 홍시나 말린 생선은 물론, 라면, 고등어, 족발, 비빔밥 따위를 어기적거리면서 먹는 모습들을 자주 보여준다. 이 장면들은 영화에 대한 김기덕의 태도를 함축하고 있다. 그에게 영화는 먹고 싸는 것을 제외한 모든 시간이다. 그리고 영화를 찍는 것은 그에게 먹고 싸는 것만큼 중요한 생활이다. 한마디로 그의 삶은 먹고 싸는 것 말고는 모두가 영화이며, 또 영화는 그에게 먹고 싸는 것만큼 당연한 일이다. 그러니까 그에게 있어 영화를 찍는다는 것은 바로 삶 그 자체이다. 포이에시스, 그에게 무엇을 만든다는 것은 타자로부터 인정받기 위한 결사의 항전 같은 행동이다. 그의 손재주는 남다른 데가 있다. 이 영화에서 직접 에스프레소 기계를 만들어나가는 과정은 중요한 장면이다. 권총도 직접 만든다. 김기덕은 다름 아닌, 포이에시스를 통해 타인들의 인정을 먹고 생존하는 인간이다.

잠들기 위해 불을 끄면 밖에서 노크 소리가 들린다. 밖을 나가보면 아무도 없다. 같은 상황이 반복된다. 그 노크는 삼 년의 칩거를 끝내라는 신호이며, 김기덕을 다시 바깥으로 불러내는 소리다. 그리고 김기덕은 카메라를 정면으로 쳐다보고 '레디 액션'을 외치며 드디어 입을 연다. 삼 년의 침묵을 끝내고 다시 말을 꺼내려면 민망함을 견뎌야 한다. 맨 처음 김기덕이 카메라 앞에서 말을 꺼낼 때 그의 표정엔 어색함이 역력하다. 그러나 이내 진지하게 몰입한다. 배우의 역할에 대해 말하고 난 다음 스스로에게 말을 건넨다. "김기덕 너는 지금 무엇을 하고 있느냐?" "너는 왜 영화를 찍지 못하고 있느냐?" "너의 문제는 무엇이냐?" 그리고 이렇게 대답한다. "아무것도 계획된 것이 없지만, 나는 지금 무엇인가를 찍어야만 행복할 것 같다. 그래서 나는 나를 찍고 있다." 이 자문자답으로 그는 삼 년의 침묵으로부터 요령 있게 벗어난 셈이다.

그러나 혼자만의 일방적 독백은 서사적으로 위태로울 뿐만 아니라 언술의 태도에 있어서도 위험하다. 그래서 그는 독백을 대화로 반전시키는 기발한 형식을 구사한다. 이때 술은 중요한 매개체다. 그는 스스로 이 영화가 다큐일 수도, 드라마일 수도, 판타지일 수도 있다고 선언한다. 알코올을 매개로 김기덕의 자아는 두 개로 쪼개진다. 머리를 풀어헤치고 술을 마시는 김기덕과, 머리를 단정하게 묶고는 다그치고 추궁하는 또 다른 김기덕. 술을 마시는 김기덕은 감정에 복받쳐 참아왔던 말들을 쏟아낸다. 그중에서 특히 놓치지 말아야 할 말이 있다. 세계영화제에서 주목을 받기 시작하면서, 어느 순간부터 영화를 만드는 것이 그 인정이라는 목적을 의식하게 되었으며, 그런 인정의 욕망이 노골적으로 되어가면서 창작이 막혀버렸다는 것이다. 이 고백은 후배의 배신에 대한 울분보다도 더 진실한 말이다. 그 고백에 이어 그는 아리랑을 목 놓아 부르며 울부짖는다. 또 다른 김기덕이 바로 그 격정에 찬 울부짖음을 화면 바깥에서 지켜보고 있다. 그는 멋쩍은 웃음으로 민망함을 감추려 한다. 다시 화면 속의 술 취한 김기덕은 지금 찍고 있는 이 영화에 대한 입장을 내놓는다. 영화를 찍을 수 없어서, 영화를 찍지 못하는 지금의 자기를 찍는 것이야말로 진짜 영화가 아니냐는 것이다. 캐논 카메라 한 대로 혼자서 자기 자신을 찍고 있는 이 상황 자체가 영화의 진실이라는 것. 그는 지금의 영화들은 너무 인위적이고 치장이 많으며, 영화적 진실이란 결코 카메라 기기의 수준이나 화려한 조명장치로 가공되는 것이 아니라고 말한다. 그러다 갑자기 흥분해서 울부짖는다. "난 지금 영화를 찍고 싶다고, 난 지금 영화를 찍고 싶다고!" 그리고 느닷없이 악역을 선호하는 배우들을 욕하기 시작한다. "영화를 통해서 자위나 하는 것들"이라는 그 흥분에 찬 비난은, 주로 악한의 캐릭터로 세계의 어떤 진실을 묘파하려 했던 자기 자신을 향한 분노가 아닐까.

그림자로 등장하는 김기덕까지 출연하면서, 김기덕의 모놀로그 그는 그야말로 다성악적인 대화의 형식을 연출한다. 네 개의 자아들로 출연한 김기덕은 참아온 말들을 방출하면서 쌓아온 침묵의 고통을 치유하고 있는 것처럼 보인다. 그런데 다중적인 형식을 빌린 이 독백의 말들은 누구를 향하고 있는 것일까. 카메라를 향해 아리랑이라는 노래의 의미를 설명해준다거나, "당신들의 영화제가 나를 발견해주지 않았다면, 나는 흥행에 실패한 감독으로 끝나고 말았을 것입니다."라고 말하는 것으로 봐서, 그의 말들이 결국은 세계 영화계의 인정을 욕망한 것임을 짐작하게 한다. 그러니까 이 영화는 자기를 발견해주고 인정해주었던 그 주인에게, 다시 인정을 요청하는 일종의 계획적인 투정이다. 그리고 그는 그 주인에게 이렇게 고한다. 영화를 만드는 것이 자기의 가장 큰 행복인데, 악마들이 영화를 만들지 못하게 하고 있다고. 그 악마들이란 다름 아니라 자기를 인정해주지 않고 떠난 사람들이다. 손수 제작한 권총으로 그 악마들을 하나씩 응징하고 난 다음, 마지막에 자기를 향해 스스로 방아쇠를 당기는 장면은, 마치 자신을 그의 주인들에게 극적인 방법으로 과시하려는 것처럼 보인다. 그러니까 그 격발은 자기를 해체하는 것이 아니라 자아를 강화한다. 오두막의 벽에 붙어 있던 세계지도와, 마지막 장면에서 보여주는 세계 유수의 영화제에서 받은 트로피들은, 그의 인정투쟁 욕망을 선명하게 가시화한다. 그렇다면 이 영화에 주어진 칸느의 관심이란 김기덕의 그 진지하고 치열한 칭얼거림에 대한 주인의 응원이자 격려가 아니었을까. 〈피에타〉(2012)에 주어진 영광 역시 아마 마찬가지의 의미로 받아들여야 할지 모르겠다. 이런 생각 때문일까. 김기덕의 아리랑에 담긴 원통한 정한은, 자기애로 가득한 외로운 남자의 초라하지만 위대한 갈구라는 생각이 든다.

영화, 그리고 소설

―〈러시안 소설〉

    영화가 탄생한 이래로 문학은 영화의 든든한 버팀목이었다. 그러나 영화는 문학을 위기로 내몰아 도발적인 실험들을 감행하도록 부추겼다. 영화는 특유의 이미지 존재론으로 인간의 지각을 넘어선 인식의 경계를 넘나들었고, 내러티브의 구성과 화행의 여러 조건에 있어 소설의 전통적 형식에 근본적인 질문을 제기했다. 마르셀 프루스트와 제임스 조이스의 악전고투란 바로 그 질문에 대한 문학 쪽의 응답이라고 할 수 있다. 그럼에도 영화산업의 차원에서는, 소설이 영화에 이야기의 줄거리나 주요한 모티프를 제공하는 것으로 그 관계를 협소하게 고착하려는 경향이 지배적이었다. 하지만 영화와 문학이라는 미디어의 차이를 인식론과 존재론의 철학적 사유 속에서 고뇌하고, 그것의 미학적 현전을 궁리하는 소수의 작가들이 없지 않았다. 60년대의 프랑스에서 이루어졌던 누보로망과 누벨바그의 만남은 알랭 레네의 각별한 작업들 속에서 무르익었고, 미국에서는 소설의 서사를 분해하여 다시 영화의 이미지로 조립했던 스탠리 큐브릭의 실험들이 인상적이었다. 이처럼 영화와 문학은 그 차이와 거리 속에서 서로를 굴절시키며 연합해왔던 것이다.

신영식 감독이 연출한 〈러시안 소설〉(2012)은 문학과 영화의 그 오랜 관계를, 독특하고 신선한 시각으로 다시 되돌아보게끔 하는 영화다. 이 영화는 문학을 단지 보여주는, 다시 말해 활자의 언어를 영상으로 옮기는 따위의 진부한 매체전환의 양식이 아니다. 놀랍게도 이 영화는 소설을 영화로 보는 것이 아니라, 영화로 소설을 읽고 소설로 영화를 보는 독해의 새로운 형식을 창안한다. 이 영화를 다 보고 나면, 문학을 소재로 동원하지 않으면서도 영화가 그 자체로 얼마나 문학적인 예술인가를 느낄 수 있다. 그것은 「소지」의 작가 이창동의 영화들과는 또 다른 느낌이다. 이창동의 영화가 리얼리즘의 소설적 문법에 착근하는 문학적 감수성으로 만들어졌다면, 이 영화는 소설을 쓴다는 것의 고민을 영화 만들기의 고뇌로 가져와, 영화와 소설의 언어적 형식을 횡단하고 있는 것처럼 여겨진다.

창작의 고뇌를 탐미적으로 천착하는 유익서의 예술가 소설들이 전형이라 할 만하고, 소설을 쓴다는 것의 곤혹스러움을 그린 이기호의 「수인」이 인상적이지만, 소설쓰기 그 자체의 과정을 소설로 다시 쓰는 한유주의 소설들이야말로, 지금 한국의 소설 작단에서 소설이라는 이야기 양식에 대한 메타적 물음의 절박함을 극단적으로 예시한다. 〈러시안 소설〉은 소설의 그런 고민을 가져와 영화라는 매체를 통해 사유하고 있다는 점에서 진귀하다. 안정효의 동명 소설을 영화로 만든 정지영 감독의 〈헐리우드 키드의 생애〉(1994)가 영화를 매개로 '창작'의 '주체'에 대한 포스트구조주의적인 질문을 제기한 바 있지만, 소설 쓰기의 문제를 〈러시안 소설〉처럼 이렇게 직핍하고 근사하게 파고든 영화는 매우 드물었다.

영화는 중간의 암전을 기점으로 2막의 구성으로 분할되어 있다. 앞의 이야기는 작가지망생의 고투와 좌절에 초점을 맞춘 과거의 시간으로, 낮은 채도의 화질로 표현되었다. 총천연색의 화질로 선명한 2막은, 혼수상태에 빠졌던 작가지망생이 27년이 지난 뒤에 깨어나 보니 당대 최고의 작가로 추앙받고 있는 상황으로 시작한다. 2막은 1막의 그 고뇌 어린 지루함을 견딘 사람만이 맛볼 수 있는 재미를 느끼게 해주는데, 알 수 없는 그 사정을 알아가는 일종의 미스터리 구성이 흥미롭다. 그 미스터리가 바로 소설을 쓴다는 것의 사유를 담고 있는 부분이다.

작가 지망생 신효는 쓸거리를 갖고 있고 써야 한다는 열망을 품고 있지만, 정작 그것을 소설이라는 형식으로 풀어낼 재능이 없다. 그는 그것이 학교를 제대로 다니지 못해서, 그러니까 못 배운 탓이라고 생각한다. 그러나 실은 못 배웠다는 그 자의식의 덫을 벗어날 수 없기 때문에 그는 소설을 제대로 쓰지 못하고 있는 것이다. 세상에는 이처럼 열정이 있어도 그 방법을 몰라서 쓰지 못하는 사람이 있다. 그러나 또 한편으론, 재능을 타고났어도 정작 할 이야기가 없거나 이야기할 의욕을 갖지 못한 사람들도 있다. 이 영화는 그렇게 능력과 결핍이 어긋나는 사람들의 합작으로 만든 어떤 소설(러시안 소설)에 관한 이야기다. 이른바 신효와 더불어 성환과 재혜의 돌려쓰기. 그러니까 '러시안 소설'은 글쓰기의 의욕과 글쓰기의 재능이 만들어낸 텍스트다. 소설을 쓴다는 것은 결국 능력(기능)들의 연합을 통해 가능한 작업이라는 것. 저자는 죽었고 에크리튀르가 남았다는 푸코와 바르트의 작가론이 떠오르는 대목이다.

형식이 내용으로 무리 없이 습합된 것도 이 영화의 중요한 미덕이다. 1막에서 숏들의 진행과 더불어 소설의 낭송(내레이션)과 함께 화면에 찍히는 활자들은 소설과 영화의 훌륭한 연합을 연출한다. 욥기의 한 구절을 따와 영화의 처음과 끝에 제사(題詞)로 삽입한 것도 적절했다. "그가 내 앞으로 지나시나 내가 보지 못하며 그가 내 앞에서 움직이시나 내가 깨닫지 못하느니라."(8:14) 창작이 곧 신을 만나는 것이라고 할 수 있다면, 창작의 이법이란 선명하게 우리 앞에 그 모습이 드러나는 것이 아니라, 신의 존재처럼 초월적으로 현현하거나 계시되는 깃이라는 전언. 그러나 세속의 글쓰기는 초월의 열망 속에서도 현존의 부조리로 인해 고단할 뿐이다. 그러나 바로 그 긴장, 초월하려 하지만 세속에 붙들린 그 가혹한 현존의 사태야말로 모든 창작의 진정한 조건이다. 영화에서 중요한 모티프로 등장하는 물고기는, 역시 예수의 메타포로 구원의 열망을 암시한다. 작가에게 구원이란 무엇인가. 〈러시안 소설〉이 묻고 있는 것이 그것이다. 나는 구원의 여부보다는, 그 물음 자체에 대하여 오래 생각한다.

가족이라는 아포리아

—⟨고령화 가족⟩, ⟨불륜의 시대⟩, ⟨댄스 타운⟩

5월은 가정의 달이라고 한다. 그러나 우리 근대사의 지층에서 5월은 무엇보다 광주에 대한 기억으로 들끓는 시간이다. 물론 그 역사적인 5월도 유족을 비롯한 피해 가족들에게는 상처로 얼룩진 가족사의 어떤 질곡으로 기억되고 있을 것이 분명하다. 예컨대 강풀의 카툰을 원작으로 한 영화 ⟨26년⟩의 서사가 역시 그 가족들의 원한을 복수라는 형식으로 해원하려 하지 않았던가.

한국의 소설들이 늘 그래왔지만 가족에 대한 예민함은 유난스럽다. 당대의 주류적 서사들이 가족에 어떤 집착을 보인다는 것은 우리 사회에 대한 일종의 증후를 드러내는 것이다. 5월을 맞는 나에게도 가족이란 진정으로 곤란한 아포리아가 아닌가 하는 생각이 더욱 절실해진다. 며칠 전엔 '어버이날'을 맞아 고향에 계신 어머니를 찾아뵙고 왔다. 애틋함 가득한 시간이었음에도, 나의 그 방문이란 아마도 간교한 도덕적 책임의 소산이 아니었을까 생각해본다.

그 부도덕한 방문의 일정을 마치고 밤늦게 나는 심야영화를 보러 영화관에 갔다. 마음의 부담을 홀홀 떨치고 마치 어떤 해방감이라도 누리려는 듯이. 내가 본 것은 천명관의 소설을 원작으로 한 영화 〈고령화 가족〉(2013)이었다. 영화는 이 난세에 그래도 가족이란 거의 유일한 희망이 아닌가, 라는 메시지를 전하고 있는 듯 했다. 그건 마치 영화에서 몇 차례 반복적으로 비춰준 낡은 맨션의 담벼락에 홀로 허허롭게 핀 민들레꽃 같은 것이리라. 그러나 이런 은유는 너무 진부해서 그냥 무시해도 좋을 것이다. 영화의 내러티브는 방향을 잃고 위태로웠지만, 그 위태로움 자체가 바로 '가족이라는 희망'의 메시지가 가진 작위성의 파탄을 예증한다. 그 억지스러운 결말의 행복을 보고 아마 누구라도 씁쓸함을 느끼지 않을 수는 없었을 것이다.

탈냉전 이후의 일상은 거대한 역사의 이야기들을 무안하게 만들었다. 할리우드의 액션 영화들마저도 실은 냉전에 대한 알레고리로 분분했지만, 이제 서사화되는 것은 그런 역사가 아니라 미세한 욕정들이다. 그리고 그 욕정의 한가운데 가족이 떡하니 버티고 있는 것 아니겠는가. 그러니까 가족이란 저 냉전 시대의 몰락 이후 인류가 기대고 있는 거의 유일한 낙원의 유토피아다. 결핍은 채움의 욕동을 일깨우고 동물과 속물로 분기된 주체들은 그 결핍의 보충을 위해 집착 속에서 분열할 수밖에 없다. 하지만 그 주체들은 '진정성'의 상실로 더 공허할 따름이다.

다음 날은 마침 일요일이라 아침부터 또 영화를 보며 여유로운 시간을 보냈다. 하지만 전규환 감독의 〈불륜의 시대〉(2011)는 여유와는 좀 거리가 먼 심각한 영화였다. 존 카사베츠의 〈얼굴들〉(1968)을 떠올리게 만드는 그 주제의식은, 교차편집이라든가 롱숏의 앵글로 잡은 이국적인 풍경의 미장센에 대한 감상을 부차적인 것으로 만들어버린다. 영화 속의 부부는 서로 말하고 듣지만 그건 '얼굴'의 진정한 마주함이 아니기에 대화라 할 수 없는, 그저 응답 없는 독백에 불과하다. 그렇게 서로가 어긋나는 가운데 그들은 외도로 각자의 비밀스런 관계에 몰두한다. 그리고 끝내 탄로 날 수밖에 없는 그 비밀은 일종의 단죄처럼 폭로되고 만다. 그리고 아내는 마치 처형이라도 당하듯 살해당한다. 이 영화에서 가족은 이처럼 알맹이 없는 빈껍데기에 불과한 결사체다.

이 영화에서 사람들의 일상으로 분주한 바라나시의 풍경은 남루하지만 그래도 어떤 열기로 들끓고 있다. 사랑과 강도와 테러가 혼재한 그곳에서 일상은 폭력 속에서도 계속 이어진다. 영화의 여운은 오래 남았다. 그래서 나는 산책을 하고 돌아와 어떤 이끌림처럼 같은 감독의 〈댄스 타운〉(2010)이라는 영화를 찾아볼 수밖에 없었다. 이른바 탈북자의 이야기였음에도 역시 그 서사 안에는 가족의 해체라는 모티프가 내장되어 있었다. 탈냉전 이후에도 여전히 분단이라는 역사적 조건은 한반도의 민중들에게 가족 해체의 폭력으로 엄존한다. 물론 이 영화에는 북한의 전체주의에 못지않은 남한 사회의 배타성과 속물성에 대한 비판이 가로놓여 있다. 나는 엉뚱하게도 이런 생각에 빠져들었다. 탈북과 망명이 전체주의적 국가로부터의 도망이라고 할 때, 그 도주의 선을 가로막고 버티어 선 또 다른 괴물이 가족이 아닌가 하는 생각. 전체주의적 국가 역시도 사실은 가족 유사성의 체제가 아니면 무엇일까. 지금 이 시대에 가족으로부터 망명하지 않는 주체는 결코 자유로운 삶에 이를 수 없을 것이다.

이제는 가족주의의 공격성과 배타성 너머에서 새로운 공동체에 대한 사유들이 발기하고 있다. 그러므로 가족주의 이후의 가족에 대한 사유는 곧 새로운 연합에의 열망을 담고 있다. 그리고 다시 생각해본다. 결사항전하다 스러져간 5월의 그 공동체는 과연 무엇이었을까. 이론으로 쉽게 일반화될 수 없는 그 정체에 대한 탐문들이 나를 사로잡는다.

제주의 비경

—〈지슬〉, 〈비념〉

　　현기영의 「순이 삼촌」(1978)을 읽지 않은 대개의 사람들은 아마
도 제목의 그 '삼촌'이라는 말을 쉽게 오해하고 말 것이다. 남녀 구
분 없이 가까운 이웃을 일컫는 이 말에 대한 뭇사람들의 오해만큼
이나 제주에 대한 나의 이해는 일천하다. 제주에 대한 내 인식의 기
초는 국민국가의 논리로 학습된 네이션의 감각에 깊이 연루되어 있
을 것이 분명하다. 다시 말해, 제주란 나에게 경험을 초월한 저 아
득한 관념의 지평 어딘가에 있다. 화산의 섬 제주가 대한민국의 국
토가 아니었다면, 나는 아마 제주에 대해 지금과는 많이 다른 심상
들을 갖게 되었을 것이다. 제주는 역시 세상의 다른 모든 것이 그러
한 것처럼 가닿기 힘든 심원한 기표다.

　　이런저런 독서와 공부로 얼룩진 내 심상의 지리 속에서 제주는
무엇보다 4·3의 장소다. 인식의 이런 편향이란 제주를 '삼다도'나
국내 제일의 허니문 관광지로 떠올리는 그 자동화된 환기의 습벽과
별로 다를 것이 없다. 아니, 오히려 제주를 역사적 사건의 장소로
환기하는 내 인식의 편향이야말로 어쩌면 더 간교하고 영악한 것인
지도 모른다. 그러나 이런 반성적인 회고 속에서도 역시 4·3은 나

에게 제주의 그 난존하는 모든 이질성들을 압도하는 주인기표다.

고백하건대 나는 아직 제주에 가보지 못했다. 그러니까 나에게 제주는 실감이 아닌 감상이다. 그리고 그 감상이란 아마도 몇몇의 텍스트들이 상호텍스트적인 맥락 속에서 서로 뒤얽혀 만들어진 것이리라. 그 텍스트들 중에서도 나에게 가장 근원적인 것은 현기영의 단편들이 아닐까 싶다. 그것은 억눌러온 슬픔이 드디어 참지 못하고 터져버린 울음과도 같은 것이었다. 순이 삼촌의 죽음에 대한 화자의 이런 주해는 그 울음의 깊이를 가늠케 한다. "그 죽음은 한 달 전의 죽음이 아니라 이미 30년 전의 해묵은 죽음이었다." 「순이 삼촌」은 그렇게 발설되지 못한 그 죽음의 풍문을 세상에 알린 용감한 역작이었다. 이후 이야기꾼으로 더 깊어진 현기영은 「마지막 테우리」(1994)로 4·3의 현재성을 탁월한 구성과 문체로 풀어냈다. 이 단편은 마치 지금 강정의 저 분란을 예감이라도 한 듯, 침범당한 순수에 대하여 이렇게 적어놓았다. "그리하여 초원은 이제 다시 한 번 환란을 맞고 있는 것이었다. 밖에서 솔씨 하나만 날아와도 발 못 붙이게 완강하게 거부하던 초원이 사방에 아스팔트도로로 절단되고, 야초를 걷어내어 그 자리에 골프 잔디가 심겨지고 있었다."

아직 한국에서 완간조차 되지 못한 김석범의 『화산도』(1997)는 조총련계라는 이유로 입국이 불허한 작가의 처지에서, 40여 년 전 고향의 기억과 자료들을 바탕으로 현지조사도 없이 이룩한 대작이다. 물론 작가의 정치적 (무)의식이 작품의 어떤 편향을 드러내고 있지만, 그럼에도 이 작품은 그 자체로 그 작가와 작품을 정신적으로 해금하지 못하는 우리 문화의 열악함을 반증한다. 그렇게 4·3은 여전히 일종의 금기이며 좌우의 이념 대립으로 소란스런 격전의 장소다. 그렇다면 지금 독립영화 〈지슬〉(2012)의 '돌풍'이란 무엇을 함의하는 것일까. 그것은 이른바 천만관객을 동원하는 영화들의 '흥행'과는 또 다른 차원의 문제인 것이다. 선댄스영화제 심사위원 대상의 수상이 가져다 준 세속적인 요인마저도 저 작은 규모의 영화가 가져온 돌풍의 의미를 완전하게 설명할 수는 없을 것이다. 억압된 것의 회귀를 말했던 프로이트의 견해를 굳이 빌리지 않더라도, 억압된 것은 언제나 우리가 이해하기 힘든 방식으로 되돌아오기 마련이다. 그러니까 저 돌풍이란 부조리한 금기를 깨뜨린 발랄한 위반이며, 억압을 헤치고 나온 기이한 반복이다.

〈지슬〉은 애도의 영화다. 신위(神位), 신묘(神廟), 음복(飮福), 소지(燒紙)라는 네 개의 챕터[시퀀스]는 이 영화의 구성이 제의적 구조를 차용하고 있음을 선명하게 드러낸다. 망자의 원혼을 떠나보냄으로써 산 자들의 고통을 치유하는 것, 그것이 바로 제의가 갖는 애도의 기능이다. 영화라는 형식으로 제의를 치르겠다는 연출의 발상은 엄중하지만, 동시에 그 합목적적인 제례의 의식이란 진정한 애도를 불가능하게 만드는 정합적인 틀이다. 작위적인 제례가 일종의 낭만적 허위라면 그 제의의 플롯을 그대로 내러티브로 한 구성은 영화적 진실의 단면들을 훼손할 수 있다. 애초에 애도란 불가능한 것이므로 그 연출의 의도는 이미 무망한 것이었다. 그러나 영화의 스토리는 저 제의의 구조를 느슨하게 용접함으로써 어떤 미학적 결손을 제어한다. 제작비의 고충과 제작 여건의 불미함은 오히려 연출의 방법을 창신하는 역전의 계기가 되었다. 〈지슬〉의 토벌작전을 〈태극기 휘날리며〉(2004)의 전투 씬처럼 연출할 수 있었다면, 학살은 그저 스펙터클로 전락했을 것이다. 비전문 배우들의 연기는 투박함으로써 오히려 핍진했고, 정적인 미장센의 연극적인 장면들은 수동적인 몰입을 방해함으로써 흥미로운 소외효과를 연출했다. 여기서 피트 왓킨스의 실험적인 영화 〈코뮌〉(2000)을 떠올리는 것은 무리가 아니다. 그러나 영화적 형식의 이런 성취는 진혼과 애도라는 목적과 창발적으로 불화하는가.

〈지슬〉은 4·3을 순결한 여성에 대한 겁간으로 유비한다. 토벌군에게 겁탈당하는 순덕이 직접적이라면 오름의 곡선을 여성의 나신과 오버랩하는 장면은 좀 더 은유적이다. 토벌군의 일원이면서 가마솥에 김 상사를 삶아 죽임으로써 '신화적 폭력'을 청산하는 '신적 폭력'의 상징성을 암시하는 정길은 사실 여자다. 이 같은 원형 상징적 표현은 전래하는 제주의 할망(대지모신) 신화를 의도적인 재현한 것이다. 폭력의 재현을 젠더 정치학의 차원으로 끌어들임으로써 외지인과 섬사람, 가해자와 희생자의 위상은 분법의 논리로 선명해진다. 죽은 어미가 남긴 아이의 울음으로 끝나는 마지막 장면도 해원과 상생의 표상으로써 모성을 부각시킨다. 그것은 죽임의 폭력에 대한 살림의 상징성으로 드러나는 지슬(감자)이라는 사물로 집중된다. 끝내 마을을 버리지 못했던 어머니가 지슬을 남기고 죽임을 당하자 마을을 찾았던 아들은 다시 산으로 돌아가 그 지슬을 마을 사람들에게 먹인다.

제주 무속본풀이의 여신들은 육지의 여신들과는 유사하면서도 나름의 독자적 개성을 갖고 있다. 그럼에도 다산과 풍요의 원형으로서 여신의 의미는 보편적이다. 생명의 살림에 닿아 있는 여신의 모성적 상징성은 〈지슬〉에서 4·3이라는 특이성의 사건을 보편적인 차원에서 해소시킨다. 신위에서 소지에 이르는 유교적 제의의 구도 안에서 과연 이런 여신적 주술이란 논쟁적이라 할 만하다. 애도 불가능한 것의 가능성을 위해서는 그 불가능한 애도의 제의를 집전하는 사제가 요구되며 〈지슬〉은 그것을 전래하는 샤머니즘의 여신으로 대체했다. 불가능한 것의 재현은 역설적으로 그 불가능함의 진솔한 고백이라는 아포리아로 드러날 수밖에 없다. 〈지슬〉은 애도와 제의라는 정합적 내러티브와 함께 여신의 상징성으로 그 아포리아에 맞선 작품이다.

〈지슬〉이 제의적인 영화인 것처럼 〈비념〉(2012)은 역시 주술적인 다큐멘터리다. 비념이란 비나리고, 그러니까 그것은 곧 민초의 소망이 담긴 소규모의 굿이다. 첫 장면에서 보여준 종이 가면을 쓴 사람들은 귀신이며, 카메라는 마치 그 귀신들의 시선처럼 지금 이 망령의 세계를 배회한다. 4·3의 희생자들을 대변이라도 하듯 카메라는 학살이 있었던 장소들을 찾아가 이리저리 비춘다. 영화는 4·3 당시의 기록 영화를 거꾸로 되감는 장면을 통해 돌이킬 수 없는 역사의 비가역성을 표현한다. 역사는 되돌릴 수 있는 것이 아니지만 우리들은 역사의 그 흔한 오류들을 속절없이 되풀이하곤 한다. 〈비념〉이 유념하는 것은 바로 그 어리석은 반복에 관한 것이다. 4·3을 강정과 병치함으로써 오류의 역사를 되풀이하는 한국의 현대사는 일종의 질문이 된다. 기억은 망각되기도 전에 벌써 또 다른 기억으로 대체된다. 그리하여 하나의 기억은 다시 또 다른 기억에 잠식당한다. 강정이란 역시 땅의 훼손이다. 주민들의 반대에도 불구하고 군사기지를 건설하기 위해 구럼비 바위를 폭파하는 국가의 법 집행은 빨갱이들을 축출하고 대한민국을 건국하기 위해 치렀던 4·3이라는 폭력적 제의의 사후적 반복이다.

〈비념〉은 조용하지만 격렬한 영화다. 결혼한 지 겨우 이태 만에 강상희 할머니는 남편을 잃었다. 역사적 수난의 시간은 유독 여성에게 가혹하다. 난리를 피해 오사카로 이주한 여성들의 목소리도 그 가혹한 시간을 담담하게 증언한다. 서울과 제주의 거리, 지구와 달의 거리는 기술의 진보와 더불어 급하게 가까워졌지만, 4·3에 이르는 우리들의 역사적 회고의 거리는 멀고 또 멀다. 영화는 그 '거리'의 감각을 일깨우기 위해 영상과 사운드를 기교적으로 운용한다. 말할 수 없는 것을 말하기 위한 필사적인 발화의 실험인 것이다. 〈비념〉이 말하고자 하는 것은 쉬이 말해지지 않으므로 영화는 내내 조용하다. 그러나 그 말 없음 속에는 말하고자 하는, 그리고 말해야만 하는 의지의 긴장이 팽팽하기에 그 조용함은 대단히 격렬하다.

〈지슬〉이 과거로 돌아가 원혼의 넋을 달래려 한다면 〈비념〉은 그 원혼을 현재로 불러와 산 자들의 망각을 고통스럽게 추궁한다. 〈지슬〉이 역사의 폭력을 대모신의 순결에 대한 훼손과 회복의 서사로 말하고 있다면, 〈지슬〉은 여성들의 몸과 기억에 각인된 현재적 상처를 어루만진다. 올해도 어김없이 4월의 3일은 왔고 앞으로도 4·3은 반복될 것이다. 〈지슬〉이 지난 시간을 위로했다면 〈비념〉은 깊은 여운으로 지금의 우리들을 추궁했다. 4·3의 그 시간들처럼 〈지슬〉과 〈비념〉은 잊혀진 사건이 되겠지만 다시 또 다른 발설들이 이어질 것이다. 그 발설들의 반복을 통해 우리는 올레길을 걸으며 제주의 비경(秘境) 속에서 비경(悲境)을 발견하고는 새삼 놀라게 될 것이다. 나는 지금 제주를 제대로 걷고 있는 것일까, 하고.

진짜 폭력

—〈한공주〉

〈한공주〉(이수진, 2013)라는 영화에서 '한공주'라는 이름은 순수함의 고유명이다. 이 영화는 그 순수가 비정한 폭력에 농락당하다가 끝내 타살되는 것을 지켜보게 함으로써, 결국 우리가 지켜보고 있는 것이 소시민적 타성에 잠복해 있는 우리들의 가해자적 본성임을 고통스럽게 실토하도록 만든다. 그 끔찍한 가해와 피해의 장면을 지켜보는 것이 힘든 진짜 이유는, 그것이 너무 끔찍하고 잔혹해서라기보다, 우리가 그 가해자들과 같은 공범이라는 자의식을 벗어날 수 없기 때문이다. 양심을 건드려 불편함을 감당하도록 하는 것이 이 영화가 제기하는 윤리적 태도라면, 그 윤리적 추궁은 너무나 권위적이라고 하지 않을 수 없다. 그러므로 그 권위적인 추궁은 윤리가 아니라 차라리 엄중한 도덕률에 가깝다.

〈도가니〉(황동혁, 2011)는 가해와 피해의 선명한 대비를 통해 가해자들을 향한 공분의 정념을 최대치로 끌어올리려는 연출의 의도가 선정적이었다. 그렇게 작위적인 연출에 따라 절정으로 끌어올려진 분노는, 격렬한 사정 뒤에 맥없이 쪼그라든 성기처럼 민망하게 사그라들기 십상이다. 가해자를 향한 분노의 질량은 피해자에 대한 연민에 비례한다. 분노와 연민의 함수로 연출된 폭력의 장면들은, 그것을 지켜보는 이들에게 그 감정들을 마음껏 소비하게 함으로써 윤리적 추궁 대신 일종의 카타르시스를 맛보게 한다. 그렇게 분노하고 연민하면서 눈물을 흘릴 때, 그 눈물은 '타인의 얼굴'(레비나스)을 마주 보는 윤리적 책임의 눈물이 아니라, 전시된 타자의 고통에 자기를 동일시하는 지극히 자족적이며 감상적인 눈물일 가능성이 높아 보인다.

〈한공주〉는 가해와 피해를 감정적으로 소비하게끔 유도하지는 않는다. 대신 가해와 피해의 역전에 대한 도덕적 추궁으로 단호할 뿐이다. 한 치의 망설임 없는 이 도덕적 '단호함'이 〈도가니〉의 선악적인 '선명함'만큼이나 아쉬운 구석이다. 물론 이 영화는 〈도가니〉처럼 선정적이지 않을 뿐 아니라 어떤 면에서는 상당히 잘 만든 영화라고 할 수 있다. 그러나 가해자는 피해자로 둔갑하고, 피해자를 가해자로 몰아서 죽게 만드는 이 기막힌 사회의 부조리에 대한 질타가 너무 계몽적이다. 이런 계몽적 주제의식은 잘 짜인 구성과 함께 형식적으로도 조화롭다. 정교한 연출이 대단한 솜씨임에는 틀림없지만, 그것이 비범한 재주 이상의 예술적 울림이라고 말하기는 어려울 것 같다. 연출의 의지가 해석의 여백들을 잠식할 때, 그런 작품은 솔직히 정이 안 간다.

디테일에 신경 쓴 흔적들을 너무 쉽게 간파할 수 있다면 그 장치는 실패한 것이나 마찬가지다. 이 영화에서도 그 디테일들은 어렵지 않게 읽어낼 수 있지만, 그렇다고 실패했다고 말한다면 좀 서운할 것 같다. 나름의 비유들이 신선함을 준다. 고장이 난 선풍기가 제 내로 회선을 하지 못하고 딱딱거리는 장면은 초반부와 후반부에 걸

쳐 두 번 나오는데, 나름대로는 견실한 메타포라고 할 수 있다. 한공
주가 PC방에서 엄마의 연락처를 찾고 있을 때, 지나가던 사람이 한
공주의 의자를 부딪치고 가는 장면은 예사롭지 않다. 평범한 일상은
아주 사소한 순간에 갑자기 지옥 같은 시간으로 뒤바뀔 수 있다. 한
소녀의 삶도 그렇다. 그 부딪힘이란 그래서 비범한 예사로움이다. 윤
간을 당하고, 친구가 자살을 하는 끔찍한 일을 겪은 공주가, 전학을
간 학교의 교장실 밖 복도에서 돌고래 트로피들을 지켜보는 장면
이나, 그 장면에 이어진 스테이플러 소리 역시 예리한 복선이다. 산
부인과에 염증치료를 하러 간 공주가 소녀다운 부끄러움으로 여자
의사를 요청했지만 남자의사가 와서 진료를 하는 장면도, 상처받은
자의 고통에 무감한 어떤 매정함을 섬세하게 표현했다. 공주에게는
가장 의지할 만한 사람 중의 하나인 선생님이 중식당에서 탕수육을
어서 달라고 보채는 장면은, 빨리 이 골칫거리를 해결하고픈 그 교
사의 조급한 욕망을 가시화했다고 볼 수 있다. 이런 장면들은 너무
나 사소해 보여서 그냥 스쳐버릴 수 있지만, 바로 그런 스쳐 지나가
는 사소한 장면들 속에 어떤 비범한 의미들을 숨겨놓는 연출자의 재
치가 대단하다. 공주가 수영을 배우는 것이 어떤 의미라는 것을, 마
지막 장면에 이르면 알게 된다. 죽고 싶을 만큼의 고통 속에서도 살
고 싶다는 의지, 그것을 이 소녀는 수영장 25m를 완주하는 것이 자
기의 소망이라고 말했다. 그 짧은 거리조차도 살아낼 수 없게 한 것
은 무엇일까, 라는 물음. 그러나 그 정교한 상징의 장면들이 바로 그
물음의 추궁이라는 선명한 도덕률에 걸려 있다는 것이 아쉽다. 연출
의 의도가 너무 선명하고 그 의도의 관철 의지가 너무 단호할 때, 아
무리 섬세한 작위라도 무위의 기품을 빼앗고 만다. 그러나 이건 순

전히 내가 너무 욕심을 부려서 하는 말이다. 어쩌면 그만큼 이 영화가 연출의 세공에 탁월했다는 말이다.

원폭력에 대한 대항폭력이라는 관점에 설 때, 〈한공주〉는 대항조차 할 수 없는 무력한 자기 파괴(자살)의 폭력을 증언하는 영화다. 그러니까 이 영화는 자살이라는 자기 파괴의 폭력을 가시화함으로써 원폭력의 부도덕과 잔혹함을 전경화한다. 마지막 장면은 압권이다. 강물로 뛰어든 공주는 헤엄을 치다가 화면 밖으로 사라진다. 그 헤엄이 일종의 환영일지도 모르지만, 그 장면은 공주가 희망을 안고 살아 돌아올지도 모른다는 여지를 남긴다. 그러나 아무래도 그런 희망 따위로 결말을 삼지는 않았을 것 같다. 그렇다고 절망의 심연을 통해 희망 없는 세상의 원폭력을 고발하는 것으로 읽어버리는 것도 한심한 독법이다. 그 절망에 대하여 더 철저하게 저항할 수는 없었을까. 다리 아래로의 그 투신이 자포자기가 아니라 절망의 현실에 대한 반역적인 죽음으로 여겨질 수 있었다면 좋았겠다. 〈오로라 공주〉(방은진, 2005)라는 영화에서는 가해의 당사자뿐 아니라 그 연루자들까지, 철저한 응징의 폭력으로 원폭력을 징벌한다. 가해를 향한 피해자의 저항이라는 점에서 〈오로라 공주〉는 선명한 적대의 정치를 표명했다. 그러나 그것이 사적인 보복의 스릴러라는 데에서는 장르의 상투성을 내파하지 못한 아쉬움이 남았다. 이처럼 폭력에는 어떤 아포리아가 내재해 있다. 폭력의 결과를 처절한 희생으로 결론짓지 않으면서, 또한 폭력의 그 사악한 악덕에 저항할 수 있으려면 어떻게 해야 할까. '사실'이 '진실'을 담보할 수 없는 이 사악한 세계에 대하여, 어떤 식의 응대가 가능할 수 있는가를 새삼 생각해보게 된다.

좌절을 대하는 방식

—〈변호인〉

〈변호인〉은 세간의 뜨거운 호응과는 달리 그리 매력적인 영화라고 하기는 어려울 것 같다. 진보적 소재를 취했으나 그 내러티브는 진보와는 전혀 무관한 통속화한 이야기에 지나지 않았다. 서사 구성의 구태의연함으로 진보적인 메시지를 전하려 들 때, 그 메시지가 어떻게 보수적인 정치와 결탁할 수 있는가를 보여주는 적절한 사례라 할 만하다. 그래서 미학의 문제는 언제나 정치 혹은 윤리와 더불어 사유될 수밖에 없는 것이다. 미학의 보수성이 정치의 진보와 결합할 때 생기는 윤리의 파국을 우리는 이미 저 속류적 리얼리즘의 시대를 통과하면서 충분히 경험하지 않았던가.

1980년대의 그 숱한 노동소설의 주인공들이 거쳤던 정신적 성장의 수순을 우리는 기억한다. 어떤 충격적인 사건을 계기로 자기 안에 내재해 있던 계급의식을 각성해 투사로 변모하는 성장의 서사는 그 얼마나 진부한 상투형이었던가. 황석영의 〈객지〉나 에밀 졸라의 〈제르미날〉이 그러했던 것처럼, 이 영화는 인류의 서사 원형으로서 영웅의 여행(The Hero's Journey)을 답습한다. 여기서 주의를 요하는 것은 그 동일성의 반복 속에서도 이 영화의 서사에 고유한 어떤 질적인 차이가 만들어지고 있는가를 발견하는 데 있다. 우리가 흔히 장르적이라고 부르는, 혹은 통속적이거나 상업적이라고 부르는 것은, 차이 없는 동일성의 진부한 반복을 가리키는 말이다. 그러나 〈변호인〉에서는 진부한 반복에 저항하는, 바로 그 고유한 차이를 발견하기가 어려웠던 것이다.

송강호가 분한 송우석은 노무현의 페르소나인가. 그렇다고 말할 수 있으나 꼭 그렇지도 않을 것이다. 영화의 송우석을 우리는 노무현이라는 실존의 인물을 상기하면서 바라본다. 그렇다면 그 응시는 정당한가. 이 물음에 답하기 전에 먼저 우리는 이렇게 물어야 한다. 우리는 인간 노무현을 얼마나 알고 있는가. 아니, 내가 아는 노무현은 그대들의 노무현과 그 정체가 같은가. 노무현이라는 정체성은 일종의 텅 빈 기표다. 사람들은 저마다의 욕망을 그 기표에 투사함으로써 노무현의 정체성을 구축한다. 그러므로 우리들 각자의 노무현이란 우리들 저마다의 욕망이 만들어낸 화신(기호)일 뿐이다. 〈변호인〉의 흥행은 대중이 바라는 노무현의 정체성을 가장 가깝게 그려냈다는, 대중의 그 욕망에 영합하는 바로 그 재현의 충실함에 주어진 상업적 보상이다. 아마 지금의 정치적 상황에 치를 떠는 사람일수록, 송우석에 투영된 노무현의 정체성에 더 예민하게 몰입될 것이다. 이 비루한 세계를 구원할 도덕적 화신으로서의 영웅, 그러나 그 영웅은 실패할 수밖에 없는 우투리의 운명처럼 비극적이기에 더 위대하다. 이미 노무현의 죽음을 알고 있는 우리는, 그 죽음의 비극성을 위대한 영웅의 비극으로 서사화함으로써, 그의 좌절과 실패 속에서 오히려 더 깊은 카타르시스에 빠진다. 그리하여 그의 죽음은 영원한 실패나 좌절이 아니라 유보된 미래의 성공을 극적으로 암시한다. 물론 그를 반대하는 사람들에게, 그 죽음은 다만 비천한 자살에 불과하겠지만.

고졸 출신의 판사로서 차별과 편견의 경험에 치인 송우석은 영예 따위는 접어두더라도, 그저 생존의 감각 속에서 고투해야만 자기를 보존할 수 있다. 다시 가난한 자로 업신여김을 당하지 않기 위해서는 열심히 일해야만 한다는 것, 그것은 차별과 편견을 겪어낸 사람의 핍진한 감수성이다. 다시 말해, 애초부터 송우석은 영예와 같은 관념적 인정을 위한 투쟁보다는 유물론적 경험의 세계 속에서 분투하는 사람이었다. 그러나 그의 유물론은 지극히 사적인 것이었고, 그것은 공적인 것으로 비약해야만 역사적인 차원에 이를 수 있다. 이른바 '부림사건'을 모델로 한 극중의 용공조작 사건은, 송우석의 인정 투쟁이 드디어 공적인 것으로 비약해 역사적인 차원에 이르는 드라마틱한 전환의 결절점이다.

한국의 정치적 모순이 집약되어 있는 재판정이라는 한정된 공간에서, 이제 송우석은 그 부조리에 맞서는 고독한 투사로 등장한다. 그의 언설은 정의를 외치지만, 로고스마저도 압도하는 그 강렬한 파토스는 당대의 부조리한 정치구조에 맞서기엔 당연히 역부족이다. 다만 재판정에서의 그 수사적 고군분투는 관객들에게 엄청난 정서적 희열을 가져다주었을 것이 분명하다. 부조리한 세계에 맞서는 영웅의 고독한 싸움, 이 영화의 흥행은 어린 시절 우리가 보아왔던 만화와 영화의 히어로들과 이렇게 연결되어 있다.(나는 여기서 노무현의 추모 콘서트에서 신해철이 열창했던 '더 히어로'의 노랫말이 생각난다.) 그러니까 정의를 위해 싸우는 영웅의 위대함이 주는 그 정서적 만족감이 주효했다고 할 수 있다. 그러나 이런 정서의 만족감은 감정의 해방으로 끝나고 말기 때문에 한계가 명백한 감상이다. 지금의 부조리한 현실에 대한 비판적 인식보다는, 현실에 대한 분노의 정념을 해소함으로써 진보의 메시지는 한갓 정서적 만족감을 위한 도구로 이용되고 만다. 그것은 현실의 모순에서 오는 정신적 피로를 해결하는 일종의 정신적 마스터베이션이다. 정신적 피로의 해소도 중요하지만, 현실정치의 모순이 주는 불쾌와 불편을 감정적인 만족감으로 봉합해버린다는 점에서, 그 정신적 피로의 해소는 사실 대단히 반정치적이다.

노무현을 사랑하는 사람들, 그들은 서로 각자 다른 방식으로 그를 사랑하였겠지만, 동시에 서로 통하는 마음의 동질성 속에서 그를 사랑했을 것이다. 그러나 사랑은 언제나 위험하다. 거의 모든 사랑은 사실 자기애의 다른 표현이기 때문이다. 그를 사랑하는 마음이 자기를 해롭게 한다면 어떨까. 대체로 사랑은 자기 보존의 욕망을 실현하는 지극히 자기애적인 실천이다. 자기를 분열로 몰아가는 것을 감당하면서, 그 사랑을 계속 밀고갈 수 있는 사람들이야말로 진정 누군가를 사랑했노라고 말할 수 있을 것이다. 그러나 〈변호인〉이 누군가를 향한 일종의 사랑 표현이라면, 그리고 그것을 보고 가슴 아리는 슬픔의 희열에 감격하는 사람들이 있다면, 그 사랑은 과연 어떤 사랑일까. 우리가 모두 알고 있는 것처럼, 자기애로 왜곡된 타인에 대한 사랑은 언제나 위험하다.

〈변호인〉을 보고 나서, 나는 정치영화의 거장 코스타 가브라스가 연출한 〈Z〉(1969)가 생각났다. 그리스의 군부 독재정치 아래에서 일어난 반체제 인사에 대한 테러와 판결 조작을 다루고 있는 이 영화는, 좌절되어버린 진실의 증명에 대하여 말한다. 정치적 이야기를 스릴러의 장르적 형식과 결합했지만 영화는 불투명한 진실을 투명하게 해명하는 것으로 해결하지 않는다. 오히려 이 영화는 해명되지 못하는 진실의 좌절에 초점을 맞춤으로써 또 다른 진실에 착근한다. Z라는 이름 자체가 바로 그 좌절당한 진실의 어떤 암호이다. 〈변호인〉은 그 좌절된 '변호'의 의미를 너무도 투명한 정의로움으로 확언함으로써 우리들을 안심시켰다. 그 안심 속에서 이 의심스런 현실은 어떻게 되는가. 이런 물음과 전혀 무관한 〈변호인〉은 결코 좋은 영화라 할 수 없는 것이다. 아니, 영화가 문제라기보다는 사랑을 빙자한 우리들의 자기애가 무서운 것이다. 노무현에 대한 우리의 사랑은 바로 그 자각 속에서 깊어져야만 하지 않을까. 그렇지 않을 때, 우리는 사랑한다면서 사랑하지 못하는 역설에서 헤어나지 못하게 될 것이다.

청춘의 시간

—〈은교〉

나는 〈은교〉(정지우 연출, 2012)가 아주 나쁜 영화라고 생각한다. 박범신의 원작 소설을 읽지 않았으므로 그것과의 관련성을 말할 수는 없다. 다만 은교는 베아트리체가 아니고 그러므로 노시인 이적요는 단테가 아니다. 은교는 그저 어린 소녀고, 그래서 늙은 이적요는 청춘의 시간을 그리워하며 절망할 뿐이다. 그래서 영화는 그저 그런 일종의 탄로가(歎老歌)로 전락한다. "늙는다는 건 이제껏 입어본 적이 없는 나무로 만든 옷을 입는 것이라 시인 로스케는 말한 적이 있습니다. 너의 젊음이 너의 노력으로 얻은 상이 아니듯이, 내 늙음도 내 잘못으로 받는 벌이 아니다……" 결국 영화는 예술의 영원성에 대한 형이상학적 동경을 외면하고, 육체의 노쇠라는 그 유한성에 편파적으로 집착한다. 그리하여 영혼에 대한 고담준론을 피하는 대신, 내러티브의 흐름은 젊은 육체에 대한 애착으로 집요할 뿐이다. 카메라의 동선은 게걸스럽게 은교의 몸을 훑기에 바쁘고, 그렇게 은교는 영화에서 시종 풋풋한 몸뚱이로 전시된다. 연출의 이런 불미함이 은교라는 인물을 성격 없는 육체로 만들어버렸다.

유한한 생명의 세계에서 넘치는 활력의 시간인 청춘은 아름답다. 그러나 몸에 대한 에로스로 축소된 청춘, 그 애욕에 달뜬 이적요는 치정의 번뇌로 고달플 뿐이다. 이런 번뇌 속에서 은교는 다만 관능적인 육욕의 대상이고, 제자 서지우는 연적이나 다름없다. 이런 가운데 극중의 소설 「은교」는 예술과는 무관한 치정극의 서스펜스에 봉사하는 하나의 소품에 불과하다. 이렇게 이 영화는 문학을 저급하게 사물화한다. 이적요가 때때로 펼쳐 읽고 있는 시집은 그 유명한 '문지 시선'이고, 서지후가 스승이 쓴 「은교」의 원고를 도적질해 발표한 매체는 『문학동네』의 2011년 가을호다.(박범신의 장편소설 『은교』는 문학동네에서 발간되었다.) 서지우는 이 작품으로 문단의 인정을 받고 상을 받게 되는데, 그것이 문학사상에서 주최하는 제35회 '이상문학상'이었다. 그리고 이적요가 서지우를 대신해 써준 『심장』이라는 소설은 80만부가 넘게 팔렸고, 극중에서 서지우는 그것이 교보문고, 예스24, 알라딘에서 다 1등을 했다고 소리 높여 외친다. 이런 고유명은 상품명과 다름없으며, 소녀의 몸이 볼거리가 되는 것처럼 문학은 여기서 저 유명한 브랜드들의 후광을 받으며 매혹적인 상품으로 소재화된다.

이적요와 서지우, 그러니까 사제 간의 그 '영향의 불안'(해롤드 블룸)에 대한 이전투구는 그나마 이 영화에서 볼 만한 장관이다. 예술은 홀로 이룩하는 역사다. 그래서 예술가는 언제나 심심한 고독 속에서 괴롭게 희열한다. 그 지독한 외로움이 제자를 받아들여 키우게 하고, 스승을 떠받들어 모시게 한다. 그러나 모든 제자는 언제나 저 네미 숲의 황금가지로 스승의 등을 찌른다. 그러므로 존경과 애정으로 단단한 사제의 정이란, 늘 그렇게 파탄 날 운명을 숨기고 가증스럽게 따뜻하다.

영화를 보기 전, 사실 나는 〈은교〉에게서 토마스 만의 소설을 원작으로 한 루키노 비스콘티의 〈베니스에서의 죽음〉(1971)을 기대했다. 물론 그런 일방적인 기대는 폭력적이고 또한 무례하다. 하지만 〈은교〉는 지극히 피상적으로 젊은 육체에 대한 갈망을 표현할 따름이었고, 그리하여 영원한 청춘의 꿈은 무망한 것이 되고 말았다. 플라톤의 『향연』에서부터 에로스(eros)는 영원한 청춘에 대한 동경이었다. 에로스는 '나'의 유한성을 초극하는 영원불멸에 대한 동경이다. 그러므로 에로스의 대상(타자)은 '나'의 영원불멸을 위한 매개적 존재다. 그렇게 주체는 타자를 동일성의 힘으로 끌어안는다. 낡고 진부한 것은 예술일 수 없다. 〈베니스에서의 죽음〉에서 늙은 작곡가 아셴바하의 한 소년에 대한 동성애적 정념은, 예술의 영원성으로 자기의 유한성을 초극하려는 형이상학적 몸부림이었다. 그래서 그 영화의 비극적인 마지막 장면은 지금도 기억 속에서 생생하다. 그러나 〈은교〉는 쉽게 망각되고 말 그런 영화가 아니었던가!

기억이 부르는 날에

—〈건축학 개론〉

〈건축학 개론〉(이용주, 2012)은 기억에 대한 영화다. 기억이 '환기'의 힘으로 작용할 때 그것은 '되살려내는 힘'이다. 그러나 기억이 '고착'의 힘으로 작용하면 그것은 '붙들어 매는 폭력'이 된다. 세속의 이해는 이 영화를 풍속의 고고학으로 향수하지만, 실로 그 향수가 바로 기억의 나쁜 사례인 것이다.

음대를 다녔지만 아나운서가 꿈이었던 여자는, 이루지 못한 그 꿈을 지체 높은 남자와의 결혼으로 보상받으려 했던 것일까. 하지만 그런 결혼이 오래가기는 힘든 법. 여자는 가까스로 두둑한 위자료를 받아내고, 이제는 '첫사랑'을 찾아 기원의 자리를 더듬는다. 덧없는 이상을 좇아 살아왔던 여자에게, 세속의 난삽함이란 그렇게 상처뿐이었을 것이다. 그러니 여전히 철들지 못한 여자는, 세속을 버리고 기억으로 만든 과거의 어떤 장소로 들어가 숨고 싶다. 다시 말해 '첫사랑'과 '고향의 옛집'이란 여자의 그 욕망이 빚어낸 기원으로서의 기억이 터하는 바로 그 장소다.

기원에 고착함으로써 세속의 번뇌로부터 벗어나려는 여자. 그러나 남자는 그 애달팠던 정념의 시간에도 불구하고 심지어는 여자를 단번에 알아보지도 못한다. 하지만 기원에 대한 그런 무심함이야말로 남자의 미덕이다. 여자가 들추어내고 자극한 기억 속에서 첫사랑의 정념은 다시 되살아나는 듯하지만, 그럼에도 남자의 현재는 결혼과 이민으로 펼쳐질 미래의 시간으로 충만하다. 남자에게 과거의 시간들은 가난과 실연의 상처로 얼룩져 있으며, 어머니의 희생적 사랑은 '부담'이고 '압박'이다.(제주공항에서의 고성(高聲)은 그 부담과 압박에 대한 일종의 발작이다.) 그 고통스럽고 진부한 세계로부터 벗어나고픈 열정이 탈주의 공간을 열어준다. 이처럼 남자에게 삶이란 공간(space)의 구축인 탈주이지만, 여자의 삶은 기억의 장소(place)에 대한 고착이다.

형이상학적 기원으로서의 고향집에는, 키를 쟀던 벽의 표시와 수돗가 바닥의 작은 발자국이라는 흔적(trace)이 남아 있다. 그 흔적은 현실에서는 채울 수 없는, 영원히 상실해버린 그 무엇에 대한 대리보충의 대상물이다. 여자에게 건축은 공간의 장소화이며, 그것은 결국 저 흔적들을 보존함으로써, 채울 수 없는 욕구를 채우려는 덧없는 시도다. 아버지의 '상실'(죽음)을 눈앞에 두고, 그 두려움 속에서 남편도 자식도 없는 여자는 절박했을 것이 분명하다. 출렁이는 '바다'가 앞에 보이고 유년의 기억이 흔적으로 남아 있는 제주의 고향집, 그 집을 첫사랑이 다시 복원해 짓는 이 프로젝트는, 여자의 그런 절박함으로 기획된 것이 분명하다. 그렇다면 여자는 상실의 위기로부터 벗어나 다시 행복할 수 있을까. 여기서 전람회의 '기억의 습작'을 과거와 현재를 매끄럽게 이어주는 그렇게 진부한 노래로 들어서는 안 된다. "많은 날이 지나고 나의 마음 지쳐갈 때 내 마음속으로 스러져가는 너의 기억이 다시 찾아와 생각이 나겠지" 그러나 여자는, 마음이 지쳐도 기억은 그저 흘려보냈어야 했다. 그러므로 여자는 병든 아버지와 함께 그렇게 그 모든 흔적들의 집에서, 저 멀리 바다를 바라보며 그 노래를 들을 때, 그처럼 황홀한 표정을 짓지 말았어야 하지 않을까.

남자는 어머니와 첫사랑을 뒤로하고, 지금의 사랑에 대한 충실함으로 비행기를 타고 떠난다. "너무 커버린 내 미래의 그 꿈들 속으로 잊혀져 가는 나의 기억이 다시 생각날까" 그는 그렇게 탈주함으로써 공간을 구축한다. 그러나 여자는 흔적들로 가득한 그 장소에서, 옛 시절의 그 달콤한 기억들로부터 헤어 나올 수 있을까. 여자는 다시 피아노를 칠 수 있게 되었지만, 언젠가 아버지는 죽고 첫사랑은 결코 다시 돌아오지 않을 것이다. 기억으로 만든 향수의 장소가 진정한 위로가 되기는 어렵다. 그러므로 건축은, 때로 파괴함으로써 지어 올리는 그런 탈구축(deconstruction)이 되어야 한다.

2부

전위의 감각

—수전 손택, 『해석에 반대한다』

　수전 손택의 비평은 예술의 오랜 전통 속에서 만들어지고 굳어진 어떤 완고한 편견들에 맞서 싸우는 것으로부터 시작되었다. 그 싸움은 마치 예술의 낡은 인습으로부터 현대예술을 구출하려는 필사적인 전투처럼 보인다. 그것은 전혀 새로운 것이라고 할 수 없는 것임에도 불구하고 무척이나 진귀하고 또 매혹적이다. 무엇보다 예술의 그 도덕적 엄숙주의를 견디지 못하는 손택의 분방한 정신은, 치밀하고 정교하며 재기발랄한 그녀의 비평적 스타일과 더불어 기성의 진부한 평문들과 예리하게 대결한다. 손택은 현대예술의 새로운 감수성을 옹호하기 위해, 그것과 대립하는 예술의 낡은 사유들을 추궁하고 매몰차게 공격해왔던 것이다.

　플라톤과 아리스토텔레스의 시대부터 지금까지, 예술이 어떤 대상을 재현하고 모방하는 것이라는 생각은 오랜 통념으로 굳건하다. 그러니까 대상의 사상적 본질을 여하한 장치들을 동원해 가시화하는 것이 예술이라는 것. 이 같은 발상에는 그 사상적 본질이라는 '내용'과 그것을 가시화하는 장치로서의 '형식'을 분리하는 악랄한 환상이 담겨 있다. 그 악랄한 환상은 너무 오래되었음에도 여전히 막강한 이념이다. 이 그릇된 이념은 형식으로 하여금 내용을 보위하는 한갓 장치로 기능하게 함으로써 예술의 영토를 분할 통치한다. 형식은 장치이며 장식이고, 그래서 비본질적인 것에 불과하다는 내용우선주의가, 일종의 지배 이데올로기로 현대예술을 잠식하고 있다는 것이다. 그렇다면 예술의 '해석'이란 무엇인가. 그것은 결국 형식의 이면에 도사리고 있는 내용을 감지하는 것이다. 다시 말해, 해석은 작품에 기거하는 명백한 내용을 다시 확인하는 일이다. 이때 내용은 확인 가능한 분명한 것으로 실체화되고, 심지어 신성화된다. 그러므로 해석은 내용이라는 신을 만나는 종교적 사역에 비견될 수 있다. 그래서 손택은 그 유사 종교적 열정인 해석에 반대한다. "해석한다는 것은 '의미'라는 그림자 세계를 세우기 위해 세계를 무력화시키고 고갈시키는 짓이다."

해석이 종교적 숭배의 일종인 것처럼 보이지만, 사실 그것은 작품에 담긴 복잡한 무엇을, 그 이질성들의 난동을 납득할 만한 것으로 순치시키는 단순화, 추상화의 과정이다. 그렇다면 해석은 숭배가 아니라 길들임이다. 그 길들임에 저항하는 것이야말로 예술의 진정한 비범함이라고 할 때, 오늘날의 해석은 형식으로부터 분리된 내용을 안도의 마음으로 확인하는 것, 다시 말해 그 비범함을 평범함으로 전도시키는 일종의 반역이다. 손택의 비평은 바로 그 온건한 반역을 진압하고, 예술의 가치를 내용이 아닌 다른 것에서 찾는 급진적인 전회라고 할 수 있을 것이다. 현대예술은 결코 실체화된 내용으로 명백하게 이해되지 않는다. 문제의 핵심은 작품이 무엇을 말하고 있는가가 아니라 무엇을 하느냐에 있다. 손택은 우리가 예술 그 자체에 더 충실해질 때 비로소 내용 없는 미술에서 볼 수 있고, 소리 없는 음악에서 들을 수 있으며, 이야기 없는 소설에서 읽을 수 있을 것이라고 말한다. 손택은 사실 이런 완곡한 어법이 아니라 더 노골적으로 말했다. 비평의 역할은 예술의 형식 그 자체에 더 주의를 기울이는 것이어야 한다고. 그리하여 "최상의 비평이라 함은 내용에 대한 언급 안에 형식에 대한 언급을 녹여낸 비평"이라고.

손택은 예술을 '해석'에서 구출한 다음 그 자리를 '감성'에 넘긴다. 이제 우리는 예술을 이해의 대상으로 굴복시키는 해석학 대신, 보고 듣고 느끼는 감성의 성애학(erotics)을 만나게 된다. 해석이 내용을 대상으로 한다면 감성이 느끼는 것은 형식이다. 여기서의 형식은 내용과 형식의 낡은 이분법과는 구별되는 것이며, 그러니까 형식 그 자체가 내용이다. 손택은 개념의 혼란을 피하는 동시에, 그것의 가치를 성찰적으로 논구하기 위해 형식 대신에 '스타일'이라는 용어를 선택한다. 스타일은 흔히 알려진 것처럼 장식이 아니다. 손택은 장 콕토의 말을 가져와 "스타일이 곧 영혼"이라고까지 단언한다. 그리고 그녀는 덧붙인다. "우리의 겉모양새가 사실상 우리의 존재방식이다. 가면이 곧 얼굴인 것이다." 멋 부리기 좋아하는 장식화의 욕망을 비꼬아 형식주의자라고 비아냥거리기도 하지만, 진정한 스타일은 존재의 본질을 암시하는 '내용 그 자체인 형식'이다.

작품에서 사상을 확인하거나 도덕적 설교에 탄복하는 이들은 예술작품을 일종의 진술문으로 수용하려는 사람들이다. 그들에게 스타일은 언제나 부차적인 것일 수밖에 없다. 그러나 작품의 감상이란 해답에 이르는 순조로운 과정이 아니라, 그 진귀한 경험 속에서 복잡하게 느끼는 마음의 조용한 요동이다. 그렇다면 "스타일은 예술작품 안의 결정 원칙이요, 예술가가 자필로 서명한 의지다." '의

지'가 세계를 대하는 주체의 태도라고 한다면, 주체는 스타일을 통해 그 태도를 예술로 표명한다. 세계에 대한 태도가 그러하듯이, 스타일은 자연스럽게 드러나는 것이지 억지로 그런 척할 수 있는 것이 아니다. 손택은 그렇게 억지로 짜 맞춘 형식화의 욕망을 '스타일화'라고 꼬집었다. 겉멋에 들린 키치들이야말로 아마 스타일화의 적절한 증례일 것이다. 윤리적인 것과 심미적인 것을 억지로 구분하는 것 역시 어색한 일이지만, 스타일의 자연스런 발현은 바로 그 심미적인 것의 표현을 통해 윤리적인 것을 실천한다. 손택이 그 사례로 꼽은 것이 매너리즘 미술과 아르누보였다.

손택이 옹호하는 것은 현대예술의 그 어떤 새로움, 그러니까 사상(내용)이 아닌 감수성(스타일)으로 존재하는 예술이다. 그것은 이른바 모더니즘 혹은 아방가르드로 불리는 것들과 겹쳐보아도 좋을 만한 것들이다. 서구의 현대사회가 두 차례의 세계대전을 거쳐 소비자본주의의 비인간적인 풍요로움에 도달했을 때, '감각의 마비'라고 할 만큼 현대인의 감수성은 황폐화되었고, "현대 예술은 이런 상황 속에서 우리의 감각을 놀라게 해 우리의 감각이 눈을 뜰 수 있도록 만들어주려던 일종의 충격 요법이었다고 얘기할 수도 있다." 자극적인 현대의 삶 속에서 무뎌진 감수성을 다시 회복시키는 일종의 방법으로써, 현대예술은 '충격'—초현실주의자라면 '공포' 혹은 '경이'라고 했을 것이다—을 이용했다. 그러니까 충격이란 현대예술의 가장 유력한 감수성이자 스타일이다. 그리고 손택은 드디어 그 충격의 감수성을 '캠프(Camp)'라는 개념으로 논술하기에 이른다.

캠프는 탐미주의의 한 양식으로서 희극의 정신을 본질로 한다. 다시 말해 모든 진지한 것들을 경박한 것으로 뒤집는 감수성이 캠프다. 그것은 내용을 격하시키고 부자연스러운 것, 과장된 것, 작위적인 것을 선호한다. 스타일의 사례와 마찬가지로 비참여적이고 진지하지 않은 매너리즘 미술과 아르누보가 캠프의 본보기로 제시된다. 내용과 형식의 이분법 말고도 손택이 극도로 혐오하는 것이 있다면, 아마 고급문화와 대중문화의 분별일 것이다. 캠프의 취향은 이런 구분 자체를 거부한다. 캠프는 진리를 보증하고 아름다움을 구현한다는 고급문화의 망상을 과장과 허세, 잔혹함과 광기라는 비천함의 형식으로 조롱한다. 다시 말해 "하찮은 것에 진지할 수 있으며, 경건한 것을 사소하게 여길 수 있는 것이 캠프다." 따분함을 견디지 못하는 유희성의 탐닉과 근엄한 것을 참지 못하는 천박함의 애호는, 카니발리즘적인 난장과 전복의 감수성을 드러낸다.

형식을 스타일로 고양시켜 그것을 다시 캠프의 감수성으로 정리하는 손택의 비평은 완고한 이분법을 비판하고 있지만, 사실 그 이분법의 해체라는 목표에도 불구하고 그 구도에서 완전히 초월해 있는 것은 아니다. 그래서 그녀가 선택하고 집중하는 예술가는 명백하게 편중되어 있는 것이 사실이다. 이성 대신에 광기를, 도덕 대신에 스타일을, 명징함 대신에 애매함을 존중하며, 허세에 가까운 과장과 순교에 비견되는 자기 파괴로 진지한 예술가들을 편애한다. 손택은 분명 기이함과 망상, 음란과 역겨움의 한가운데서 합리적으로 논증할 수 없는 그들만의 언어를 발굴하고자 노력했던 작가들을 사랑했다. 그 만신전(萬神殿)에 든 이름들. 나탈리 사로트, 알랭 로브-그리예, 미셸 뷔토르, 클로드 시몽, E. M. 시오랑, 알랭 레네, 모리스 블랑쇼, 조르주 바타이유, 장 주네, 사뮈엘 베케트, 외젠 이오네스코, 앙토냉 아르토, 베르톨트 브레히트, 발터 벤야민, 장 뤽 고다르, 로베르 브레송, 장 콕토……. 저 이름들을 통해 확인할 수 있는 것은 프랑스의 문화에 대한 손택의 애착이다. 이에 반해 모더니즘을 비판했던 루카치에 대한 독설은 확연하게 대비될 만큼 신랄하고 표독스럽다. "루카치는 한마디로 조잡해도 너무 조잡한 모방 이론의 변형판을 제시하고 있는 것이다." 이 선명한 호오의 대비는 손택의 비평에 내재된 정치적 무의식—그것은 캠프의 감수성이 아니다—을 폭로한다. 이 책에 실린 손택의 비평이 1960년대라는 전후 최고의 호황기에 미국에서 발표되었다는 사실을 간과해서는 안 된다. 손택은 그 풍요의 기운을 현대예술의 새로움 감수성으로 옹호하느라고, 자본주의와 아방가르드의 연관성에 대해 더 깊이 탐문하지 못한 것은 아니었을까. 미묘한 매력의 문체와 주장들로 읽는 사람의 마음을 사로잡는 손택의 비평은 그렇게 그 자리에서 멈추었다. 그렇다면 지금 이 시대의 비평은 그녀가 멈춘 자리에서 더 얼마나 나아갔다고 할 수 있을까.

가라타니 고진의 마르크스
―「마르크스 그 가능성의 중심」에서 『세계사의 구조』에 이르기까지

　　마르크스의 기묘함은 그의 글들이 불러일으키는 역설적인 충동과 관련이 있다. 그것은 해석과 행동의 층위에 걸쳐있는 기묘함이며, 그 충동은 엇갈린 해석과 행동을 유인하는 마력이다. 가라타니 고진의 마르크스 독해 역시 못지않은 기묘함이 있다. 그는 이렇게 말했다. "나는 마르크스주의적 문학이론에는 전혀 흥미가 없었습니다. 내가 하고 싶었던 것은 마르크스를 읽는 것, 그것도 『자본론』을 읽는 것이었습니다. 그것이 문학비평이라고 생각했습니다." (『정치를 말하다』) 문학비평으로서의 마르크스 독해란 무엇인가. 그는 그것을 「마르크스 그 가능성의 중심」을 집필하는 것으로 실행해 그 면모를 확인시켜주었다.

　　이른바 스탈린주의적 독해가 교조적이라는 비판은 1960년대의 유럽에서 먼저 시작되었다. 유럽의 그런 지성사가 이입되었던 1970년대 초반의 일본에서는, 연합적군사건을 전후로 해서 마르크스주의 그 자체가 환멸의 대상으로 전락했다. 바로 그때 가라타니는 그런 냉소를 뒤로하고 마르크스를 '가능성의 중심'에서 다시 읽는 모험을 감행한다. 그것이 바로 1974년부터 『군조』에 연재했던 「마르

크스 그 가능성의 중심」이라는 에세이다. 그에게 '비평'은 칸트적 의미의 '비판'이었고, 마르크스를 비평적으로 읽는다는 것은 언어학과 경제학, 철학과 문학을 넘나드는 것으로 감행되는 도발적인 지(知)의 전위 바로 그것이었다. 마르크스를 가능성의 중심에서 읽는다는 것은 비평/비판적으로 마르크스를 독해하는 것이다. 그것은 비상투적인 독해이고 더 구체적으로는 "결코 투명한 의미체계로 환원되지 않는 텍스트를 발견하는 것이다." 가라타니는 마르크스의 박사논문에서 바로 그 비상투적 비평의 전범을 발견했다. 마르크스의 박사논문은 랑그로부터 파롤을 발견해내는 것, 다시 말해 동일성 속에서 미세한 차이를 읽어내는 작업이었다. 그렇게 체계 속의 차이성을 발굴하는 독법은 "작품이라는 텍스트가 극복할 수도 없고 환원할 수도 없는 불투명함을 지니고 자립"하기 때문에 가능하다. 이 같은 이유로 가라타니는 "마르크스의 '사상'은 텍스트를 읽는 그의 방법" 그 자체라고까지 말할 수 있었다. 마르크스의 독법을 다시 전유해서 마르크스를 읽어내는 것, 그것이 마르크스를 가능성의 중심에서 읽는 것이고, 비평적으로 혹은 비판적으로 읽는 것이며, 비상투적으로 읽어내는 것이다. 다시 말해 그것은 마르크스를 '고유명'으로 읽어내는 것이다. 이런 독법이 훗날 '트랜스크리틱'으로 더 정교해졌으며, 결과적으로 그 독법으로 마르크스를 창신하여 『세계사의 구조』라는 자기 나름의 입론을 구축하기에 이르렀다.

「마르크스 그 가능성의 중심」은 그 수사적 현란함에도 불구하고, 결국은 『자본론』의 가치형태론을 포스트구조주의적으로 독해한 작업이라고 할 수 있다. 가라타니가 한 일은 데리다의 해체독법을 통해 화폐의 형이상학을 비판한 것이다. 화폐의 형이상학은 '가치'를 인간의 노동이라는 내재적인 실체로 본질화한다. 그 본질적 실체로서의 노동가치가 자본주의에 내재한 신이다. 따라서 자본주의라는 종교적이며 신학적인 체계를 해체하는 것이 전 생애를 건 마르크스의 투지였다는 것. 가라타니는 마르크스의 그 투지를 이어 '화폐의 형이상학'을 공략한다. "상품은 각각 내면적인 '가치'를 지닌 것처럼 보이지만, 이미 그것들은 화폐형태가 부여한 형이상학일 뿐"이라는 것이다. 그리고 그 공략의 유력한 도구로 선택한 것이 소쉬르의 언어학이다. 가라타니는 가치형태를 언어의 기호학적 의미작용에 유비하는데, 따라서 '가치'와 '의미'라는 숨은 신은 '교환'의 관계 속에서 그 실체를 백일하에 드러내게 된다. 음성과 문자의 위계에 대한 데리다의 해체적 고찰을 따라, 가라타니는 상품가치와 화폐의 관계를 본질적인 것과 비본질적인 것으로 계서화하는 로고스중심주의에 항명한다. 그래서 그는 우리들에게 "화폐=음성문자를 '내면', 곧 상품에 내재하는 가치에서가 아니라 마르크스가 말한 상형문자로서의 가치형태"에서 다시 사유할 것을 요청하는 것이다. '의미'가 랑그의 체계 속에서 이루어지는 파롤의 수행 과정에서 구성되듯이, '가치' 역시 차이의 체계 속에서 이루어지는 교환의 과정에서 발생한다. 산업자본에서 상인자본으로, 생산에서 교환으로 중심점을 이동시켜 『자본론』을 다시 읽는 가라타니의 작업은, 그러니까 벌써 오래전부터 이미 시작되고 있었다.

생전에 진보적이란 평판을 들었던 경제학자 정운영 선생은 『마르크스 그 가능성의 중심』에 대한 서평에서 가라타니의 독법을 "그야말로 무지막지한 배짱이고, 전대미문의 혼동"이라고 비판했다. "잉여가치가 이처럼 공간적 차이나 시간적 차별에서 발생한다는 최첨단 이론에는 정녕 사회과학—마르크스적이든 반마르크스적이든—이 졸도할 지경"이라는 것. 일본학 연구자로『일본근대문학의 기원』을 번역한 박유하 선생은 이 서평에 대해서 "'본질'을 거부하고 주체를 파괴하는 포스트모던 사고'가 정 교수에게는 불편한 듯하지만, '본질'이며 '가치'의 '허구성'이 당연한 전제가 되고 있는 지성계의 '최첨단' 동향에 혹여 무관심하다면 '무식'한 건 가라타니인가? 아니면, 사회과학을 '졸도'시킨다는 가라타니적 사고를 '깨임'으로서 체험한 필자인가?"라고 되물었다. 이런 냉소적인 비판은 지금 한창 위안부 해석(『제국의 위안부』)을 두고 논란의 중심에 있는 박유하 선생다운 반박이라 할만하다. 나는 그의 반박에서, 서구의 사조를 본질적인 것으로 입수한 뒤에, 그것으로 기성의 논의들을 후진적인 것으로 격하하는 계몽적 지식인의 전형적 태도를 본다. 그 태도의 전형성이란, 기존 논의들을 진부한 구투로 규정하면서도, '상황'의 심연으로 파고들지는 못하고, 다만 상황 그 자체를 일개 텍스트로 해석할 뿐인 지적 자만을 가리킨다. 위안부를 그 시대의 상황과 무관한 텍스트로 독해하는 것에서도 알 수 있었지만, 그 해석의 공리가 상황의 진실을 기만할 수 있음을 우려하지 않는 데에서는 지적인 오만함까지 느껴진다. 실은 가라타니도 훗날 이 문제를 자각적으로 반성했다. 그는『트랜스크리틱』의 한국어판 서문에서 이렇게 고백한다. "그 당시까지 나는 마르크스로부터 적극적인 전망을 읽어내지 않았다." 그러니까 초기 가라타니의 비평적 독해에는 '적극적 전망'이 결여되어 있었다. 다시 말해 구체적인 상황 속으로 진입하려는 노력 대신, 시대의 냉소로부터 마르크스라는 사상의 자원을 지켜내는 것이 급선무였던 것이다. 생산과 노동으로부터 교환과 소비로 해석의 전환을 기도했지만, 그것은 다만 실천의 동학과 무관한 해석학적 분투였다. 역시 그 서문에서 어떤 전회의 순간에 대한 가라타니의 담담한 서술을 읽을 수 있다. "1990년까지 나는 적극적인 말이라면 어떤 발언도 할 수 없었다. 그렇긴 하지만 그 후로 자본제 경제나 국가에 대한 계몽적 비판 또는 문화적 저항에 머무르는 데 만족할 수는 없었다. 나는 근본적으로 다시 생각하려 하는 과정에서 칸트를 만났다. 내가 하려고 한 것은 마르크스를 칸트적 '비판'에서 다시 생각해 보는 일이었다." 근대문학의 종언을 선언하면서 이른바 NAM과 세계공화국의 구상으로 나아갔던 이후의 궤적은, "근본적으로 다시 생각하려" 했던 바로 이 같은 사상의 전회에서부터 시작되었다고 할 수 있을 것이다.

가라타니는 "근본적으로 다시 생각하려 하는 과정"을 경유하면서, 마르크스를 일종의 비판적 해석학의 대상에서 자본제적 삶의 비판적 개입을 위한 실천적 이념으로 재구성한다. 그 전회의 중심에 칸트가 있고, 칸트와 마르크스를 횡단적으로 읽는 '트랜스크리틱'이 있다. 가라타니에게 칸트는 헤겔적인 의미에서의 '매개'가 아니며, 따라서 트랜스크리틱은 칸트를 매개로 마르크스를 '종합'하는 것이 아니다. 트랜스크리틱은 강력한 시차(視差) 속에서 발생하는 '타인의 시점'을 통해 자기와 세계의 얽힘(관계)을 읽어내는 일이다. 그러니까 주관(내성)과 객관(타자성)의 어느 한쪽으로 치우치지 않고, 그 둘의 이율배반 속에서 주객관의 정합적인 공모를 '비판'하는 것이 트랜스크리틱이다. 주관과 객관 어느 쪽에도 정박하지 않는다는 점에서 그것은 '초월론적'이다. 시차는 이처럼 정박하지 않는 '이동' 가운데서 예각화된다. 가라타니는 칸트의 '비판'이 바로 그 이동 속에서 단련된 시차적 관점의 비판이라고 생각했고, 그래서 그것을 '초월론적 비판'이라고 했다. 그는 덧붙여 이렇게 설명한다. "초월론적 비판은 횡단적(transversal) 또는 전위적(transpositional)인 이동 없이는 존재할 수 없다. 그래서 나는 칸트나 마르크스의 초월론적(transcendental) 또는 전위적인 비판을 '트랜스크리틱'(Transcritique)이라 부르기로 한 것이다."

트랜스크리틱은 칸트(윤리성)와 마르크스(정치경제학)를 단속적으로 중첩시켜 읽어내는 작업이었다. 이로써 칸트의 '목적의 나라'는 마르크스의 코뮤니즘과 중첩되고, 드디어 어소시에이션의 사상은 세계공화국이라는 영구평화의 규제적 이념에 이른다. 형이상학의 해체에 몰두했던 가라타니는 이제 자본=네이션=국가라는 '초월론적 가상'을 지양하는 실천적 과제에 집중한다. 그 지양을 통해 지향하는 것은 호수적인 교환의 원리를 따르는 어소시에이션의 결성이다. 자본의 자기증식 운동을 중단시키기 위해서는 윤리적 개입이 요청되며, 가라타니는 그것이 구체적으로 생산-소비협동조합으로 실행되는 '소비자로서의 노동자'운동을 통해 실현될 수 있다고 제안했다. 이자를 발생시키지 않는 화폐의 운용을 비롯해, 제비뽑기에 의한 대표의 선출에 이르기까지 『트랜스크리틱』은 제법 구체적인 세부실행의 항목들을 제안하고 있다. 이것은 가라타니가 동구권의 몰락 이후 1990년대에 이르러 "이론은 단지 현 상황에 대한 비판적 해명에 그치는 것이 아니라 현실을 변화시키는, 뭔가 적극적인 것을 제출하지 않으면 안 된다고 생각"할 수밖에 없게 된 적극적인 태도(Stance)의 변화를 반영한 것이라고 하겠다. 이처럼 가라타니는 상황의 변화에 조응하면서 마르크스라는 이론에 대한 '비판'의 함의를 끊임없이 조정해왔다. 가라타니의 마르크스는 지속적인 이동 가운데서 발생하는 강력한 시차에 의해 끊임없이 비판되어왔다는 점에서, 그 자체가 바로 트랜스크리틱의 실천적 사례다.

『세계사의 구조』는 그 전의 저작들이 그러했듯이, 이전 작업들을 거듭 논의하는 가운데 새로운 주장들을 보태나가는 중층적인 서술로 이루어진 저작이다. 고령에 이른 가라타니는 기존의 작업을 대대적으로 종합하면서, 자본=국가=네이션의 삼위일체를 지양하고 새로운 세계를 구축하자는 그의 오래된 주장을 이 책을 통해 결산한다. 그는 한국어판의 서문에서 이 책의 의의를 "사회구성체의 역사를 '교환양식'에서 다시 보려는 시도"라고 압축했다. 그 압축에는 산업자본에서 상인자본으로의 중심 이동이라는, 이미 오래 전부터 반복되어온 그의 입론이 함축되어 있다. 여기엔 '생산양식'을 중심으로 한 기존의 논의들이 상부구조의 문제를 너무 소박하게 접근했다는 비판이 담겨 있다. 이 책에서 가라타니는, 정치경제학적 논리로 다 해결할 수 없는 잉여의 지대를 호수성의 증여로 이루어지는 교환의 윤리로 돌파하려는 의욕을 분명하게 드러내고 있다. 이제 그는 포스트주의의 이론적 동향 속에서 『자본론』을 해체적으로 읽어냈던 젊은 날의 자기로부터 망명(이동)하여, 그간에 축적되었던 자본과 국가에 대한 비판적 인식을 바탕으로 자기만의 『자본론』을 독창적으로 다시 쓰는 사상가의 모습으로 돌아왔다. 그러므로 「마르크스 그 가능성의 중심」이라는 에세이에서 출발해 『세계사의 구조』에 이르는 그 장대한 지적 여정이란, 비평가에서 사상가로 우뚝 서는 자기 극복의 과정에 다름 아닌 것이었다고 하겠다. 특히 이 책에서는 『트랜스크리틱』에서 칸트가 했던 역할, 그러니까 강력한 시차 속에서 마르크스를 재구성하는 역할을, 현실을 이념화했던 헤겔의 비판을 통해 수행하고 있다는 점에 주목할 수 있다. 다시 말해 헤겔의 관념적 '이념'을 칸트의 '초월론적 가상'을 통해 트랜스크리틱하고, 헤겔의 목적론을 마르크스의 공산주의와 칸트의 '목적의 나라'로 트랜스크리틱하는 것이 이 책의 등뼈를 이룬다. 그리고 목적의 나라(세계공화국)는 '세계사의 구조'라는 거시적 지평 위에서, 무엇보다 정치경제학적 실천과 더불어 '윤리'의 차원에서 도달할 수 있는 규제적 이념임을 다시 한 번 분명하게 밝히고 있다. 일국차원을 넘어선 시민들의 세계동시혁명을 제안하고, 각각의 국가들이 군사적 주권의 증여를 통해 영구평화에 도달하는 것을 지향하는 가라타니의 웅대한 구상은, 스스로가 분명하게 밝히고 있는 것처럼 용이하게 실현될 수 있는 단순한 문제가 아니다. 그야말로 네이션과 국가와 자본은 끈질기다. 그럼에도 가라타니는 호수성의 교환원리로 실현되는 어소시에시션의 열망 역시 그 못지않게 끈질기다는 것에 유념한다. 영구평화에 대한 인간의 염원이 윤리적으로 실현될 수 있다는 그의 끈질긴 믿음에서, 나는 소세키를 비평하던 문학자로서의 젊은 가라타니를 다시 만난다. 가라타니는 늘 마르크스를 가능성의 중심에 두고 사유해왔다. 그것은 결국 마르크스를 문학적으로 사유하는 것이었다. 문학의 종언을 선언하기도 했지만, 그 유별난 선언에도 불구하고 그는 한 번도 문학비평의 자리, 아니 문학자의 자리를 벗어난 적이 없었다. 그의 기나긴 사유의 여정이란 언제나 문학자의 낭만적 상상으로 충만한 것이었다. 문학이 아무리 초월론적 가상이라 하더라도, 그것이 부정될 수 없는 가치를 갖고 있다는 것을 누가 반박할 수 있겠는가. 『세계사의 구조』에 이르는 여정이 '규제적 이념'으로 마무리되는 것은 결코 우연이 아니다. 정치경제학에 해박하지 않은 나로서는 이론 정합적인 비판보다는, 그의 상상적인 '전망' 앞에서 문학적으로 공감할 따름이다.

시시포스와 길손의 발걸음

—왕후이, 『절망에 반항하라』

    한 사람의 사상가를 연구한다는 것은 결국 그 연구를 수행하는 자기 자신을 탐구하는 일이다. 연구의 대상을 그저 정태적인 객체로 분석하는 냉담함으로는 그 사상가의 깊이를 헤아리기 어렵다. 치밀한 연구가 치열한 자기 탐구가 될 때, 그 연구는 자기를 분열시키고 끝내는 자기를 변혁하기에 이른다. 그러나 그렇게 자기를 변혁시키는 대상과 인연을 맺을 수 있다는 것은 아무에게나 주어지는 우연한 행운이 아니다. 루카치에게 토마스 만이 그러했고, 바흐친에게 도스토옙스키가 그랬던 것처럼, 자기 탐구로서의 연구는 정신적인 고통의 한가운데서 이루어지는 운명적인 발견을 필요로 한다. 왕후이는 마찬가지로, 루쉰을 "근대성에 맞서는 근대적 인물"로 발견했다. 물론 우리는 이미 알고 있다. 왕후이가 아니더라도 루쉰과의 운명적인 조우로 자기를 변혁시켰던 수많은 사상계의 거인들이 있었음을. 혁명가이자 사상가이자 문학가로서 루쉰의 문제성이란, 이처럼 그 자신의 사상적 격투를 통해 타인들의 자기 변혁을 이끌어내고 있다는 바로 그 점이다.

    이 책의 부록으로 실린 「루쉰 연구사 비판」에는 '오래된 성'으로 근엄한 루쉰학의 어떤 고답적인 인습에 맞서는 왕후이의 야심이 만만하다. 무엇보다 루쉰을 보편적이고 영원한 이데올로기로 신성화하는 기존 연구사의 선험적 전제들에 맞서는 결기가 대단하다. 그러니까 왕후이는 자기의 박사논문을 엮은 이 저작을 통해, 그 선험적이고 정치 이데올로기적인 전제들로부터 루쉰의 사상과 예술에 내재하는 '독특성'을 구출해내려는 정신의 유격전을 치러내고 있는 것이다. 그리고 그 전투 끝에 그는 이런 다짐에 이른다. "루쉰을 제대로 인식하기 위해서는 연구자의 지식 구조가 갱신되어야 하고 지식인이 독립적 인격을 수립하며 사상을 자유로이 형성해야 한다." 자기 변혁과 함께 자유로운 사상을 추구하지 않는 연구자에게 루쉰은 결코 그 모습을 드러내지 않는다. 왕후이의 루쉰 연구는 바로 이런 인식으로부터 출발한다.

　왕후이의 도발은 먼저 루쉰을 해석하는 확신에 찬 명징하고 단정적인 언어들을 향한다. 루쉰을 바라보는 그의 시각은 이 간명한 문장 속에 요령껏 집약되어 있다. "그는 복잡하고 모순되고 역설적인 방법으로 복잡하고 모순되고 역설적인 세계를 파악해서 아주 깊은 경지에 도달했다." 루쉰의 복잡, 모순, 역설은 그가 살았던 시대와 상황이라는 구체적인 역사와 무관하지 않다. 루쉰은 그것을 조화와 절충으로 해소해버리지 않았고 그 복잡, 모순, 역설과 완강하게 투쟁함으로써 그것을 껴안았다. 왕후이는 루쉰의 정신적 독특성이라고 할 수 있는 복잡, 모순, 역설에 근접하기 위해 '역사적 중간물'이라는 개념을 고안한다. 그것은 어떤 면에서 후쿠자와 유키치의 일신이생(一身二生)을 떠오르게 한다. 역사의 구조 변화를 겪어내는 주체성의 혼돈, 그것이 바로 '역사적 중간물'이 함의하는 요지다.

루쉰은 "정치와 경제의 변혁이 아닌 인간의 주체성 수립 및 그 주체성과 인간 해방의 관계를 중심에 두고 사고했다." 그가 국민성의 개조에 열을 올리고 인간을 얽매는 예교를 규탄했던 것도, 그 모든 질곡에서 벗어난 자유로운 개인의 삶이 가능한 세계가 진정한 '사람의 나라'라고 여겼기 때문이다. 그러나 '역사적 중간물'은 소박한 휴머니즘과 구별되어야 한다.

왕후이가 루쉰의 사상에 미친 쇼펜하우어와 니체, 키르케고르, 슈티르너의 영향을 자세히 논술한 것은, 그 개체성의 사상이 '근대'라는 세계사적인 시대변화의 심층에 닿아 있음을 논증하기 위해서다. 루쉰의 비판적 정신에 담긴 심오함은 과학과 민주, 진화론적 역사관이라는 계몽적 이성을 옹호하면서도 저 비이성주의 철학에 이끌린 사상적 모순과 역설에서 비롯된 것이다. "진리는 객관적 존재가 아니라 인간의 주관성 자체다. 이 때문에 독특한 개체에 대한 루쉰의 생각은 근대 비이성주의 철학과 내재적 연관을 갖게 된다." 루쉰은 한편으로 근대적인 계몽 이성을 존중하면서도, 인간의 독자성과 차별성을 최고의 가치로 삼는 서양의 비이성주의 철학에 주목했다. 왕후이는 『들풀』에서 고독한 개체의 비극성에 탐닉하는 루쉰 초기의 낭만주의적 인생철학을 확인하고, 또 거기서 고독과 두려움, 부조리와 절망이라는 인간의 어두운 영역에 대한 루쉰의 실존적 긍정을 읽어낸다. 그러니까 '절망에 반항'하는 루쉰 사상의 핵심은 바로 그 어두움의 실존적 긍정에 뿌리내리고 있다는 것이다.

절망에 대한 반항이 희망에 대한 긍정이 아닌 것처럼, 비이성주의 철학에의 경도가 곧 이성에 대한 전면적 비판은 아니다. 마찬가지로 개체성의 강조가 사회나 민족이라는 공동체적 삶의 해방과 서로 배리되지 않는다. "개체 생존에 대한 루쉰의 비이성적 체험은 바로 이처럼 인류의 운명에 대한 이성적 인식과 상호침투한다." 다만 루쉰은 개체성의 긍정 속에서 식인의 악습에 순종하는 무모한 군중을 혐오했을 따름이다. 왕후이는 루쉰의 사상이 갖는 이 같은 역설, 다시 말해 절망과 희망, 비이성과 이성, 개체와 군중, 삶과 죽음, 비관과 낙관, 윤회와 진화, 전통과 근대 사이에 '소재'하면서 그 어디에도 '소속'되지 않은 사상의 역설에 주목한다. 그것은 한 몸으로 두 개의 생을 사는 후쿠자와 유키치의 사유보다 더 깊은 역설이라 할 수 있겠다. 그것은 다만 두 개의 삶이 아니라 전통의 삶과 죽음, 그리고 근대의 삶과 죽음에 얽혀 있는 지극히 복잡한 과도기적 주체성의 역설을 내포하기 때문이다.

　　왕후이는 양무운동, 무술변법, 신해혁명의 격동을 거치며, 그 중간이라는 사이 속에서 주체성의 파열을 겪어내야 했던 루쉰의 전기적 생애사에 접근한다. 루쉰은 자기가 '소재'한 곳에서 자기의 '소속'을 부정하는 이른바 '자기부정'의 방법으로 주체성의 파열에 대항했다. 예컨대 그는 "전통으로부터 벗어나거나 떨어질 수 없는 자신에 대한 성찰과 부정"으로써 치열했다. 자기부정으로 세계의 비극적 부조리에 맞서는 '역사적 중간물'의 그 치열한 싸움은 영원히 끝나지 않는다. 그것이 치열한 이유도 바로 그 끝없음 때문이다. "루쉰은 내면 깊은 곳에서 외부 역사 변천에 숨어 있는 내재적 불변성을 격렬하고도 통렬하게 사유했고 또 여기에 얽혀 있었다. 그는 영원히 변하지 않는 것을 바꿔야만 외부의 변천을 '또 한 차례 경험하는' '중복'으로 전락시키지 않을 수 있을 거라고 느꼈다." 그러므로 절망에 반항한다는 것의 진정한 함의는 역사의 반복에 저항하는 영구혁명의 사상이다. 여기서 왕후이가 짚어낸 진화와 순환의 역설은 목적론과 종말론이라는 서양의 어떤 정신사와 구별되는 루쉰 사상의 독특성이라 할 것이다.

왕후이는 당대 중국사회의 내재적 모순이 루쉰의 역사적 (무)의식의 매개를 통해 소설의 구조적 형식으로 굴절된다는 이른바 상동이론을 전개했다. 그리고 그의 소설들이 대체적으로 개혁자와 군중의 관계를 중심에 놓고, 그 관계의 추이에 따라 변모하는 개혁자의 심리적 과정에 초점이 맞추어져 있음을 논증했다. 그 심리적 과정은 군중에 대한 사랑과 증오의 착종 속에서 어쩔 수 없는 비관과 허무의 정조로 기운다. 왕후이는 개체성의 자유를 억압하는 중국의 역사적 상황에 대한 루쉰의 부정적 인식이 그의 소설에서 침묵, 식인, 황야라는 세 가지 이미지로 드러나 있음을 몇몇 작품의 사례를 통해 설득력 있게 입증했다. 그러니까 루쉰의 소설을 읽는 왕후이의 눈길은 역시 주체성의 문제에 대한 응시로 집요하다. 왕후이는 사회의 변혁을 주체성의 개혁을 통해 유인할 수 있다는 루쉰의 확고한 믿음을, 그의 소설들에 암시되어 있는 어떤 지배적인 이미지나 정조 혹은 언어적 특징이나 서사의 구조와 서술법이라는 형식 미학적인 차원과 연결시키면서 치밀하게 읽어나갔다. 그렇게 해서 그는 다음과 같은 결론에 도달한다. "루쉰 소설은 중국 근대화 과정의 심미적 현현이다."

이 책의 여러 서문들과 후기에는 왕후이의 단편적 감상들이 진솔하고 애틋하다. 개혁개방 이후의 새로운 시대를 맞이한 젊은 학인의 지적인 욕동과 예술적 감상을, 그는 그 어떤 허기진 설렘과 당당한 포부 속에서 시적인 정취로 고백했다. 그는 루쉰의 사상적 궤적을 따라가면서 이렇게 되뇌었다. "나는 가야만 해, 아무래도 가는 게 좋아……." 루쉰이 먼저 걸어간 그 길을 그는 어떻게 뒤따랐을까. 루쉰이 겪어냈던 역설과 모순의 역사적 중간을 가로지르며 왕후이가 따라간 길은, 이미 루쉰의 그 발걸음에 견줄 만큼의 세속적 주목을 받아왔다. 신좌파 내지는 비판적 지식인으로, 『두수(讀書)』의 주필로, 칭화대의 교수로, 세계적인 명망의 지식인으로, 그렇게 왕후이의 발걸음은 절망에 반항하는 시시포스와 길손의 영원한 행진이었을까.

어긋남에서 어긋냄으로

—김학이, 『나치즘과 동성애』

위험한 것은 매혹적이다. 성(性)을 논의에 붙이는 것이 까다롭지만 또한 흥미로운 까닭도 바로 이 때문이다. 그러나 이성애가 다수인 세상에서 동성애를 말한다는 것은, 그 음란한 환상과 편견들로 인해 더 자극적이면서도 언제나 더 어려운 일이다. 그러므로 동성의 사랑을 입에 올리려 할 때, 그 사람은 그 편견을 상대로 지극히 불리하고 불편한 논쟁을 각오해야만 한다. 그래서 대체로 그 위험한 발설은 동성애자들 자신의 실존적 기투 속에서 주로 이루어져왔다. 그럼에도 이번엔, 그 까다로운 주제를 나치 시대의 일상사에 천착해온 사학자 김학이가 역사적으로 깊이 파고들었다. 동성애자가 아닌 저자는 본인의 "전공 영역인 19세기 후반에서 1945년에 이르는 시기의 독일에서 성과 관련하여 정치적으로 가장 뜨겁게 논의된 주제"인 동성애를 집필의 주제로 잡았다. 왜일까. 저자의 후기에 따르면, 이 책은 그가 헛헛한 강단의 삶을 되돌아보며 영혼의 빈 곳을 채우는 심정으로 집필한 것이라고 한다. 그렇다면 그는 왜 성적으로 소수화된 타인의 고통을, 자기 위안의 글쓰기를 위한 대상으로 삼았던 것일까. 모름지기 위로는 고통을 나누어 갖는 그 분유(分

有)의 과정 속에서 발생한다. 역사적으로 가장 가혹했던 나치 체제 하의 동성애 문제는, 가장 압도적인 독일 근대사의 연구주제인 홀로코스트에 묻혀 국내에선 거의 언급조차 되지 않았다. 그러니까 저자에게 '나치즘과 동성애'라는 주제는 역사적 실존의 타자화와 학문적 연구의 불모화라는 이중의 배제에 항의하는 일종의 학자적 행동이 아니었을까.

그럼에도 동성애자라는 소수자의 삶이 엄연한 시대에, 그것을 학문의 '대상'으로 삼았다는 것은 역시 시비의 거리가 될 수 있는 모양이다.(임근준, 「'국가의 적'에 동성애자는 어떻게 해방되었나」, 〈프레시안 books〉, 2014. 1. 10.) 그러나 이 책이 "동성애자의 고통에 주목하지 않는다"는 그 서평자의 비판은 충분히 사려 깊은 것이라고 보기 어렵다. 마찬가지로 그 서평에 대한 저자의 반론에 이은 재반론에서, "포스트모던한 재고찰 전략은, 포스트-페미니즘이나 퀴어 정치학의 논자들처럼, 화자 본인이 하위주체인 경우에 효력을 발한다"고 한 서평자의 지적은 심지어 위험하기까지 하다. 그것은 일종의 전도된 정체성 정치로 읽힐 수 있기 때문이다. 그 말에 따른다면, 하위주체만이 말할 수 있는가. 서평자의 말대로라면, 이 책은 당사자의 실존적 감각에 가닿을 수 없는 이성애자 엘리트 지식인의 한계가 뚜렷한 저작이다. 그러나 과연 그럴까. 물론 언어적 재현의 불가능성이 공공연한 이때에 역사의 연구란 한계가 아니라 부조리 그 자체다. 그러나 그 부조리는 연구의 불가능성을 확정하는 것이 아니라, 불가능한 것의 가능성을 모색하는 아포리아다. 저자는 자신의 프로필에 굳이 이런 문장을 사족으로 남겼다. "역사학은 문학과 사회학이 결합된 학문이라고 믿는다." 중요한 것은 그 믿음이 아닐까 싶다. 내가 볼 때 이 책은 동성애자의 고통에 주목하면서, 저자가 놓인 그 연구자로서의 아포리아 속에서 고통의 가능한 분유를 실천하고 있다는 점에서 주목되어야 마땅하다. 그는 스스로에게 묻는다. "나는 도대체 무엇을 쓰고 있는가?" 그리고 바로 뒤에 이렇게 적었다. "책을 마무리할 때쯤 나는 내가 삶을 위로하고 싶어 한다고 답했다." 이 자문자답의 진정성을 믿는다면, 우리는 비로소 책장을 펴고 그의 이야기를 경청해도 좋을 것이다.

이왕에 고통의 외면에 대한 지적이 나왔으니 바로 말해야겠다. 이 책은 그들의 고통을 외면한 것이 아니라, 그 고통에도 불구하고 그들이 결코 주저앉지 않았다는 역사적 사실에 주목한다. 나치하의 동성애자들을 단지 전체주의의 희생양으로만 표상할 수는 없다는 것. 그들은 나치즘의 피해자이자 고통의 당사자였지만, 동시에 그런 공포 속에서도 자기의 삶을 행복하게 누리려 했던 지극히 정상적인 사람들이었다. "나치는 일상을 살아가는 사람들의 자율성을 없앨 수 없었고, 역사의 굴곡을 뚫고 유장하게 지속되는 삶을 바꿔놓을 수 없었다." 구조가 주체를 구성하지만, 동시에 주체는 그 구조를 변혁하기도 한다. 전체주의가 인민의 일상을 파쇼적으로 통제할 수 있지만, 그래도 인민의 삶은 그 완악한 통제의 범위를 범람하는 생명력으로 출렁거린다. 바로 그 나치 시대의 일상사에 대하여 이미 오래전부터 읽고 써왔던 저자는, 나치 치하의 동성애자들이 통치의 이면에서 보냈던 환희의 일상을 게슈타포의 수사기록과 법정의 재판기록을 토대로 생생하게 드러내 보인다. 그렇게 '환희'의 일상은 엄혹한 탄압 아래서도 '품위'의 담론적 규제를 넘어선다. 다르게 말하자면, "담론은 인간을 지배하지만, 삶은 언제나 담론을 거스른다."

저자가 이 책 전체를 가로질러 예리하게 응시하는 것은 담론과 실존의 바로 그 어긋남이다. 그러니까 이 연구에서 말과 삶의 어긋남이란 동성애의 정치사를 해석하는 저자 특유의 입론인 셈이다. 담론은 이성애적 시각의 편향 속에서 정상성의 의미를 구획하려 하지만, 동성애자들의 삶은 끊임없이 그 담론화의 기획으로부터 미끄러져 나갔다. 이로써 저자는 나치즘의 물리적이면서 동시에 담론적인 폭력으로도 다 관철할 수 없었던, 동성애자들의 초과하는 실존의 힘을 가시화하려 한다. 담론으로도 물리적인 압제로도 길들일 수 없었던 약분 불가능한 일상의 욕망. 다시 말해 "그들의 성은 다양했고 유동적이었다. 그것은 개념으로 고정시킬 수 있는 것이 아니었다." 나치즘의 전체주의로도 완전히 포획할 수 없었던 동성애적 실존의 특이성은 바이마르 민주주의의 시기에 숙성되었고, 모더니즘의 아방가르드와 만나 문화적으로 만개했다. 어긋남은 기실 어긋냄이었고, 그런 의미에서 동성애자들에게 가해진 엄청난 폭력은, 그 자체로 어긋냄의 저항으로써 동성애자들의 카니발적 일상이 갖는 위력을 반증한다. 동성애의 분방한 성적 환희는 그 엄존하는 실상으로써, 말의 담론으로 구성된 아리안적 전체성의 환상을 깨뜨리는 무서운 역능이었던 것이다. 그러니까, 동성애자는 유대인과 공산주의자들과 마찬가지로 그 아리안적 주체성의 환상에 가장 적대적인 타자였던 것이다. 그러므로 증오로 가득한 나치의 가혹한 폭력이란, 곧 그 타자들에 대한 공포의 가장 솔직한 표현이었다고 할 수 있겠다.

동성애자는 민족이라는 상상의 공동체를 균열하는 특이성이었다. 그들은 이처럼 공동체와 개인의 경계를 해체하는 아방가르드였다. 무엇보다 그들은 공동체의 이념보다 그들 각자의 욕망에 충실한 사람들이었다. 그들의 그 분열하는 감각은 전체주의의 그 동일성의 담론과 예리하게 어긋난다. 담론이란 그것이 아무리 진보적인 표면을 보여준다 하더라도 심층에서는 결국 실존의 삶과 배리되었다. 성과학의 담론 역시 그러했다. 이 책의 연구 방법론이 푸코의 담론연구와 코젤레크의 개념사연구에 기대고 있는 것도 그 때문이다. 담론의 질서가, 그러니까 말의 개념이 동성애자들의 일상적 삶을 어떻게 간섭하고 구성해내는가를 해명하는 것은, 지식이 역사를 창안하고 권력이 삶을 압도하는 미시적인 정치사의 영역에 해당한다. 동성애의 정치사를 구성하는 성 담론들은, 표면의 현격한 차이에도 불구하고 동성애의 구체적 실상을 오도한다는 점에서는 정치적으로 서로 합작했다. 저자는 그것을 개념장의 분석을 통해 증명하고 있는데, 그에 따르면 성과학을 정초한 크라프트에빙의 부르주아적 성이나, 히르슈펠트의 민주적이고 아나키즘적인 성이나, 그리고 프리들랜더의 극우적이고 파쇼적인 성은, 좀 심하게 말하면 모두 '과학'을 표방하고 있는 일종의 '도덕'임이 드러난다. 특히 크라프트에빙과 프리들랜더의 개념장 비교를 통해 저자는 다음과 같은 놀라운 결론을 이끌어낸다. "프리들랜더의 성 개념을 통해 우리는 파시즘이 부르주아 자유주의의 대극이 아니었다는 것을 알 수 있다. 오히려 부르주아 자유주의에 '특정한 잉여'가 부착된 주의(主義)가 바로 파시즘인 것이다. 프리들랜더의 경우 그 잉여란 개별화되지 못한, 자아가 부재한 인간들이 결합된 행동주의적 남성대오다." 이처럼 저자는 파시즘과 부르주아 자유주의가 한통속이라는 것을 개념장의 구조적 동일성을 통해 증명한다. 의도가 어떠했던, 삶 그 자체의 특이성과 난삽한 비체계성을 매끄러운 동일성의 체계로 환원시키는 담론은, 지(知)의 권력으로써 일상의 억압을 생산한다. 그래서 "동성애자를 치료하려던 크라프트에빙이나 동성애자를 해방시키려던 히르슈펠트 모두 자신의 의도와는 달리 동성애에 대한 체계적이고 인격적인 억압에 동참하였던 것이다." 담론은 정치의 과정 속에서 이렇게 지배의 도구로 쉽게 변질되게 마련이다. '전체'에로 용해되어버릴 수 없는 인민 각자의 권리에 대한 옹호를 실천할 수 있는 담론만이 '말'의 울타리를 넘어 사상으로 비약할 수 있다.

'품위'라는 도덕이 아니라 '환희'라는 욕망의 충족을 긍정할 수 있을 때, 이론과 실천이나 담론과 실제의 어긋남은 통속적인 조화가 아닌 창의적인 불화로 거듭날 수 있다. 그러나 창의적인 불화로서의 그 어긋냄이란, 안락을 거부하고 불편을 감수하는 불온의 감행임으로 '말'처럼 쉽게 실행하기가 어렵다. 나치는 돌격대 참모장 에른스트 룀의 동성애로 노출된, 남성동맹과 동성애의 그 어긋남을 해결하지 못하고 테러로 나아갔다. 어긋남의 불편함을 폭력으로 쉽게 해소해버린 것이다. 저자의 말마따나 "나치즘의 특징은 성 개념들의 그러한 교차 및 착종이 인종주의와 테러에 의하여 관통되었다는 것 하나뿐이다." 나치가 교차와 착종이라는 어긋남의 긴장을 견디지 못하고 테러로 폭발하고 말았던 이유를, 저자는 에른스트 프랭켈의 '이중국가'라는 개념을 통해 사유한다. 나치 국가는 법률적인 질서로 통치되는 '규범적 국가'와 폭력에 의지해 통치하는 '자의적 국가'의 두 양상을 함께 갖고 있는 이중국가라는 것. 아이히만의 사례에서도 알 수 있듯이 나치의 그 엄청난 테러는 관료체제의 규범적 지배 구조 속에서 지극히 합리적으로 실행되었다. 동성애자들의 존재는 나치로 하여금 규범과 폭력이라는 통치술의 그 어긋남을 봉합하기 어려운 모순으로 받아들이게 만들었다. 그 모순 앞에서 나치는 속수무책이었고, 동성애자의 일상은 참혹한 탄압 가운데서도 꿋꿋하게 이어졌다. 동성애의 정치를 통해 바라본 나치 시대의 일상사는, 가혹한 억압의 정치 속에서도 꺾이지 않는 인민의 코나투스를 확인시켜준다.

지금껏 주류적 담론은 동성애를 어긋난 것으로 규정하려 해왔지만, 이 책을 통해 드러난 것은, 그것이 일상의 욕망이 약동하는 어긋냄의 실천이었다는 사실이다. 물론 그 어긋냄의 정치적 힘을 두루 살피되 더 깊이 파고들지 못한 것은 이 연구의 가장 약한 고리다. 그렇지만 귀한 자료들을 파헤치면서 권력화된 담론의 위계를 해체적으로 독해한 것만으로도, 저자는 이 연구에서 할 수 있는 일을 충분히 해냈다. 그리고 남는 것은 다음의 연구로 이월해도 좋을 것이다. 헛헛함 속에서 삶을 위로해야 했을 때 저자는 이 책을 집필했다고 한다. 책장을 덮으며 생각해보니, 그것은 아마도 세속의 풍파 속에서도 꺾이지 않으려는 저자의 어떤 결기의 다짐이 아니었을까 싶다.

어느 민족주의자의 문명교류 답사기

―정수일, 『실크로드 문명기행』

문명교류사의 최고 권위의 연구를, 우리의 모국어로 생생하게 접할 수 있다는 것은 여간한 행운이 아니다. 이론과 사상의 서구중심주의가 일반화된 비서구 학계의 남루한 사정을 감안할 때, 동서고금의 어학과 문명교류사의 희귀한 자료에까지 능통한 정수일 선생의 존재는, 그 자체로 우리에겐 한 가닥의 희미한 빛이다. 『실크로드 문명기행』(한겨레출판, 2006)은 이미 이 방면의 여러 저작을 소출한 저자가, 지금까지의 연구들을 바탕으로 직접 현장을 답사하고 쓴 일종의 학술 기행문이다. 고대와 중세라는 먼 과거를, 그것도 동양과 서양이라는 거시적 영역에 걸쳐 연구의 대상으로 삼을 때, 그 작업은 자칫 지금의 긴박한 현실로부터 유리된 사변적이고 추상적인 것으로 되어버릴 수가 있다. 그러므로 이런 고고학적 연구는 문헌에 대한 세밀한 실증 외에도 현장의 경험이 필수적이다. 이 책은 문헌적 지식에 충실한 저자가 바로 그 현장의 경험을 통해 문헌적 사실들을 고증함으로써, 문명교류의 역사를 현재의 시간으로 다시 추체험한 재귀적 여행의 기록이라 할 수 있겠다.

그렇다면 왜 실크로드인가. 저자는 이렇게 적었다. "실크로드는 문명을 낳아 키우고 오가게 한 길이다. 지구의 동서남북을 소통시키고 인류역사의 어제를 오늘로 이어주는 길이다. 사막이나 바닷물에 묻혀버린 죽은 길이 아니라 살아 숨 쉬는 길이다." 문명의 4대 발상지와 같은 교과서적인 지식의 고루함에 비할 때 실크로드라는 유동하는 길의 사연을 탐색하는 것은, 정태적인 틀로써 문명을 재단하지 않고 그것을 살아서 움직이는 일종의 생명으로 대하는 것이다. 독일의 지리학자 리히트호펜이 1877년에 처음으로 '실크로드'라는 개념을 창안한 이래로, '실크로드학'은 고고학적인 탐험과 발굴을 거치며 근대적인 학문의 한 영역으로까지 자리 잡았다. 이제 이 학문은 '문명충돌' 따위의 서구 패권적 패러다임을 넘어 새로운 질문에 답해야 할 때가 되었다. 실크로드 위에서 펼쳐졌던 그 평화로운 소통과 교류, 잔혹한 복속과 저항의 역사는 다시 '제국'의 시대가 펼쳐지고 있는 지금에 와서 어떤 의미를 갖는 것일까.

실크로드는 북방의 초원로, 중간의 오아시스로, 남방의 해로라는 세 개의 간선(幹線)으로 이루어져 있다. 이 책은 그중에서도 대표적이고 가장 널리 연구되어왔던 오아시스로를 답사하고 그 여정의 문명교류사적 의미를 기록했다. 실크로드에 대한 기존의 통설을 재론했던 저자는, 본인의 학설을 이 답사를 통해 실증하려는 의지로 꿋꿋하다. 지금까지는 대체로 실크로드를 중국에서 로마에 이르는 13세기까지의 문명교류의 통로로 이해하는 것이 일반적이었다. 저자는 그 시기를 15세기까지 늘리는 동시에 그 길의 동쪽 시발점을 중국에서 한반도의 경주로까지 확대한다. 그래서 때때로 답사에 임하는 그의 태도는 필사적이다. "이 길 위에서 '세계 속의 한국'이라는 우리의 위상을 확인하려 했고, 동서 간에 오간 숱한 문물의 교류 흔적을 더듬으려 했으며, 인류가 창출한 위대한 문명들의 슬기를 체험하려 했다." 답사의 현장에서 신라의 고승 원측과 혜초는 물론, 고구려의 유이민이었던 고선지와 조선족 출신의 화가 한락연에 이르기까지, 한민족의 흔적을 애타게 찾고 감격에 젖는 그의 모습은 인상적이다. 둔황의 막고굴에 남아 있는 벽화에서 한민족의 흔적을 더듬고, 중앙아시아의 고려인들을 만나 애틋한 민족애를 나눈다. 이란에서는 "혜초의 페르시아 역방이나 석류, 폴로 경기, 금속활자, 마름모꼴 천장, 각배, 봉수형 물병 등 다양한 유물과 관계에서 두 나라 간의 오랜 전통적 교류와 유대가 확인"되었다며 흡족함을 드러낸다. 낯선 시공간에서 동일성을 확인하려는 그의 열렬한 혈족주의는 다음과 같은 말에 진하게 묻어 있다. "피는 물보다 진하기에 초면이 구면이 되는 그것이 바로 겨레붙이고 동족이다."

　세계의 문명교류사를 연구하면서 이렇게 뜨거운 민족애를 표나게 드러내는 것은 무엇 때문인가. 그것은 중국 옌볜에서 출생한 조선족으로, 평양과 서울에서 교수로 일했던 저자의 특이한 이력과 무관하지 않을 것이다. 그는 이집트 카이로대학에서 유학하고 중동 지역에서 외교관으로 활동했으며, 무함마드 깐수라는 이름의 레바논계 필리핀인으로 위장해 한국에 들어와 한 대학의 교수로 재직했다. 그리고 그간의 간첩활동이 발각되어 국가보안법 위반으로 4년을 복역했다. 그의 코스모폴리탄적 풍모와 민족주의는 둘이 아닌 하나로 뫼비우스의 띠처럼 이어져 있다. 그는 아마도 대국의 소수민족이라는 자기의 정체에 대한 고뇌 속에서 문명교류사라는 거시적 학문을 탐했을 것이고, 그럴수록 민족이라는 협애한 환상에 더 집요할 수밖에 없었을지 모른다. 그 착종과 분열 속에서 살아온 그의 삶에서, 민족이란 끝내 떨쳐버리지 못한 끈질긴 망령이다. 실크로드를 횡단하는 범민족적 여정에도 불구하고, 언제 어디서나 민족을 확인하려 하는 그의 집요함이란 진저리를 치게 할 만하다. 어떤 망령에 사로잡힌 학문이 편견으로부터 자유로울 수 있을까. 그럼에도 그의 학문은 이미 민족을 초과할 만큼 깊고도 넓다.

저자가 서구인들에게 능욕당한 유적을 답사하며 울분에 차서 치를 떨 때, 그것은 종교와 민족과 인종의 경계를 초월한 일종의 인류애의 표현이다. 독일인 폰 르콕에게 뜯겨진 베제클리크 석굴 벽화의 참상을 보고, 그는 그 회한을 이렇게 적었다. "비이성적이고 반문명적인 문명파괴행위는 더 이상 재현되어서는 안 된다. 무모한 도굴꾼들과 무지막지한 파괴자들에 의해 뜯기고 할퀴고 찢기어 '아름답게 장식한 집'이 텅 빈 헛간으로 변한 현실 앞에서 울분과 허탈감, 안타까움을 함께 느끼면서 무거운 발걸음을 되돌렸다." 이처럼 문명은 평화롭게 교류하기만 하는 것이 아니라 악랄하게 절취되기도 했던 것이다. 교류가 아닌 절취는 공존이 아닌 독점으로 인류 공동의 문명적 자산을 이기적으로 탕진한다. 역사에서 배워야 하는 것이 이런 것이 아닐까.

낯선 환경으로부터 이질적인 것들을 가져와 자기의 삶의 습속에 슬기롭게 적응시키는 것은 문명교류의 모범적 사례다. 저자는 서방에서 포도나무를 가져와 자기 고장의 명물로 만든 투르판인들에게서 그것을 본다. 그의 말처럼 "순화력은 문명의 탄생과 성장의 중요한 요인이다." 그러나 강제적인 복속으로 우악스레 낯선 문화를 길들이려 했을 때, 역사는 반드시 처참한 살육과 무모한 파괴로 얼룩졌다. 저자는 이 답사에서 문명교류의 바람직한 모습을 이질성의 융화에서 확인한다. 중앙아시아 투르크메니스탄의 니사에서 동서문화 융합의 찬란한 사례로 꼽히는 헬레니즘의 정수를 보고, 이란의 페르세폴리스 유적에서 다시 한 번 그것을 확인한다. "아케메네스 조 페르시아는 유라시아 중심부에 우뚝 섰던 최초의 세계적 통일제국이다. 대대로 문화적 절충주의와 포용성을 표방하여, 당시로서는 가장 뛰어난 문명요소들을 적극 섭취하고 창의적으로 조화시켜 소중한 인류 공동유산을 창출했다. 유적 유물의 세세한 부분에서도 발견할 수 있는 것처럼 왕도 페르세폴리스는 명실상부한 '문명의 모임터'로서 그 여진은 실크로드를 타고 멀리 동방 일각에 있는 한반도까지 미쳤다." 이란의 시라즈에 핀 장미꽃에서, 그리고 복합도시문화의 꽃을 피운 시리아의 다마스쿠스에서 저자가 확인한 것 역시 동서 문화의 아름다운 융합이다. 융합이 모든 생명의 원리라는 통섭의 시대에 실크로드의 간난(艱難)한 역사에서 문명의 통섭이 이룩한 아름다움을 만끽하는 것은, 다름 아닌 인류의 역사가 그러한 까닭을 되새기는 일이다. 어느 민족주의자의 문명교류 답사기에서 우리가 읽게 되는 것도 바로 그것이다.

학문의 길

—윤여일, 『지식의 윤리성에 관한 다섯 편의 에세이』

내가 간여하는 잡지에 원고 청탁을 하면서 윤여일이라는 이름을 처음 만났다. 몇 차례 오간 메일을 보면, 그는 언제나 열정적이었고 겸손했으며 상대를 배려하는 마음이 넓었다. 그가 부산의 출판사에서 책을 내고 독자와의 만남을 위해 부산으로 왔을 때, 우리는 비로소 직접 얼굴을 마주할 수 있었다. 마른 몸매에 하얀 피부, 짧은 머리에 선한 눈매, 무엇보다 다감한 말투에 호감이 갔다. 출판사 사람들과 함께 자갈치 시장으로 갔을 때, 비릿한 바닷바람을 깊게 들이마시던 그의 몸짓이 유난스러웠다. 태종대와 감천동 문화마을을 둘러보고 왔다는 그는, 많이 시장했는지 아니면 맛을 즐길 줄 아는 사람이라서 그런지는 몰라도, 회를 정말 맛있게도 먹었다. 우리는 가볍게 몇 잔의 소주를 마시고 독자들과의 만남이 준비된 북카페로 갔다.

다케우치 요시미 선집을 비롯해 몇 권의 일본책을 번역했던 그에게 『지식의 윤리성에 관한 다섯 편의 에세이』는 첫 번째 단독 저작이다. 나는 행사의 사회 겸 발제 토론자로 그날의 자리에 참석했다.

생각이 바르고 품성이 좋은 사람은 언제나 자기반성을 주저하지 않는다. 성찰이란 바로 자기에 대한 그런 재귀적 인식이다. 보편적 이성의 느린 사유로 단련된 사람은 고루한 관습이나 무모한 신념에 쉽게 휘둘리지 않는다. 그의 첫 번째 책은 그렇게 진중하게 자기를 성찰하는 마음이 인상적이다. 학문을 직업으로 하는 사람들, 대개 이런 사람들은 자기가 하는 행위에 대한 자의식이 민감한데, 그래서 이들은 늘 학문에 대한 메타 담론적 분석으로 치열하다. 우리의 지성사에서는 조동일 선생의 작업이 오랫동안 이런 방면의 성찰로 집요했다. 그리고 거의 모든 저술이 바로 이 문제에 대한 성찰로 치밀한 김영민 선생을 빼놓을 수 없다. 윤여일 선생의 저작은 바로 이런 인문학적 성찰의 계보를 잇는다. 성찰이 없는 사람들은 자기만족을 위해 세상에 해로운 짓을 쉽게 저지른다. 그래서 조동일 선생은 최근에 펴낸 『학문론』(2012)이라는 책에서 구불의병(九不宜病)을 지적해 후학들에게 경종을 울린다.

1. 공부를 학문으로 착각하여, 공부를 하기만 하고 학문으로 나아가지 않는다.

2. 여건을 탓하고 몰이해를 나무라고 알아줘야 학문을 하겠다고 하면서 최소한의 노력이나 하고 만다.

3. 자기 학문을 스스로 이룩하지 못하고 남에게 의지하면서 본뜨고 흉내 내기를 일삼는다.

4. 학문은 승패를 가르는 경쟁이라고 여기고 이기기 위한 작전을 갖가지로 쓴다.

5. 장기적인 계획과 분명한 자기진단이 없어, 진행 중인 작업에 매몰되어 연구 방향을 다시 점검하고 설정하지 못한다.

6. 계획생산은 하지 않고, 주문생산에 매달린다.

7. 내심에서 우러나는 학문을 하지 않아 외면치레에서 만족을 얻으려고 한다.

8. 학문을 한다면서 시사평론이나 한다.

9. 어느 정도 이룬 것이 있다고 인정되자 인기를 얻고 장사가 되는 쪽으로 쏠린다.

얼굴을 화끈거리게 만드는 노학자의 따끔한 질타다. 모두가 충분히 납득할 만한 항목들이지만, 특히 세 번째로 지적한 본뜨고 흉내 내는 에피고넨의 행태는 가장 역겨운 수준의 질병이다. 그것은 실상보다는 겉치레에 탐닉하고, 그리하여 남의 것으로 자기의 병폐를 합리화하는 일종의 기만이기 때문이다. 개념이 현실을 압도하고 가상이 실상을 초월하는 그런 수준에서는, 글쓰기는 그저 고상한 언어도단이다. 김영민 선생의 근작 『봄날은 간다』(2012)에서 'J에게'라는 글은 개념과 현실, 가상과 실상의 어떤 위계에 대한 윤리학이 선명하다.

"생각이 좋은 사람보다 글(쓰기)이 좋은 사람이 되십시오. 글이 좋은 사람보다 말(대인대물 상호작용)이 좋은 사람이 되면 더 좋지요. 말이 좋은 사람보다 더 나은 사람이라면 생활양식이 좋은 사람일 겝니다. 그러나 이 모든 것보다 더 좋은 것은 '희망'이니, 그런 사람이 되도록 애쓰십시오. 물론 이중에 당신이 '생각'하는 것은 아무런 희망이 아니라는 사실도 잊지 마세요."

눈앞에서 부대끼는 사람들과의 관계에는 등한하면서, 혹은 그들과의 관계에 속악하게 타산적인 사람들이, 감당하지 못하는 언설로 곡학아세할 때 우리는 역겨움을 느끼게 된다. 형식에 불과한 예의를 트집 잡아 권위를 행사하는 사람이 정치적 권력을 비판하고, 주변 사람들의 마음을 진정으로 헤아리는 관용과 자혜 따위와는 전혀 무관하면서도 연대와 연합을 말하는 사람들이 있다. 이때 그 정치적인 것들의 고뇌가 담긴 어휘들은 생활과는 겉도는 일개 수사로 전락하며, 결국 그것은 (공공의 가치와는 무관한) 사적인 관계들의 어긋남으로 고뇌하는 이들의 도저한 명분에 봉사한다. 그들에게 글쓰기는 경험적 세계를 초월한 추상적 관념에서의 자기도취이며, 현실에서의 부도덕을 은폐하는 기만의 기제로 기능한다. 그러나 무엇보다, 그들 속에 바로 내가 속해 있음을 자각하는 것이 너무 아프고 치욕스럽다.

현실에서의 관계에 실패하고 외로이 될수록, 글은 점점 더 경험의 세계를 초월해 관념으로 휘발한다. 일종의 현실 부정인 셈인데, 그것은 고독으로 비약하지 못한 외로움의 곤궁한 심사를 반영할 뿐이다. 난삽한 수사로 일그러져 주름진 그 언어의 결들을 뒤적거리면, 공연한 개념들의 공허한 말놀음이 해독불가의 취한 말들로 비틀거리는 광경을 엿보게 된다. 외국어로 윤색한 이국적인 제목, 괄호 속의 원문으로 병기된 외래적 개념들의 난삽한 혼용, 쉼표의 남용으로 겨우 지탱되는 문장의 위태로움, 번역어들을 어색하게 끌어들인 문장의 조잡함. 언어를 지극히 신비화하는 이런 식의 글쓰기는 마치 현실로부터 배반당한 자들의 그 현실에 대한 저주처럼 느껴진다. 그러니까 그 글쓰기는 르상티망에 사로잡힌 일종의 노예도덕을 표현한다. 김영민 선생의 비교적 초기 저작에 속하는 『보행』

(2001)의 한 대목은 오래도록 곱씹어볼 만하다.

"어쨌든, 다산이나 연암의 사실주의가 그들의 탈중화주의와 이어지는 반면, 추사의 고도한 예술적 정신주의가 시대착오적 중화주의와 내적으로 연루되어 있는 것은 지금의 우리에게 씁쓸한 교훈을 안겨준다. 탈식민주의와 현실연관성(자생성)은 예나 지금이나 상호 깊숙이 결부되어 있는 것이다."

언어에 먹혀 경험의 사체가 된 글쓰기는 도처에서 출몰하고 있다. 나는 그렇게 정치성을 내세우는 글쓰기의 반정치성에 대하여 늘 깊은 관심을 가져왔다. 언어의 왜곡된 사용을 통해 현란함을 조장하고, 급기야 미문의 경지로 글쓰기와 사유를 일치시키려는 필사적 노력이 그 자체로 비난받아야 할 어떤 이유도 없다. 구태의연한 언어적 용법이 고루한 사고와 맞닿아 있다는 생각, 바로 그런 생각이 언어적 모험을 통한 새로운 사유의 길을 모색하게 만든다. 그러나 글쓰기에 대한 우리들의 어떤 아방가르드적 미혹은 자기를 초월하고픈 형이상학의 욕동과 깊이 연루되어 있는 것처럼 보인다. 바로 이러한 이유 때문에 인문학의 글쓰기는 끊임없이 메타적인 질문 위에서 거듭 사유의 대상으로 반성되어야 한다.

윤여일의 책은 바로 그 메타적 질문의 치열함이 매력적이다. 그래서 그는 자신을 대상화하고 있는 이 책을 "정신적 체험에 대한 자서전"이라고 부른다. 그것은 무엇보다도 자기의 완전함에 대한 회의, 다시 말해 자기의 오류 가능성을 검토하는 일이다. 당연한 것이지만, 지식은 '언어'로 유통되는 것이므로 언어에 대한 반성은 필연적이다. '언어감각에 대하여'와 '번역감각에 대하여'라는 장은 그래서 "의도와 표현 사이의 분열"에 대하여 깊이 파고든다. 그에 따르면 지식은 세 가지 속성을 갖는데, 정합성(분석과 증명을 통한 타당성의 검토), 기능성(지식의 실용적 활용), 윤리성(지식의 주체와 대상 간의 관계)이 바로 그것이다. 이 중에서도 특히 '지식의 윤리성'은, 지식의 주체가 대상의 바깥에서 초월적인 권위로 관찰만 해서도 안 되고, 그렇다고 섣부른 열정으로 실천만을 강조해서도 안 된다는 것이며, 그것은 결국 지식의 안팎을 고뇌하는 가운데 자기를 변화시켜야 한다는 주장으로 이어진다.

인간은 불완전하고, 따라서 지식의 주체는 대상의 인식에 있어 필연적으로 한계를 갖는다. 그러므로 지식의 주체가 지식의 대상에 다가가는 절차를 차분하게 따지고 검토하는 고통스런 과정은 대단히 중요하다. 그래서 공부는 필연적으로 지식의 윤리에 대한 물음을 요구하게 되는 것이다. 그는 논지의 전개를 위해, 자기부정의 계기를 품고 있는지 여부, 말의 운용에 대한 민감함 등을 기준으로 이론, 비평, 사상을 서로 구분한다. 그는 그 의도를 이렇게 밝혀놓았다. "결국 나의 노림수는 이론에서 사상을 분리해 사상을 지식의 윤리성에 관한 실천으로 이끌고 가는 것이다."

먼저 '이론'은 현실을 추상화시키고 구체적 수속을 외면하는 지적 영위다. 이론은 기성의 개념을 좋아하고, 그 개념들은 상품처럼 유통되며 급기야 물신화된다. 쉽게 말해 그것은 "추상적이고 타성적이며 식민주의적인 정신의 경향"에 이끌린다. '비평'은 이론이 만들어낸 이런 지식의 위기에 대한 의식으로 출현한다. "비평은 이론이 드러낸 것의 이면을 본다. 이론이 억압한 것의 흔적을 살핀다."

그리고 "비평은 기능적이고 동시에 근본적으로 사고하는 것이다." 그렇다면 '사상'이란 무엇인가. 그것은 "자기 자신이 비평의 대상인데도 비평은 수행될 수 있는지를 사고하는 영역"이고, 그러므로 결국 "사상이란 자기비평이다." 다시 말해 "사상은 바로 지식의 윤리성이라는 심급에 닿는 정신의 영위"인 것이다. 사상을 통해 지식을 대하는 자는 자기반성 속에서 무력감, 불안, 불쾌를 느끼게 되고, 그런 고통의 과정 속에서 그 사람은 지적으로 성숙할 수 있다. '사상은 자기 응시에서 출발'한다고 하는 것이 바로 그런 의미다.

힘겨운 자기반성을 수행하는 '사상'이란 그 자체로 지식의 윤리성에 대한 실천이다. 사상 속에서 단련된 사람은 현실에 참여함으로써 드디어 지식의 윤리에 도달할 수 있다. '현실감각'과 '정치감각'이 중요한 이유가 여기에 있다. 현대문화는 소비적이고 따라서 약탈적이다. "정보가 범람하는데 사고는 공백화되고 정치 이슈가 난립하는데 사회생활은 탈정치화된다." 반복으로 습관화된 현실과 다양한 매체들에 과노출된 진실들 앞에서 우리는 현실의 고통들에 점점 무뎌진다. 사유능력을 좀먹고 현실감각을 둔화시키는 윤리적 감수성의 타락은 이렇게 통각의 상실로 드러난다.

상투적인 정치적 사건들에 반복적으로 노출되는 현대인들은 정치에 대해 무력감과 피로감을 느끼고, 결국은 정치에 무관심하게 된다. 이런 상태로부터 벗어나기 위해 필요한 것이 비평이며, 그 구체적인 감수성이 정치감각이라는 것이다. 현실감각을 연마하려면 응고된 현실을 해체하고 '비사유를 사유'하는 정치감각으로서의 비평이 필요하다. 그리하여 '사상의 정치성'은 그가 이끌어내 도달한 결론이다. 그것은 구체적으로 "현실의 사건을 사상적 사건으로 바꿔내고, 개인의 체험을 사상적 체험으로 가공해내자는 제안"으로 표현된다. 이를 위해선 일반적인 사상과 구체적인 체험의 회통이 중요하다. 일반화의 우를 범하지 말아야한다는 것이다. 그래서 '번역감각에 관하여', '언어감각에 관하여'라는 장들은 보편과 특수의 문제에 대한 천착이며, 그것은 결국 고유성을 보존하는 보편에 대한 고민의 반영이다. "보편성이란 특정한 내용이 아니라 독특한 운동형식"이어야 하며, 그것을 다르게 말하면 '위계적 보편성이 아닌 운동으로서의 보편성'이 된다.

그는 이 책을 "답을 내야 한다는 조바심"이 아니라 "물음을 향한 절실함"으로 썼다고 했다. 그리고 "의미의 변수적 요소를 건드리고 탈표준화를 꾀하는 말의 사용법"으로 썼다고 한다. 난삽한 듯 어려운 글의 문체는 그런 의도의 표현이었을까. 문체는 다만 형식이 아니라 자기 내면의 표현이다. 현실에 대한 예민함 없는 언어의 자의식은 혼자만의 자폐적 사유 속에서 글쓰기를 그저 추상적인 아름다움을 위해 봉사하게 만든다. 읽고 쓰는 공부, 그렇게 글과 사유라는 관념 안에 오래 머물다 보면 정작 눈앞의 현실에는 눈멀게 된다. 유려한 글로 연합의 정치성을 기술하면서도 자기의 권위로 타자를 외롭게 추방하는 모순, 연대와 결속을 이야기하면서도 자기만의 배타적인 네트워크를 구축하는 역설. 어울림보다는 홀로 은둔하면서도 세계의 구원을 바라는 그 망상. 바로 이런 착종에서 벗어나기 위하여 학문은 현실의 한가운데서 끊임없이 반성되어야 한다. 윤여일은 길 위의 만남에 예민한 유목의 에세이스트다. 길 위에서 걷는 몸의 공부가, 그를 저 모순과 역설과 망상으로부터 지켜줄 것이라 믿는다.

공생의 조건

―최재천, 『통섭의 식탁』

어느 사서 분으로부터 그 도서관에서 진행하는 청소년 인문학 강좌에 대한 청이 들어왔을 때 조금은 망설였던 것이 사실이다. 수줍은 마음을 숨기고 사람들 앞에 서야만 하는 공식적인 행사들이란, 언제나 마음엔 큰 부담이다. 그럼에도 내가 그 청탁에 응한 것은, 아마도 마음 한구석에 그 만남에 대한 어떤 기대가 있었기 때문이 아닐까. 백양산 자락 어딘가에 있는 도서관으로 가는 길은, 마치 휴일의 한가한 산보처럼 유쾌했다. 토요일 아침 도서관 앞마당에서 담소를 나누는 사람들은 한가롭고 편안해 보였다. 그 상쾌했던 첫 만남의 대상도서로 고른 것이 최재천 교수의 『통섭의 식탁』이다.

최재천 교수는 시인을 꿈꾸다 동물행동학을 전공한 생물학자로 자기를 소개했다. 자기의 근본이 통섭의 바탕이라는 것이다. 통섭(統攝)은 저자의 지도교수였던 에드워드 윌슨의 저서 Consilence를 번역하는 과정에서 만든 조어다. 과학과 인문학 사이의 건너기 힘든 장벽을 넘어서려는 견해로는 C. P. 스노우의 『두 문화』가 이미 고전적이다. 굳이 기존의 문제의식을 마다하고 신조어를 유통하는 데 대한 여타의 정치적 견해들에 대하여, 저자는 여러 차례 그 이유를 해명하곤 했다. '통합'이 물리적이라면 '융합'은 화학적이고, 그러므로 자기는 살아 움직이는 학문 간의 소통을 설명할 수 있는 개념으로 생물학적인 '통섭'을 제안하는 것이라고. 그럴듯하게 들리지만, 비빔밥을 예로 들며 우리가 통섭에 능한 민족이라고 설명한 대목에 이르면, 그의 통섭 개념이 유기적인 전체의 조화를 소망하는 일종의 이데올로기라는 것을 예감하게 된다.

56권의 저작에 대한 감상과 단평으로 이루어져 있고, 대개의 책들은 동물 생태에 대한 것으로 집중되어 있지만, 때로는 사회과학과 인문학 저술도 포함되어 있다. 책의 구성은 양식당의 서빙 순서로 유기적으로 짜여 있다. 유기적 전체의 서술은 '생명사랑(biophilia)'의 실천을 통한 종 다양성의 보존이라는 저자의 생각으로 수렴된다. 이윤 추구를 목적으로 한 개발과 성장이 생태계를 파괴하고 교란하는 데 대하여, 생명 존중과 지속 가능한 삶이라는 테제를 제시하는 것으로 응대한다. 그래서 저자는 인간의 교만함을 드러내는 호모 사피엔스라는 학명을 버리고, 공생과 협동의 삶을 지향하는 호모 심비우스(homo symbious)로 거듭날 것을 당부한다. 그리고 이 모든 주장을 "다른 생명에 대한 사랑이 곧 나를 사랑하는 길"이라는 문장에 고스란히 담았다.

책에서 자주 만나게 되는 표현이 둘 있다. "가장 훌륭한 공부는 공부하고 있는 줄 모르면서 배우는 것이다"라는 것이 그 하나이고, 다른 하나는 "알면 사랑한다"라는 문장이다. 인간의 교만함을 반성하기 위해서는 자연에 대한 무지로부터 벗어나야 한다는 것, 그것이 앎에서 사랑으로의 비약에 담긴 참뜻이다. 스스로 그러한 자연처럼, 나도 모르게 알아가는 기쁨 속에서, 앎은 지식의 축적을 통한 주체의 오만이 아니라, 세계(생명)에 대한 겸허한 사랑으로 따뜻해진다. 그런 앎의 과정 가운데, 우리는 개미와 벌과 침팬지 같은 군집 동물들의 생태로부터 사랑과 정치의 어떤 이치를 생각하고, 이타적인 행위의 심연에 자기를 위한 이기적 동기가 있음을 배운다. 배움의 길엔 응당 앞서 간 선각자들이 있기 마련인데, 인간과 동물의 우정과 교감을 감동적으로 보여준 제인 구달이나, 종의 보존이라는 DNA의 작용을 해부한 리처드 도킨스와 같은 이들이 그들이다. 하지만 저자는 그 누구보다 생물학적 앎의 위대한 선각자로 다윈을 맨 앞자리에 놓는다. 비글호를 타고 위대한 앎의 여정을 떠나, 드디어 갈라파고스 군도에서 꽃피운 진화론, 그것은 '자연 선택설'과 '성 선택설'로 구체화되었다. 그 논지는 인간이란 결국 환경에 적응한 하나의 개체일 뿐이며, 이런 상대적 인식 안에서 자연 생태계의 모든 종은 질적으로 평등하다는 것이다. 나아가 저자는 인간이 자연에서 배워야 함을 역설한다. 자연을 모방하고 흉내 내는 학문으로서의 '의생학(擬生學)'이 그것이다.

최재천 교수의 글은 쉽고도 투명하다. 아마, 사유보다는 사례가 많기 때문일 것이다. 느끼고 생각하게 하는 대목도 적지 않다. 하지만 조화와 공생의 정신에 투철한 그 생태적 사유에는, 미시적인 생존투쟁의 참혹함에 대한 주의가 결여되어 있다. 생명이라는 것을 너무 거시적인 관점으로 보면, 구체적인 실감을 놓치고 일종의 추상화된 이념으로 기운다. 그러므로 자연과 생명의 문제에 개입하기 위해서는 거시적 시야와 함께 조화 불가능한 실태에 대한 냉정한 감각의 수양이 필요하다.

책의 내용을 비판적으로 소개하다 보니, 강의는 어느새 예정된 시간을 훌쩍 넘겨버렸다. 이어서 질의응답이 있었고, 한 학생이 '과학의 대중화'와 다른 '대중의 과학화'가 무엇인지 궁금하다는 질문을 했다. 최재천 교수는 한국에서는 꽤나 명망 있는 과학 저술가다. 본문에서 그는 과학의 대중화를 빌미로 과학에 물을 타서는 안 된다는 리처드 도킨스의 말을 인용하면서, 과학의 대중화를 과학의 통속화와 구분하고 있다. 어려운 과학적 지식을 대중들의 눈높이로 낮추어 전달하는 것이 '과학의 대중화'라면, '대중의 과학화'는 대중들의 눈높이를 과학의 심층 지식으로 끌어올리고 그들의 삶 속에서 과학적 사유를 실천하게 하는 것이라고 정리할 수 있으리라. 나로서는 저자의 견해를 좇아 이처럼 좀 따분한 설명을 들려줄 수밖에 없었다. 그러나 책을 사이에 두고 아이들과 만나 이야기를 나누고 즐길 수 있다는 것은, 역시 쉽게 얻기 힘든 귀한 경험이었다. 그렇게 그네들과 서로 이야기를 나누다보니 또 시간이 한참 흘렀다. "가장 훌륭한 공부는 공부하고 있는 줄 모르면서 배우는 것이다." 그날 나는 그 작지만 야무진 도서관에서 이 말이 딱 들어맞는 시간을 보내고 돌아왔다.

답습 않는 기이함

―황정은, 『百의 그림자』

　　황정은의 소설은 특이하다. 소설이 무엇에 쓰이는 도구인가를
집요하게 탐문하는 그 진지함에서 다른 소설들과 구별되는 그 소
설의 특이함이 출현한다. 그러니까 황정은이 쓰는 소설은 다른 소
설들의 진부한 스타일을 답습하지 않고, 스스로 새로운 글쓰기를
창안하려는 의지의 분투 속에서 특이한 소설을 만들어낸다. 이 점
이 중요하다. 황정은의 소설은 문명의 우울이라는 결코 새롭다고
할 수 없는 주제를 이야기하지만, 소설이라는 기존의 진부한 글쓰
기와의 차별화를 의식하면서 새로운 소설을 제작한다는 바로 그
포이에시스의 자의식이 유별나다. 그 자의식의 밀도에 따라서 이야
기의 진부한 내용마저도 그 진귀한 스타일의 고투에 힘입어 새롭게
읽힌다.

　　『百의 그림자』(민음사, 2010)는 바로 그 스타일의 특이성으로 내
용의 진부함을 낯설게 만든 역작이다. 랑시에르의 견해에 착안한다
면, 이 소설은 감각적인 것의 익숙한 분배를 비틀어서 낯익은 것들
을 새롭게 발견하게 만든다. 그런 의미에서 이 소설은 그의 다른 소
설들과 마찬가지로 전위적이다. 소설의 내용은 명시적이라기보다는

암시적이다. '그림자'는 곧 사람 잡는 우울의 알레고리다. 문명의 사악함에 사로잡힌 현대인의 우울한 감성을, 그 짙은 허무감에도 불구하고 아무렇지 않은 듯 담담하게 서술하는 그 어조의 아이러니가 이 소설의 중핵이다. 우울한 사람들에게 들러붙은 그림자는 리얼리티의 소박한 모사를 돌파하는 기묘한 환상이다. 이 환상이 황정은의 소설을 특유의 것으로 만드는 데 일조하는 결정적인 장치다. 우리들의 도시적 일상은 바로 그 환상 안에서 사회구조적인 모순으로 현상하지 않고 불길함의 아련한 정조로 표상된다. 그래서 그 소설은 스타일의 선명함과는 대비되는 내용의 애매성을 창출한다.

여느 소설들처럼 젊은이들의 사랑이 있고, 그들의 삶은 팍팍하고, 그 팍팍함의 이면에는 가족사의 어떤 사연들이 내재해 있다. 그리고 그들이 일하는 공간, 도심의 오래된 전자상가는 하나씩 철거가 되어가고, 그 폐허의 풍경은 황폐한 현대의 어떤 암울함을 드러낸다. 이런 암울함의 정조가 자본의 사악한 본성의 암시와 더불어 파국을 앞둔 이 세계의 묵시적 감성을 짙은 공허감으로 채색한다.

어느 토요일의 단합 소풍에서 은교와 무재는 숲의 그림자 속으로 이끌려 들어간다. 컴컴한 숲의 내부는 이 젊은이들이 살아가는 캄캄한 현실에 다름 아니다. 그래서 은교는 "이 숲 어딘가에서 이토록 깊은 냉기의 일부로 녹아버린다는 것에 관해 생각했다." 숲의 냉기는 현실의 어두움에 상응한다. 어둠의 공포는 은교의 이런 파열된 언어에서 짐작할 수 있는 것처럼 삶의 평안을 분열시키는 극악한 힘이다. "어두운 것이 되면 이미 어두우니까, 어두운 것을 어둡다고 생각하거나, 무섭다고 생각하는 일은 없지 않을까, 아예 그렇지 않을까, 어둡고 무심한 것이 되면 어떨까, 그렇게 되고 나면 그것은 뭘까, 뭐라고 부를 수 있을까, 아 모르겠다, 모르겠어, 모르도록 어두워지자, 라고 생각하며 눈을 뜨는데 전화벨이 울렸다." 그러니까 어둠을 이겨낼 수 있는 방법은 바로 자기 스스로가 그 어둠이 되는 것이다. 스스로 어둠이 된다는 것의 의미가 무엇이든 간에, 이런 횡설수설한 망상의 언어가 그들의 생활에 드리운 공포를 생생하게 드러낸다. 발화의 이런 파열은 극도의 두려움을 표현하는 것이다. 그림자의 공포에 대한 여 씨 아저씨의 대응도 마찬가지다. "저런 건 아무것도 아니다, 라고 생각하니까 견딜 만해서 말이야. 그게 실은 아무것도 아닌 것은 아니지만 아무것도 아니라고 생각하니까 가끔은 아무것도 아닌 것 같고, 시간이 좀 지나고 보니 그게 정말 아무것도 아닌 것이 맞는 것 같고 말이지." 사람들은 자꾸만 아니라고 하면서도, 실은 아니라는 그 언술의 내용이 아니라, 부정하면서도 긍정하지 못하는 그 말의 어긋난 형식으로써 실토하고 있다. 쉽게 말해, 그들은 두렵지 않다고 말하는 그 말투의 착종으로써 두려움을 표출하고 있는 것이다.

무재의 아버지는 보증 때문에 감당할 수 없는 빚을 아들에게 남기고 끝내는 그림자에게 당하고 말았다. 성경책으로 방에 나타난 쥐며느리를 때려죽이고 복권 따위에 겨우 희망을 거는 유곤 씨는, 그가 열두 살 때 아버지가 공사현장의 크레인에 깔려 죽었다. 그 죽음을 받아들이지 못했던 어머니 역시 그림자의 입에 먹혀버렸다. 술집 여자였던 은교의 어머니는 집을 나가버렸고, 아버지는 은교가 따돌림 끝에 학교를 자퇴해도 별 관심을 보이지 않았다. 그 이후로도 아버지는 쭉 그렇게 은교에게 무관심했다. 이처럼 가족은 젊은 이들에게 위안의 처소라기보다는 불안의 기원이다. 이처럼 삶에 내재한 불안의 기원으로서의 가족이라는 서사적 설정이란 지극히 진부하다. 그러나 이 소설에는 가족사의 그 내밀한 사연을 인물들의 입을 통해 이야기하는 그 발설에 초점이 있다. 그러니까 그 사연이 중심이 아니라, 발설의 행위 그 자체로써 억눌렸던 인물들의 심리적 고통을 가시화하는 것이다.

더 많은 이윤의 축적을 위해 오래된 것을 모두 처분해버리려는 자본의 일관된 공세와 더불어, 미세한 차이를 고려하지 않는 우악스런 균질화의 폭력이 숲의 냉기와도 같은 현실의 어둠을 조성한다. 늙은 노인이 전구를 파는 '오무사'라는 가게는 구하기 어려운 온갖 종류의 전구를 구비해 놓고, 느릿느릿한 몸짓으로 물건을 찾는 손님을 기다리게 하면서도 언제나 덤을 주는 그런 희한한 증여의 장소다. 그러나 이해의 타산으로 사는 세태는 그런 가가게 어느 날 소리 소문도 없이 사라져버리도록 방조할 뿐이다. 차이를 말소하는 동일성의 폭력은 예컨대 '가마'를 보는 여하한의 시각 속에서 예시되고 있다. 머리의 가마가 다 똑같은 가마는 아니므로, 가마를 그냥 모두 가마라고 해서는 안 된다는 것이다. "그런데도 그걸 전부 가마, 라고 부르니까, 편리하기는 해도, 가마의 처지로 보자면 상당한 폭력인 거죠." 전자상가를 철거하고, 그렇게 말끔하게 쓸어낸 자리에 공원을 만들겠다는 발상이, 이윤을 추구하는 바로 그런 동일화의 폭력이다. 언론에서나 사람들은 쓸어버려야 할 그곳을 슬럼이라는 호명으로 균질화한다. "언제고 밀어 버려야 할 구역인데, 누군가의 생계나 생활계, 라고 말하면 생각할 것이 너무 많아지니까, 슬럼, 이라고 간단하게 정리해 버리는 것이 아닐까." 차이가 말소되고 이윤의 공간으로만 남은 세계의 공허는 여기서 '마뜨료슈까'의 상징성으로 집약된다. 마뜨료슈까는 속에 알맹이랄 것도 없이 아무것도 없는 절대적인 공허의 세계다. "그러니까 있던 것이 부서져서 없어진 것이 아니고, 본래 없다는 것을 확인한 것뿐이죠." 열고 또 열어도 마뜨료슈까의 동일성만을 확인할 수 있는 무료한 반복의 이미지리는, 이 세계가 처한 공허함의 극단을 함의한다. 그리고 각자의 개인들을 사로잡은 이 공허가 바로 '그림자'이며, 그것은 한마디로 우울이라는 토성의 정조다.

이 절대적인 공허 속에서 멜랑콜리에 사로잡힌 인간은 어떻게 살아낼 수 있는가. 이 소설의 응답은 역시 사랑이라는 오래된 믿음이다. 이 소설에서 그 사랑은 두려움을 잊을 수 있도록 노래를 불러주는 것이고, 서늘한 가슴에 온기를 불어넣어 주는 따뜻한 국물이다. 여 씨 아저씨가 말한 그 끝의 오묘한 맛이 상기하는 것도 바로 그런 사랑이다. 그림자에 이끌려 숲에서 길을 잃고 헤매는 것으로 시작했던 소설은, 이제 섬의 어둠 속에 남은 두 사람의 모습으로 끝이 난다. "어두운 밤치고는 별이 보이지 않고, 달이 왼쪽으로 탁하고 붉고도 조그맣게 이지러져 있었다." 어둠은 역시 희망을 꿈꿀 수 없게 하는 절망의 공포. 그 절망 속에 남은 두 사람이 할 수 있는 것은 두려움을 견디기 위해 노래를 부르는 것뿐. 그러나 이 소설의 이런 얄팍한 휴머니즘보다도, 사실은 그들이 나누는 쓸쓸한 대화의 그 독특한 형태가 더 많은 것을 이야기한다. 물음과 확인을 교차하면서 전진하는 이들의 대화는, 실은 그 노래보다도 따뜻하고 국물보다도 애틋한 마음이다. 요컨대 이 소설은 그 이야기의 내용이 아니라, 이야기하는 스타일의 특이한 형태로써 사람의 마음에 파문을 만든다.

황정은이 좋은 소설을 쓰고 있는 것은 명백한 사실이다. 그 소설들은 이 작가가 그냥 답습해버리지 않고 궁리하고 창안하면서 글을 쓰고 있다는 것을 확인시켜준다. 완성된 작품의 수준이 문제가 아니라, 자기만의 방법을 모색하는 그 과정에서 겪게 되는 고뇌를 즐기고 있다는 것이 중요하다. 그것은 내용도 기법도 아니고, 다만 글 쓰는 마음의 문제라고 생각한다. 근대소설이 박래한 지가 100여 년이 지났지만, 이 땅에선 아직 자기의 글 쓰는 방법이 확립되었다고 할 만한 작가가 드물다. 황정은의 그 독특한 스타일이라는 것도, 실은 서구 소설사의 숱한 실험들 속에서 수없이 시도된 어떤 것이다. 그러므로 섣부르게 호들갑을 떨 필요는 없으리라. 그럼에도 황정은의 도도한 언술이 나름의 고투 속에서 깊어지고 있다는 사실은, 진정으로 새로운 소설의 탄생을 기대하게끔 만든다. 그러나 근대문학의 황혼기에 새로운 소설의 창안이란 무엇인가. 이런 곤혹스런 역설에도 불구하고 기대를 버리지 못하는 것은 지질한 미련일까.

막막함, 먹먹함

—정태언, 『무엇을 할… 것인가』

　　모 출판사의 주간이었던 어떤 평론가의 청탁으로 소설집 해설을 쓴 적이 있다. 대체로 이 작가는 결핍된 자들의 우울을 집요하게 파고들었다. 결핍에는 원인이 있지만 소설이 그 원인을 추궁할 때 서사는 진부해진다. 좋은 소설은 오히려 원인보다는 결핍에 시달리는 이들의 병리 그 자체를 통해 세상에 대하여 발언하는 편이다. 결핍을 앓는 이들은 채워지지 않는 허허로움을 무언가에 대한 집착으로 견뎌내기 일쑤다. 그러나 집착은 애도할 수 없는 자의 병리적인 증상일 뿐이다. 근래의 많은 소설들은 이처럼 결핍으로 인해 집착하는 이들을 내세워 현대사회의 병리를 증명한다. 그러나 그렇게 서사가 상투화되지 않도록 고뇌하면서 그 병리의 언저리를 살피는 것은, 소설이 어떤 진부함과 대결하는 하나의 방법이다.

　　책이 나오고 작가의 전화를 받았다. 서울에 올 일이 있으면 같이 식사를 하고 싶다는 것이었고, 나는 그냥 인사치레로 받아 넘겼다. 그런데 작가는 진심이었던 모양이다. 이후에도 몇 차례 더 통화를 했는데, 여름에 가족들과 부산으로 피서를 올 계획이니까 그때 보자는 것이었다. 그리고 그는 여름이 되자 정말로 가족들과 함께 부산으로 왔고, 나에게 연락을 했다. 광안리에 있는 모 호텔의 카페로 가니, 작가와 그 가족들은 물론 다른 두 분의 소설가와 함께, 부산에서 치과의사로 일하면서 소설을 쓰고 있는 허택 선생이 동석하고 있었다. 그들은 같은 소설 공부 모임의 회원이라고 했다. 다른 두 분의 소설가 중에서도 특히 한 분이 인상적이었다. 러시아문학을 전공하고 모스크바에 유학까지 다녀온 그는, 뒤늦게 소설가로 등단했으며 곧 첫 번째 소설집 출간을 앞두고 있다고 했다. 즐거운 분위기였지만 그는 이따금씩 대단히 진지한 모습으로 열변을 토했다. 취기가 돌고 조금은 피로했지만, 나는 그의 그런 모습이 왠지 정겨웠고, 무엇 때문인지 마음 한편이 아렸다. 그렇게 그날의 기억은 어련한 추억으로 희미해졌다.

얼마 전 우편함에 책이 한 권 꽂혀 있었다. 겉봉에는 '정태언 소설집'이란 문구가 선명했다. 평론가랍시고 이런저런 글들을 쓰다 보니 작품집을 보내오시는 분들이 있다. 으레 그런 줄 알고 무심히 책을 꺼내보았다. 기억을 떠올리고 보니, 지난여름에 함께 취하고 밤을 지새웠던 바로 그분이 아닌가. 고맙고 또 반가웠다. 표지엔 하얀 바탕의 자작나무 숲이 묘한 상상을 불러일으켰다. 가혹하리만치 추운 동토의 하늘 높이 생명의 기운을 뻗치고 있는 자작나무들이 경이로운 아름다움을 느끼게 한다. 제목도 흥미롭다. 『무엇을 할… 것인가』. 당장에 떠오르는 것은 레닌의 책이다. 비평가이자 혁명가였던 체르니셉스키도 『무엇을 할 것인가』라는 소설을 남겼다. 그런데 왜 여기선 특별히 '할…'이라고 말줄임표를 붙였을까. 나는 왠지 그 주저함과 막막함이 낯설지 않았다. 지난 여름날 내가 그에게서 느낀 마음 한구석의 애틋함이란 바로 그 주저함과 막막함의 감각 때문이 아니었을까.

막막함이야 어떻든 소설들은 물색없이 아름답다. 아니다. 시베리아의 그 칼바람처럼 그 막막함이란 피부로 와 닿는 감각이 아니라 문장이 환기시키는 이미저리이기에, 그것은 아픈 것이되 몸으로 아프지 않고 내 상상 속에서만 아름답도록 아팠다. 타인의 고통을 행간으로 즐기는 소설의 미학은 이처럼 잔인하기에 죄스럽다. 그 일인칭의 소설들에서 주인공들이 처한 곤혹스러움과 그 속에서 토해내는 그들의 한숨과도 같은 말들은, 무엇인가를 하고 싶고 또 무엇인가를 해야만 하지만, 아무것도 할 수가 없는 상황의 아이러니를 극대화한다. 그 아이러니로 인해 소설들은 속절없는 신세의 한탄이 아니라 쓰라린 삶의 깊은 심연으로 내려앉는다. 그중에도 구소련의 유산과 러시아의 변경을 그리고 있는 「무엇을 할 것인가」가 특히 그렇다. 구소련의 구습에서 벗어나지 못하고 있지만, 바로 그 가혹한 정치의 시대를 살아냈고 줄곧 동토의 자연에서 살아온 '김'은 비록 시행착오는 다분하지만 무엇을 해야 할지를 알고 미련 없이 행동으로 옮기는 인물이다. 그러나 '나'는 그들의 여정 내내 앞뒤를 가리고 계산을 하지만, 그 때문에 그는 언제나 스스로 결정하지 못하고 불평하는 가운데 '김'을 따르기만 하는 것이다. 김은 시베리아의 가혹한 기후 속에서도 살아남은 들꽃 '이반-차이'처럼 그 얼마나 생존력이 질긴 사람인가. '나'가 '김'과의 그 불편한 여정에서 깨닫게 된 것이 있다면, 아마도 어떠한 상황에서도 먼저 행동하고야마는 그 끈질긴 생명력이 아니었을까.

채워지지 않는 삶의 허기를, 그 막막함을, 모성에 대한 그리움이라는 형이상학으로 표현한 것이 「누가 승냥이를 보았나」이다. 모성이 근원적인 것이라면, 그 모성의 상실에 관여하고 있는 것은 유년의 기억이다. 그것은 억압과 망각 속에서 모종의 트라우마로 남은 어떤 폭력의 기억이다. 그 폭력을 '승냥이'라는 상징으로 암시하면서 그것을 과거와 현재, 매봉산과 바이칼의 시공간적 거리를 넘나들며 풀어내는 작가의 솜씨는 비범하다. 그 폭력이 지극히 사적인 동시에 우리 사회의 문제를 함축하고 있다는 점도 눈여겨봐야 할 대목이다.

막막함의 이유는 구체적이다. 그 막막함은, 준비했으나 예상된 길로 나아가지 않았던 삶의 행로 때문이다. 「고골리」의 한 구절이 그 단서다. "'다른 길'이라는 어구가 꽉 핀 가슴을 쿡 찔렀다. 숨을 고르며 '다른' 속에다 넣어야 할 것들을 헤아리자 막막해졌다. 대학에서 벌어먹자고 지금까지 온 것 아닌가." 이 소설에서는 마치 작가가 자기의 삶을 시련으로 몰고 간 원흉을 고발하고 있는 듯한 느낌마저 든다. 고등학교 때 고골을 만났다는 것, 다시 말해 러시아 문학을 전공했다는 것이 지금 와선 돌이킬 수 없는 선택이었다는 것이다. 그것이 지금 생의 '다른 길'들까지 가로막고 있다는 것. "지질하게 살아온 세월 뒤편에 고골이 있는 것은 분명했다." 이런 후회와 자책의 심정 가운데서 잃어버린 앞니를 찾아 헤매는 주인공의 모습을 고골의 소설 「코」의 모티프와 겹쳐놓은 구성은 기가 막혔다. 그는 지금 대학에 자리를 잡지 못하고 떠도는 신세다. 자리를 잡았다면 행복했을까. 자리를 잡고 행복한 삶보다, 저 떠도는 삶의 불행이 울림을 주는 것은, 역설적으로 소설이 예의 그 죄스러운 허구이기 때문이다. 그러나 그 죄로 인하여 삶은 허구가 아닌 현실 안에서 반성(재인식)의 대상이 된다.

「주머니 속 자작나무」에서도 '다른 길'을 찾지 못하고 막막해하는 남자의 모습이 구체적이다. "한두 번이 아니었지만 이참에 강의를 아예 접어야 하는 게 아닌가 하는 생각이 들었다. 아침에 내 눈치를 살피던 아내의 표정이 어른거렸다. 이제 방향 전환을 해야 하는 것 아니냐고 통장과 가계부를 꺼내놓은 게 삼사 일 전이었다. 막막했다. 목적지를 걷는 도중 큰물을 만났는데, 배도 없고 더구나 헤엄도 못 치는 그런 상황, 길을 잘못 들었다고 알아채봐야 너무 먼 길을 와서 돌아갈 수도 없을 때의 허탈감." 남자는 '째진 눈'의 동양인이라는 인종차별로 린치를 당하기도 하면서 어려운 유학생활을 참아냈지만, 지금 그는 그것이 실익 없는 투자였을 뿐이라고 생각한다. 그렇지만 이 소설은 의외로 희망을 이야기한다. 혹한을 이겨내는 시베리아의 자작나무를 종묘에서 다시 발견하고, 비록 그것이 시베리아의 그것과는 달리 볼품이 없는 모양이지만, 그는 그 껍질을 주머니 속에 집어넣으며 다시 내일을 다짐한다. 그 자작나무가 바로 이반-차이가 아니라면 무엇일까.

희망은 「목화밭」에서도 이어진다. 러시아에서 면화 사업을 하다 망한 남자는 한국에 돌아와 옥살이까지 해야 했다. 후배 밑에 빌붙어 생활하던 어느 날, 집 앞에 죽은 개가 버려져 있다. 그 개가 마음을 더 언짢게 하지만, 러시아에서 만났던 세르비아 출신의 민주투사 아싸와의 일을 떠올린다. 모스크바의 기숙사에서 시끄럽게 짖는 개를 약을 먹여 죽이려 했을 때, 아싸는 그 개들도 '살 권리'가 있다며 대들었던 것이다. 비참한 하루를 보내고 집으로 돌아온 남자는 죽은 개에 자기를 투사한다. 그리고 살 권리에 대하여 생각한다. "그때 모스크바에서의 한 장면이 스쳐갔다. 아직 눈이 채 녹지 않아 군데군데 겨울의 그림자가 늘어져 있던 어느 봄날, 눈 밑에서 파란 싹이 올라오고 있었다. 그리고 그 위로 강아지 몇 마리가 철없이 뛰어다녔다. 약을 놓아 죽이려 했던 그 개들이 이제 갓 젖을 뗀 강아지들과 장난을 치고 있었다. "아-아!" 그때 나는 감탄사를 내뱉었다." 이반-차이, 자작나무, 그리고 새싹과 강아지.

그렇다면 「두꺼비는 달빛 속으로」에서 '두꺼비'는 무엇인가. 물론 이런 계열화가 일종의 동일화라는 점에서는 주의가 필요하다. 소설에서 두꺼비는 고대의 신화를 넘어 남자의 유년과 현재에까지 걸쳐 있다. 그것은 또한 상상과 현실을 건너다니며 남자의 남루한 현실을 에워싼다. "먼 러시아로 날아가 유학을 마치고 돌아오니 남은 건 장밋빛 미래를 담보로 얻은 빚과 잔뜩 기대에 찬 가족들의 눈초리였다." 태양 속의 삼족오와 달 속의 두꺼비. 그것은 희망이며 어떠한 위험들로부터 우리를 지키는 수호신이다. 그러나 두꺼비는 떠나버렸고 희망은 사라졌다. 소설은 이렇게 절망의 끝에서 그 아픔을 담담한 문장으로 읊조린다. "고개를 쳐들자 이내가 낀 것처럼 푸르스름한 하늘에 조금씩 차가는 달이 아득하게 걸려 있었다. 달속의 두꺼비는 보이지 않았다. 나는 등을 돌려 광장을 벗어났다." 소설집의 마지막에 실린 이 소설이 실은 등단작이다. 그러니까 저희망의 계열체를 작품이 발표된 시간 순으로 다시 배열해보면 어떨까. 두꺼비에서 강아지로, 다시 자작나무에서 이반-차이로. 그러니까 사라진 듯 했던 희망이 다시 그 모습을 드러내고, 희망은 그저 소설의 갈등을 해소하는 초월의 기제가 아니라 생활의 간난을 살아내는 구체성의 역능으로 깊어가고 있었다.

「수술」에서는 '코끼리'라는 두드러진 상징이 서사를 전개하는 중심 모티프다. 이로써 이 작가의 창작방법론은 명확하게 드러난다. 상징적 소재들을 중심으로 주인공의 곤란한 일상을 풀어내는 것. 반복 그 자체는 문제가 아니다. 패턴을 만드는 반복이 동일성을 확인하는 상투화로 치닫지 않고, 그 반복 가운데서 차이를 창안할 수 있다면, 창작은 비로소 통속화로부터 벗어날 수 있다. 이 소설은 스탠리 큐브릭의 영화로 더 잘 알려진 앤서니 버지스의 소설 『시계태엽 오렌지』를 상기시킨다. 코끼리는 인간의 발랄한 감수성이며 자유의지다. 다시 말해 동일성의 무한 반복에 저항하며, 그 반복 속에서 차이를 발굴하는 특이성의 창안이다. 그것은 또한 죽음에 저항하는 생명의 활력이기도 하다. 뇌수술은 인간의 정신에서 코끼리를 추방한다. 그리고 인간은 태엽 감긴 인형처럼 스스로의 힘이 아니라 외부의 조종으로 움직일 수밖에 없게 된다. 이 소설은 소설집의 다른 소설들과는 그 형질이 다른 이색적인 작품이다. 그러나 이 시대를 새로운 빙하기로 보는 그 비판의 정서는 여전하다. 「나의 숫자들」에서 상징은 우주이며 천축이고 미리내이며 근두운이고 돌거북이다. 공황장애를 앓는 남자는 그 정신의 억압을 저 상징들로써 초월하려 한다. 그러나 상징으로 초월하기엔 현실이 너무 완악하다. 그도 우리도 구직의 강박과 숫자의 압박에서 쉽게 벗어날 수가 없는 것이다. 이 소설은 청년 실업의 심각함에 대한 토로로 읽을 수도 있다. 그러나 삶은 역시 만만치 않다는 것, 그 엄연한 사실 앞에서의 막막함에 대한 끈질긴 질문으로 읽는 것이 더 유익한 독법이지 않을까.

그 여름날의 어느 밤에 불콰하게 취기가 올라 쓸쓸함 속에서 진지하게 말하던 이 소설가의 얼굴이 떠오른다. 그래도 그가 삶의 막막함을 먹먹하게 만드는 소설을 쓰고 있다는 것에 나는 마음이 놓인다. 이젠 시베리아의 겨울처럼 엄동설한에 그와 술잔을 기울이고 싶다. 그땐 나도 그에게 말할… 수 있을까.

적의로 가득한 우정

―공지영,『무소의 뿔처럼 혼자서 가라』

회상과 예상의 엇갈린 시간 속에 위태로운 오늘이 있고, 반성과 전망의 어긋난 사유 속에서 비로소 행동은 시작된다. 지금 우리가 지난 시간을 회상하고 반성하는 것은, 빗나간 예상과 상실된 전망의 막막함에서 벗어나려는 이유 때문이다. 그러므로 복고(復古)란 그저 좋았던 옛날의 회복[鄕愁]이 아니라, 막막한 현실을 견디려는 외로운 심사의 표현이다. 그때 그 시절의 응답을 애타게 호출하는 것도, 그때의 익숙했던 사건과 사물들을 시차의 거리감 속에서 반색함으로써 지금의 자기를 위로하려는 어떤 수작이다. 불안한 미래로 인해 위태로운 우리는 과거를 회상함으로써 자기의 정체를 확인받는다. 그렇게 우리는 복고함으로써 안정을 얻는다.

한 케이블 방송의 인기 드라마가 단초가 되어, 공지영의『무소의 뿔처럼 혼자서 가라』를 매개로 1994년의 문학출판을 회상해보라는 청탁을 받았다. 그 호시절의 회고를 통해 지금 출판계의 불황을 새삼 심각하게 되돌아볼 수 있으리라. 1990년대란 이른바 문화의 시대였으니, 한국영화의 뉴웨이브가 출현하고 밀리언셀러의 대박 속에서 대중음악은 축제였다. 80년대 사회과학서적의 붐이 지나

갔지만, 그럼에도 시집마저 수십만 부가 팔리는 출판산업의 여전한 호황기가 바로 그때였다. 한국영화는 이제 천만관객 동원을 수시로 알리고, K-POP은 드디어 국경을 넘어 세계로 진출했다. 그러나 출판은 지금 그 양적 성장에도 불구하고, 다른 문화산업의 선전 대오에 합류하지 못한 채 위기 속에서 홀로 위태롭다.

문학출판은 침체에서 허우적대고 있지만, 공지영은 세속의 인기와 더불어 지금도 여전히 베스트셀러 작가다. 그녀는 「동트는 새벽」(1988)으로 문단에 나와 『더 이상 아름다운 방황은 없다』(1989)와 『그리고, 그들의 아름다운 시작』(1991)을 잇달아 펴내며 이념의 시대를 결산했다. 그 작품들은 이른바 386세대의 사회적 정체성이 굴절된 것으로 읽혀져 왔다. 공지영은 그때나 지금이나 시대에 대한 자의식이 뚜렷하고 타인의 상처에 예민한 작가다. 『무소의 뿔처럼 혼자서 가라』(1993)는 그렇게 예민한 자의식으로 펴낸 그녀의 세 번째 장편이다. 이 작품에서 공지영은 자전적이라 할 만한 내용으로, 결혼이라는 가족 제도의 속박과 그로부터의 이탈 사이에서 번민하는 여성의 심리를 집요하게 파고들었다. 때문에 그녀는 페미니스트 작가라는 세간의 이름을 얻었고, 자기의 사적인 삶을 공개적으로 노출함으로써 저널리즘의 주목까지 받았다.

『무소의 뿔처럼 혼자서 가라』는 아주 사적인 이야기처럼 읽힐 수도 있지만, 그 사사로움이 바로 그 시대의 새로운 감각으로 출현했다는 점에서 그것은 공적으로 독해될 수 있었다. 세칭 동구권의 몰락으로 냉전체제가 해소되자, 정치적인 적대가 사라진 그 자리를 환대의 윤리로 전유하려는 사유들이 득세했다. 억압받고 배제되었던 타자화된 존재의 부상은 이른바 '비루한 것들의 카니발'로 서술되었다. 여성은 역시 그 비루한 것들의 한 족속이었다. 냉전의 종언을 역사의 종말로 수리하는 이들은, 서둘러 역사의 진보라는 거대 서사를 전체주의적 폭력의 진원지로 고발했다. 그 폭력의 희생자였던 비루한 것들은 고귀한 것들의 엄숙함을 뒤집어엎는 카니발의 난장으로 발광했다. 그 발광의 한가운데서 일군의 여성 작가들이 출현했을 때, 사람들은 그것을 1990년대의 소출(所出)이라고 낙인찍었다. 공지영은 그렇게 신경숙, 공선옥, 은희경, 전경린과 함께 90년대 소설사의 한 계열체로 등록되었다. 물론 이런 진부한 계열화는 손쉬운 것이 흔히 그렇듯, 그들 각자의 문학적 특이성을 쉽게 간과한다.

공지영의 문학적 소양은 80년대의 도식적 노동소설 또는 민중소설에서 발아한 것처럼 보인다. 그의 소설들은 가해자와 희생자의 단순한 선악구도를 좀처럼 벗어나지 않는다. 국가와 민중, 자본가와 노동자의 적대적 구도는 이제 남성과 여성의 적대로 전치되었을 뿐이다. 그러니까 공지영의 소설은 예나 지금이나 여전히 냉전의 정치적 구도 안에 있다. 그러므로 공지영의 소설을 90년대의 새로운 감각의 출현이라는 일반적 맥락과는 구분해야 한다. 그녀의 소설들은 타자를 환대하기보다는, 타자화시키는 세계를 적대한다. 그래서 그것은 윤리적이라기보다는 정치적이다. 끌어안으려는 자혜로운 마음이 아니라, 내쳐졌다는 배제의 고통을 분노의 정념으로 격발한다.

정치적인 것의 중핵이 적대라고 한다면, 적대의 지배적 정념은 분노와 증오다. 분노가 항거의 힘으로 모아질 때 봉기의 단초가 되기도 한다. 그래서 우리의 소설사는 최서해의 개인적 분노를 한계로 치부하면서, 그 분노를 자연발생적인 것에서 목적의식적인 것으로 고양시켜야 한다고 결론 내렸다. 그러나 분노의 정념을 연합시키는 것은 '목적의식적'이라는 정치적 단서만으로 부족하다. 분노는 용서로, 증오는 사랑으로 초극될 수 있어야 하고, 그 정념의 초극 속에서 각자의 사념들은 연합의 사상으로 고양되어야 한다. 단단한 사상으로 올라서지 못한 정념들의 폭발이란 언제나 섣부른 난동 끝에 진압되어버리곤 했다.

이 소설에서 공지영의 적대는 끝내 사랑을 받아들이지 못한다. '무소의 뿔처럼 혼자서 가라'라는 수파니파타의 경구는, 그 자비의 종교와는 아무런 상관없이 홀로 전투적이다. 영선은 기어이 자살하고 말았으며, 경혜는 사랑 없는 결혼에서 잇속을 챙기는 영악함으로 버티고, 혜완은 그 두 친구들을 지켜보며 비장한 각오로 혼자만의 길을 걷는다. 주제가 집약된 하나의 구절을 보자. "누군가와 더불어 행복해지고 싶었다면 그 누군가가 다가오기 전에 스스로 행복해질 준비가 되어 있어야 했다. 재능에 대한 미련을 버릴 수가 없었다면 그것을 버리지 말았어야 했다. 모욕을 감당할 수 없었다면 그녀 자신의 말대로 누구도 자신을 발닦개처럼 밟고 가도록 만들지 말아야 했다." 여자는 남자를 만나 사랑하기 전에 먼저 자립해야 한다는 것이고, 사랑 때문에 자기의 자존을 포기해서는 안 된다는 것이며, 그 누구에게도 모욕당하지 않을 자신이 있어야 한다는 것이다. 이 선명한 적대가 결국은 타자를 받아들이지 못하는 자기애라고 한다면 어떨까. 혜완은 소설에서 유일하게 우호적인 남자인 선우를 끝내 받아들이지 않는다. 그것은 자존의 삶을 살겠다는 결기인 것일까, 아니면 자기만의 생각이 옳다는 일종의 독선일까. 혜완은 그를 받아들이지 못하는 이유를 이렇게 말한다. "그건 내가 세상의 일부이기 때문이야. 내가 세상이기 때문이고 세상이 이미 내게 와 있기 때문이야. … 혼자서 싸운다는 것은 너무 피곤하니까. 너무 피곤했고 이유는 단지 그것뿐이었어." 타자에 대한 적대감이 극한에 이를 때, 교감하지 못하는 고독한 자아는 오로지 자기에게서 위안을 얻는다. 그러므로 타자에의 증오가 불러오는 자기애는 극단적인 유아(唯我)주의로 빠질 수밖에 없다. 이런 식의 증오의 정념으로는 어떠한 연합의 계기도 만들기 어렵다. 선우의 애타는 말에 그 안타까움이 묻어 있다. "내가 정말로 네게 원했던 건 니가 꿋꿋하게 홀로 서는 것이었어. 열등감, 비꼬임, 상처…… 그런 것들이 너를 망치고 있는 걸 보고 싶지가 않았어."

이 소설에서 '모욕, 분노, 질투, 열등감'과 같은 말들은 빈도수가 높은 어휘들이다. 그만큼 인물의 성격이 격정적이라는 뜻이다. 아마도 작가의 성적 편견에서 비롯된 것인지는 몰라도, 소설에 등장하는 남자는 하나같이 폭력적이고 변태적이다. 혜완의 남편은 구타를 한 뒤에 강간을 하고, 경혜와 영선의 남편은 물론 소설가 장이라는 남자까지 대체로 남자들은 뻔뻔하게 외도를 한다. 해변에서는 남자들이 추근대고, 심지어 버스에서 신문을 파는 아이까지 추행을 일삼는다. 소설적 설정의 이런 지나침이란 어이없는 것이지만, 그래서 한편으론 더 자극적인 재미를 준다. 더불어 선악의 뚜렷한 이분법과 함께 절제를 모르는 감정의 분출도 통속적인 재미의 절대적 요소다. 여기다 존 바에즈나 스콜피언스의 노래, 그리고 뮈세의 시집처럼 적절하게 감상적이며 지적인 허영을 만족시키는 장치들까지. 작가 자신의 기구한 결혼과 이혼을 언론을 통해 노출하는 것, 그것이 대중적 관심의 시작이었다고 한다면 어떨까. 그리고 앞서 언급한 소설적 통속성의 어떤 패턴들, 이런 것들의 상 승작용 속에서 공지영의 소설은 대중적인 인기를 유지하고 있는 것처럼 보인다.

적대에서 비롯되는 증오와 분노를 연합이나 결속의 계기로 전 유하지 못하고, 늘 그렇게 감정의 과장과 과잉으로 분출하고 마는 것을 두고 통속성의 시비가 끊이지 않았다. 이 소설에서도 감정의 결사는 결국 세 친구의 자매애로 머문다. 이후 공지영의 소설들은 증오를 누그러뜨리는 대신에 희생 그 자체에 집중하지만, 그 희생 의 가시화가 불러오는 선정성이 역시 감정적 과잉을 초래한다. 공 지영은 시대의 현실과 타인의 고통에 예민한 작가임에 틀림없다. 그러나 그 소설들은 그것을 표현하는 방법에 있어 서툴다. 여전히 나는 그녀의 선의를 결코 의심하지 않는다. 그럼에도 방법을 모르 고 타인의 고통을 섣부르게 재현하려 한다면, 그것은 의도의 선의 를 무색케 하는 악덕이 될 수 있다. 주제넘은 줄 알지만 이렇게 말 하면 어떨까. 일반적이고 추상적인 공적 타인이 아니라, 바로 곁의 생생한 누군가를 발견할 수 있다면 어떨까.

환상과 해학

—이상섭, 『챔피언』

     입심이 좋다는 것과 글을 막힘없이 쓸 수 있다는 것은 다른 차원이다. 말과 글은 전혀 다른 기호이기 때문이다. 그런데 간혹 특유의 말 재주를 글에서도 제대로 구사하는 사람들이 있다. 다름 아닌 구어적 글쓰기를 말하는 것이다. 나는 익히 이상섭 소설가의 말맛을 알고 있었는데, 이번에 나온 그의 네 번째 소설집을 읽으며 그가 그런 재주를 갖고 있는 드문 사람 중의 하나라고 생각하게 되었다. 그의 글말에서는 평소 일상의 말들을 주의 깊게 관찰하여 갈무리해 두는 치밀함이 엿보인다. 그러니까 그의 문장은 정확한 모사에 머무르지 않고 세밀한 묘파에 이른다. 무엇을 말하느냐가 중요한 소설들을 쓰면서도, 이처럼 어떻게 말하느냐에 예민하다는 것은 여간 다행한 일이 아니다.

     이 책을 처음 집어 들었을 때 우선은 그 단편들의 제목이 만만치 않았다. 표제작인 '챔피언'은 그저 그렇다 해도 맨 앞에 실린 '재첩의 맛'은 기묘하다. 한편으론 오즈 야스지로의 '꽁치의 맛'을 떠올리게 하면서도, 그것이 처첩(妻妾)을 말할 때의 그 첩이라는 것에 고개를 끄덕이게 된다. 그러니까 이른바 세컨드, 여기엔 첫 번째가 아닌 두 번째라는 그 이류의 삶에 대한 함의가 단단하다. 게다가 '재첩'은 민물조개로 만든 재첩국이다. 여자가 살아내려고 식당일을 할 때 그 주인 노파가 하는 말이 이렇다. "재첩의 맛이야 재첩 스스로 내는 기지. 재첩이 지 스스로 소금물에 찌끼들을 쪽 뱉어내지 않으면 아무리 양념 범벅을 쳐도 깊고 맑은 맛이 우러나질 않는 법이거든." 급기야 재첩의 맛은 우리네 인생의 맛이다.

작명의 묘수가 활달한 것은 여기서 그치지 않는다. '햐, 이거 정말', '묵묵깜깜', '어쩌다가 눈마저', '물고기가 궁금해', '아직은 괜찮아'. 공들인 작명들만큼이나 서사의 작법에서도 그 세공이 정교하다. 밥에서 시작해 밥으로 끝맺는 「재첩의 맛」을 보자. 그 수미상관한 배치는 곧 결자해지의 과정이다. 두 개의 밥솥 중에서 첫 번째와 두 번째 것을 두고 실랑이를 벌이는 것이 '세컨드의 운명'을 그리기 위한 소박한 복선이라고 해도, 그렇게 밥으로 맺어진 인연을 죽어가는 남자에게 여자가 밥을 지어주는 것으로 풀어내는 것은 당찬 결말처리라 하지 않을 수 없다. 「어쩌다가 눈마저」에서는 구성의 디테일이 흥미롭다. 눈이 내리는 날 친구의 장례식 참석을 위해 함께 길을 나선 남자와 여자, 고향으로 향하는 여정은 그 기원으로부터 너무 멀어져버린 그들의 막막한 현재를 위로하는 시간이다. 눈이 내리는 그때에 그들은 눈마저 맞아버린 것인가, 아니면 그들이 눈 맞아버린 그때에 눈마저 내린 것일까. 귀향의 길에 들른 휴게소에서 차의 스크래치를 제거하는 용품을 파는 남자를 돌아가는 길에도 다시 만난다. 그 반복은 작은 에피소드에 불과하지만 그 장면의 함의는 깊다. 정리해고를 앞둔 남자나 휴게소의 그 남자나 쓸모를 다하고 풀려버린 '너트'와 다름없다는 것, 차의 스크래치란 처음엔 몹시 괴롭지만 여러 번 긁혀버리면 결국 자포적인 심정으로 받아들이게 된다는 것, 그렇게 마음의 흠집이란 어떤 성능 좋은 광택제로 단번에 싹 닦아낼 수 있는 것이 아니라는 것. 귀향길의 만남에서 5만원을 말하던 남자가 돌아가는 길에선 7만원을 말하고 있는 그 영악함. 그리고 그 사내가 입고 있던 작업복. 스쳐 지나는 이런 장면 하나에 의미를 심어놓는 수작에서 결코 지나침을 느낄 수 없다는 것에 이 작가의 견고함이 있다. 주선율이 아닌 간주나 보조 선율들에 자잘한 의미들을 숨겨 놓음으로써 전체의 화성을 조율하는 정공의 대위법을 구사한다는 점이 이 작가의 능한 솜씨라는 말이다.

　내가 만난 작가는 늘 유쾌한 말재간으로 사람들을 즐겁게 하는 사람이지만, 이 소설집의 작품들은 대체로 아프고 저리다. 그이가 세상을 보는 심정이 그러하리라 여겨진다. 「재첩의 맛」에서 주시했던 '세컨드의 운명'은 「묵묵깜깜」에서 춘희네 할미의 입에서도 '쎄칸도'라는 말로 되풀이된다. 「챔피언」에서도 입대한 주인공은 훈련단장에게서 이등은 없고 오로지 일등만 있을 뿐이라는 훈시를 듣는다. 이 지독한 경쟁의 삶에서 낙오된 이류들에게 보내는 작가의 관심은 이미 오래된 것이고 또한 언제나 한결같았다. 「햐, 이거 정말」의 남자나 「어쩌다가 눈마저」의 남자도, 혼신을 다했으나 토사구팽을 앞두고 심란할 뿐이다. 특히나 「묵묵깜깜」에서는 먹고 사는 일의 고단함이 직핍하다. 구조조정 정도가 아니라 지하에 파묻혀버릴수도 있다는 것이니까. '한'도 그러하지만 정신이 미숙한 동네 소녀를 유린하는 '조'의 그 지질함은 어떤가. 약자가 약자에게 가하는 폭력과 수탈, 그것은 강자들로부터의 일방적인 짓밟힘보다 처참하다. 그 처참함을 묵묵히 받아들이지 않고 항거라도 한다면, 그 사람은 희망 없는 깜깜함 속에서 더 심하게 처참해질 것이다.

먹고사는 일의 고난은 무엇보다 가족이라는 위안의 엽합체를 유린하고 끝내는 파괴한다. 왜냐면 그들은 먹고사는 입들의 연합이기 때문이다. 이 소설집에서 온전한 가족을 찾는 것이 어려운 이유가 그 때문이다. 가장 두드러진 것은 엄마의 부재. 「물고기가 궁금해」의 수연, 「묵묵깜깜」의 춘희, 「햐, 이거 정말」의 상수, 「아직은 괜찮아」의 지선은 엄마 없는 아이들이다. 엄마의 사랑 속에서 자라지 못하는 아이들은 고단한 삶을 혼자서 견뎌야 한다. 수연은 물에 집착하고, 춘희는 그 천진무구함 속에서 성을 유린당하고, 지선은 잘난 친구를 시기하면서 그 친구의 물건을 훔친다. 고등학교의 현직 교사인 작가는 이처럼 아이들의 상처에 특히 예민하게 접근한다. 「슬그머니」의 양희는 편모슬하에서 어려운 유년기를 보내야 했고, 「물고기가 궁금해」에서는 여중생의 자살이 스치듯 그려졌고, 「어쩌다가 눈마저」의 명재 아들도 왕따를 당하다 끝내 자살을 했다. 나는 늘 유쾌한 얼굴을 하고 있는 작가의 소설이 이렇게 어두운 것에 놀랐다. 그가 겪어내고 있는 세상이란 작가 특유의 유쾌함으로도 감당하기 힘든 지독한 것이리라. 어쩌면 내가 느꼈던 그 유쾌함이란 것이 이 지독한 세상을 대하는 작가 특유의 아이러니였는지도 모르겠다.

고통 속에서 홀로 외로움을 견디고 있는 것은 아이들만이 아니다. 「슬그머니」의 강 소장은 이른바 기러기 아빠로, 밤이 되면 동료들에게 전화를 걸어 쓸쓸함을 달랜다. 「어쩌다가 눈마저」의 남자도 기러기 신세고 젊음을 바쳤던 회사에서도 내쳐질 처지에 놓여 있다. 그것을 남자는 너트의 상징성으로 하소연한다. "근데 너트를 볼수록 생각이 깊어진다. 근데 도대체 이 나사는 어디에 있던 것일까. 이게 없어도 과연 아무 지장이 없을까. 하긴, 사라진 너트는 다른 것으로 대체될 것이다." 사회구조적 모순이란 공허한 관념이 아니라 이처럼 일상의 삶을 헤집어놓는 실감의 폭력으로 현전한다. 이 소설집은 그 폭력을 육체적 장애로 가시화한다. 「챔피언」의 아버지 '빅맨'은 전도유망한 배구선수였으나 5월의 광주에서 젊은 날의 꿈을 접어야만 했다. 거기서 그는 무참한 진압봉에 무릎이 상했던 것이다. 「햐, 이거 정말」의 아버지도 화상으로 얼굴에 흉이 남았다. 어머니의 부재에 이은 아버지들의 상흔은 사회적인 차원으로 독해될 수 있을 것이다. 「어쩌다가 눈마저」에서 순심의 아이에게 장애가 있다거나 「묵묵깜깜」의 춘희가 정신미숙이라는 것도, 마찬가지로 온전함이 파괴당한 불온한 현실에 대한 유비라고 할 수 있겠다. 작가의 말에서 언급한 '수평세상'에 대한 자의식이란, 결국은 이처럼 폭력에 대한 예민한 감각으로부터 귀납된 작가의식인 셈이다. 이른바 그것을 리얼리즘의 정신이라는 관념적인 대의로부터 연역된 것으로 보지 않는 이유는, 그 수평의식이 실은 거제의 바닷가에서 유년을 보낸 작가의 체험 속에 아로새겨진 '수평선'의 이미저리와 이어져 있다는 소견 때문이다. 퇴적된 기억 역시 일종의 관념이지만, 그 기억이 그저 주관적인 추상이 아니라 주체적인 물질성과 결부되어 있다는 것이 이 작가의 소설에서 바다가 갖는 특이한 점이다.

바다는 누군가에게 낭만적인 투시의 대상이기도 하지만, 또 어떤 이에겐 직접적인 삶의 현장이다. 이 소설집의 많은 남자들이 배를 타거나 조선소에서 일을 하는 설정도, 생생한 노동의 현장으로서 바다의 의미를 부각시킨다. 「챔피언」에서 일종의 소품으로 등장하는 '전복'마저도 바다와의 연관을 생각하지 않을 수 없다. "그런데 왜 하필 전복을 산 거지. 설마 기차가 전복되길 원한 건 아닐 테고, 당구장에서 빈둥거리는 내 인생이 전복되기를 원하나." 전복의 말놀음에는 어떤 암시가 있지만, 그 밑바닥엔 역시 바다를 향한 작가의 욕동 내지는 충동이 작용하고 있는 것이다. 따라서 이 작가에게 있어 바다는 의식과 무의식을 가로지르는 특별한 대상이다.

「물고기가 궁금해」라는 소설에서는 바다에 대한 자의식을 물의 원형적 상징성으로 풀어낸 작가의 의도적 기획이 엿보인다. 리얼리티의 재현해 각별했던 작가는, 여기서 환상적인 결말처리로 일종의 변화를 기도한다. 분홍 물고기, 분홍 구두, 분홍 섬과 같은 상징적 소재는 물론, 물고기나무와 이안류의 메타포에 이르기까지, 이 소설은 명징한 해석을 거부하는 모호함으로 그의 기존 소설들과 구별되는 새로운 서사의 계열체를 등록한다. 작가의 이런 시도가 기대와 우려를 동시에 불러온다는 것은 무슨 의미일까. 그것이 실재를 환상으로 전도하고 현실을 관념으로 추상하는 도식적인 전위의 포즈를 답습하는 것이라면 우려스럽다. 그러나 그것이 기존의 소설 작법에 대한 모종의 성찰적 저항이라고 한다면, 그 전회의 과정을 기대를 갖고 지켜보아도 좋을 것이다. 그러나 모성의 결여를 바다의 원형적 상징성으로 충족시킬 때, 그야말로 상징계적인 일상의 상황적 부조리는 상상적으로 해소되어버린다. 그래서 나는 그 변화의 징후 속에서 어떤 위태로움을 느낀다.

작가가 밝힌 수평세상을 소박한 계급논리로 환원할 수는 없을 것이다. 그의 소설은 선명한 적대로 섣부른 정치를 계몽하지 않는다. 묵묵깜깜한 암울함의 기원을 엿보려는 것이 이 작가의 앙가주망이다. 사람이 사람취급을 받지 못하는 세상에서, 주체는 주체성의 분열로 탈존하고 타자는 상호주체성과 배리된 채 타자화될 뿐이다. 그래서 인간은 동물이 되고 벌레가 된다. 아니면 속물이 되거나. 요 근래의 서사들이 인간이 아닌 주체성의 분열 그 자체에 탐닉하는 것이 바로 그 증례다. 어떤 이는 그것을 '산-죽음'이라고도 하고, 그래서 그것을 굳이 '좀비'에 대입하려는 의지가 비평의 풍토가 되기도 했다. 그러나 이 작가에게서 가장 인상적인 것은, 바로 그 낡아빠진 듯이 여겨지는 인간이라는 관념에 대한 무한한 신뢰다. 소박한 의미에서 그것은 사람이 사람 노릇을 하고, 사람이 사람 대접을 받는 세상에 대한 열렬한 염원이라고도 할 수 있다. 그 염원 속에서 작가는 소설이라는 역사적인 장치를 통해 이 세상과 무모한 대결을 벌이고 있다. 그의 소설은 비록 화려한 수단들을 동원하지 않지만, 수수함의 이면에 감추어진 열정의 힘으로 진정성에 육박한다. 그래서 나는 그의 소설들이 낯익은 환상 대신에 활기찬 웃음으로 돌파하기를 바란다. 「챔피언」의 유쾌함은 철없는 '깔깔거림'이 아니다. 그것은 건강한 활력의 '낄낄거림'이다. 마르케스가 남미의 풍토에서 환상적인 리얼리즘에 착근했다면, 우리의 서사적 전통은 바로 그 낄낄거림의 풍토 속에서 진지했다. 그래서 내가 이 작가에게서 보고 싶은 것은 「물고기가 궁금해」라는 계열로의 전회가 아니라 「챔피언」이라는 계열로의 깊어짐이다.

척도에 대하여

—강동수, 『금발의 제니』

　　좋은 작품이란 무엇일까. 어쩌다 보니 심사라는 걸 하게 되었다. 그 심사라는 '사건' 속에서 나는 '좋은 작품'은 무엇인가라는 지극히 일반적인 물음과 마주할 수밖에 없었다. 강동수의 『금발의 제니』(실천문학사, 2011)는 그 물음과 함께 손에 들게 된 책이었다. 언젠가 어느 강연에서 '비평은 비교다'라고 했던 김윤식 선생의 그 확고했던 단언을 기억한다. 작품의 가치를 판단하는 것은 상대적이다. 그러니까 비평은 절대적인 척도로 환원될 수 없으며, 가치라는 것은 어디까지나 내가 읽은 작품들 간의 '관계' 속에서 구성되는 것이다. 따라서 나의 비평이 올바른 해석의 감수성으로 단련되기 위해서는, 읽고 또 읽어 비교할 수 있는 대상의 지평을 넓혀야만 한다. 그것은 결국 치열한 독해의 수련을 통해 해석의 주체로서 '나'를 바로 세우는 일이다. 좋은 작품은 그렇게 좋은 사람만이 비로소 어렵게 만날 수 있다. 그러므로 비평가는 작가나 작품에 좋고 나쁨을 따져 묻기 전에, 스스로 좋은 사람이 되려고 노력해야 한다. 그렇게 위기지학(爲己之學)의 공부는 세상을 이롭게 하는 것이다. 하지만 좋은 사람이 된다는 것은 여간 어려운 일이 아니다. 그러므로 나는 좋은 작품을 만나기 위해서 또 얼마나 더 많은 탐독의 수련을 거쳐야만 할 것인지.

그럼에도 불구하고 불미한 나는 강동수의 그 소설집에서 좋은 어떤 면을 보았다. 일곱 편의 단편을 묶은 이 소설집이 나를 매혹하게 만든 것은, 무엇보다 소박하면서 단아한 문장이었다. 과잉이 느껴지지 않는다는 것, 그러니까 애써 멋 부리지 않고 담담하게 표현할 줄 아는 절제에 깊이 공감했다. 비우면 채워지는데 채우려다 망치는 것은 덧없는 열정 때문이다. 열정이 지나쳐 탐욕으로 가득한 문장에 매혹을 느끼는 것은 역시 그것을 읽는 자의 헛된 자의식, 예의 그 탐욕 때문이다. 그런 탐욕에 물든 헛된 자의식은 화려한 기교에 끌리는 만큼 소박한 표현의 미덕에는 둔감하다. 그러나 소박함의 아름다움이란 과잉과 결여를 넘어선 여하한 경지에서나 겨우 드러날 수 있다. 이 소설집의 문장들이 주는 소박함 역시 단순함이나 평범함이 아니라 오히려 비범함의 결과다.

하지만 언제나 완벽함이란 천상의 몫인가 보다. 지상의 우리 인간에게서 천의무봉은 일종의 규제적 이념일까. 문장이라는 살결과 함께 구성(plot)이라는 골격으로 소설의 신체는 이루어진다. 『금발의 제니』는 보드라운 살결의 문장들로 사람을 매혹시키지만, 그 속 사정은 좀 더 단단해져야 할 것 같다. 치명적인 것은 대개의 단편들이 과거의 어떤 인연으로부터 이야기를 전개하는 일종의 유형화된 서사전략이다. 그것은 자칫 상투적이라는 느낌을 만들어낼 수 있다. 「수도원 부근」, 「7번 국도」, 「호반에서 만나다」, 「금발의 제니」는 모두 옛사랑의 기억이 현재를 규정한다. 사랑의 기억은 아니지만, 「태풍」 역시 폭력적인 옛 기억의 트라우마를 이야기한다. 과거의 기억에 구속되어 있는 현재는 미래의 시간으로 달아날 수 없는, 그러니까 길이 막혀버린 막다른 골목과 같다. 현재는 미래로 개방되지 못한 채 과거의 규정 속에서 폐쇄적으로 고착된다. 이처럼 답답한 서사의 구성은 사건의 복잡성과 특이성들을 정형화된 이야기의 틀 속에서 질식하게 만든다. 『제국익문사』(2010)라는 팩션을 펴내기도 한 이 작가는 신문사에서 일하는 현직 언론인이다. 김훈을 비롯해 대체로 기자 출신의 작가들이 과거의 사료를 소설화하는 데 공을 기울이는 것은 그 나름의 이유가 있을 것이다.

그러나 그런 틀을 벗어날 때 강동수의 소설은 아연 활기를 띤다. 지역 문단의 비루한 행태를 신랄하게 풍자한 「청조문학회 일본 방문기」가 그렇고, 폭력과 열등감으로 얼룩진 참담한 비극 「아를르의 여인」이 또한 그렇다. 그렇다면 현재의 활력을 무력화시키는 그 옛날의 기억들은 강동수의 소설에서 결정적인 급소다. 급소란 가장 위험한 곳이면서 동시에 가장 중요한 부위다. 그래서 나는 그 위험한 장소가 어떤 불온한 도발 속에서 가장 중요한 장소로 부각될 수 있기를 기다린다. 그 기다림의 시간은 나를 더 좋은 사람으로 만들어 줄 단련의 시간이 되어야 하겠다.

화해하지 말고 증오하라!

—배길남, 『자살관리사』

    부산에서 전업 작가로 소설을 쓰고 있는 배길남 형이 지역의 자그마한 출판사에서 첫 번째 소설집을 묶어냈다. 서로 속 깊이 말을 섞어본 적은 없었지만, 이따금 함께했던 자리에서의 그 사람 좋은 너털웃음과 솔직한 입담은 뜨끈한 정감의 기억으로 남아 있다. 소설을 읽으면서도 자꾸만 그의 얼굴이 떠올라 몰입을 방해한다. 그만큼 이 소설집의 이야기들이 작가의 품성을 닮아 있다는 말이다. 그 사람이 그런 것처럼, 그의 소설들은 소탈한 듯하면서도 역시 번다하지 않게, 그러나 진지함을 잃지 않고 나름의 방법적 고뇌로 그 세속의 인정을 그리려 애쓴다. 그 애씀이란 지극히 솔직한 것이라서, 땅 아래로 엎드린 농부의 이마에 맺힌 땀처럼 어떤 꾀부림도 없는 성실함으로 느껴진다.

    추락하는 것은 날개가 있다고도 하지만, 비상하다가 추락할 때 그 날개는 이미 제 기능을 못하는 것이 대부분이다. 그러므로 추락이란 실로 몰락인 것이다. 몰락을 경험할 때 사람은 좌절하거나 분노한다. 그러나 항거 없는 좌절보다는 역시 분노라는 그 부정의 정념에 기대를 걸 만하다. 소설집의 처음과 끝을 '증오외전'의 연작으로 배치했을 때, 이로써 '증오'가 이 작가에게 소설을 매개로 세계에 접근하는 유력한 통로라는 것을 예감할 수 있다. 문제는 증오를 대하는 작가의 마음일 텐데, 대체로 많은 작가들이 그것을 거북한 무엇이라 치부해 제거해야 할 대상으로 여김으로써 이야기를 그저 그런 서사로 봉합해버리곤 한다. 가장 전형적인 것이 화해와 조화의 기운으로 충만한 결말 처리다. 이른바 잠재적인 희망의 암시로 안주하려는 소설들이 그것이다. 형의 소설들은 그 분방한 기량과 솔직한 토로에도 불구하고, 자꾸만 그런 희망에 미련을 버리지 못하는 것 같다. 희망이라는 것을 세속의 불화를 손쉽게 해소해버리는 진부한 방법으로 사용할 때, 그것은 결코 진정한 위안이 될 수가 없다. 그러니까 어쩌면 그 '사람 좋음'이라는 것이 세상의 부조리에 모나게 대어들지 못하는 일종의 유약함일 수도 있는 것이다.

「증오외전1」의 부제는 '증오하지 말고 심수창처럼'인데, 무려 18연패를 당한 심수창이라는 투수가 이 시대 낙오와 패배의 아이콘이라면, 그 부제의 전언이란 몰락하게 만드는 이 세계의 구조적 모순에 대한 증오를 거두고, 연이은 패배 속에서도 다시 마운드로 오르는 그 불굴의 끈기에 손뼉 쳐야 한다는 것이 아닐까. 자살을 기도했던 남자는 다시 샘솟은 생의 의지 속에서 이렇게 말한다. "아무리 엉망진창이 되어도 남 탓은 안하려고요." 자기 불행의 원인을 터무니없는 것에로 돌리는 것은, 마치 「광인일기」의 아Q가 '정신 승리법'으로 현실의 부조리를 봉합해 위안을 얻는 촌극과 다를 게 없다. 이른바 '남 탓'이 어떤 책임의 전가가 되어선 안 되겠지만, 마찬가지로 그 탓을 찾아내서 문제를 해결하려는 의지를 포기해서도 안 된다. 자기 불행의 근거를 비판적으로 따져 묻지 못하는 주체는 타자의 늪에서 익사할 수밖에 없을 것이다. 그러므로 영화 속의 멋진 대사를 마법의 주문처럼 되풀이해서 외우는 것은 별로 매력적이지 않다. "떨어지는 건 중요한 게 아냐. 중요한 건 어떻게 착륙하느냐지." 폼생폼사? 우리의 삶이란 그렇게 사치스러운 것일까. 추락하는 것은 착륙을 생각할 겨를이 없다. 떨어지면 죽는다. 사느냐 죽느냐, 문제는 바로 그것이다.

「증오외전2」는 1편보다 더 현란한 교차시점으로 이야기의 재미를 배가시킨다. 여러 인물들의 상호관계로 얽혀 있는 정치한 플롯은 이 작가가 재능 있는 이야기꾼이라는 사실을 확인시킨다. 사건의 무대가 되는 교외의 황량한 공간은 비현실적이고 그래서 자못 환상적이기까지 하다. 'S기업 회장의 2세 L씨'는 노조를 탄압하는 방탕한 악한이다. 그 노골적인 이니셜이 가리키는 것이 무엇인지를 몰라볼 독자는 아마 드물 것이다. 이를 통해 대기업의 횡포와 자본주의의 부도덕을 비판하려고 했다면, 아마도 그것은 너무 소박한 구상이었다고 해야 할 것이다. 그러니까 이런 구절은 너무 직접적이다. "대기업과 중소기업, 그리고 힘없는 말단 직원들, 그놈의 갑과 을…" 그리고 또 하나의 악한은 연쇄 강간 살인마. 소설은 이 두 악한을 깨끗하게 처리(살해)하는 것으로 세상의 악을 소탕한다. 이런 소탕의 서사는 악을 사유하지 않고 해결하는 것으로 그 소임을 다했다고 믿는다. 그러나 지금은 구원의 소망으로 갈등을 해결하는 계몽의 서사가 불가능한 시대가 아닌가.

「동래부사접왜사도」는 부산의 역사지리를 재구성했고, 「썩은 다리」는 역시 부산의 동천 언저리에 얽힌 어린 날의 정겹고 슬픈 추억을 되살려냈으며, 「사라지는 것들」은 부산의 향토 서점인 문우당

서점과 동보서적의 폐업을 소재로 이 째끈한 속도의 시대가 잃어버린 것들을 애도하고 있다. 이 소설들에 담긴 '장소사랑(Topophilia)'은 작가의 애틋한 마음이 자기의 삶의 터전에 깊이 뿌리박혀 있음을 분명하게 드러낸다. 하지만 그 실존하는 구체성의 장소가 재귀적인 추체험의 형식으로 허구화될 때, 그 장소는 자칫 관념적인 향수의 공간으로 추상화될 수 있다. 이른바 지역의 장소들을 스토리텔링하는 작업들이 갖는 공통적인 문제가 바로 그것이기도 하다.

설화의 소재인 도깨비를 가져와 실업 청년의 딱한 처지를 위로하고 있는 「한밤중의 손님」은 도깨비라는 설화적 존재를 통해서야만 해결되는 현실의 견고한 부조리를 역설적으로 표현했다. 「부산 데일리 홀랄라 기획부」는 경쟁 속에서 분투하는 남루한 사람들의 고된 삶에 대한 자조 섞인 연민이 인상적인 소설이다. 그러나 역시 삶의 비속함 그 자체를 더 깊이 파고들지 못하고, "몇 번 넘어져도 자기 꿈을 향해 계속 달리는 그"를 하나의 지향형으로 삼는, 그러니까 다시 「증오외전1」의 그 심수창식의 분투를 옹호함으로써 삶은 다시 희망 속에서 살만한 것이 되고 말았다. 마찬가지로 「램프불 옆 에드워드」도 꿈이라는 환상의 매개를 통해 위로를 얻는 이야기다. 램프의 불빛이 진부한 희망의 비유인 것처럼 꿈속의 희망은 허망한 백일몽으로 기운다. "에드워드의 이야기 속에는 항상 '이봐, 아무리 힘들어도 나보다 낫잖아?'라는 위로가 담겨 있었던 것 같다. 나는 그것을 값싼 비교의 위로가 아닌 '힘내, 즐겁게!'라는 희망의 은유라고 믿고 싶다." 꿈속의 이런 희망이 진짜 위로가 될 수 없음은 물론이거니와 실재하는 고통의 진정한 치유가 될 수도 없다. 작가가 소설로 병인(病因)을 진단하고 치유의 해법을 처방하는 의사의 역할을 떠맡을 수 있다는 것은 에밀 졸라의 시대에나 가능한 믿음이었다. 그러니 세계의 파열과 주체의 분열을 조화와 균형의 감각으로 회복시키거나 화해시키려 하지 말았으면 좋겠다. 이제 형은 좀 영악해져도 좋지 않을까. 세속의 사정은 둥글둥글하고 원만하다는 것을 처세의 미덕으로 알지만, 작가에게는 그것이 어떤 참을 수 없는 비아냥거림일 수 있지 않을까. 나는 형이 더 악랄해지기를 기다릴 것이다.

결핍의 정치학으로

—허택, 『몸의 소리들』

    허택의 소설은 인간 존재의 비극성을 집요하게 파고들고 있다. 결코 채워질 수 없는 욕망이지만, 기필코 충족시키겠다는 의지를 가진 존재, 바로 그 근본적인 괴리가 인간의 비극성을 규정한다. 허택의 소설에서 그 결핍을 가시화하는 것은 몸이며, 그런 의미에서 그 몸이란 욕망의 이전투구가 현전하는 형이상학적 장소이다. 몸에 천착한 소설이되, 그것이 유물론적 탐구가 아니라 고도의 형이상학인 것은, 결국은 그 몸이 피와 뼈의 생리학을 넘어선 지점에서 근원적인 결핍을 현시하는 추상적인 상징이기 때문이다. 예컨대 「까치발 구두를 신은 할머니」에서 여자의 몸은 에로스를 자극하는 욕망의 기제이다. 다시 말해, 여체의 쓸모란 남자를 발기시킬 수 있는 에로스의 역능에 달려 있다. 여기서 '까치발 구두'는 여자의 몸을 욕망의 대상으로 변형시키는 결정적인 사물이다. 이른바 킬힐, 그러니까 까치발 구두를 신을 때, 할머니도 엄마도 '아버지의 죽음'이라는 형이상학적 공백을 잠시 잊고 암내를 풍기는 유혹의 여체로 변신한다. "허무 끝에서 저 빨간 구두를 봤지. 그때 다시 빨간 구두를 신어야겠다는 소망이 생긴 거야. 그 소망은 죽은 아들놈 같은 착한 애들이 이 세상에 많이 태어나야 한다는 거야." 남편을 잃은 며느리에게 건네는 할머니의 이 말은, '까치발 구두'가 불러일으키는 에로스의 열의가 결핍(죽음)의 '허무'를 견뎌내는 간절한 '소망'의 충족이라는 것을 일러준다. 그러나 고통스런 결핍을 사물의 도움으로 잠깐 위로받는다는 점에 있어, 그 '충족'이란 '극복'이 아니라 일종의 '초월'이다. 그것은 마치 꿈이 억압된 소망의 지연된 충족인 것과 같은 맥락이다. 이처럼 몸이 결핍의 백일몽을 재현하는 장소라고 한다면, 그 증상의 출현은 인간 존재의 비극성을 선명하게 부각시킨다.

　「하루의 법칙」에서도 결핍은 증상으로 출현한다. 민희의 부재가 이 소설에서 남자들의 주체성을 구조화하는 근원적인 결핍이라면, 그 결핍의 결과로서 그들의 히스테리를 발생시킨 매개적 대상은 〈You've got a friend〉라는 캐롤 킹의 노래였다. 더 정확히 말하자면, 7년 전에 돌연히 나타나 캐롤 킹의 전화 신호음과 함께 그들의 하루로 파고들었던 태준의 출현 그 자체가 증상을 가져왔다고 할 수 있겠다. 그것은 억압되었던 것의 회귀라고 할 수 있다. 청춘기의 절정을 사로잡았던 민희가 갑자기 사라졌을 때, 그들은 각자의 심리적 외상을 안고 그 기억을 억압한 채로 살아내야만 했다. 그리고 오랜 시간이 지나고 '친구'가 그들 앞에 나타났을 때, 억압된 기억도 되돌아와 그들을 다시 사로잡았다. "잊혀져야 했던 사건이 다 잊혀진 줄 알았는데. 아직도 우리의 하루 속에서 그 기억이 우리를 괴롭히다니." 청춘의 시절이 가고 세파의 고단함 속에서 위로가 필요한 때에 뒤늦게 나타난 이 친구와 민희의 기억은, 그들의 외로움을 위로하는 것처럼 여겨졌지만, 실상은 또 다른 증상으로 발병할 고통의 원인이었다. 신경쇠약 끝에 자살한 민희나, 그 죽음으로 인한 자학과 죄의식 속에서 불면증과 우울증, 편두통과 소화불량을 앓다가 죽은 태준만이 그런 것이 아니다. 갑작스런 태준의 죽음과 함께 그들의 하루는 히스테리에 잠식당한다. '나'는 불안에 시달리고 경석은 불면증과 대상포진을 앓고, 명철은 더 힘겨운 암투병을 이어가야 한다. 억압되었던 지난날의 기억이 되돌아왔을 때, 이들은 모두 그 회귀한 기억의 침략에 속수무책이다. 이처럼 해결되지 않고 은폐되었던 기억은, 언젠가 다시 괴물로 돌아와 현재를 공략한다. 그러므로 '우리'는 기억에 침범당한 저 짐승과도 같은 현재의 시간을 견뎌낼 수 있는 '주체'로 단련되어야 한다.

영혼을 잠식하는 불안은 외로움의 감수성 속에서 활발하게 배양된다. 그리고 외로움의 증식은 이미 현대적인 현상이다. 「몸의 소리들」은 외로움의 연쇄가 빚어낸 비참한 이야기다. 아버지의 죽음과 함께 어머니는 '쌩쌩거리는 소리'를 내며 분주히 살아내야 했고, 이 때문에 아이는 '꼬르륵 소리'를 내며 허기져야만 했다. 결핍은 충족을 요구하고, 충족되지 못한 요구(demand)는 증상이라는 징벌로 그 사람을 욕망(desire)에 시달리는 주체로 만든다. 그 아이가 어른이 되어 어머니의 소리를 따라 내기 시작하자, 아랫도리의 테스토스테론도 메말라간다. 아내가 떠나고 친구가 배신을 하자 에로스를 대신한 타나토스가 그를 사로잡는다. 바로 그때 살고자 하는 의욕을 자극한 여자가 그의 앞에 나타났다. "아직 죽음보다 더 무서운 외로움이 내 안에 남아 있다. 외로움을 그녀의 몸속으로 쏟아내야 한다." 그러나 여자는 그를 살게 하는 에로스가 아니라 그를 착취하고 갉아먹는 타나토스의 올가미였다. 이제 그는 그 올가미에 사로잡혀 자기가 살기 위해서 어머니의 죽음마저도 환영하는 괴물이 되어버렸다.

인간은 오이디푸스의 관문을 통과하면서 드디어 '언어'를 익히게 된다. 그리고 그 언어가 사람의 욕구(need)를 욕망의 차원으로 돌변하게 만든다. 그렇게 채워질 수 있었던 욕구는 영원히 채워질 수 없는 욕망이 되어 인간을 비극적인 결핍의 존재로 규정한다. 그 채워질 수 없는 결핍 가운데서, 기만적인 충족을 기도하는 일종의 꼼수가 '거짓말'이다. 죽음의 그림자가 바로 그 거짓말 위에 어른거리는 삶, 그것을 이야기한 것이 「올가미」라는 소설이다. 아이는 여동생이 태어났을 때 사랑을 되찾기 위해서 거짓말을 시작했다. 그것은 외로움에서 벗어나기 위한 서글픈 술수였다. 이후로 아이는 숱한 거짓말들과 함께 성장하면서 모든 사람들이 선망하는 성공한 삶에까지 이르게 된다. 여기서 죽음의 올가미는 거짓말에 대한 징벌적인 처분이다. 그러니 외로움에서 시작된 거짓말의 끝은 죽음이라고 할 수 있겠다. 그렇게 인간은 거짓된 언어 속에서 채울 수 없는 욕망에 시달리다 끝내 외로움과 함께 생을 끝낸다.

「자살 유희」의 늙은 남자는 외로움을 견디기 위해 젊은 여자를 끌어들인다. 그의 바람난 아내는 도망을 쳤다가 죽어버렸고, 딸도 여행 중에 죽었으며, 아들은 말기 암인 아버지를 두고 떠나버렸다. 남자는 결핍 속에서 몸이 달뜬 젊은 여자를 이용해 외로움을 달래고, 이 여자도 그런 남자를 이용해 자기의 결핍을 채우려 애쓴다. 그러니까 이들은 모두 서로가 서로의 결핍에 기생함으로써 자기의 결핍을 충족하려는 기만에 빠져 있다. "더러운 욕망이 때로는 생명을 지탱시키는 법이야." 그러나 자기의 외로움을 충족시키기 위해 타인의 결핍을 이용하는 관계는 오래 지속되기 어렵다. '욕망'이 '생명'을 지속시키는 역설은 지양되어야 할 모순이며, 그런 의미에서 그것은 결핍과 충족의 변증법을 구성한다. 자기의 적정 체온을 유지하기 위해 서로의 온기를 요구하는 만남에 대한 이야기가 「화씨 97.7도」라면, 그 역시 욕망의 변증법과 관련이 있는 소설이라 하겠다. 아버지가 죽었고, 엄마는 그 외로움을 술로 달래다 죽었다. 여자는 그렇게 그 외로움을 유산으로 물려받았다. 남자의 친구는 실업과 실연, 아버지의 외도 때문에 외로워하다가 스스로 목숨을 끊었다. 그렇게 이 남자는 친구의 외로움에 깊이 전염되었다. 그래서 둘은 서로의 온기에 기대어 서로의 상처를 어루만졌다. 그러나 남자의 일상이 복잡해지자 둘의 관계는 결렬의 위기에 처하게 된다. 남자는 결혼을 원했지만 불임으로 이혼을 했던 여자는 단번에 청혼을 거절한다. 서로의 욕망 차이가 불거졌을 때, 그들은 결국 서로를 원망하며 자기의 충족을 우선하는 나르시시즘으로 빠져들었다. 당연히 그런 결렬은 그들의 근원적 결핍을 자극하고, 그 결과로써 증상의 출현에 시달릴 수밖에 없다. "체온은 점점 내려가고 있었다. 체온이 내려가면서 외로움이, 무서움이 너울처럼 나를 덮쳤다. 나는 싸늘하게 식어가고 있었다." 여자는 연락두절이고 남자는 불면증과 대상포진으로 괴로워한다. 둘은 다시 만나지만, 그 만남이 언제까지 지속될 수 있을지는 알 수 없는 일이다. 유물변증법의 직선적인 발전사관이 어떤 문턱에서 걸려버렸던 것처럼, 저 두 사람의 역사는 아마 순탄하게 지속될 수는 없을 것이다. 이른바 연애의 욕망에 있어서도 변증법은 진보와 순환, 목적과 종말의 시간 틈새에서 재고되어야 하는 것이다.

결핍이라는 정신의 구멍을 물리적인 실체로 채우려 드는 것이 세속의 일반적인 공리라고 할 때, 그것을 가장 직접하게 보여주고 있는 것이 「텅 빈 입안」과 「퍼플 카드」다. 충족의 대상으로 호출된 실체가 전자에서 외모(성형)라고 한다면 후자에서는 부(신용카드)이다. 「텅 빈 입안」의 엄마는 실패한 첫사랑의 결핍을 다른 남자에게서 채우기 위해 결혼을 서둘렀지만, 그런 결혼은 고아 출신의 남편이나 그 아이들에게 또 다른 결핍의 상흔을 남기고 말았다. 역시 나르시시즘적인 소망 충족의 기도는 타인들에게 해로운 결과를 초래한다. 특히 대물림된 결핍은 치명적이다. 엄마의 사랑에 목말랐던 딸은 대상을 바꾸어 남자의 사랑을 갈구하다가, 성형과 시술로 온몸을 망가뜨리고 결국은 버림받는다. 「퍼플 카드」에서는 궁핍으로 핍박받던 사람들이 요행으로 잠시 부를 누리다가, 다시 그 부를 잃게 되자 끝내 자멸하고 마는 이야기다. 결핍을 극복하려 하지 않고, 그것을 억지로 충족시키려고 하는 사람은 욕망의 화신이 된다. 그들은 불가능한 것을 소망하는 사람들이기에, 욕망에 들린 인간은 더 허기지고 더 괴롭다. 다시 말해 욕망의 성격은 본질적으로 자기 파괴적이다. 그것이 외모든 부든 만족하지 않고 충족시키려고만 한다면, 그 사람은 그 욕망에 탈진해 쓰러지게 될 것이다. 그러므로 이 탈진의 시대에 저항하기 위해 우선되어야 하는 것은, 욕망의 초월―욕망은 결코 초월할 수 있는 것이 아니다―이 아니라 그 욕망을 낳는 결핍에 대해 먼저 사유하는 일이다. 욕망의 경제학이 대세인 이 때에, 허택의 소설들은 바로 그 결핍에 대한 형이상학적 사유들로 도저하다. 몸을 매개로 한 허택의 형이상학이 결핍에 저항하는 연대의 정치학과 결합된다면, 그의 소설은 아마 의미 있는 서사의 지평을 열게 될 것이다.

3부

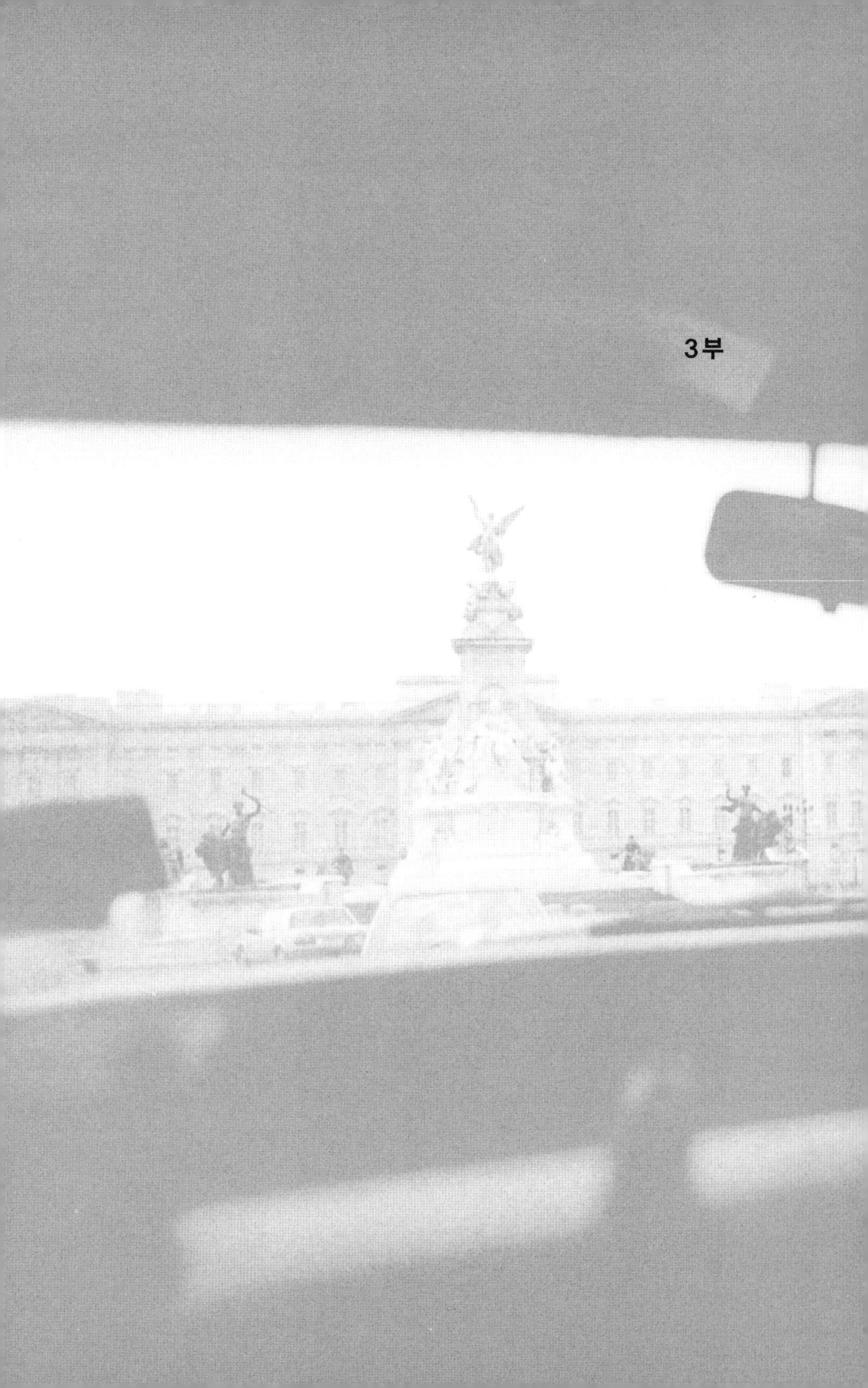

그 너머에 있는 것은 무엇인가

—마리오 테스티노 사진전

　　마리오 테스티노의 사진전을 관람하기 위해 월석아트홀에 갔다. 언론에서는 그를 '패션 사진의 거장'이라고 홍보하고 있었다. 거장이라는 말이 남용되는 세상이지만, 그 말은 또 그만큼 기대를 갖게 만든다. 기대를 품고 들어선 전시장은 평일임에도 꽤 많은 사람들로 북적였다. 이 시간 여기에서 사람들은 마리오 테스티노의 사진에서 무엇을 보려 하는 것일까. 우리는 각자 다른 사연들의 응시 속에서도 서로 통하는 어떤 담합의 시선으로 공모하고 있었던 것은 아닐까.

　　얼마 전에 읽었던 불문학자 황현산 선생의 『밤이 선생이다』라는 산문집에서, 나는 특히 '몽유도원도 관람기'라는 글의 이 구절에 오래 생각이 머물렀다. "사람들은 반드시 몽유도원도가 아니라 해도 위대한 어떤 것에 존경을 바치려 했으며, 이 삶보다 더 나은 삶이 있다고 믿고 싶어 했다. 저마다 자기들이 서 있는 자리보다 조금 앞선 자리에 특별하게 가치 있는 어떤 것이 있기를 바랐고, 자신의 끈기로 그것을 증명했다. 특별한 것은 사실 그 끈기의 시간이었다. 그 시간은 두텁고 불투명한 일상의 비루한 삶의 시간을 헤치고 저마다의 믿음으로 만들어낸 전리품이었기 때문이다. 아흐레 동안 국립중앙박물관의 광장에 구절양장을 그린 긴 행렬은 이 삶을 다른 삶과 연결시키려는 사람들의 끈질긴 시위였다." 이 구절엔 예술을 대하는 황현산 선생의 플라톤주의적인 태도가 아주 선명하게 압축되어 있다. 그에게 예술은 저 너머의 고매한 세계를 통해 지금 여기의 삶을 되돌아보는 통로이며, 인간에게 예술이란 바로 그 피안의 세계를 엿보는 지극히 호사로운 유희의 장이다. 그러나 이런 유려한 문장 속에 담긴 인간과 예술에 대한 선량한 믿음의 이면에는, 비루하고 남루한 현실의 초극에 대한 형이상학적 열망이 뜨겁다. 그래서 대개 자유주의적 교양의 요지가 이런 피안의 형이상학과 단단히 결부되어 있다는 시비가 끊이질 않았다.

　아주 잠깐이라도 몽유도원도를 보겠다는 바람으로 길게 늘어선 관람객들의 행렬에서, 진본을 보겠다는 아우라의 체험에 대한 대중들의 세속적 열정을 느낄 수 있다. 이른바 진품을 배경으로 찍는 그 숱한 증명의 사진들, 그것은 그 누구도 아닌 자기가 그 고유한 무엇을 보았다는 사실을 증명하려고 하는, 바로 그 사적인 소유의 욕망을 증언한다. 예로부터 지금까지 본다는 것은 늘 이처럼 탐욕적이었다. 가상이 진상을 압도함으로써 볼거리가 보는 이를 구경꾼으로 소외시키는 이른바 '스펙터클의 사회'에서는, 본다는 것마저도 사적으로 소유하고 소비하는 것에 다름없는 대단히 자본주의적인 실천이다.

　나에게 마리오 테스티노의 사진들은, 본다는 것의 그 자본주의적 실천을 가장 급진적인 전위로써 실현하고 있는 것처럼 여겨졌다. 파티 장면이 담긴 여러 장의 사진들은 그의 사진들 중에서도 특별하게 눈길을 끌었다. 떠들썩한 파티는 어둠 속에 은밀하게 가려져 있지만, 그 가림이 오히려 관능적인 욕구를 자극시킨다. 사진 속의 인물들은 이따금 비밀스럽게 귓속말을 나누고, 그들의 끈적한 시선은 각자가 욕망하는 대상을 향해 음란하게 엉겨 있다. 그 사진의 파티 속 주인공들은 대개 구미의 유명 가수나 할리우드의 스타들을 비롯해, 세계 각지의 패션 업계 종사자들이다. 그러니까 이른바 셀러브리티라고 불리는 사람들. 이것만으로도 테스티노가 사랑하는 응시의 대상이 무엇인지는 분명하다. 무대 뒤편의 자본주의의 화려한 삶, 그러니까 대중의 일상으로부터 멀리 떨어진 그들만의 호화로운 삶, 그것은 아주 은밀하고 비밀스럽게 사진에 담겨 있고, 그래서 대중은 그 모호한 백일몽의 세계에 더 깊이 매혹된다.

전시회의 배치는 3부로 구성되어 있는데 1부가 바로 '시대의 아이콘, 셀러브리티들의 인물사진'이다. 전시장에 처음 들어섰을 때 정면으로 보이는 것이 상체를 벗은 케이트 모스의 에로틱한 모습이 담긴 '뮤즈'라는 사진이었다. 케이트 모스에 숨겨져 있던 관능적인 끼를 끄집어낸 사람이 바로 테스티노였다. 둘은 마치 마틴 스콜세지와 로버트 드니로의 인연처럼 서로의 마음을 꿰뚫어 볼 줄 아는 동료로 발전했고, 2006년 런던에서 촬영해서 이탈리아 판 보그지에 실린 케이트 모스의 사진에서 우리는 그들의 그런 관계를 단번에 확인할 수 있다. 그 사진 속의 케이트 모스는 속옷 차림으로 화장실 세면대에 걸터앉아 립스틱을 바르다 갑자기 사진을 찍는 테스티노를 조금은 놀란 듯하지만 무덤덤하게 쳐다보고 있다. 그리고 화장실의 거울 속에는 그 장면을 찍고 있는 테스티노의 모습이 비쳐 있다. 평상의 시간을 뚫고 들어간 비상의 시간 속에서 서로를 바라보는 두 사람의 시선에는, 그 순간적인 마주침을 반기는 우정의 마음이 느껴진다. 그렇다면 우리는 테스티노가 사랑하는 것 중의 중요한 무엇인가가, 케이트 모스라는 그 집요한 응시의 대상에 내재해 있으리라 짐작할 수 있다. 그것은 시스루 팬티를 입은 케이트 모스의 엉덩이 접사를 통해서 노골적으로 표현된 관능적 에로스의 음탕함이라고 할 수 있지 않을까.

마리오 테스티노의 사진은 육욕의 세계를 향한 에로스적 열정을 표현한다. 그의 사진은 그만큼 노골적이며 직접적이다. 그러나 그 사진들은 지극히 작위적인 모습으로 연출되었기 때문에, 그 인공성은 또한 대단히 추상적이며 관념적이다. 확실하게 진한 메이크업, 자극적인 색상의 패션, 인상적인 인물 배치와 응시의 구도, 이런 인위적인 연출의 요소들이 종합되어 피사체는 자연이 아닌 문명의 인간을 이상화한다. 그 문명이란 자본주의적 이상을 실현하는 관념의 일종이다. 진분홍의 독특한 외투를 입고 짙은 마스카라를 한 레이디 가가의 사진은 이번 전시회의 포스터를 장식할 만큼 그 작위적 관념성의 표본이라 할 만하다. 마돈나와 기네스 펠트로, 주드 로와 케이트 윈슬렛, 제니퍼 로페즈와 엠마 왓슨, 애시톤 커쳐와 데이비드 베컴, 엘튼 존과 브래드 피트, 나오미 캠벨과 지젤 번천, 연예계와 패션계의 유명 인사들이 총망라된 그의 인물들은 그 광학적 만남을 통해 자본의 신천지를 연다. 그러니까 마리오 테스티노의 사진들은 구찌와 베르사체와 같은 명품 브랜드는 물론, 보그를 비롯한 유력 패션 잡지의 이윤 창출에 충실한 가장 각광받는 상업적 화보를 제공하고 있다. 2부의 '마리오 테스티노가 뽑은 패션사진들'이 바로 그것을 함의하는 컬렉션이다.

3부 '영국 왕실 가족의 초상'은 엘리자베스 여왕 2세에서부터 해리 왕세손에 이르기까지, 호화로운 왕실 이면의 소소한 일상의 순간들을 배치했다. 그러나 이 역시 영국 왕실을 향한 세속의 동경을 반영한다. 그 가장 노골적인 의도가 반영된 것이 윌리엄 왕세손과 케이트 미들턴 왕세손비의 커플과, 고인이 된 다이애나 왕세자비를 찍은 사진들이다. 패셔니스타이자 연예인에 준하는 관심을 불러일으켰던 다이애나의 사진들은 역시 왕실의 보수적 기품을 거부하는 파격적인 발랄함이 인상적이다. 이에 반해 윌리엄 왕세손 부처의 모습은 모범적인 부부의 이상을 표현하는 정다운 미소와 포즈로 일관하고 있어 그 일관된 단조로움이 심심하다. 그러나 이들에 쏠린 대중들의 관심, 테스티노는 그 피사체들로부터 바로 그 대중의 호기심을 충족시킬 장면들을 적확하게 포착해냈다.

　　전쟁터를 누볐고 전장에서 마지막 사진을 남기고 죽은 로버트 카파의 삶은 숭고하며 아름답다. 그러나 위대한 작가가 되기 위해서 반드시 그와 같은 삶을 살아야 하는 것은 아니다. 이런 삶이 있고 저런 삶이 있는 것처럼, 사진은 이 세계에 대하여 여러 갈래의 존재론으로 현상한다. 그러나 무엇보다 결정적인 것은 광각의 기술과 접촉하는 그 피사체에 대한 작가의 태도다. 자본에 반대하는 작가들이 있지만, 대체로 사진을 수록하는 매체들은 이미 자본의 자장 깊숙한 곳에 위치하고 있으며, 작가주의 작품은 고가의 미술품을 능가한다. 마리오 테스티노는 현대의 대중들이 욕망하는 것들을 누구보다 깊이 통찰하고, 그것을 매혹적으로 가시화할 줄 아는 뛰어난 포토그래퍼다. 그러나 그 기교와 연출이 아무리 놀라운 것이라 할지라도, 역시 사진은 응시 대상인 피사체를 성찰하는 작가의 고뇌가 결정적이다. 마리오 테스티노는 기교와 고뇌를 둘 다 갖추었지만, 그의 사진들이 무엇을 위해 이용되고 있는가를 생각한다면 아연실색이다. 그렇다면 그의 사진들이 인도하는 피안은 어떤 곳일까. 현실의 고단함을 잊게 만드는 저 호화로운 스펙터클의 세계. 스타일의 비범함이 그 세계와 창조적으로 어긋나기 위해서는, 역시 세계와의 불화를 감당할 수 있는 작가의 용기가 결정적이다.

대상의 이면

—랄프 깁슨 사진전

    랄프 깁슨전을 보기 위해 고은사진미술관으로 갔다. '사진 미래色'라는 이름으로 작은 전시회가 열리고 있다. 초대된 작가는 정지현과 지영철. 정지현의 'Demolition Site'는 재개발 현장의 철거 건물들을 통해 황폐함의 이면을 응시하고 있다. 그의 사진이 포착하고 있는 것은 완전한 철거 직전의 반파된 폐허다. 사진에 담긴 이지러진 철골과 건물의 잔해들은, 이제 곧 영원히 사라지게 될 어떤 존재의 마지막 유언처럼 비장하다. 그러나 그것이 '흔적'을 봉인함으로써 어떤 위로를 꿈꾸는 것이라면, 그렇게 애도하지 못하는 마음은 파괴를 단지 폭력이라 증오할 뿐이다. 부서진 것들의 쓸쓸함을 통해 부수는 것들의 난폭함을 폭로하는 것도, 파괴의 이면에 대한 소박한 상상에 지나지 않을 것이다. 한마디로 파괴의 현장을 응시하는 그 눈길이 너무 소심하다.

    지영철의 'north latitude 38°'는 북위 38도선이라는 어떤 분할의 선에 대한 사유라고 할 수 있을 것 같다. 지영철은 그것을 민족적 분단의 경계로 국한하지 않고, 그 선을 지구적인 범위로 확장한다. 그리고 그 선 위의 풍경들은 민족과 국가라는 거대한 이데올로기로부터의 인력과 척력 속에서 묘한 긴장감을 만들어낸다. 실은 북위 38도선이라는 상상의 선 그 자체가 각각의 작품들을 규율하는 일종의 이념이다. 그래서 사진들 하나하나에는 그 고요한 풍경처럼 무거운 긴장감이 흐른다. 그러므로 지영철의 사진은 비가시적인 이념의 분할선을 통해 가시화되는 삶의 어떤 긴장에 대한 사색이라고 할 수 있을 것 같다.

두 작가의 작품을 감상하고 난 뒤, 랄프 깁슨의 사진 전시장을 찾으려 하니 찾을 수가 없다. 프런트로 가서 사정을 알아보니 여기가 고은컨템퍼러리사진미술관이고, 랄프 깁슨 사진전은 또 다른 곳에 있는 고은사진미술관에서 진행되고 있다고 한다. 사정이 그런 줄 알고 내비게이션의 안내를 따라 가다 보니, 수영만 요트경기장 주변의 어느 아파트 단지 옆 비교적 한적한 자리에 멋진 건물이 하나 눈에 들어온다.

2층의 전시실로 올라가니 탁 트인 넓은 전시장이 마음을 편안하게 한다. 랄프 깁슨의 사진은 다른 무엇보다 대상의 형태에 대한 탐구로 치밀하다. 그만큼 그의 사진은 확고하며 단호하다. 전시장 한쪽에 적힌 랄프 깁슨의 어록이 그 단호함을 다시 한 번 확인시킨다. "그림자는 단지 빛의 변형이 아니다. 나에게 그림자는 형태를 두드러지게 하며, 하나의 형상이 된다." 그의 사진에서 빛과 구도, 거리와 프레이밍은 모두 그 형상의 존재론을 포착하기 위한 방법으로 동원되고 있다. 그가 포착한 형상들은 우리의 시신경이 인식하는 대상의 형태를, 자기만의 특유한 시각으로 왜곡한 것이다. 요컨대 그의 사진은 사물이나 인물의 형태론적 복잡성을 빛과 그림자의 변증법을 통해 지극히 단순한 것으로 변이시킴으로써 대상의 형상 너머를 궁리하는 형이상학이다. 그 사진들은 특히 형태의 평면보다는 선에 밀착한다. 예컨대 여자의 나신과 기타를 병치한 어떤 사진은, 허리의 곡선이라는 두 신체의 유사성을 통해 서로의 존재론적 이질성을 들추어낸다.

랄프 깁슨의 사진에서 여자의 얼굴들은 대체로 사물이나 음영에 가리어 반쪽만 노출된다. 그것은 아마 표정 속에 드러나는 감정을 배제하고, 얼굴을 다만 굴곡의 형상으로 표현되는 미학적 대상으로 한정하기 위한 의도일 것이다. 열린 문 사이로 쏟아져 나오는 빛과 문의 손잡이를 향하고 있는 손, 여기서도 나는 마치 구원처럼 제시된 그 빛과 손의 의미보다는, 문의 사각과 열린 틈새의 공간이 만들어낸 냉혹한 선의 기하학에 마음이 이끌렸다. 식탁 앞에 기댄 팔과 그 앞에 놓인 컵과 소금통 역시 음식을 기다리는 마음보다도, 그 정물의 형상과 뚜렷한 그림자로 더 인상적이다. 그 차가운 형상에는, 음식이 나오기를 기다리는 허기진 마음이 담겨 있다. 여자가 팬티를 입고 책상다리를 한 채 앉아 있는 사진은, 다리를 포갠 그 접촉면의 선들과 함께 사진의 중앙 상단에 위치한 어두운 색깔의 팬티로 시선을 이끈다. 다리의 밝은 살결은 어두운 색의 직물에 덮인 은밀함을 부각시키고, 에로틱한 욕망마저도 미끈한 몸 그 자체를 향한 육욕이 아니라 흑백의 대비와 형태의 분분함 속에서 강렬하다. 랄프 깁슨의 사진에서 사람의 신체는 대체로 이렇게 절단된 형상으로 제시된다. 그러니까 그의 사진은 전체가 아닌 부분 대상에의 고착을 통해 사람의 욕동을 자극한다.

내게 가장 인상적이었던 작품은, 지극히 불안하고 우울한 표정의 얼굴을 한 여자가(이 여자도 얼굴 반쪽은 긴 머리카락으로 가리어 있다.) 남자가 내뻗은 손에 깍지를 끼려고 하는 사진이다. 어두운 배경에 우울한 반쪽 얼굴만이 밝게 부각된 이 사진에는, 그의 다른 사진들과는 달리 예외적으로 그 얼굴의 감정이 선명하게 드러나 있다. 그 얼굴과 함께 깍지를 낀 두 손은 모호하다. 그것이 떠나는 남자의 손을 붙잡으려는 것인지, 아니면 이별의 순간에 그 깍지를 풀고 있는 것인지는 명확하지 않다. 만약 이별이 아니라면, 그것은 어떤 슬픈 사연을 품고 있는 두 사람의 재회한 순간의 한 장면이라 볼 수도 있으리라. 이 모호함은 사람을 답답하게 하는 의미의 불투명함이라기보다, 그 어떤 사연을 호기심의 대상으로 만들지 않고 다만 여자의 쓸쓸한 마음에 주의를 기울이게 만든다. 랄프 깁슨은 여자의 우울한 얼굴과 깍지를 낀 두 손을 통해서 나름의 이야기와 감정을 연출했다. 그의 사진에서 스타일은 언제나 내용에 앞서는 무엇이다.

랄프 깁슨의 사진은 대상의 형태를 극도로 단순화함으로써 그 대상을 추상적인 관념으로 만든다. 그렇게 관념이 된 대상은 그 자체로 현실의 이면을 탐구하는 형이상학이다. 그러나 때때로 그의 감정 없는 형상들은 사물의 본질에 대한 진지한 성찰과는 무관하게 사물의 표피적인 겉치레에 탐닉한다. 그의 사진이 형상 너머의 형이상학적 탐구 대신에, 대상의 형상이 만들어낸 회화적 아름다움에 맥없이 매혹당할 때가 바로 그런 표피적인 탐닉의 순간이 아닐까 하는 생각이 든다. 여기서도 나는 모더니즘의 어떤 나태함에 대하여 추궁하고 싶은 것일까. 랄프 깁슨의 사진은 아름다움의 본질에 대한 오래된 질문들을 다시 부각시킨다. 사물의 물성 이면에 있는 초월적인 것의 지향보다는, 역시 나는 그 사물의 투박한 물성 그대로에서 사색하는 것을 즐기는 사람인가 보다.

한 순간의 영원한 울림

—라이프 사진전과 퓰리처상 사진전

포토저널리즘의 생명은 사람이다. 그리고 사람을 가장 주목하게 만드는 사건은 그 무엇도 아닌 바로 죽음이다. 자연사가 아닌 인위적인 죽임의 참사를 보도하는 사진들은 그 자체로 엄청난 격정을 불러일으킨다. 오른쪽 눈에 최루탄이 박힌 채로 마산 앞바다에 떠오른 김주열의 시신을 찍은 것은 〈부산일보〉의 허종 기자였다. 이 사진 한 장이 그해의 4월을 혁명의 시간으로 이끌었다. 〈전남매일신문〉의 나경택 기자는 의무병 완장을 낀 채로 시민을 가격하는 군인을 찍었다. 그의 사진들은 광주에서 있었던 5월의 비극에 대한 가장 절박한 증언이 되었다. 전쟁과 분쟁, 재난과 사고는 평안한 일상을 처참한 죽음의 충격으로 뒤흔든다. 사람들은 그 끔찍한 장면들을 보면서, 참사의 현장 멀리에 있는 자기의 평화로운 일상에 몸서리친다.

전쟁은 재난이나 사고와는 달리 죽임을 의도한 적극적인 폭력을 가시화한다. 이른바 종군기자는 그 살육의 전장에서 잔혹한 죽음의 살풍경을 보도하는 사람이다. 그 보도가 때로는 국민을 기만하려는 정치가들의 계략에 이용당하기도 하고, 더 강렬한 시각적 자극으로 독자들의 선정적인 욕망을 충족시키려는 상업적 술수로 활용되기도 할 것이다. 그러나 그 참상의 긴박한 현장에서 위험을 감수하는 사진작가들은, 어쩌면 그런 선명한 의도들을 생각할 겨를도 없이 셔터를 누르고 그 순간을 영원히 기록에 남긴다. 그것이 바로 역사의 증언에 대한 인간의 본능이리라. 로버트 카파는 우리들에게 바로 그 본능에 가장 충실했던 전쟁사진작가의 한 사람으로 기억되고 있다. 그는 스페인 내전에서부터, 중일전쟁과 제2차 세계대전은 물론, 중동전쟁과 인도차이나전쟁에 종군하면서 사진을 찍었다. 스페인 내전에서 그 유명한 〈어느 공화파 병사의 죽음〉을 찍었고, 제2차 세계대전의 분수령이 된 노르망디 상륙작전의 현장에서 〈오마하 해변에 착륙하는 미군부대, 공격 개시일〉을 찍었다. 그러나 나는 그의 많은 사진 중에서도 특별히 어떤 한 장의 사진에서 엄숙함을 느낀다. 종전이 임박한 순간에 죽음을 맞은 〈독일 저격수에게 희생된 미국 병사〉라는 사진이 그것. 테라스에서 총을 맞고 쓰러진 병사의 시신 옆에는 피가 홍건하다. 총을 맞기 바로 직전까지 로버트 카파는 그 병사와 대화를 나누고 있었다고 한다. 전쟁에서의 그 예고 없는 죽음은, 종전의 임박이라는 희망조차 허용하지 않는 전쟁의 극단적인 비정함을 증명한다. 그의 사진은 이처럼 전쟁의 스펙터클을 정치적, 상업적으로 이용하는 것에 대한 일종의 저항으로써, 일상을 벗어난 그 사건의 예외성을 일깨워 우리로 하여금 고통스런 삶의 진실과 조우하게 만든다. '카파이즘'이란 바로 그런 그의 작가적 양심과 열정에 대한 찬사이자 존경의 뜻이 담긴 표현이다. 앙리 카르티에 브레송을 비롯해 몇몇의 동지들과 함께 창설한 매그넘은 역시 그의 그런 양심과 열정의 소산이었다.

몇 해 전 예술의 전당 V갤러리에서 스티브 맥커리의 사진전 '빛과 어둠사이展'을 관람했을 때, 나는 그 유명한 매그넘의 어떤 정신과 마주하고 있다는 생각이 들었다. 스티브 맥커리는 매그넘에 소속된 작가 중의 한 사람이다. 그의 사진은 널리 알려진 〈푸른 눈의 아프간 소녀〉를 비롯해, 대체로 인물 그 자체의 외면적 모습을 통해 그 내부에 담긴 삶의 고단함을 깊숙이 파고든다. 그러니까 그는 그 인물들의 표정과 눈빛, 그을린 피부와 주름, 그리고 그 남루한 옷차림에서 그들이 놓인 삶의 단면을 포착해낸다. 처참하게 부서진 건물의 잔해나 훼손된 시신과 같은 죽음의 살풍경이 아니더라도, 이렇게 삶의 곤경을 포착하는 방식은 다채롭다. 지난해에 부산문화회관에서 열린 라이프사진전 '하나의 역사, 70억의 기억'도, 어떤 안타까움 속에서 바로 그 다채로움을 열람하게 해준 기획이었다.

　　『라이프』는 다른 영상 미디어의 부상과 함께 그 영화를 뒤로하고 폐간되었지만, 거기 수록되었던 수백만 장의 사진은 그 자체로 하나의 역사가 되었다. 로버트 카파는 물론, 알프레드 아이젠슈타트와 유진 스미스와 같은 보도사진의 거장들이 거기서 활약했다. 그 엄청난 양의 사진들을 간추려 이 전시회에 나온 작품들은 모두 세 개의 섹션으로 구성되었다. 'PEOPLE'에서는 히틀러, 처칠, 간디, 김구, 채플린, 무하마드 알리에 이르기까지 시대적 인물들의 어떤 순간을 포착했으며, 'MOMENTS'는 나치의 전당대회, 해방 직후 부헨발트 수용소의 유대인들, 얄타협정의 조인을 위해 나란히 모인 처칠과 루스벨트와 스탈린, 닐 암스트롱의 달 착륙 등 인류의 역사적 순간들을 담았다. 'IT'S LIFE'에는 청진기 대신 아기의 등에 귀를 대고 있는 맹인 의사 알베르 내스트의 진료 장면, 인형극에 몰입한 아이들의 천진난만한 모습, 그리고 마지막에 유진 스미스의 두 자녀가 어두운 숲에서 이제 막 밝은 곳으로 나오는 모습을 담은 〈낙원으로 가는 길〉을 배치했다. 그러나 고통과 슬픔의 역사를 지나 인간애의 희망으로 끝나는 전시구성의 내러티브는 그 노골적인 휴머니즘으로 너무 드라마틱하다. 그리고 한편으론 미국을 그 휴머니즘의 주체로 설정한 아메리카니즘의 이데올로기가 뻔뻔스럽다. 『라이프』는 『타임』과 『포춘』을 창간했던 헨리 루스가 만든 저널이었다. 미국의 저널리즘이 보여온 일관된 태도를 다시 한 번 확인하게 된다. 세계의 어떤 비참을 이처럼 독자들이 수용 가능한 것으로 매끄럽게 정제하는 전시 기획이란, 잡지 편집이 그 사진들의 단독성을 휴머니즘의 이데올로기로 일반화하는 폭력에 상응한다.

〈전쟁사진작가〉(크리스티안 프라이, 2001)라는 다큐멘터리 영화의 주인공인 제임스 나츠웨이는 보도사진을 찍는 작가의 윤리에 대한 고뇌를 이렇게 고백했다. "가장 힘든 것은 제가 타인의 불행을 이용한다고 느낄 때입니다. 이 생각은 절 떠나지 않습니다. 그것은 매일같이 제가 되새겨야 하는 것입니다. 만약 저의 사적인 야망이 순수한 연민을 압도해버린다면, 저는 제 영혼을 팔아버릴지도 모르기 때문입니다. 제 역할을 정당화할 수 있는 유일한 방법은, 다른 사람들의 어려운 처지를 존중해주는 것입니다. 제가 그러한 범위 내에 있을 때, 다른 사람들에게 제가 받아들여질 수 있고, 저 또한 제 자신을 받아들일 수 있습니다." 그러나 이런 윤리적 고뇌 사이에서 죽음의 공포를 무릅쓰며 찍은 사진들은, 그 사진들이 수록되는 잡지의 상업성과 위태롭게 동거한다. '타인의 불행'을 공개적으로 가시화할 때는, 그 불행의 당사자들에 대한 연민 이상의 공감이 수반되어야 한다. 그런 공감이 자신의 사진을 오용하거나 악용하는 것에 대한 양심적인 분노를 불러일으킬 것이기 때문이다. 현장의 감각을 왜곡하려는 잡지의 편집자와 싸울 수 있었던 유진 스미스의 용기도, 바로 그런 공감에서 비롯된 양심의 힘이었다.

얼마 전 예술의 전당 한가람 디자인 미술관에서 열린 '퓰리처상 사진전'에 다녀왔다. 그 상은 사진작가에 대한 경의의 표현이 아니라, 결정적인 한 순간의 광학적 운명에 바치는 존경이다. 그 사진들에는 어떠한 작위적인 연출로도 표현할 수 없는, 단 한 순간의 직관이 주는 진실의 울림이 있었다. 일상의 시간을 꿰뚫는 예외적인 사건의 바로 그 순간에, 카메라를 든 어떤 이의 직관이 공명하는 것을 지켜보는 것은 경이로움 그 자체. 그 직관은 훈련된 것도 학습된 것도 아닌, 마음 깊은 곳의 양심과 책임감이 본능에 가까운 충실함으로 섬광처럼 현현한 것이다. 그 사진들이 보여주는 여하한의 사연이 불러일으키는 격정들, 나는 그 격정에 사로잡히기보다 그 장면을 포착한 위대한 직관의 힘에서 한 순간의 영원한 울림을 느낀다. 바로 그 울림을 통해서 그 사진에 담긴 사연들은 그저 감정적으로 소모되지 않는다. 그러나 그 사진들은 현장의 위급함을 박제당한 채, 그 사진작가의 손을 떠나 어느 편집자의 손을 거쳐 어떤 지면에 수록되었을 것이다. 보도사진의 운명이란 이렇게 기구한 것인가.

질서를 향한 내재적 충동

—앙리 카르티에 브레송 사진전

서울행 기차에 오른 것은 오직 하나의 전시회 때문이었다. 앙리 카르티에 브레송의 10주기를 기념하는 '영원한 풍경'展. 이런저런 카피들로만 보아왔던 그의 작품을 직접 대면할 수 있는 모처럼만의 기회였고, 그래서 절대로 놓쳐서는 안 되는 전시였다. 또 한편으로 그것은 치열하게 한 학기를 치러낸 후의 휴식 같은 짧은 여행이기도 했다. 어쩌다 한 번씩 마주했던 앙리 카르티에 브레송의 사진들은, 다른 무엇보다 그 서정적인 풍경들이 인상 깊었다. 대체로 흑백을 선호했던 그의 풍경 사진들은 전통적인 회화의 풍경처럼 고전주의적인 비례와 조화로 안정적이었으며, 그 구도의 수리(數理)적 완벽함으로 경이로웠다. 전시회장에 들어서자마자 숨 돌릴 틈도 없이 내 시선을 사로잡아 이끌었던 그 작품들은, 역시 사전의 내 기억을 되살려내듯 매 순간의 놀라운 이미지 구성력으로 매혹적이었다.

누구나 아는 것처럼 앙리 카르티에 브레송의 사진은 회화적 영감으로 가득 차 있다. 앙드레 로트의 아틀리에에서 기하학적 관점을 수립했던 그는, 앙드레 브르통을 비롯한 초현실주의자들과의 교류를 통해 사건의 우발성에 주목하게 되었다. 이 둘의 영향이야말로 그의 사진들을 직조하는 씨줄과 날줄이라고 해도 과언은 아니다. 풍경의 완벽한 구도는 그의 광각적 응시 속에서 고요하다. 바로 그때 그 고요를 뚫고 들어오는 사물과 인물이 유기적인 전체의 배치 속에 '자발적 협력'으로써 참여한다. 앙리 카르티에 브레송의 사진은 그 같은 우발적 순간의 '발작적 아름다움'(앙드레 브르통)으로 보는 이의 마음을 사로잡는다. 풍경 속의 인물은 화석화된 사물처럼 소모적이지 않으면서도, 대단한 휴머니즘으로 사람의 감정을 격동시키지도 않는, 딱 그 만큼의 적정한 선에서 풍경과 하나로 어우러진다. 그의 사진에서 사람이란 이처럼 조화로운 중용(中庸)으로 전체의 풍경에 이바지한다. '결정적 순간'의 결정체로 널리 알려진 〈생 라자르 역, 파리, 프랑스(1932)〉에 대해서는 따로 말할 것도 없다. 〈이에르, 프랑스(1932)〉라는 사진은 그 같은 중용의 배치와 구성으로 완벽하다. 위에서 아래로 내려다보는 이른바 하이 앵글 구도는, 원형으로 펼쳐진 계단과 난간을 다시 점층적인 수평, 수직의 직선으로 부감(俯瞰)하면서 리듬감을 부여한다. 사진 상단의 바닥은 물론 벽면의 벽돌과 문도 사각이다. 여기다 장방형의 바닥을 중심으로 그 바닥을 가로지르는 유연한 곡선의 도로와, 그 도로 위를 질주하는 자전거 탄 남자의 속도감이 기하학적인 풍경의 리듬에 활기를 더한다. 이런 식의 역동적 활기는 〈베니스, 이탈리아(1953)〉라는 사진에 이르러 날카로운 격동을 연출한다. 아치형의 돌다리를 수평으로, 사진의 구도는 상하로 분할된다. 바로 그 수평의 선을 수직으로 분할하는 것은 그 돌다리를 향해 앞으로 나아가는 곤돌라의 뾰족한 뱃머리다. 그것은 마치 날카로운 칼처럼 그 수평의 안정과 평화를 베어버릴 것만 같다. 그래서일까, 여자는 급하게 내달리며 그

다리를 벗어나려 한다. 완벽한 비례로 구성된 장면의 이런 위급함은 역설적이며, 다리 뒤의 육중한 종탑은 그 역설을 탄탄하게 떠받친다. 어디 이뿐인가. 그 숱한 풍경들은 계산하지 않은 듯 완벽하게 계산된 기하학적 공리로 장엄하고, 그 공리에 예기치 않게 끼어든 인물들은 우발적인 사건의 미묘함으로 기하학적 관념성의 삭막함에 생기를 불어넣는다.

그의 사진은 사람이 없는 풍경마저도 외롭지 않은 활력으로 충만해 있다. 〈브리, 프랑스(1968)〉는 대지 위의 길게 뻗은 가로수가 저 멀리로 아득하게 곡선을 그리며 이어져 있다. 지평선의 수평적 분할을 가로지르는 그 가로수의 우뚝한 근경이 만드는 수직의 높이는, 광활한 대지와 드넓은 하늘을 이어 가로수라는 인공적 조형의 아름다운 율동을 도드라지게 만든다. 보도 사진작가로서의 앙리 카르티에 브레송이 찍은 〈호보켄의 화재, 뉴욕, 미국(1947)〉 역시 상하를 가르는 수평의 분할로, 하단의 잿더미가 된 화재 현장의 참혹한 풍경과 상단의 멀리 보이는 마천루와 함께 맑은 하늘을 극단적으로 대비한다. 이런 극단적인 대비가 아니더라도 그림자를 이용한 명암의 대비와 대칭, 동일한 형태나 구조물들의 규칙적인 병치, 〈생 베르나르 역(1932)〉에서와 같은 구조물과 인물들의 조형적 유사성, 〈리스본, 포르투갈(1955)〉에서 고성(古城)의 노인들과 낡은 대포의 병치와 같은 환유적 배치 등, 앙리 카르티에 브레송의 사진은 기하학적인 동일성의 격렬한 반복으로 변별된다. 중국의 현대사나 1968년 파리의 5월 혁명을 다룬 사진들처럼 역사적인 격동의 장면에서도, 그와 같은 기하학적 공리는 무의식적인 충동으로 반복되고 있다.

초상사진은 앙리 카르티에 브레송이 몰두했던 또 하나의 영역이었다. 이번 전시회에서는 에즈라 파운드와 앙드레 브르통, 사르트르와 카뮈, 사뮤엘 베케트와 트루먼 커포티는 물론, 코코 샤넬, 앙리 마티스와 피카소, 자코메티, 존 휴스턴, 마하트마 간디 등 다양한 분야 인사들의 초상사진을 볼 수 있었다. 그의 사진은 인물의 가식을 거부하고 평범함에서 비범함을 발견해낸다. 물론 여기서도 예의 그 기하학적 구성과, 인물의 의상과 주변 소품들의 대칭적 동일성에 대한 집요한 천착은 여전하다. 인물의 외면에서 그 인물의 내면을 포착하는 섬세함, 그것을 그는 이런 말로 표현했다. "나는 무엇보다 내면의 침묵을 추구한다. 나는 표정이 아니라 개성을 번역하려고 노력한다."(앙리 카르티에 브레송, 『내면의 침묵』)

컬러 사진에 대한 앙리 카르티에 브레송의 위화감은 기하학적 반복 충동과 관련이 있다. 다시 말해, 그의 사진은 일상의 순간을 포착하되, 그것은 리얼에 대한 그의 관념적이고 추상적인 동경을 반영한다. 컬러사진은 어차피 총천연색의 현실을 있는 그대로 포착할 수가 없다. 그러므로 그는 차라리 인공적인 컬러를 배제하고 현실의 색채 존재론을 흑백으로 추상화함으로써 이 세계의 카오스를 치밀한 관념으로 재단하고 규율한다. 약분될 수 없는 이 세계를 기하학적인 풍경으로 구성하는 것 역시, 이질성으로 날뛰는 낯선 현실을 동일성의 감각으로 길들이는 추상화 내지는 관념화의 수순이라고 할 수 있겠다. 그의 사진을 특징짓는 검정 테두리도 현실을 재단한 그의 사진을 또 다른 재단, 그러니까 미학적 훼손으로부터 지켜내려는 유미주의적 결벽증의 사례로 볼 수 있지 않을까. 우연과 순간에 대한 그의 숭배 역시 어쩌면 그 정교한 관념적 아름다움의 정점을 찍는 화룡의 점정이었으리라. 한마디로 앙리 카르티에 브레송은 사진미학의 순정한 탐미주의자였으며, 예술적 아름다움의 불굴의 순교자였다. 정치적인 포즈를 취하기도 했던 그에게, 이 세상은 변혁되어야 할 모순의 세계이기 이전에 아름다움을 위해 헌신해야 할 순수한 피사체였음이 분명하다.

그가 자기 눈의 연장이라고 말했던 라이카는 그에게 찰나의 우발성을 격발할 수 있게 해준 한 자루의 소총이었다. 그것은 그에게 미학적인 기동전을 감행할 수 있도록 해주었으며, '사격술과 같은 사진 찍기'라는 특유의 태도로 이 풍요로운 세계의 한 순간에 참여할 수 있게 만들었다. 그러니까 그에게 라이카는 대상들과의 우발적인 만남을 통해 새로운 자기를 발견하는 리좀의 '기계'였다. 그의 라이카가 격발했던 그 순간들은, 이제 누군가에게는 영원한 카이로스의 시간으로 남았다. 자기의 한평생을 그렇게 '바라는 것 없는 고된 즐거움'이었다고 말할 수 있다면, 그는 얼마나 행복한 사람인가. 그의 행복이 다른 이의 행복으로 전이될 될 수 있다는 것, 그런 의미에서 앙리 카르티에 브레송의 탐미주의를 해로운 것이라고는 결코 말할 수 없으리라. 그러므로 어쩌면 나의 짧은 여정도 평생을 아름다움에 헌신한 이의 마음에 공명하는 고된 즐거움의 순례가 아니었을까.

경솔한 망각

—연극 〈리어를 연기하는 배우, 미네티〉

얼마 전 충무아트홀에서 공연하고 있는 〈리어를 연기하는 배우, 미네티〉(2014. 7. 16.)라는 연극을 관람했다. 오스트리아의 작가 토마스 베른하르트의 원작을, 국내에서는 이번에 이윤택의 연출로 초연하는 것이다. 베른하르트는 고희에 이른 연극배우 미네티에게 이 작품을 헌정했다. 이 연극은 일생을 배우의 삶으로 일관한 한 인간에게 바치는 경의이며, 동시에 그런 장인적 헌신에 등 돌린 냉정한 현대인들에게 보내는 쓰라린 야유다. 신이 떠나버린 현대의 불모성에 대한 비극적 인식이란, 당시 유럽의 예술가들을 사로잡았던 공통의 감수성이라고 할 수 있을 터, 〈미네티〉에도 그런 감성이 짙게 배어 있었다.

미네티 역은 팔십의 나이를 넘긴 오순택 선생이 맡았다. 이윤택은 40여 년 전 서울연극학교를 다닐 때, 미국에서 활동하다가 잠시 귀국했던 오순택 선생으로부터 연기론을 배웠다고 한다. 연극에 출연한 대부분의 배우들 역시 오순택 선생으로부터 연기를 배운 제자들이다. 이런 사실만으로도 충분히 흐뭇한 마음이 드는 공연이었다. 그래서 연극을 보는 나도 극적인 몰입 대신에 그 흐뭇함에 때때로 감격스러웠던 것 같다. 스승과 제자들이 함께 한 그 무대는, 연극의 공연을 넘어선 감격스런 교학상장의 자리이지 않았을까. 그런 생생한 긴장감들이 유별났기에 이 연극의 배우들은 이미 대본의 구속으로부터 완전히 자유로운 것처럼 느껴졌다. 노구의 스승을 배려하기 위한 연출이었을까. 많은 대사들을 녹음된 방백으로 처리한 대목마저도 그런 마음으로 이해하고 싶었다.

연기의 수준을 논리적으로 평판하는 것은 대단히 어려운 일이다. 그러나 대체로 사람들은 강렬한 에너지를 뿜어내는 연기를 좋은 연기라고 여기는 것 같다. 대부분 일상의 감정 상태를 초과한 극단적 배역을 맡았을 때, 유수의 영화제들은 그 배우에게 연기상을 수여한다. 감정을 응축했다가 폭발시키는 그런 배역들은 비극적인 운명이나 광기에 사로잡힌 인물들을 연기한다. 아니면 사회로부터 철저하게 고립된 인간이거나, 몸이나 정신의 불구로 온전치 못한 육체로 살아내야만 하는 인물들이다. 〈여인의 향기〉에서 눈이 멀어버린 퇴역장교 역의 알파치노나 자폐증을 앓는 〈레인맨〉의 더스틴 호프만이 그러했고, 아들을 잃고 신을 저주하는 〈밀양〉의 전도연이나 폭력의 트라우마로 말을 잃어버린 〈피아노〉의 홀리 헌터가 또한 그랬다. 그러나 그것은 마치 고음을 내는 가수가 좋은 가수라고 평가하는 것만큼이나 평면적인 평판이다.

나는 언젠가 이윤택이 연출하고 전성환 선생이 리어 역을 맡았던 〈리어왕〉을 관람한 적이 있다. 그때 전성환 선생은 미친 리어를 과도한 광기의 정념으로 소비해버리지 않았다. 처음엔 그 발성이 힘에 부치는 듯한 인상을 받았지만, 뒤늦게 그것이 어떤 절제라는 것을 알았다. 리어는 자식들에게 버림받고 분노와 고통 속에서 미처버렸다. 그의 고통은 울분으로 터뜨려져야 할 감정이 아니라, 후회와 자책 속에서 안으로 삭혀들어야 할 비참이었다. 전성환의 리어는 그렇게 안으로 썩어드는 심사를 외로운 절규와 자책의 비탄으로 울부짖었다. 〈미네티〉에서 오순택 선생의 연기가 바로 그랬다. 미네티는 한평생 리어를 연기했지만, '고전문학'을 거부했다는 이유로 오랫동안 무대에 설 수가 없었던 사람이다. 버림받고 잊혀졌지만 무대에서 다시 리어를 연기해야 한다는 의욕은 조금도 사그라들지 않았다. 오순택의 미네티는 관객들의 외면과 배우로서의 의욕 사이에서, 그 어긋남의 아이러니를 차분하게 연기했다. 물론 연로한 배우의 몸이라 그 발성과 몸짓은 기술적으로 완벽하지 않았을 수도 있다. 그러나 그 불완전함마저도 실은 원작의 부제인 '늙은 예술가의 초상'이 암시하듯, 초췌한 노년의 육체적 불미함을 사실적으로 표현한 것이다. "연기한다는 것은 제 본성대로 존재한다는 것"이라고, 이윤택은 오순택 선생으로부터 그렇게 배웠다고 증언한다. 그러나 지금의 세상은 과연 그런 불미함의 위대함을 알아보는 눈이 밝아졌는가. 여전히 우리는 '고전문학'이라는 규범의 잣대로 완전함을 요구하고 있지 않은가. 미네티는 그 기괴한 호텔 로비에서 아무리 기다려도 오지 않는 시립 극단의 단장을 기다린다. 그 사이 술 취한 여자는 미네티를 조롱하고, 아름다운 소녀는 노인을 연민으로만 대할 뿐이다. 한 예술가의 쓸쓸함은 한 해가 저무는 연말의 흥겨움 속에서 더 깊어진다. 연말의 파티를 즐기는 사람들은 저마다의 가면을 쓰고 발랄하지만, 리어왕의 대사를 연기하는 미네티의 말들은 그 누구에게도 가닿지 못한다. 그가 할 수 있는 것은 앙소르가 만든 리어 왕의 가면을 쓰고 항거하는 것, 그리고 "사라져

라!"라는 마지막 대사를 남기고 오스텐데 바닷가 어딘가로 사라져
버리는 것뿐. 그는 쓸쓸하게 사라졌다. 그렇다면 지금 우리가 떠나
보낸 것은 무엇인가.

늦은 저녁의 어떤 위로

—연극 〈황금용〉

저녁에 예약해둔 연극은 야외 공연이었다. 일본에서 북상 중인 태풍 할롱의 영향인지는 몰라도, 날이 잔뜩 흐려서 금방이라도 비가 쏟아질 듯했다. 지난 몇 해 동안은 이런저런 사정으로 밀양연극제(정식 명칭은 '밀양여름공연예술축제')에 가보지 못했다. 그래도 연극제가 끝나고 나면 아쉽고 서운한 마음은 어쩔 수 없었다. 이번에도 극단 미추의 〈벽속의 요정〉과 극단 목화의 〈템페스트〉를 마음에 두고 있었지만, 일정이 맞지 않아 모두 놓쳐버리고 말았다. 그렇게 아쉽고 초조한 마음으로 며칠을 보내다, 드디어 저녁 늦은 시간에 〈황금용〉이라는 연극을 관람하게 되었다.

밀양은 부산에서 가깝다면 가까운 거리지만, 아무 때고 마음 편히 다녀올 수 있을 만큼 가까운 거리는 아니다.(이 '거리'가 어쩌면 예술의 감상에 대한 머뭇거림을 조장하는 긴장의 진폭이 아닐까.) 밀양으로 가는 길은 유쾌했다. 그러나 날씨는 내 마음 같지가 않아서, 먹구름으로 잔뜩 찌푸렸던 하늘은 마침내 비를 쏟아내기 시작했다. 연극촌이 가까워질수록 빗줄기는 더 굵어졌다. 그럼에도 비 오는 시골길을 달리는 기분은 얼마나 청량하던지. 도착해서 표를 끊고 간단

221

하게 요기를 한 후, 연극촌 인근의 마을을 산책했다. 빗소리만 고요한 마을은 고즈넉하고 평화로운 전원의 풍경은 아름다웠다.

공연시간이 다 되어 공연장 입구로 가니 예상 외로 많은 관객들이 입장을 기다리고 있다. 궂은 날씨였지만 역시 축제의 열기는 뜨거웠다. 〈황금용〉은 독일의 극작가 롤란트 시멜페니히의 원작을 우리극 연구소의 윤광진이 연출한 작품이다. 이 연극은 경쾌하게 시작하지만 음울하게 끝이 난다. 유럽 어느 도시의 베트남 식당. 아시아에서 온 다섯 명의 이주노동자들이 대단히 좁은 주방에서 일을 한다. 공연 내내 이들은 밀려드는 주문을 소리 높여 외친다. 중국의 칭다오에서 온 주방의 막내는 참기 힘든 치통으로 신음하지만, 불법 체류자라 병원에서 치료를 받을 수가 없다. 그는 돈 벌러 떠나온 여동생을 찾아야 한다는 가족들의 바람도 지키지 못하고, 그 좁은 주방에서 동료들에게 이를 뽑히고 죽어간다. 식당 바닥에서 피를 철철 흘리며 죽어갈 때도 주문은 쉼 없이 밀려들었다. 그들에게 아늑한 휴식은 언제쯤 가능한 것일까. 그러나 그 시신마저도 황금용을 새긴 식당의 카펫에 둘둘 말려 야밤의 다리 아래 강물 속으로 비참하게 유기된다. 죽어서도 안식을 얻지 못하는 비천한 주검은 강을 따라 흐르다 바다를 지나 그의 고향 가까이로 떠밀려 간다.

불법 이주자들이라는 이방의 존재는 프랑스의 방리유에서 폭발적으로 드러났던 것처럼, 오늘날 유럽의 자기 정체성을 뒤흔드는 가장 도발적인 질문 그 자체가 된 존재들이다. 이들의 재현과 표현을 두고 이미 심각한 숙고와 논쟁적인 토론들이 지속되었다. 동정과 연민을 넘어 연대의 동지로 그들과 함께 하기 위해서는 무엇을 어떻게 해야 하는가, 라는 윤리적 난제는 사실 미학의 정치성에 대한 아포리아를 제기한다. 〈황금용〉의 내러티브는 그 아포리아에 응전하기 위한 미학적 고투가 인상적이다. 먼저 막내의 이빨은 상징적인 오브제로 전경화되어 타자화된 삶의 고단함을 치통의 감각으로 선명하게 부각시킨다. 이빨이 뽑힌 자리의 구멍에서 뿜어져 나오는 붉은 피, 그것은 그 구멍을 통해 바라보이는 막내의 고향 가족의 무너져버린 기대와 바람을 시각화한다.

　　그들의 삶 자체가 법의 테두리 바깥으로 밀려나 불법적인 존재로 규정되는 이방인들, 이 연극은 이들의 존재론적 타자성을 부각시키기 위해 법 내적인 존재들, 그러니까 이 도시의 정당한 시민권을 가진 사람들에게 초점을 맞춘다. 불법적인 존재들의 삶보다 나을 것이 별로 없는 황금용 식당의 위층 사람들이 바로 그들이다. 회춘을 바라는 노인이나, 젊은 남자에게 아내를 빼앗긴 회사원, 청춘의 시간을 이기적으로 소비하고 싶었지만 애인의 임신으로 곤란해져버린 청년, 이들은 그들의 충족되지 못한 뒤틀린 욕망을 약자에 대한 폭력으로 대리 충족한다. 이 연극에서 개미와 베짱이의 알레고리는 그 욕망과 폭력의 착종을 함축한다. 개미는 착취로 축적에 몰두하는 탐욕적인 식료품 가게 주인이며, 그 개미에게서 수탈당하는 베짱이는 아마 주방 막내가 그토록 찾으려 했던 여동생일지도 모른다. 황금용의 위층에 사는 저 욕구불만의 사내들은 그들의 남근으로 베짱이 소녀의 순수를 유린한다. 베짱이 소녀 역시 주방 막내의 처절한 죽음과 다를 것 없이 그 폭력에 짓밟혀 피를 흘리며 죽어간다.

　　금발 머리의 스튜어디스, 기나긴 비행을 마치고 집으로 돌아가는 길에 들른 황금용, 그녀가 주문한 스프에서 출처를 알 수 없는 누군가의 이가 나온다. 그녀는 운항 중인 비행기에서 저 아래 대서양의 작은 보트피플을 볼 수 있는 눈 밝은 사람이다. 물론 그 눈 밝음이란 시력이 아니라 심성이다. 이 금발 스튜어디스는 식당에 항의하지 않고 그 이에 대해 사유한다. 그 이를 입속에 넣고 맛을 음미하며 그 사물의 정체를 고뇌한다. 이 고뇌가 바로 이 연극이 그 곤혹스런 타자의 아포리아를 대하는 태도다.

공연 시작부터 내리던 비는 잦아들기는커녕, 마치 극적인 전개를 반영하듯 어느새 장대비로 발전해 있었다. 그 비를 온몸으로 맞으며 열연하는 배우들을 지켜보고 있는 마음은 편치가 않았다. 그날의 비는 의도된 것이 아니었지만, 그 불편함조차도 그날의 공연이 연출했던 극의 어떤 의도에 부합하는 것처럼 여겨졌다. 의도적인 연출은 배우들의 어긋난 배역이다. 젊은 연기자가 늙은 배역을, 늙은 배우가 젊은 배역을 맡았다. 남자가 여자 역을, 또 여자가 남자 역을 맡았다. 그리고 일인 다역의 연기. 이런 배역의 소격은 관객으로 하여금 인물의 성격을 반성적으로 탐구하게 만든다. 원작의 주제의식이 뚜렷한 이런 연극은 무엇보다 그 배우들의 기량에 더 많이 좌우될 수밖에 없다. 다섯 명 배우들의 연기 협업은 정교하게 맞춰진 퍼즐처럼 적확하고 빈틈이 없어 보였다.

그 언젠가의 여름날 저녁, 거창연극제의 야외무대에서 모차르트의 오페라 〈코지 판 투테〉를 각색한 〈챗 온 러브〉를 관람한 기억이 난다. 시원스레 흘러내리는 계곡 바로 옆에서 모기에 뜯겨가며 관람했던 그 뮤지컬의 내용은 기억나지 않는다. 그러나 그때 수승대의 밤에 느꼈던 어떤 정취는 지금도 잊지 못한다. 그 다음 날 아침, 시골 버스의 맨 뒷자리에 앉아 창문을 열고 시원한 바람을 맞으며 바라보았던 그 짙은 녹음의 풍경들도 잊을 수가 없다. 연극제에 가서 연극을 본다는 것, 그것은 극장을 찾아 연극을 관람하는 것과는 또 다른 경험이다. 연극제의 경험이란 연극의 공연을 전후로 한 시간들과 그곳에 이르는 여정을 모두 누릴 수 있는 아주 특별한 여행이다. 연극촌 마을의 차분한 공기와 더불어 연극을 기다리던 들뜬 마음을, 비를 맞으며 열연을 했던 그 배우들의 진지한 몰입을 나는 오래도록 잊지 못할 것이다.

보편에 이르는 길

—연극 〈바보각시〉

가을이 깊어간다. 날이 차가워지고 어두운 시간이 길어지는 기온의 변화가 나의 몸과 마음에도 큰 소용돌이를 불러일으킨다. 우주의 변화는 이처럼 내 몸과 긴밀하게 연결되어 있다. 이런 때에는 아무래도 생각이 많아지고, 따라서 마음이 복잡해지기 마련이다. 솔직히 나는 요즘 견디기 어려울 정도로 심란하다. 이 심란한 마음을 다스리기 위해서는 무엇에라도 필사적으로 매달려야 할 것만 같다. 나는 때마침 공연 중인 연극 〈바보각시〉를 관람하는 것으로 갈피를 잃고 흔들리는 마음을 추슬러볼 요량이었다.

2010년 10월 30일 저녁 7시 30분. 후배들과 함께 저녁을 먹고 가마골 소극장으로 가서 〈바보각시〉를 관람했다. 〈오구〉에서부터 비교적 최근의 〈이순신〉에 이르기까지 이윤택의 작품들을, 연희단 거리패의 공연을 자주 관람해왔던 나에게, 역시 이 작품은 그 낯익음, 어떤 익숙함으로 다가온다. 전통과 현대를 교섭시키려는 이윤택의 열정은 〈바보각시〉에서도 뚜렷하다. 예컨대 맹인 악사의 노래와 하모니카 연주가 서구 전통극의 코러스를 대신한 것이라면, 극전체의 구조는 전래의 씻김굿을 본떴다. 극의 절정부에서 현대인의 악마적 본성을 표현할 때는 전통 연희인 탈춤의 형식을 가져왔다. 〈바보각시〉는 이처럼 전통극의 형식을 현대화하면서 연극이 초연되었던 1993년 당시의 구체적 정황을 담아내려 애쓴다.

이른바 동구권이 몰락하면서 냉전이라는 이념적 대립구도가 해체되기 시작하던 때, 누군가에게 역사는 종말을 고한 것처럼 보였고, 이제 세상은 자본의 신천지 속에서 즐거운 한때를 열어갈 것으로 생각되었다. 하지만 또 다른 누군가들에게 세상의 그런 변화는 세계의 종말처럼 여겨졌고, 이제 삶은 파국과 혼돈 속에서 절망적으로 기울어갈 것처럼 생각되었다. 희망이 스러지고 절망감으로 우울했던 세기말의 그때에, 〈바보각시〉는 철 지난 이념이나 세속화된 종교 따위의 가짜 희망이 판치는 비루한 세태를 냉소하면서 초연되었다. 하지만 시간이 한참 지난 지금, 그 냉소는 더 이상 초연당시의 감동을 이끌어내지 못한다. 이제 그런 식의 냉소는 하나의 상투형이 되어버렸다. 전통과 현대, 동양과 서양의 문화적 융합이라는 발상이 신선한 것으로 보이던 때는 지났다. 미안한 말이지만, 다시 무대에 오른 〈바보각시〉는 그저 한 시대의 특수성 안에 머물러 있었다. 초연 당시의 시대적 조건을 가로질러 보편의 지평에 가닿기에는, 그 알레고리의 방법에 있어 여러모로 역부족이었다.

그러나 이 연극이 예수의 수난사를 바보각시의 수난사로 재연한 점은 흥미로웠다. 인류의 원죄를 자기의 죽음으로 대속함으로써 진정한 사랑의 실천을 보여준 예수의 수난사는, 이 연극에서 타락한 현대인들의 속악한 욕망과 더러운 죄악들을 제 몸 안에 잉태해 사산하는 바보각시의 수난사로 되풀이된다. 〈오구〉의 대단원에서 상여가 나가면서 현세에 지친 영혼을 위로하는 것처럼, 죽어서 사산하는 바보각시의 수난은 마지막에 이르러 장례와 함께 인간들의 그 모든 죄악을 씻어간다. 극적인 갈등을 일소하는 이런 식의 결말 처리는 〈창작뮤지컬 이순신〉(이윤택 작, 연출; 2010년 6월 11일 저녁 7시 부산시민회관 대극장)의 대단원에서도 그대로 반복되었다. 그것은 임진왜란이라는 환란을 이순신이라는 한 개인의 대속적 죽음으로 해소하는 씻김굿의 형식이었다. 마찬가지로 바보각시의 죽음은 이 세상의 모든 폭력과 패악을 대속하는 숭고한 희생이다.

연극의 마지막은 '우리 모두 사랑합시다'라는 맹인의 대사로 끝이 났다. 〈바보각시〉는 이처럼 아가페적인 사랑을 찬양했던 신약의 복된 소리를 한국적 감수성으로 다시 되살린 연극이다. 그러나 이 연극은 복음의 세속적인 반복에 불과할 뿐, 그 기획된 의도를 넘어 보편성의 지평에 이르지는 못했다.

깊어가는 가을, 지금 나의 이 심란한 마음은 개인적인 우울을 넘어 세계를 구원할 수 있는 위대한 각성의 계기로는, 그러니까 진정한 멜랑콜리에는 미달이다. 보편에 이르는 길은 이처럼 멀고 아득하다.

독서를 권장함

—가을 독서문화 축제

가을을 독서의 계절이라고 우길 수밖에 없게 된 데에는, 책 읽는 것이 그렇게 계몽의 대상이 될 만큼 비범한 일처럼 되었기 때문이다. 국민이 근대적 지식을 다함께 나누어 갖는 무리라고 할 때, 독서국민의 탄생 이래로 국어의 습득과 함께 국어로 된 출판물의 독해는 근대화의 중한 과제여야만 했다. 그런 의미에서 '국민학교'는 독서 인구를 창출하는 근대화의 유력한 기구였다. 그러나 식자층의 확대가 그대로 독서 인구의 양적 확대로 이어질 순 없었고, '책'을 읽는 '독서'는 단순한 동사적 행위를 넘어 근대국가의 장구한 기획 안에서 중대한 계몽의 일환이었다.

물론 독서를 근대적 기획의 전부인 것처럼 말해서는 안 된다. 오래 전부터 글을 읽는 것은 식자층이라 불렸던 엘리트들이 가장 몰두한 일이었다. 예컨대 최한기(崔漢綺, 1803-1879)는 당시로서는 구하기 힘들었던 한역서학서(漢譯西學書)와 태서신서(泰西新書)를, 가산을 탕진하면서까지 두루 섭렵해 읽었던 열렬한 독서인이었다. 그가 체계화한 기학(氣學)의 어법을 빌려 말한다면, 글을 읽는 것은 글의 문기(文氣)와 그 글을 쓴 사람의 신기(神氣)가 글을 읽는 사

229

람의 영기(靈氣)를 활동운화(活動運化)케 하는 역동적인 기의 교섭
운동이다. 홀로 책을 읽는 고매한 독서의 과정은 조용한 인내 속에
서 이루어지는 지극한 즐김의 시간이며, 책 읽는 사람은 바로 그 시
간 속에서 활동운화함으로써 교양과 함께 성숙에 이르게 된다. 그
러나 이러한 자유주의적 의미의 독서론이 책읽기를 일종의 "자위행
위와 비슷한 것으로 간주할 면이 있다면, 그것은 글읽기에서 일어
나는 것이 현실에서 일어나는 것은 아니기 때문이다. 그것은 현실
에 대하여 하나의 구성적 가능성을 제시할 뿐이다."(김우창, 「홀로 책
읽는 사람」, 『책, 어떻게 읽을 것인가』) 그러나 김우창은 그 '구성적 가능
성'에서 독서의 진정한 가치를 찾고 있는데, 책을 읽는 가상적인 구
성의 체험이야말로 현실적인 실천의 동력이라는 것이다. 그러니까
독서의 바로 그 '구성적 가능성'은 '실재성(reality)'에 이르는 '잠재
성(virtuallity)'의 중요한 원천이다. 최한기의 천지운화(天地運化)가 또
한 이와 다르지 않다. 그러므로 역시 '프롤레타리아의 밤'은 노동을
위한 충전의 시간이기만 한 것이 아니라, 보다 적극적으로는 타인
(자본가)을 위한 노동을 멈추고 자기본위의 노동을 위해 책을 읽고
토론하는 혁명적인 준비태세의 시간이다.

천고마비의 계절을 핑계 삼아 책을 읽히려는 범국민적 독서운
동이란, 그 외피적인 정당함에도 불구하고 그 '운동'에 연루된 세속
적 이해관계로 민망할 때가 있다. 때로는 반정치적으로까지 여겨지
는 자유주의적 교양으로서의 독서에 대한 맹목적인 권장이 거슬리
고, 그것이 지배계급의 교육 이데올로기와 공모하고 있다는 낌새
와 함께 관변적인 연례행사로 동원되고 있다는 데에서는 어떤 공분
을 느끼게도 된다. 물론 그 운동의 맥락 안에는 출판산업의 진흥이

라는 현실적인 고려도 포함되어 있어, 독서권장이란 대단히 복잡한 정치문화적 의미의 난맥상을 이룬다.

얼마 전 이틀에 걸쳐 번화한 남포동 거리 일대에서 '2013 가을 독서문화 축제'가 열렸다. 여하한 사정으로 나는 이틀 동안 두 개의 행사에 직접 참여했다. 첫날의 개회식 행사는 많은 사람들이 오가는 거리 한가운데에 무대를 설치하고, 유관 행정기관장들이 참석한 가운데 화려한 초대 공연과 함께 시작되었다. 바로 그 행사의 중심이 초대 작가인 김진명 소설가와의 대화였는데, 나는 그 대화의 상대자이자 진행자로 참석했다. 행사의 이런 성대한 시작은 시민들의 발걸음을 붙들기 위한 주최 측의 고육지책이었으리라. 김진명의 소설들에서 역사적 팩트는 유치한 공상으로 쉽게 가공되고, 국제관계학의 복잡한 맥락들은 모종의 음모론으로 극히 단순화된다. 극우 민족주의적 발상을 일종의 음모론으로 풀어내는 데 능한 김진명 소설가를 초대 작가로 선정한 주최 측의 의도는 무엇이었을까.

주최 측에서는 행사 전에 내가 보낸 질문지가 대중적인 흥미가 떨어진다는 이유로 염려의 뜻을 내비쳤다. 그저 늘상 있는 독서토론회 정도로 예상했던 나는 생각지도 못했던 화려한 무대 분위기에 당황스러웠다. 결과적으로 흥행에는 성공한 무대였는지 모르겠지만, 독서의 진정한 의미를 추궁하는 성실한 대화였다고는 할 수는 없었다. 대중의 취향에 영합하기보다는 그 취향의 세속적 의미들을 토론하는 시간이 되었어야 했지만, 나는 역시 그런 행사의 창조적인 난동꾼이 되기엔 아직 소심한 사람에 불과했다.

첫날에 비할 때 이튿날의 행사는 참신했다. 오랫동안 부산의 소설 지리학을 탐구했던 조갑상 소설가와 '부산의 이야기를 걷다'

라는 주제로 대화를 나누었다. 자리도 전날처럼 야외무대가 아니라 청중들로 꽉 찬 소담한 실내였고, 오랫동안 곁에서 알고 지내온 작가라 편안하고 푸근한 마음으로 정담에 가까운 대화들을 실속 있게 할 수 있었다. 작가는 부산의 동구 수정동에서 유년기와 청년기를 보내며 20여 년을 살았다. 등단작인 「혼자 웃기」와 중편 「은경동 86번지」에는 그 애달픈 장소체험의 기억이 얼얼한 현재의 슬픔을 머금고 있다. 특히 단편 「누군들 잊히지 못하는 곳이 없으랴」는, 그 제목에서부터 '잊히지 못하는 곳'에 대한 장소의 애환이 느껴진다. 특히 1930년대의 실화를 재구성한 이 소설은 부산의 역사 지리를 고증하는 가운데 초량의 남선창고가 철거된 현재의 장소상실(placelessness)에 대한 애틋함을 담았다. 장소의 삶과 소설 쓰기를 주제로, 작가가 겪었던 생생한 체험과 글쓰기에 대한 자의식을 엿볼 수 있었던 귀중한 대화의 시간이었다. 지역에 밀착된 주제, 저자와 독자 그리고 그 사이에서 대화를 매개하는 평론가, 이런 식의 허심탄회한 문학 행사라면 얼마든지 더 자주 열려도 좋을 것 같다.

그날 오후에는 보수동의 어떤 헌책방에서, 한 일간지의 문학담당 기자로 활동했던 분의 출판기념회를 겸한 행사가 있었다. 잠시 참석을 했지만, 번잡한 자리가 힘들어 이내 자리를 떴다. 언론인의 힘이 새삼 느껴질 만큼 지역의 유명 인사들로 북새통이었다. 역시 이런 식의 행사가 하나의 사건으로 되기엔 세속의 이해관계가 너무 앞선다. 이번처럼 연례적인 독서행사를 이틀에 걸쳐 정식으로 참석하긴 처음이다. 책을 읽는 것의 의미와 독서권장의 사회적 운동이 갖는 정치적 함의에 대하여 새삼 생각해보는 시간이었다. 책을 단순한 소비재가 아니라 우리들의 삶을 위한 유능한 도구로 전유하기 위해선, 독서의 교양적 의미를 넘어 그 정치성에 대한 치열한 토론이 필요하다는 생각이 든다.

급진적인 것의 비루함에 울리는 경종

—강신준 교수의 『자본』 강의

매주 두 시간씩 열 번에 걸쳐 이어졌던 강신준 교수의 『자본』
강의는 오늘로 끝이 났다. 지난 10월 1일부터 12월 10일까지의 그
짧은 시간은 비밀스런 지식의 나눔으로 뜻깊었지만, 개인적으로는
그 아늑한 공부가 치열한 변혁의 의지로 도약하지 못하는 내 무딘
실천의 감각을 자책하는 시간이기도 했다. 애초에 교직원과 학생들
을 대상으로 한 교내의 특강이었지만, 어떻게 알았는지 교사와 변
호사를 비롯해 교외의 여러 직종의 사람들이 마지막까지 함께 이
수업에 동참했다. 그러나 대체로 수강생들은 독서를 취미로 삼는
사람들이었고 산업노동자는 한 사람도 없었다. 수업은 국내 최초의
독일어 원전 완역자인 강신준 교수의 해설과 더불어 『자본』의 주요
구절들을 강독하는 형식으로 진행되었다. 혁명의 교과서로 집필되
었다는 『자본』이라는 고산준령을 등정하는 데 있어, 그 산의 오솔
길과 나무 한 그루마다에 눈길을 주었던 강신준 교수는 그야말로
최고의 길잡이였다. 강의료를 포함해 어떠한 사적인 보상도 없는
강의였지만, 그는 늘 강의 10분 전에 와서 질문을 자청했고, 열 번
의 강의에서 단 한 번도 쉬는 시간에 자리를 뜨지 않고 수강자들의

질의에 최선을 다해 답을 해주었다.

　학부 시절 나는 강신준 교수의 '자본의 이해'라는 교양강좌를 수강했다. 그 수업으로 나는 마르크스 경제학의 주요 개념들에 흥미를 갖게 되었고, 그것은 이후 관련 저작들을 공부하는 데 값진 밑거름이 되었다. 한참 시간이 흐른 뒤에 『자본』의 원전번역 완간 소식과 함께 강신준 교수의 인터뷰를 신문에서 보게 되었다. 『자본』의 등정에 성공하고 난 뒤의 흥분과 보람이 인터뷰에서 고스란히 느껴졌다. 그야말로 『자본』과 그의 인연은 드라마틱했다. 친구였던 '이론과 실천'의 김태경 대표로부터 이 책의 번역을 제안받은 이래로 평범한 직장인이었던 그는 마르크스주의 경제학을 연구하는 진보적인 학자로 거듭났다.

　나는 지하철역의 노조게시판 같은 데서 노동자나 일반 시민들을 상대로 한 강신준 교수의 『자본』 강의에 대한 소식을 이따금씩 전해 들었다. 강의를 듣고 싶었지만 시간을 맞추는 것이 쉽지 않았던 차에, 초량에 있는 YWCA에서 노동자들을 위한 특강이 있다는 소식을 듣고 찾아간 적이 있다. 그때가 작년 6월 16일이었고, 2시부터 6시까지 4시간에 걸친 강의는 그야말로 시간이 야속할 만큼 알찬 내용들로 꽉 차 있었다. 정해진 시간이 너무 부족해 안타까워하면서, 거의 숨 쉴 틈 없이 강의에 임하는 선생의 그 모습은 깊은 울림을 주었다. 나는 그 내용들을 깨알같이 받아 적으며 새로운 것들을 깨치는 즐거움에 여념이 없었다. 어떤 사적인 보상도 없는 일임에도, 휴일에까지 나와서 저렇게 열심일 수 있는 것은 무엇 때문일까. 그것은 마르크스주의 경제학의 연구자로서 노동자들의 연합과 투쟁을 지원해야 한다는 그의 학문적 신념 내지는 그 학자적 자의식에서 비롯되는 것이 아닐까. 나는 사적인 안일을 뒤로하고 공적인 헌신을 실천하는 그 모습에서, 좌파 지식인의 어떤 뜨거운 염원을 가늠할 수 있을 것 같았다. 그렇다면 그가 그렇게 꼭 알리고 싶은 『자본』의 전언이란 도대체 무엇인가.

강 교수는 『자본』의 완역자로서 먼저 이 책에 대한 오해 혹은 몰이해를 이렇게 지적한다. 마르크스가 이 책을 통해 자본주의의 한계와 문제를 비판적으로 분석한 것은 사실이지만, 그것을 극복할 대안의 제시는 없었다는 것. 그러나 『자본』의 3권은 그런 식의 일반적 오해를 불식시키는 마르크스의 대안적 논리가 섬광처럼 빛나고 있는 저작이라고 한다. 그는 『자본』 3권에 나오는 '이윤율 저하 경향'을 주제로 석사 논문을 썼고, 그런 의미에서 그 해석은 나름의 근거를 바탕으로 한 주장이다. 그러니까 대안의 사유가 가장 풍성한 3권까지 다 읽은 사람이 거의 없기 때문에 마르크스에 대한 우리의 이해가 일천할 수밖에 없다는 것이다.(그는 어떤 인터뷰에서 『자본』을 완독한 사람이 한국에는 "단언하건대, 한 다섯 명 정도일 것이다"라고 꼬집는다.) 따라서 그 대안을 실천할 동력을 갖고 있지 못한 한국의 진보진영은 공부가 더 필요하다는 것. 그렇다면 마르크스가 제시하고 있는 대안이란 무엇인가. 그것은 다름 아닌 '자유의 나라'로 제기된다. "사실 자유의 나라(Reich der Freiheit)는 궁핍과 외적인 합목적성 때문에 강제로 수행되는 노동이 멈출 때 비로소 시작된다." (『자본』 3권, 1095쪽) 강신준 교수의 강의는 바로 그 '자유의 나라'로 이행하기 위한 '방법'의 모색에 집중한다. 그러나 그 방법이 강의를 통해 명쾌한 해답처럼 선명하게 제시될 수 있는 것은 아니다. 그것은 자본의 이윤 축적의 메커니즘에 대한 치밀한 이해로부터 어렴

풋하게 암시될 뿐이다. 그래서 열 번에 걸친 강의 중에서 7강까지가 이윤 축적의 메커니즘을 분석하고 있는 『자본』의 1권에 집중되어 있다. 자본의 가장 우악스런 지점이 사실은 자본의 몰락을 가져올 가장 연약한 고리라는 것. 강신준 교수는 그것을 마지막 강의에서 이렇게 표현했다. "자본주의라는 진흙의 연못, 바로 그 자리에서 연꽃이 피어난다!" 그러니까 마르크스의 『자본』은 자본주의를 성립할 수 있게 하는 그 근거 자체가 다시 자본주의를 무너뜨리는 변혁의 요체임을 알려준다. 그러므로 자본주의 성립의 근거이자 변혁의 요체인 '그것'을 파악하는 것이 긴요한데, 그것은 다름 아닌 타인을 위한 노동시간, 즉 잉여자본이다. 다시 말해 그것은 노동자 스스로를 위한 노동의 시간이 아니라 자본가를 위해 착취당하는 노동시간인 것이다. 한마디로 그의 강의는 타인을 위한 노동을 멈추고 자기의 삶에 기여하는 시간을 쟁취하라는 주문이라고 할 수 있다. 노동시간이 곧 노동의 가치이므로 그 시간의 쟁취는 구체적으로 임금의 협상과 같은 노조의 투쟁을 통해 이루어질 수 있다.

자본주의는 생산과 소비가 불일치하게 되면서 탄생한 교환의 장(시장)에서부터 시작되었다. 그러나 수요와 공급을 어긋내는 바로 그 교환의 장에서 잉여가치가 발생하고, 또 바로 그 어긋남(언제나 시장에서는 총공급이 총수요를 초과함)으로 인해 자본의 파국인 공황이 도래한다. 『자본』은 자본주의의 이런 역설을 파고들어 '자유의 나라'에 도달하는 방법을 모색했던 미완의 저작이다. 강신준 교수는 『자본』에 그 모든 실마리가 들어 있다는 것을 절대적으로 신뢰한다는 점에서 그의 태도는 원리주의적이다. 그리고 그는 자의적인 해석들을 경계하면서 마르크스의 진의에 근접해야 한다는 입장이다. 특히 그는 소비에트의 교조적 해석이 마르크스의 진의를 크게 훼손한 것에서 마르크스주의의 위기를 간파한다. 그래서 그는 그런 교조적이고 자의적인 해석들을 지양하고『자본』의 정밀한 독해를 지향함으로써 변혁의 단초를 마련할 수 있다고 본다. 소비에트의 교조적 해석이 주류적인 것으로 자리 잡게 된 배경을, 그는 공산주의의 역사에서 '수정주의 논쟁'을 검토하는 가운데서 설명한다. 강신준 교수의 박사 논문이 다름 아닌 수정주의 연구였고, 그런 맥락에서 카우츠키의『프롤레타리아 독재』와 베른슈타인의『사회주의의 전제와 사민당의 과제』라는 책을 직접 번역했다.

교조적 독법에서 벗어나『자본』을 읽을 때, 강신준 교수가 그 책에서 적극적으로 주목한 것은 예의 그 '노동시간의 단축'이다. 그것은 곧 임금의 문제이기도 하며, 실제로 이 지구상에서 마르크스의 구상에 가장 가까운 나라를 그는 독일을 비롯해 핀란드, 스웨덴, 노르웨이 같은 북유럽의 사회민주주의 국가라고 지목한다. 바로 이런 이유 때문에 그는 국내의 좌파 지식인들로부터 사민주의자 내지는 수정주의자라는 비판을 감수해야만 했다. 그러나 나는 남한의 좌파 지식인들을 사로잡고 있는 마르크스주의에 대한 급진주의적 해석들보다는, 노동현장에 밀착한 그의 현실적인 대안 모색에 더 주의를 기울여야 한다고 생각한다. 그는 한국의 노동운동이 이론가들의 실천적 무관심 속에서 마르크스주의와 거의 무관하게 전개되었다고 진단하고 있다. 1987년 이후 급격하게 성장한 노동운동이 그 호조건을 기회로 반전시키지 못하고 퇴행의 길을 걷게 된 것도, 그는 노동자들이 마르크스주의라는 과학적 대안을 갖지 못했거나 그것을 믿지 못했기 때문이라고 생각한다. 그 퇴행의 실체를 우리는 제도권 정치로 진입했던 진보정당의 민망한 분열과정을 통해 확인한 바 있다. 그는 타인을 위한 노동을 중단하고 생산과 소비가 일치하는 '자유의 나라'에 근접하기 위해서는, 이 같은 내용을 강령으로 하는 진보정당의 건설이 유력한 대안이라고 믿는다. 그러나 그것은 단기적인 결과가 아니라 장기적인 변화를 염두에 둔, 인내력을 요하는 꾸준한 지속성의 문제로 받아들여져야 한다. 그 점진적인 변혁의 과정은 소수의 영웅적 인물에 의해 혁명적으로 추진되는 것이 아니라, 성공 가능한 전략과 전술을 통해 이행의 동력을 확보한 '조직'에 의해 이루어져야 한다. 조직으로서의 진보정당 건설이라는 단기적인 목표 설정은 노동자들의 연합과 자치라는 중장기적인 목적과 구분되어야 한다. 대의제와 정당제를 활용하는 것이, 곧바로 부르주아적 정치기획에 종속된 사민주의자의 비루한 행태라는 식의 낙인찍기나 매도는 곤란하다.

그러니까 강신준 교수에게 지금 당장 중요한 것은 장기적인 변혁의 전망을 가진 지속가능한 조직을 결성하는 것이다. 그러기 위해서는 먼저 이견을 달리하는 진보적인 정파조직이 연대하는 정당을 구성하고, 그 정당이 다른 정당들과 연대해 정권을 창출하는 것이 현실적으로 전제되어야 할 진보 운동의 과제다. 그는 민주주의가 무시되는 방식으로 혁명을 관철시킬 수 없음을 레닌과 카우츠키의 논쟁을 통해 확인했다. 사회적 변화가 '의지'만으로 이루어질 수 없다는 것이 유물 변증법의 진정한 함의라는 것이다.

20년이 넘게 노동자와 함께 『자본』을 읽어온 그는, 이번 강의를 통해 사민주의라는 어떤 비아냥거림에 대해 "인간에 대한 확신과 그로 인한 헌신"이라는 말로 단호하게 응대했다. 나는 그것이 메시아적 도래의 급진적 순간을 정치신학적으로 떠드는 묘한 말놀음에 대한 응대이기도 하다고 생각한다. 그는 마지막 강의에서 이렇게 단언했다. "메시아는 오지 않는다!" 그 기적에 가까운 시적인 순간이란, 지난한 현재의 삶이 처한 곤경을 일거에 구원한다는 환상을 유포한다. 그런 환상에 몰입하는 대신에 현장에서의 작은 만남들로부터 시작해야 한다는 강신준 교수의 말이 뜨겁다. 그가 '맑스 엥겔스 연구소'를 설립해 마르크스와 엥겔스 저작의 유력한 정본인 MEGA 편찬의 장구한 사업에 뛰어든 것도, 여러 곳에서 계속되고 있는 저 『자본』 강의처럼 인내를 요하는 지속적인 변혁의 한 과정일 것이다. 이 수업을 들었던 대부분의 사람들은 마지막 강의가 끝나고 나서 MEGA 편찬 사업의 후원자로 이름을 올렸다. 비록 그것이 약소한 도움일지 모르지만, 뜻을 함께한다는 그 연합의 마음이 저 외로운 과업의 큰 응원이 되리라는 믿음은 우리 모두에게 확고했다.

낯선 만남의 파동

―상하이 기행

　세상의 모든 여행은 위험하다. 떠남과 만남, 그 구체적 사건들로부터 멀리 떨어져 상념과 관념으로 존재하던 여행은, 바로 그 떠남의 순간부터 무수한 만남들의 지평을 연다. 그러므로 여행은 전혀 가늠할 수 없는 미지의 경험 속으로 자기를 내던지는 기투이며, 이 때문에 모든 여행은 그 알 수 없음의 암흑 가운데서 두려운 마음으로 떠도는 방황이다. 그러니 예정된 '일정'이란 언제나 배반될 수밖에 없으며, 우발적인 사건들의 터무니없는 전개로 여행의 시간이란 극히 혼돈스러운 것이 된다.

　6월의 끝자락은 무더웠고, 학기말의 일정들로 마음은 몹시 빠듯했다. 작은 여행 가방에 억지로 쑤셔 넣은 물건들처럼, 분주한 일상을 미처 다 정리하지 못한 내 마음은 거북했다. 그것은 공항에서 만난 K도 마찬가지였던 것 같다. 출판사의 여러 형편들이 떠나는 그의 마음을 부담스럽게 붙들어놓고 있는 것처럼 보였다. 그만큼 우리들의 여행은 갑작스럽게 이루어진 것이었다. 이륙과 함께, 기체 밖의 작아진 영토만큼이나 마음의 거북함은 점점 줄어들었고, 어느 순간부터는 약간의 설렘마저 느껴졌다. 그렇게 우리들의 여행은 난삽한 관념으로부터 구체성의 경험으로 서서히 이륙하고 있었다.

상하이의 푸둥공항에는 이틀 전에 이미 도착해 있던 이종민 교수가 마중을 나와 있었다. 물론 그 마중은 K의 간곡한 요구를 따른 것이니 환대라고는 할 수 없었다. 하지만 아무것도 모르는 불안한 처지의 우리들로서는, 그 마중이 얼마나 반가웠는지 모른다. 요금이 좀 비싼 편이었지만, 공항에서 숙소로 가는 길에 우리는 자기부상 열차를 탔다. 그것도 상하이에서 해볼 수 있는 여러 경험 중의하나라는 생각이 들었다. 열차 안에서 이종민 교수는 이틀 동안의음주기담을 펼쳤고, 그것은 곧 앞으로 우리가 보내게 될 상하이의밤들을 예고하는 것이었다.

이윽고 숙소에 도착, 호텔은 의외로 훌륭했다. 짐을 풀고 간편한 차림으로 갈아입은 우리는 일행과 함께 와이탄 거리로 향했다. 신혼여행의 첫 여행지가 바로 이곳이었던 나에게 와이탄 거리와의재회는 남다른 감상을 불러일으켰다. 20세기 초 유럽풍의 건축물들이 풍기는 고풍스런 분위기에 흠뻑 빠져들 무렵, 어느새 화평반점앞에 도착한 우리는 길을 건너 황푸공원으로 직행했다. 몇 컷의 어색한 사진을 찍고, 이종민 교수의 또 다른 지인들을 기다렸다가 합류한 후, 우리는 번화한 난징로를 걷고 또 걸었다. 거리 가득한 인파, 그래서 당연한 소란스러움과 함께, 이방인에게는 낯선 거리의독특한 냄새들이 아찔했다. 난징로를 걷는다는 것은, 그 모든 낯선감각들과의 갑작스런 조우였다.

여행은 무엇보다 낯선 풍경들과 만남이라고 할 만큼 시각적인 것의 우위로 점철되는 사건이다. 하지만 나에게 이번 여행은 풍경보다는 사람을 만나는 일, 그것이 여행의 묘미라는 것을 일깨운

의미 있는 시간이었다. 4박 5일의 짧은 시간 동안, 우리는 매일 새로운 사람들을 만났고 또 그들과 어울렸다. 물론 길거리에서 만난 그 익명의 사람들과의 종적 없는 부딪힘이란 또 얼마나 귀한 것이었던가.

첫날부터 마지막 날까지, 하루도 빠짐없이 우리들에게 호의를 베풀었던 구성철 형과의 만남은 특별하게 기억해두고 싶다. 특히 비가 내리던 밤, 푸단대 근처 유학생 거리의 노천에서 먹고 마셨던 양꼬치 구이와 칭다오 맥주의 맛은 미각이 아니라 온몸에 아로새겨질 추억의 한 조각임에 틀림없다. 처음엔 역했던 그 양고기의 맛처럼 현지의 음식들은 대단히 괴로운 것이었지만, 시간이 지나면서 조금씩 적응이 되어갔다. 이렇게 되풀이되는 경험 속에서 단련되고 익숙해지는 것, 적응이란 수동적으로 길들여지는 것이면서, 동시에 그 반복되는 경험의 교류 속에서 대상을 치열하게 이해하게 되는 능동적인 수용의 과정이다.

대전 지역의 한 국립대에서 이종민 교수와 사제의 인연을 맺었다는 구성철 형은, 푸단대에서 국제관계학으로 박사논문을 준비하고 있었다. 아직 결혼을 하지 않아서 그런지 나이에 특히 민감했지만, 고달픈 유학생활을 잘 견뎌내고 있는 것처럼 보였다. 잘 알지도 못하면서 견뎌낸다니, 하지만 저 기약 없는 유학생활은 분명 스스로 견뎌내야만 하는 생의 한 시기일 것이다. 끝이란 것이 있을 수 없는 공부의 시간이란, 그렇게 우리들을 한없이 기다리게 만드는, 가혹하게 지루한 바로 그런 것이니까.

상하이에서의 첫날 저녁, 그 낯선 시공간에서 만난 이들은 모두 활달한 청년들이었다. 여행차 상하이에 들른 이종민 교수의 학부 제자들은 그들의 외모만큼이나 밝고 환한 선남선녀들이었고, 구성철 형의 친구들(그중에 한 사람은 한국에 유학했던 중국인이었다.)은 유머와 위트로 시종 유쾌했다. 그런 분위기 탓이었을까, 나는 과음했고 안 해도 좋을 가벼운 말들을 쏟아내고 있었다. 그리고 다음 날은 어김없이 고통스런 숙취의 시간이 기다리고 있었다.

세상에 대가 없는 즐거움이란 없는가 보다. 주흥이 다하자 고통이 찾아왔다. 아침 날이 밝았는지도 모르게 누워 있는데, K는 벌써 일어나 씻고는 TV를 켜놓고 내가 일어나기를 기다리고 있었다. 나에겐 이른 시간이었지만, 늘 규칙적인 생활에 익숙한 K에겐 아마 늦은 시간이었을 것이다. 우리는 가벼운 차림으로 호텔을 빠져나와 골목길을 정처 없이 돌아다녔다. 상하이 사람들의 생활을 엿보고 싶은 마음으로 그렇게 떠돌다 보니, 눈앞에 지하철 입구가 나타났다. 매표기 앞에서 잠시 머뭇거리다가 한 여학생의 도움을 받아 표를 끊고 지하철을 탔다. 상하이의 지하철 풍경은 부산의 지하철과 별반 다를 것이 없었다.

전날 거닐었던 난징로에 이르러 아침 식사를 할 만한 곳을 찾았다. 과음으로 속이 거북했던 나는 한국식 해장국이 너무나 그리웠고, 도저히 입에 맞지 않은 중국음식을 먹을 수는 없었다. 그나마 햄버거나 콜라가 보편적인 음식이니 괜찮을 것 같았다. 그러나 아니나 다를까 그 맛은 한국의 그것과는 완전히 다르게 현지화된 것이었다. 맥도널드 따위의 패스트푸드를 보편적인 맛으로 여기고 있는 나의 입맛이란 정말 한심한 것이 아니고 무엇일까. 서구적인 것을 보편적인 것으로 감각하는 내 천박한 감수성이란 어디 음식뿐이겠는가. 맥도널드와 함께 시내 곳곳에는 KFC가 자주 눈에 띄었는데, 그곳의 메뉴에는 한국에 없는 죽들이 아침 식사로 팔리고 있었다. 그 역시 중국 인민의 생활에 맞게 변용된 것이리라. 숙취로 고달픈 중에도 문화의 유통이란 무엇인가를 고민하는 처지라니.

30위안이면 하루 종일 탈 수 있는 이층짜리 시티 투어 버스는, 이번 상하이 여행에서 가장 인상적인 것 중의 하나였다. 우리는 그것을 타고 무려 두 바퀴 반을 돌았는데, 처음엔 노선을 따라 상하이 시내를 유람하였고, 두 번째는 내리고 타기를 반복하면서 예원과 상하이 박물관, 그리고 미술관 등 몇몇 장소를 찾아다녔다. 체력이 바닥났는지 박물관에서 무척 지쳐 보였던 K는, 미술관에서는 활력을 되찾은 듯 그림들 앞에서 휴대폰 카메라의 셔터를 연신 눌러댔다. 역시 너무 먼 과거의 유물들보다는 화폭에 그려진 동시대의 삶이 우리에겐 더 인상 깊었던 것 같다.

상하이의 도심은 큰길 주변으로 제법 그럴듯한 건물들이 즐비하다. 그러나 그런 건물들로 외곽을 이루고 있는 도심 내부의 생활 공간은 완전히 다른 풍경을 보여준다. 세월의 때가 그대로 느껴지는 낡은 가옥들, 민망하게 널린 빨래들은 그 집의 살림살이를 짐작게 하고, 후텁지근한 날씨에 웃통을 벗고 있는 남자들, 한담을 나누며 시간을 보내는 늙은이들, 재잘거리며 뛰노는 아이들……. 이방인의 눈에 그것들은 그저 지저분하고 남루한 것으로 여겨질 수도 있겠지만, 우리들의 가난한 삶이란 원래 그렇게 난삽하게 펼쳐진 가재도구들처럼 꾀죄죄하고 후줄근한 것이 아닌가. 상하이를 무대로 펼쳐지는 이인화의 소설 『하비로』(2004)의 이 한 구절에 그 모든 풍경에 대한 인상이 적확하다. "사람과 사물 모두가 퀴퀴하고 구질구질하고 편안해 보였다."

미술관 관람을 끝으로 상하이 투어를 끝낸 우리는 그 주변 거리를 거닐다 다시 지하철을 타고 숙소로 되돌아왔다. 호텔 로비로 찾아온 이종민 교수와 구성철 형의 안내로 저녁을 먹기 위해 다시 밖으로 나섰다. 중국음식에 적응하지 못하고 있는 나를 위해 그날 저녁은 한국 음식점으로 데려가주었다. 소주에 고기를 구워먹으며 김치찌개에 밥을 먹으니 입도 마음도 흐뭇하다. 나의 이문화적 감수성이란 이렇게도 많이 편파적이었다. 그날도 어김없이 자리는 이차로 이어졌고, 구성철 형의 기숙사 로비에서 우리는 배달시킨 양꼬치에 칭다오 맥주를 마셨다. 물론 나는 양꼬치의 역한 냄새 때문에 전혀 먹지를 못했지만, 구성철 형이 공들여 끓여준 라면에 얼큰하게 소주를 마셨다.

여행이 끝날 때까지 그랬던 것처럼, K는 역시 3일째 되는 날에도 먼저 일어나 있었다. 창문 밖으로는 비가 촉촉하게 내리고 있었다. 편의점에 들러 대충 아침을 때우고는, 버스를 타고 루쉰 공원으로 갔다. 여행 첫날 프랑스인들이 조성했다는 어느 공원에 들렀을 때, 이종민 교수는 중국의 공원은 모두 노인공원이라는 농담을 했었다. 역시 루쉰 공원에도 곳곳에 노인들이 자리를 잡고 있었고, 음악에 맞추어 집단으로 춤을 추는 모습은 매우 인상적이었다. 넓은 공원을 거닐며 담소를 하다 보니 어느새 루쉰 묘지에 이르렀다. 소박했지만 그 앞에 서니 역사의 무게감이 느껴진다. 묘소를 참배하고 나서 어떤 감상에 젖었지만 이내 발걸음을 돌려 루쉰 기념관으로 향했다. 한국에도 많은 작가들의 기념관이 있지만, 작가의 삶과 문학적 일대기를 이렇게 잘 정리해놓은 곳은 드물다. 나중에 이종민 교수에게 전해들은 말로는, 최근에 기념관의 배치를 새롭게 해

루쉰의 혁명적 성격이 많이 약화되었다고 한다. 그전의 모습을 알 수 없으니 뭐라 할 수 없지만, 듣고 보니 일대기 위주의 전시물 배치가 조금은 단조로웠던 것 같다.

기념관을 나오니 비가 억수같이 쏟아지고 있었다. 공원 인근의 스타벅스에서 커피를 마시며 휴식을 취했다. K는 책을 읽고 나는 잠시 눈을 붙였다. 달콤한 휴식 뒤에 우리는 비 내리는 거리를 걸어서 옛날의 일본 조계지로 찾아갔다. 한국의 인사동에 비견할 수 있는 그곳에는 일본식 적산가옥과 고풍스런 건물들이 즐비했다. 몇 컷의 사진을 찍고 다시 서둘러 길을 나섰다. 택시를 타기 전 서점에 들러 오후에 만날 작가 왕안이의 소설『장한가』를 한 권 샀다.

호텔로 가서 젖은 옷을 갈아입고 푸단대로 향했다. 상하이를 배경으로 소설을 써온 왕안이는 장아이링의 뒤를 잇는 작가로 널리 알려져 있다. 곡절 많은 인생을 살았던 장아이링과는 달리 지금 왕안이는 푸단대 문예창작과의 교수로 자리를 잡았다. 이번 만남은 상하이 대학에 방문 교수로 와 있는 임춘성 교수와의 대담에 참석하기 위한 것이었다. 이종민 교수와 임춘성 교수, 그리고 대담의 정리와 한국어 번역을 맡은 유학생이 동석했다. 이 대담은 내가 편집위원으로 참여하고 있는 잡지에 실릴 것이었다. 우리는 인사를 나누었고, 잡지에 실을 사진을 몇 컷 찍고는 자리를 떠났다. 대담이 끝날 때까지 우리는 라운지에서 차를 마시며 한담을 나누었다. 대담이 끝나고 다시 임춘성 교수와 합류한 우리는 학교 근처의 음식점에서 이번 대담을 연결해준 상하이 대학교의 왕광둥 교수를 접대해 저녁 만찬을 가졌다. 향이 센 시앙차이도 먹어보고 냄새가 지독한 취두부도 먹었다. 편견을 버리고 마음을 열고 받아들이니 모든 음식들이 다 먹을 만했다. 결국 사람을 고통스럽게 하는 것은, 다른 무엇보다 세상을 편협하게 받아들이는 자기 안의 옹졸함이 아닐까. 이차는 유학생촌 앞의 노천에서 양꼬치에 맥주를 마셨다. 이 자리에서 나는 비로소 양꼬치 맛의 매력에 눈떴다. 양꼬치의 매콤함과 구운 마늘줄기의 담백함은 천상의 조합이었다. 깊은 밤 보슬보슬 비가 내리는데, 좋은 사람들과 시끄럽게 떠들며 이야기를 나누다 보니, 생활의 여러 시름들은 잠깐이나마 잊고 오직 그 시간에 몰입해 즐거움을 누릴 수 있었다.

벌써 4일째. 상하이 대학 현대문화연구소에서 이종민 교수의 발표가 예정되어 있었다. 점심시간에 맞추어 상하이 대학에 도착한 우리는, 전날 만났던 왕광동 교수의 환대로 근사한 점심식사를 대접받았다. 이제는 음식에 어느 정도 적응이 돼 황소개구리 요리마저도 무리 없이 받아들일 수 있었다. 그날 자리에는 『문화/과학』의 편집인인 강내희 교수가 함께했다. 그곳에 체류한 지 4개월째라고 한다. 그날 하루 짧은 시간 동안 나는 그에게서 좌파 지식인의 완고한 풍모를 느낄 수 있었다.

연구소의 젊은 연구원들이 속속 모여들자 이종민 교수의 발표가 시작되었다. 발제문인 「왕후이의 중국 개혁개방 서사에 대한 질의」는 중국의 비판적 지식인 왕후이의 사상적 변화의 의미를 되짚어보면서, 그 변화의 바른 방향에 대한 조언을 담고 있다. 왕후이가 중국 굴기의 성공 요인으로 꼽은 두 가지, 즉 개혁개방 이전의 사회주의 시기의 경험과 국가의 적극적 역할에 대한 언급은 격렬한 논란을 불러일으키기도 했는데, 이종민 교수는 그것이 왕후이의 사상적 전회가 아니라 일관된 논리라고 이해한다. 바로 그 지속되는 부분(개혁개방 서사)에 대한 근본적 사유를 통해, 이종민 교수는 몇 가지 의문을 제시하면서 최종적으로 왕후이가 구상하고 있는 인민민주주의 정치의 실현을 위해 필요한 대안을 제시하고 있다. 그 대안이란 '사회적 통합을 정치적 수단으로 재창조'하는 셰리 버먼식의 사회민주주의의 길이다. 쉽게 말해 이종민 교수는 북유럽식의 사회민주주의적 복지국가 모델을 대안으로 제시했다. 토론을 맡은 연구원은 발표시간보다 긴 토론으로 모두를 깜짝 놀라게 했는데, 그 무례한 열정은 중국어를 전혀 이해할 수 없는 나에게도 아주 뜨겁게 전해졌다. 칭화대에서 왕후이의 지도로 석사학위를 받았다는 그 토론자는 이종민 교수가 왕후이의 논지를 오독하고 있다고 비판했다.

그날 행사에 참석했던 젊은 연구원들과의 뒤풀이는 대단히 유쾌했다. 특히 낮에 왕광둥 교수가 선물한 수정방을 꺼냈을 때는 그야말로 열광의 도가니였다. 강내희 교수는 탁월한 술꾼이었고 이종민 교수는 엄청난 술꾼이었다. 연일의 음주강행으로 피로를 풀지 못했던 나는 자작을 자제하며 젊은 연구원들의 건배 제의에 답례하는 술잔만 기울였다. 그날의 술자리는 말이 통하지 않아도 충분히 흥겹고 신명이 나는 자리였다. 열정적인 토론을 보여주었던 친구와는 연락처를 주고받으며 차후를 기약할 만큼 정다운 교감을 나누었다.

자리를 옮겨 우리는 이차로 상하이대학 개천가의 노천 술집에서 양꼬치에 술을 마셨다. 강내희 교수는 흥에 겨워 가곡을 불렀고 모두들 즐거워했다. 분위기가 차분해지자 진지한 이야기들도 오갔는데, 강내희 교수는 이종민 교수의 발표에서 사민주의를 대안으로 제시한 부분에 대하여 강력하게 비판했다. 선생은 격앙된 어조로 "사민주의는 가능한 것이 아니야!"라고 단정적으로 말하는 것이었다. 사실 발제에서 이종민 교수는 왕후이에게 중국 사회주의에 대한 원리주의적 접근을 지양할 것을 제언하고 있다. 그러므로 이종민 교수의 입장에서 보자면 강내희 교수의 비판은 사민주의를 수정주의로 보는 지극히 원리주의적 입장에 다름없는 것이었을지도 모른다. 어쨌든 강내희 교수의 그 단호함은 한국의 좌파 지식인 내부에서 오래도록 이어져왔던 그 격렬한 논쟁의 어떤 예민한 문제성을 환기시켜주었다.

흥이 깊었는지 그날은 이차에 만족하지 못하고 술자리는 삼차로 이어졌다. 드디어 나는 지쳤고, 자리를 피해 혼자 바람을 쐬며 개천 거리를 거닐었다. 다시 자리로 돌아왔을 땐 강내희 교수가 민요를 부르고 있었는데, 특유의 소리 꺾임이 구성지게 들렸다. 모두들 웬만하게 지쳐 술자리가 파하고 우리는 다시 숙소로 돌아왔다. 양꼬치에 맥주를 외치는 이종민 교수를 뒤로하고 우리는 호텔로 갔다. 상하이에서의 마지막 밤, K는 "마지막인데 맥주 한잔 해야지요?"라면서 편의점에서 맥주 두 캔을 사 들고 숙소로 올라갔다. 그리고 이런저런 이야기들.

여행 내내 K는 출판사에 대한 생각들로 쉴 틈이 없었다. 젊은 연구자들과 함께했던 마지막 날 밤은 지난 시절을 더듬어 젊은 날의 자기를 추억하는 듯했다. 늘 같은 패턴으로 되풀이되던 지겨운 일상을 벗어나 새로운 풍물과 사람을 만날 수 있었던 짧은 여행의 시간들, 그것은 말 그대로 짧은 시간이었지만 모처럼의 해방감 속에서 유유자적한 날들이었다. 그러나 이 여행이 끝나더라도 K의 고뇌는 계속될 것이고, 나도 역시 세속의 어떤 어려움들로 자주 외로울 것이다. 대사동 백탑 주변에 모여 살았던 이덕무와 박제가, 아홉 살의 나이 차이에도 그들은 깊은 우정을 나눈 벗이었으며, 함께 그 먼 연경을 다녀오기도 했다. 그들은 이따금 운종가의 시끌벅적한 시정을 유람할 만큼 세속의 인정에 관심이 많았다. 나보다 열 살이 많은 K는 책을 만드는 사람이고 나는 책을 읽고 글을 쓰는 사람이다. 우리는 책을 좋아하고, 그렇게 공통의 밑변 위에서 만나다 보니, 어느새 이처럼 나이 따위에는 무관한 벗이 되었다. 우리의 짧은 여행을 고난이라고 할 만한 그들의 여정에 빗대는 것이 무리인 줄 알지만, 이덕무와 박제가의 연경행은 과연 어떠했을까. 그들의 삶은 그 고단한 여정 이후 어떻게 달라졌을까. K와 나에게 이 여행은 무엇이었을까. 귀국과 함께 다시 돌아온 일상은, 이런 질문들을 무색하게 할 만큼 변한 것이 하나 없었다. 하지만 이 가혹한 시간들 속에서 이따금 상하이의 밤을 떠올린다면, 나는 조용하게 흐뭇한 미소를 지을 수 있을 것 같다.

사상의 실감을 공감한다는 것

—동아시아 혁명사상 포럼

　　한국문화연구학회 아시아문화연구분과가 주관하고 성공회대 동아시아연구소와 상하이대 중국당대문화연구센터를 비롯한 관련 연구소들이 공동으로 주최한 제1회 동아시아 혁명사상 포럼은 성 공회대에서 아침 10시부터 시작된다고 했다. K와 나는 경성대 중문과의 이종민 교수와 함께 부산역에서 아침 6시 기차로 출발하기로 되어 있었다. 이번 포럼은 외관상으론 학회 차원의 학술행사인 것처럼 보였지만, 실은 지난해 7월 상하이에서 있었던 상하이대학의 당대문화연구센터와 『문화/과학』의 지적 교류에서 비롯된 것이었다. 작년 그 무렵 K와 나는 이종민 교수와 함께 상하이에서 그 교류의 언저리에 같이 있었다. 그때 상하이대에 머무르고 있던 목포대의 임춘성 교수는 푸단대의 왕안이를 비롯해 상하이대의 왕샤오밍과 대담하고 그것을 내가 간여하고 있는 잡지에 전재했다. 임춘성 교수의 호의로 우리들은 상하이대의 왕광둥 교수를 소개받고 당대문화연구센터의 세미나에 초대를 받기도 했다. 바로 그 자리에서 『문화/과학』의 주간인 강내희 교수와도 함께하게 되었던 것이다. 그때 치열했던 세미나와 이후 뒤풀이의 시간은 벌써 정겨웠던 추억으로 아련하다.

6시 기차는 무리였다. 나는 아예 밤을 꼬박 새우고 역으로 갔다. 출발 10분 전임에도 K는 나타나지 않았다. 전화를 걸었더니 아직 집이라고 했다. 하는 수 없이 혼자 탑승을 해서 앉아 있으니 이 교수가 객실로 들어온다. 인사를 나누고는 이내 잠이 쏟아졌고, 차창 밖의 풍경이야 어떻든 금세 잠이 들고 말았다. 서울역에 도착할 무렵 잠이 깨어 휴대전화를 확인해보니 7시 기차로 뒤늦게 출발한다는 K의 메시지가 남겨져 있었다. 이 교수와 나는 피곤함이 묻어 있는 초췌한 모습으로 서로 별말 없이 고즈넉하게 성공회대를 찾아갔다. 서울 외각에 위치한 성공회대는 아담하고 소탈했다. 교내로 들어서자 당장 눈에 들어온 것은 동일노동에 동일임금을 요구하는 비정규직 강사들의 플래카드였다. 널리 알려져 있는 진보적인 사학임에도 강사의 처우는 다른 대학들과 마찬가지로 열악한 모양이다. 교내의 카페 테라스에는 임춘성 교수와 왕샤오밍 교수를 비롯한 포럼 참가자들이 먼저 와서 환담을 나누고 있었다. 작년 상하이대의 세미나에서 깊은 인상을 남겼던 저우잔안 선생도 와 있었고 우리는 반갑게 인사를 나누었다. 시작부터 분위기는 화기애애했다.

학술대회장인 미가엘관으로 자리를 옮겨 적당한 위치에 자리를 잡고 앉았다. 임춘성 교수가 나서서 포럼의 취지와 진행 방법을 알려주고 있는데 옆에 있던 이 교수가 손짓을 한다. 문 쪽을 보니 K가 숨을 헐떡이며 들어오고 있었다. K는 멋쩍게 웃으며 내 뒷자리로 와서 앉았다. 곧이어 의례적인 개회사와 축사들이 이어졌고, 드디어 첫 발표자로 나선 심광현 교수가 단상의 자리에 앉았다.

심 교수의 발제문은 「20세기 혁명의 변증법적 리듬 분석」. 토론자였던 정성진 교수의 말마따나 대단히 광대한 주제의 논문이다. 그는 강내희 교수와 함께 20여 년이 넘게 『문화/과학』을 이끌어온 대표적인 국내 마르크스주의자의 한 사람이 아닌가. 그에게 혁명의 역사는 "수많은 성공과 실패들로 점철된 다층적인 리듬들이 과거와 미래로 연결되어 중첩적으로 열려 있는 변증법적 과정"으로 이해되고 있는데, 여기서 '리듬'이란 기실 기존의 좌파 경제학에서 논의되어온 '주기'와 맞닿아 있는 개념으로, 최근에 국역본이 나온 앙리 르페브르의 『리듬분석』(2013)에 착안한 것이었다. 그러니까 이행의 과정으로 펼쳐지는 자본주의의 역사는 '반복'과 '차이'로 드러나는 일정한 '리듬'으로 파악될 수 있다는 것이다. 브로델과 월러스틴을 비롯해 조반니 아리기나 가라타니 고진과 같은 좌파 경제학자들의 논쟁적인 분석들이 이 같은 '주기'의 모델을 따르고 있음을 우리는 이미 알고 있다. 심 교수는 바로 그 자본주의의 이행 과정으로서 혁명적 리듬을 러시아와 중국의 사례를 통해 검토하고 있다. '전쟁/혁명→개혁(1)→독재(A)→개혁(2)→봉기/독재(B)→개혁(3)→봉기/독재(C)→체제 전환'에 이르는 차이와 반복의 과정은 두 사례 모두에서 발견되는 리듬의 도식이다. 두 사례의 결정적인 차이는 마지막 과정인 '체제 전환'에서 두드러진다. 체제 전환의 기점인 1992년에 이르러 "당내 개혁파의 힘이 커진 가운데 아래로부터 활성화된 대중봉기가 결합"된 형태로 체제의 전환이 이루어진 것이 러시아의 경우라면, "중국은 같은 시기 동안 천안문에서의 대중 봉기를 당내 보수파가 강경진압하면서 억압적 권력구조의 변화 없이 오직 '위로부터 자본주의로 이행'하게 되었다"는 것이다. 이로써 현실 사회주의의 몰락이라는 역사적 과정의 이해로부터, 2008년 미국의 금융위기를 통해 노출된 자본주의의 위기를 돌파할 사상적 자원을 도출하려는 이 논문의 의도는 분명해진다.

현 체제의 모순을 수리하고 넘어갈 것이냐 아니면 아예 판을 갈아치울 것이냐, 바로 그 논쟁의 핵심을 그는 '개혁과 혁명'으로 수렴하면서, 이 논쟁적 선택의 기로에서 내전이나 전쟁을 마주하게 된다고 했다. 내전이나 전쟁이라는 비상사태는 개혁과 혁명을 양자택일의 문제가 아니라, 그 둘이 서로 절합하는 연속적인 통일체로 이해하게 한다. "따라서 개혁과 혁명은 비대칭적이며, 혁명은 누적된 개혁(의 좌절)의 임계점에서 발생한다고 할 수 있을 것이다." 그는 알튀세르의 생각에 따라 '제약'하는 토대와 '재생산'하는 상부구조, 그리고 이 둘이 서로 맞물린 생산현장이라는 여러 심급이 중층적으로 결정하는 개혁-혁명-전쟁이라는 연속체의 리듬을 자본주의의 역사로 탐구한다.

그렇다면 21세기의 이행은 어떤 리듬의 분절들로 펼쳐질 수 있을까. 그의 설명에 따르면 지금까지의 자본주의는 "포섭되지 않았던 외부 세계의 자연과 노동력을 포섭"함으로써 '창조적 파괴를 통한 혁신'이라는 지속 가능한 리듬을 만들어냈지만, 이제는 더 이상 포섭할 수 있는 외부가 존재하지 않기 때문에 '수탈에 의한 축적'은 불가능하다. 따라서 자본은 이 불가능한 축적을 가능케 하기 위해 내부에서 새로운 외부를 만들어내는 신자유주의적 '내부의 외부화'로 끈질기게 버티고 있다. 따라서 이에 대응하기 위한 노동의 전략으로는 일국 차원의 혁명을 넘어 '세계적 차원에서 아래로부터의 사회주의 혁명'이라는 테제 외에는 상상할 수 없다는 것이다. 20세기의 공산주의 혁명이 실패할 수밖에 없었던 것은 "생산력과 혁명적 대중의 형성이라는 두 가지 물질적 요소를 '동시에' 갖추지 못했기 때문"이었다. 그러므로 실패 속에서 돌파하기 위해서는 역시 마르크스주의로의 복귀만이 대안이 될 수밖에 없다는 것. 그것은 "사회적 과정을 사회문화적인 힘들의 연결을 통해서 헤게모니들 간의 역동적 경합이 발생하는 수평적 과정"으로 역사적 과정의 리듬을 새롭게 포착하는 것으로부터 시작될 수 있다. 그리고 수직적인 축으로 엄존하는 문화적 전통과 권력양식/통치양식들의 제도로 작동하는 현실태에도 불구하고 "횡적으로 연결된 복잡한 시공간적인 활동들의 복잡하고 역동적인 네트워크가 현실화되어야 할 잠재태로서 실재"하기 때문에 우리는 혁명적 이행의 시간을 상상할 수 있다. 그렇다면 20세기의 혁명들이 놓친 그 수평적 잠재력의 복잡한 동학을 복원하여 활성화하는 것이야말로 이행의 중대한 조건이며, 바로 그 중심에 '문화'에 대한 '과학'적 이해가 가로놓여 있다.

심광현 교수의 발제는 『문화/과학』의 사상적 기반에 대한 방대한 정리로 여겨졌다. 이에 대해 토론자로 나선 정성진 교수의 반론은 무척 흥미로웠다. 그는 먼저 '혁명의 리듬 분석'을 위해 알튀세르와 발리바르는 물론이고 르페브르의 이론들을 난삽하게 인용한 근거가 무엇인지 따지면서, 이미 그런 논의의 거점은 고전 마르크스의 문헌에서도 얼마든지 구할 수 있는 것이라고 지적했다. 그러나 무엇보다 그의 비판의 요지는 러시아와 중국의 혁명을 실패한 혁명으로 규정하는 것이다. 심광현 교수와는 달리 그에게 러시아와 중국은 사회주의가 아니라 국가자본주의로 파악되고 있다. 그러므로 그 실패는 사회주의의 실패가 아니라 국가자본주의의 실패다. 뒤에 이어지는 질문들은 트로츠키주의자로서의 정성진 교수의 면모를 선명하게 드러냈다. 혁명과 개혁을 구분하지 않을 때 개혁주의로 수렴될 수 있는 위험성을 지적한다거나, 트로츠키의 '불균등결합발전론'을 근거로 이미 1917년의 러시아 혁명기에 공산주의를 위한 세계적 규모의 생산력이 존재했다는 '세계혁명론'의 관점을 통해, 20세기 혁명을 일국사회주의로 해석하는 오류를 비판했다. 그리고 혁명의 전제조건으로 '생산력 발전'과 '혁명적 대중의 형성'을 들고 있는 데 대해서는 '혁명정당'이라는 조건의 결락을 꼬집는다. 그러니까 공산주의 발전에 대한 레닌의 기여를 무시했다는 것이다. 또 혁명의 실천으로서 '수평적 잠재력'과 '문화적 실천'을 제시하고 있는 데 대해서는, 그것이 "자본주의 국가 분쇄 소멸 과제를 부정하거나 부차화하는 것이라면 이는 고전 마르크스주의라기보다는 자율주의일 것"이라고 지적했다.

오늘날 한국에서 마르크스주의가 대단히 이론적이고 따라서 수사적인 '담론'으로 이용되고 있다는 인상을 자주 받아온 나로서는, 정진성 교수의 토론문에 크게 공감이 갔다. 그는 고전 마르크스주의의 자리에서 이론에 대한 발본적 해석의 중요성을 새삼 강조하고 있었다. 그것은 이론들의 요란한 혼합과, 성찰 없는 수사를 동원한 마르크스에 대한 어떤 오독의 조류에 대한 저항으로 생각되었다. 아마도 이날 서울행의 가장 뜻깊은 대목은 정성진 교수와의 만남이라고 할 수 있을 것이다. 휴식 시간에 그리고 점심을 같이하면서, 나는 그의 말과 행동에서 섬세하면서도 강직한 성품을 느꼈다. 그 짧은 만남의 시간 동안 그는 시종 진지하고 치열했던 것 같다. 마르크스주의에 신들린 인간이란 과연 저런 모습인가, 라는 생각이 들 정도로 대화의 모든 세목들은 마르크스와 관련된 것이었다.

두 번째 발표는 왕샤오밍 교수의 「현대 초기 사상과 중국혁명」이라는 글인데, 이 발제문은 이번 행사를 위해 따로 작성된 것이 아니라 그가 엮은 『중국현대사상문선』의 서문을 다시 정리한 것이다. 이 글은 그다지 흥미로운 것은 아니었다. 차라리 발제문에서 벗어난 그의 이야기에서 지금 '당대문화연구센터'에서 진행하고 있는 작업들의 의미를 찾아볼 수 있었다. 그에 따르면 지금은 일종의 이행기로서 인류가 어디로 갈 것인지, 또 중국이 어디로 갈 것인지를 모색해야 하는 암중모색의 시기다. 여기서 주류적인 답안은 미국식이나 싱가폴식 아니면 50년대의 마오쩌둥의 길을 제시하지만, 그는 이런 것에 전혀 매력을 느낄 수가 없다고 했다. 바로 그 고민의 자리에 상하이대의 당대문화연구센터가 있다는 것, 그러니까 새로운 대안의 모색으로서 사상적, 정신적 자원을 발굴하는 것이 그들의 주요 작업이라는 것이다. 그는 중국적 대안이 미국적 대안을 대체할 수 있다면 좋겠다는 바람을 고백하기도 했는데, 첫 번째 토론자로 나선 조희연 교수의 토론은 좀 미안한 말이지만 여전히 운동권적 논리에서 벗어나지 못한 거친 말들이었다. 두 번째 토론자인 이종민 교수는 본인이 생각하는 대안으로 중국이 북유럽식의 복지국가 모델을 전유할 필요성에 대해서 이야기했다. 충칭사건을 바라보는 왕후이의 시각을 비판하면서, 북유럽 식의 복지국가론을 제기하는 이종민 교수의 논지는 『오늘의문예비평』(90호)에 기고한 글이나 지난번 상하이대학에서의 발제를 통해 이미 자세하게 알고 있는 것이었다.

　　두 개의 발표가 끝나고 한 시간의 점심시간이 주어졌다. 점심으로 제공된 도시락으로 허기를 채우고 포럼에 참가한 여러 분들과 인사를 나누었다. 상하이에서 함께했던 강내희 교수를 비롯해 익살과 유머로 내내 명랑했던 문학평론가 이재현 선생, 그리고 인류학 전공자로 말레이시아를 연구하고 있는 목포대의 홍석준 교수 등과 서로 인사를 나누었다. 정진성 교수와는 좀 더 뜻깊은 이야기들을 나눌 수 있었는데, 이번 7월에 중국의 마르크스주의자 장이빈 선생을 경상대에 초청했다는 것과, 그분과의 대담을 내가 편집위원으로 참여하고 있는 잡지에 수록하는 문제를 논의했다.

  세 번째 발제는 저우잔안 선생의 「중국 공산혁명의 내재적 원리」로 "'역행철학'에 대한 1940년대 옌안철학계의 비판 및 '유물론' 사상에 대한 새로운 해석을 중심으로"라는 부제를 달고 있었다. 밤을 새우고 온 데다 식후라서 졸음을 견딜 수가 없었다. 나와 거의 동년배로 보이는 저우잔안 선생은 이미 지난해 상하이대의 세미나에서 강렬한 인상을 남긴 분이었다. 그때 그는 이종민 교수의 발제에 대해, 그보다 훨씬 긴 분량의 토론문으로 청중을 경악게 했던 것이다. 쩌렁쩌렁한 그의 목소리가 실내에 울려 퍼질 때 통역기로 들리는 통역사들의 나긋나긋한 한국어는 묘한 콘트라스트를 이루며 내 의식을 마비시키고 있었다. 비몽사몽 간에 들었지만 그 요점을 정리한다면, 장제스가 주창한 '力行哲學'이 쑨중산의 '知難行易' 사상을 계승한 것이며 그것이 공산혁명에 대한 배척의 논리라는 것, 그리고 중국공산당사에서 중요한 장소로 기억되는 연안의 철학계가 지와 행을 분리한 역행철학을 비판하는 과정을 통해 그들의 '유물론'을 정립해나간 소이를 해명하고 있다. 주목할 만한 것은 그 과정을 마키아벨리에 대한 알튀세르의 분석에 대응시키고 있다는 점이었다. 지와 행을 갈라놓고 지를 강조한 역행철학의 관념론에 연안철학계가 실천을 강조한 유물론으로 대항했다는 것이며, 이 대항의 과정이 곧 마르크스주의의 중국화를 통해 새로운 이론의 공간과 혁명의 공간을 열어가는 것이었다는 말이다. 이분법적 틀을 근간으로 펼쳐진 그 논의가 중국의 사정을 얼마나 잘 설명하고 있는지 알 수 없었기에 발표는 지루하기만 했다.

네 번째 발제는 백원담 교수의 「1980년대 한국문화운동의 사상적 기초 서설」이었는데 자료집에 실린 글은 미완이었고, 그래서 별도의 발제문 대신 PPT로 발표가 이루어졌다. 이론적이라기보다는 진보운동에 참여했던 운동가로서의 실감이 반영된 경험담에 가까운 이야기들이었다. 실감에 바탕을 둔 것이기에 흥미로웠지만, 그 이야기들은 역시 그 열렬한 정념에 비할 때 논리적으로는 너무 투박했다. 조희연 교수에게서도 받은 인상이었지만 백원담 교수의 발제도 역시 반체제적인 운동권의 현실에 대한 울분으로 가득 차 있었다. 사적인 기억과 공적인 경험들이 혼재하면서 감정을 투명하게 노출하는 그녀의 발언들은 진솔하게 다가왔고, 또 그래서 인간적 매력을 느낄 수 있었지만, 그럼에도 이것 아니면 저것이라는 선명한 분법의 논리는 80년대의 어떤 도식적인 도덕률에서 여전히 벗어나지 못하고 있는 것처럼 보였다.

마지막 발제는 강내희 교수의 「혁명사상 전통 계승으로서의 1990년대 한국의 문화연구」였다. 이 발제문 역시 심광현 교수의 발제문과 마찬가지로 『문화/과학』이라는 저널의 사상적 지평을 이해할 수 있게 해준 글이다. 그의 발제는 현실사회주의의 붕괴와 소비자본주의의 전면화라는 당시의 정황 속에서, 퇴보하고 있던 진보적 사상의 대안적 모색으로 시작된 문화연구의 의의를 정리하고 있다. 포스트 담론의 대두와 함께 알튀세르 저작의 소개는 80년대 사회과학과 변혁이론의 쇠퇴의 한 증후이며, 그것이 '박래품'의 형식으로 이입된 것은 자생적인 지식생산의 기반이 구축되지 못한 이론적 후진성의 반증이라는 것. 물론 그런 식의 '이론'에 대한 욕구는 동시에 급변하는 현실에 대한 이해의 갈망을 표현하는 것이기도 했다. 그의 발제는 1990년대 이후의 혁명적 이론의 전개에 대한 고찰을 경유하면서 문화연구의 그런 좌파적 지향이란, 실은 식민지기와 냉전기를 거쳐 발아했던 한국의 혁명사상 전통에 이어져 있다는 것으로 정리되었다. 전통과의 절합에 대한 그의 설명이 작위적이라는 생각이 들었지만, 한 시대의 진보적 사상 담론을 체계화했다는 의의는 인정할 수 있을 것 같다. 그럼에도 물론 그런 식의 '정리'가 갖는 어떤 단순화 내지는 정합화의 문제에 대해서는 긴장을 늦추어서는 안 되겠지만.

강내희 선생은 그 발제보다도 다른 차원에서 아주 깊은 인상을 남겨주었다. 영문학자인 그가 이번 포럼에서 왕샤오밍 교수의 중국어 발제문을 번역했다는 사실. 동아시아 지식인들의 사상적 교류에서 진정으로 중요한 것이 무엇인지를 생각하게 만드는 대목이다. 서로에 대한 이해의 지평을 넓혀나가기 위해서는 그런 식의 물리적 노고가 반드시 필요한 것이 아닐까. 환갑을 넘긴 나이에 다른 언어를 습득하는 학인으로서의 그 태도는 매우 소중한 것이라 하겠다.

발표가 모두 끝나고 종합토론 시간. 대체로 학술대회의 종합토론은 약식으로 치러지는 것이 현실이지만, 임춘성 교수의 주관하에 이루어진 토론은 또 다른 차원의 진지함을 느끼게 해주었다. 대학 측에 출국을 위한 서류 보고를 하면서, 포럼의 제목에 실수로 '사상'을 빼고 '동아시아 혁명포럼'이라고 했다가 불허 통보를 받았다는 것. 결국 제목을 바로잡고 나서야 출국 허가를 받을 수 있었다는 왕샤오밍 교수의 에피소드는 허허로운 웃음 속에서 많은 생각을 하게 만들었다. 한국과 중국의 지식인들이 만나 서로 자기가 속한 문화적 전통의 지반 위에서 혁명적 사상을 논의하는 일은, 그저 사상적 담론의 차원에 머무르지 않고 현실적 제약들과의 고투 속에서 이루어지는 고단한 협업이다.

발표대회가 끝나고 성공회대 동아시아연구소 20주년 기념행사를 겸한 만찬이 이어졌다. 뷔페식으로 꾸며진 교내 카페에서의 저녁 식사는 적당하게 소란스러웠고 그래서 더 유쾌했다. K와 나는 이종민 교수와 한 테이블에 앉아 와인을 무려 세 병이나 해치워버렸다. 1박을 생각했던 우리들은 적당히 취기가 돌자 심란해져서 바쁘게 역으로 향했다. 밤 10시 기차가 있었지만 도착했을 땐 이미 출발 3, 4분 전이었다. 11시 기차의 표를 끊어두고 우리는 역 앞의 포장마차에 이어 순댓국집으로 이차에 걸쳐 소주 세 병을 마시고 말았다. 아마도 짧은 시간의 애틋함이 술맛을 좋게 했던 것 같다. 기차를 타고 나서도 맥주를 사서 마셨고, 도중에 나는 곯아떨어졌지만 두 분은 그 후에도 계속 마셨던 것 같다. 부산에 도착하니 새벽 2시가 가까운 시간이었지만 역 앞의 어느 음식점에서 소주 한 병을 나눠 마시고 나서야 마지막의 그 아쉬움을 달래고 각자의 집으로 돌아갈 수 있었다. 당일치기의 짧은 시간이었지만 어느 하루보다도 긴 여운이 남는 여행이었다. 그 짧은 시간 동안 우리는 왜 그렇게 많은 술을 마셔야만 했던 것일까. 채워지지 않는 마음의 공백이 있었기 때문일까. 그날 하루 동안 우리가 들었던 그 엄청난 언어들이란 개인적 일상의 실존을 범람하는 그 무엇이 아니었을까. 우리는 아마도 그 말들에 놀라 서울에 더 오래 머무를 수 없었던 것일지도 모른다. 마치 도망이라도 치듯 그렇게 우리들은 취기 속으로 빠져든 것이 아닐까. 도대체 사상이란 무엇인가.

중국의 마르크스주의

—난징대의 장이빈 교수

      삶의 리듬은 우연의 파동으로 경쾌할 때가 있다. 한 번의 만남이 또 다른 만남들의 연쇄로 이어질 때, 나는 그 만남들 속에서 또 다른 내가 되어 끝없이 변이하는 것 같다. 그러므로 나는 조금 성가시고 피로하더라도 자꾸 또 누군가를 만날 수밖에 없는 것이다. 사람이 자기 홀로 고고할 수 없는 이치가 아마 이런 이유 때문일까. 어쩌면 K는 나에게 있어 그 숱한 만남들의 변곡점이며, 그리하여 탈주의 길을 생성시키는 터미널일지도 모르겠다. 그와 함께했던 숱한 만남의 여로들은 인연의 고리로 무르익어 어느새 또 다른 만남의 길을 열어놓는다.

      지난번 성공회대의 '동아시아 혁명사상포럼'에서 만났던 경상대의 정성진 교수와는 난징대 장이빈 교수의 방한과 관련하여 그 이후 두어 차례 메일을 주고받았다. 그분이 중국 마르크스주의의 현황을 대표한다고 할 수는 없겠지만, 서구의 급진적 사상들을 적극적으로 수용해온 그의 사상적 이력이 자못 흥미를 불러일으켰다. 이전에 한국을 방문했던 그는 마르크스의 문헌학에 정통한 정문길 교수의 저작을 중국에 소개하는 데 간여하기도 했고, 지금도 서구의 마르크스주의자들을 초청해 적극적인 학술 교류를 추진해오고 있다. 그의 이력을 살펴보건대 마르크스주의는 그에게 무엇보다 학문이라는 지적 영위에 소속된 사상인 것처럼 보인다. 그것은 2010년 방한 당시 정문길 교수와의 대담에서 나온 그의 발언을 통해서 좀 더 분명하게 드러난다. "마르크스와 엥겔스는 구호만 외치는 혁명가가 아니라 과학으로 혁명을 설명한 사상가였다." 알튀세르가 그랬던 것처럼 마르크스주의가 '과학'이라면 당연히 그는 투사가 아니라 학자다.

약속된 그날, 차를 몰아 출판사로 가서 K와 그의 친구 L을 태우고는 곧장 진주로 향했다. 중부는 장마로 곤욕을 치르고 있었지만 여긴 무더위가 날로 기세를 더하고 있었다. 폭염 속에서도 차 안의 에어컨은 시원했다. 그것은 마치 잉여가치화의 공세 속에서도 그 공포를 망각하고 있는 우리들의 일상처럼 여겨졌다. 너른 평지에 터를 잡은 경상대의 캠퍼스는 방학을 맞아서인지 고즈넉하고 또 한편으론 폭염 탓인지 나른했다. 역시 이곳에서도 노동 조건에 항의하는 플래카드를 발견할 수 있었다. 비상사태가 일상이 되어버린 그 고즈넉하고 나른한 남부의 오후.

행사가 열리는 사회과학관으로 찾아가니 사회과학대학원의 이정구 교수가 우리를 맞았다. 어떤 사정 때문인지 행사는 지연되고 있었고, 나는 자리를 잡고 앉아 프런트에 놓여 있던 팸플릿을 펼쳐 보았다. 국립대학의 학제 안에서 정규 커리큘럼으로 마르크스주의 연구자들을 배출하는 정치경제학과 대학원을 소개하는 그 글에는 엄청난 자부심과 패기가 넘실거리고 있었다. "마르크스주의 연구와 교육에 특성화한 대학원 석·박사과정 개설은 우리나라에서는 물론 세계적으로도 사상 최초로 시도되는 것입니다. 물론 이는 전인 미답의 시도인 만큼 약간의 시행착오는 있을 수 있겠지만, 자본주의의 극복과 종말이라는 21세기 역사의 큰 흐름과 부합되는 것이기에 반드시 성공할 것이라고 자신합니다. (…) 저희 학과에서 양성된 마르크스주의 석·박사 연구인력은 현재 인문사회과학계를 지배하고 있는 부르주아 이데올로기에 맞서 이를 대체할 수 있는 대항헤게모니를 건설 확장하는 사업에 종사할 것입니다." 학과장을 맡고 있는 정성진 교수의 이 글에 이어 팸플릿에 소개된 전임교수와 초빙교수의 면면을 살펴보니 그야말로 한국 마르크스주의 연구자들의 총집결이라 해도 무방할 것 같았다.

장이빈 교수의 강연문은 중문과 영문으로 제공되었고, 본 강연에서는 난징대 한국어과의 서여명 교수가 통역을 맡아주었다. 1956년 난징에서 태어나 1981년에 난징대 철학과를 졸업한 그는 베이징의 다이진화(1959년생)나 상하이의 왕샤오밍(1955년생)과 마찬가지로 1978년 개혁개방 이후의 학문적 풍토에서 성장한 세대라고 할 수 있겠다. 이들의 학문적 공통분모는 서구의 포스트 이론에 대한 적극적인 수용의 태도에서 찾을 수 있는데, 중국 당대의 문화연구로 나아간 왕샤오밍이나 다이진화와는 달리 장이빈 교수는 이른바 포스트 마르크스주의로 분류되는 서구의 마르크스주의에 대한 연구에 매진해왔다. 이번 강연의 제목 역시 '중국에서의 서구 마르크스주의 연구'였다. 강연에서 그는 학부 때부터 마르크스와 레닌의 저작은 물론 그들의 산재한 노트까지 찾아서 읽을 정도로 마르크스주의에 열정적이었다고 했다. 1982년 중국에서 서구 마르크스주의의 개념이 처음으로 알려진 이후 대략 30여 년 동안 전통적인 마르크스주의 연구는 많은 도전에 직면해야만 했다고 한다. 스탈린식의 교조적인 마르크스주의 연구가 주류였던 당시에 그는 루카치가 마르크스와 엥겔스와 레닌을 비판적으로 서술하는 것을 보고 경악할 수밖에 없었다고 했다. 이런 충격들과 함께 그의 공부는 마르크스주의의 고전적 저작에 대한 깊은 이해와 더불어 새로운 패러다임의 구축을 통해 마르크스를 다르게 읽는 것으로 깊어지게 된다.

전자기술이 인간의 삶을 지배하는 지금의 디지털 시대는 노동을 착취하는 형태에서도 많은 변화가 있었음을 지적하면서, 그는 새로운 마르크스주의의 관점 수립이 긴요한 과제임을 피력했다. 지난 30여 년간 중국으로 이입된 서구의 마르크스주의 연구는 바로 그 새로운 관점의 수립이라는 측면에서 중국의 사상계에 나름의 기여를 해왔다고 그는 평가한다.

개혁개방 이전의 중국공산당은 겉으로 소련공산당과 번번이 충돌하면서 갈등하는 듯한 모습이었지만, 중국 마르크스주의 연구의 실상은 전적으로 소련의 압도적인 영향력 아래에 있었다. 그와 같은 관변적인 연구 풍토를 반성하는 가운데, 1980년대 말에서 90년대 초에 이르는 시기는 소련식의 도식화된 마르크스주의로부터 벗어나, 다시 마르크스와 레닌으로 돌아가 새로운 패러다임을 생산하자는 목소리가 높았다. 그러니까 현실사회주의의 몰락과 함께 중국에서도 마르크스주의에 대한 새로운 패러다임의 창안이 긴급하게 요청되었던 것이다. 난징대의 '마르크스주의 사회이론 연구센터'는 바로 그런 학문적 요청에 응답하는 차원에서 20여 년 전에 설립되었다. 중국인의 눈으로 마르크스의 1차 문헌을 읽고 주체적인 이론의 토대를 건축하자는 것이 그들의 목표였으며, 1999년에 출간

된 장이빈의 처녀작 『마르크스로 돌아가자』는 바로 그런 맥락에서 국내외적으로도 엄청난 반향을 불러일으킨 문제작이다. 이 책에 대해 전 세계적으로 무려 500여 개의 리뷰가 제출되었다고 하니 그 반응의 열도를 충분히 짐작할 만하다. 그럼에도 그는 첫 저작에서부터 지금까지 학계와 정부로부터 여러 갈래의 비판을 받아왔노라고 담담하게 말해주었다. 그 같은 비판적 시각을 고려한다면 하이데거와 아도르노, 푸코와 라캉, 아감벤과 랑시에르를 비롯해 바디우와 지젝에 이르기까지, 서구 현대사상의 흐름에 민감한 그의 작업들은 여전히 중국 학계에서 비주류로 취급되고 있다는 생각이 들었다. 그러나 그는 '왜 마르크스주의자가 하이데거를 연구하는가?'와 같은 초보적 비판에 대하여, 1920년대 하이데거의 친필원고를 검토해보면 그 속에서 마르크스주의와의 깊은 관련성을 찾을 수 있다고 답하면서, 그것이 또한 서구의 좌파 이론가들에게 얼마나 중요한 사상적 좌표가 되어주었는가를 논증함으로써 그런 거친 비판들에 섬세하게 응대해왔다.

그에 따르면 루카치로부터 시작된 유럽의 마르크스주의 연구는 1968년에 이르러 일종의 단절을 맞이하는데, 그 단절을 사전에 예시한 것이 아도르노의 『부정의 변증법』(1966)이라고 한다. 봉건으로부터의 계몽을 이끌어낸 도구적 이성은 한편으로 자연의 정복에 이용되면서 근대성의 발전을 추동하는 수단으로서 인간을 도구화했다는 것. 그것은 인류 진보의 역사를 인간의 노예화로 치닫는 고난의 역사로 사유했던 1930년대 벤야민의 사상으로부터 영향을 받은 것이라는 것. 그리고 이와 같은 근대성 비판의 맹아는 사실 하이데거의 사상에서 찾을 수 있다는 것이다. 그러므로 하이데거에 젖

줄을 대고 벤야민에 이르러 깊이 영향 받았던 아도르노의 근대성 비판은 서구 포스트모더니즘의 기초가 되었다는 것이다. 아도르노의 마르크스 비판 이후 그러니까 1968년에 이르러 서유럽의 마르크스주의는 어떤 단절에 이르게 되는데, 1968년은 서구에서 마르크스주의가 절정에 달했던 시기이자 동시에 하향곡선으로 전환하는 기점이었다는 것. 68혁명 당시 "나는 아이들이 화염병으로 혁명을 실천할 수 있다고 생각하지 않는다"고 말했던 아도르노나, "구조는 거리로 나가지 않는다"고 했던 알튀세르는 모두 학생들로부터 불신받고 모욕당하였으며, 특히 랑시에르나 바디우와 같은 알튀세르의 제자들은 스승으로부터 등을 돌렸고 스승은 광기 속에서 스스로 목숨을 끊을 수밖에 없게 되었다는 것이다. 서구의 마르크스주의, 그러니까 포스트 마르크스주의는 이처럼 서구의 지성사에서 1968년 이후의 급진 좌파적 공간을 열었다. 랑시에르와 바디우는 점점 급좌적으로 선회하면서 마오주의로 기울었는데, 장이빈 교수는 포스트 마르크스주의와 마오주의의 결합이 어떻게 가능한 것인지 의아했다고 말했다. 물론 이런 의아함에 대해서는 뒤에 질의와 응답의 시간을 통해 자세한 설명을 얻을 수 있었다.

이날 강연을 통해 장이빈 교수가 우리들에게 제기했던 메시지는 결국 '오늘날의 상황에 맞게 마르크스주의를 어떻게 새롭게 사유해야 하는가?'라는 물음으로 정리될 수 있을 것 같다. 그는 그 답을 포스트 마르크스주의의 공부에서 찾고 있는 듯했다. 그의 공부는 생태학적 마르크스주의와 페미니즘적 마르크스주의를 포함한 포스트모더니즘적 마르크스주의, 그리고 프레드릭 제임슨과 테리 이글턴의 후기자본주의 비판에 이르기까지 광대한 영역으로 걸쳐 있었다. 특히 그는 2007년 난징대에 지젝을 초청해 나눈 대담에서 깊은 감명을 받은 듯했다. 카페인 없는 커피와 알코올 없는 맥주를 사례로 우리가 마시는 것은 커피와 맥주가 아니라 없음이라는 것 자체이며, 그런 의미에서 지젝은 '상품'이 아니라 보드리야르적인 의미에서의 '기호'를 소비하게 하는 현대자본주의의 새로운 착취형 식을 비판했다고 소개했다. 보드리야르의 정치경제학 비판에 대한 논문을 쓰기도 했던 그는, 우리를 실효적으로 지배하는 것이 물질 이 아니라 눈으로 확인할 수 있는 기호라는 그 주장에 다 동의하진 않지만 상당 부분 일리가 있다고 공감을 표했다.

장이빈 교수는 지젝과 관련한 흥미로운 에피소드를 들려주었 는데, 2004년에 처음으로 그의 책 『이데올로기의 숭고한 대상』을 읽고 이해가 되지 않아 세 번에 걸쳐 다시 읽었지만 여전히 이해가 되지 않더라는 것이다. 그는 그것이 라캉에 대한 이해의 부족 때문 이라고 생각해서 2년간 라캉을 공부하고 난 뒤에 『라캉 철학의 문 제성』을 집필했다고 한다. 자기의 공부 방법이 그렇다는 것인데, 그 는 지젝으로부터 랑시에르, 바디우와 함께 아감벤의 사상을 소개받 고는 역시 그 사상을 이해하기에 앞서 먼저 말년의 푸코 사상을 공 부하고 있노라고 했다. 환갑이 넘은 나이의 이런 학문적 열정은, 그 것이 마치 자기 자랑처럼 들리더라도 얼마든지 이해해줄 수가 있 는 것이다. 그리고 여담이긴 했지만 난징대를 방문할 당시에 지젝 은 중국에 대해 여러 좋은 인상들을 말했다고 하는데, 돌아가서는 중국에 대한 강도 높은 비판의 글을 여러 편에 걸쳐 발표해 당혹스 러웠다고 한다. 물론 우스개로 한 소리지만 그것은 아마 급속하게 자본주의로 변모하고 있는 중국의 현재 상황에 대한 비판을 지젝의

270

일화로 우회한 것이리라.

　강연이 끝나고 질의와 응답의 시간이 이어졌다. 포스트 마르크스주의에 경도된 장이빈 교수의 입론이란 고전 마르크스주의 연구자들의 입장에서는 일종의 개량주의로 받아들여질 수 있는, 어떤 면에서는 대단히 위험천만한 것으로 여겨질 수도 있다. 첫 번째 질문이 바로 그 점을 꼬집었는데, 이른바 가치이론에 대한 이견을 드러낸 것이었다. 고전 마르크스주의가 '생산'의 영역에 초점을 맞추어 착취(잉여가치화)를 비판한다면, 대체로 포스트 마르크스주의자들은 '소비'의 영역에 개입하는 잉여가치화에 주목하는 경향이 있기 때문이다. 이 질문에 장이빈 교수는 니콘 카메라(DSLR)를 예로 들며, 기능이 크게 나아지지 않았지만 사람들은 그래도 신모델의 출시를 기다렸다가 새 제품을 끊임없이 소비한다는 것이다. 현대의 소비자본주의 시대에는 제품의 기능이 문제가 아니라 새롭다는 것 자체에 대한 욕망이 중요하다는, 예의 그 지젝의 기호 소비론을 다시 설명했다. 그러나 어쩌면 이런 궁색한 대답 자체가 포스트 마르크스주의의 어떤 맹점을 암시하는 것일지도 모른다.

　서구 마르크스주의자들과 마오주의의 관계에 대한 두 번째 질문도 유익한 것이었다. 서구의 좌파 이론가들이 마오주의를 스탈린주의에 대한 대안으로 받아들이고 있는 것이 아닌가라는 질문. 장이빈 교수는 그 의견에 동의하면서 최근에 들어서야 중국의 학계에 이런 사실이 인식되고 있음을 지적했다. 1960년에 접어들어 소련의 집단수용소(굴락)가 서방의 좌파 지식인들에게 알려지면서 프랑스에서는 전체주의 논쟁이 벌어졌다. 특히 사르트르나 롤랑 바르트가 소련에 대한 환멸을 마오쩌둥에 대한 주목으로 극복하려 했다는 것. 그러나 그의 소개에 따르면 최근 롤랑 바르트의 중국일기가 중국어로 번역되었는데, 그 속에는 중국 방문 후 중국에 대해서도 환멸하게 되는 바르트의 모습이 생생하게 담겨 있다고 한다. 랑시에르와 바디우도 마오쩌둥에게서 사상적 자원을 발굴하려 했는데, 랑시에르는 스승인 알튀세르의 이론이 가진 난해성을 비판하고 대안을 모색하는 과정에서 마오의 인민주의에 주목했다. 그는 『프롤레타리아의 밤』을, 난해한 이론이 아닌 노동계급의 눈으로 보고 노동계급의 말로 표현해야 한다는 랑시에르의 그 마오적 입장이 반영된 저작으로 이해하고 있었다. 그리고 난징대에서 곧 번역되어 나올 랑시에르의 『철학자와 가난한 사람들』 역시 '가난한 사람들'을 이론의 대상으로만 인식하는 철학자들에 대한 비판이 담긴 저작이라고 소개했다.

강연은 특강 특유의 압축으로 밀도가 있었고, 질문자들의 질의 또한 국내 마르크스주의 연구의 산실답게 진지하고 예리했다. 장이빈 교수의 첫인상은 그 선한 눈빛으로 호감이 갔지만, 강연이 시작되고 정작 나를 빠져들게 한 것은 그의 단정하면서도 단호한 목소리와 말투였다. 배우고 생각할 것이 많은 강연이었지만 사실 그의 내용은 한국의 담론 지형에서는 너무도 익숙한 것이라 할 수 있다. 『레닌으로 돌아가자』(2007)를 펴내면서 지젝에게 리뷰를 부탁했을 때, 그는 지젝이 레닌을 사상가가 아닌 혁명가로 이해하고 있다는 것이 흥미로웠다고 했다. 이 말에서 나는 장이빈 교수의 마르크스주의 연구가 섣부른 혁명론이 아닌 투철한 혁명이론(과학)을 지향하고 있다고 느꼈다. 혁명과 이론의 함수관계, 학문으로서의 마르크스주의가 갖는 어떤 아포리아를 생각하면서 나는 내 공부의 향방에 대해 고뇌하지 않을 수 없었다.

　강연이 끝나고 나서 K와 나는 장이빈 교수와 인사를 나누고 내년에 당신과의 대담을 잡지에 싣고 싶다는 뜻을 전했다. 그는 의외로 흔쾌히 수락했지만 그 자리에서 세부적인 일정을 잡을 수는 없었다.● 그들은 경상대와의 MOU 체결로 일정이 바빴고, 우리도 더 지체할 수 없어 바로 진주를 떠났다. 돌아오는 차 안에서는 그날 강연에 대한 감상들로 서로 분분했다. 함안을 지날 때쯤 K에게 경성대 중문과의 이종민 교수로부터 연락이 왔다. 서울 출장을 마치고 이제 막 비행기로 출발하니까 김해공항으로 나와달라는 것. 엄청난 말의 성찬을 함께했지만, 그래서 더 마음이 허했던 우리는 공항에서 그와 접속하기로 했다. 도착 시간이 거의 같아서 다행히 오래 기다리지 않고 그를 차에 태울 수 있었다. 도대체 얼마나 마신 것인지 차 안은 삽시간에 술 냄새로 진동했다. 내가 사는 동네로 가는 길에 이종민 교수는 동아대 중국학과의 신흥철 교수를 불러냈다. 주차를 하고 우리는 저녁을 겸해 술을 마실 수 있는 곳으로 갔고, 얼마 안 있어 신흥철 교수가 도착했다. 대화의 주제는 역시 그날의 강연과 더불어 진보의 실천에 관한 것이었다.

　술이 몇 순배 돌자 이종민 교수의 얼굴은 급격하게 초췌해져 갔다. 심지어 그는 내일 아침에 가족들과 오사카로 여행을 떠나기로 되어 있었던 것. 결국 우리는 그를 보내고 서로 잘 알지도 못하

● 장이빈 교수는 2014년 10월 24일 제3차 한중마르크스주의연구자회의에 참석하기 위해 다시 경상대학교를 방문했다. 장이빈 교수는 이날의 약속을 잊지 않고 먼저 연락을 해왔다. 동아대학교 경제학과의 강신준 교수와 진행한 대담은 계간 〈오늘의문예비평〉(2014년 겨울호)에 수록되었다.

는 처지로 신홍철 교수와 덩그러니 남게 되었다. 그러나 그날 신홍철 교수와의 만남이야말로 우연의 파동이 리드미컬한 진정으로 유쾌한 시간이었다. 이종민 교수는 '대안이 없는 것은 진보가 아니다'라는 말을 남기고 유유히 사라졌지만, 그가 그날 술자리로 초대한 신홍철 교수의 이야기들은 진보는 '실천'으로써만 증명되는 가치라는 것을 실감하게 해주었다. 탄압의 고초 속에서도 저항을 포기하지 않았던 선생의 지난 시간들은 지금도 중단 없이 이어지고 있는 듯했다. 경상대에서 가졌던 마음속의 답답한 물음은 그의 단호한 말로 조금이나마 진정될 수 있었다. "자기 자리를 지키는 것이야말로 가장 중요한 실천입니다." 이 말이 어떤 계몽의 답안이라고 생각지 않는다. 그러나 다른 사람이 아닌 바로 그 분이, 그 시간 그 자리에서 그렇게 말했을 때, 우리 중의 어떤 누구도 그 말의 무게를 의심한 사람은 없었다. 진한 여운으로 남은 참으로 긴 하루였다.

대중의 취향

—'조정래『정글만리』의 중국읽기' 좌담회

얼마 전 서강대학교에서 열린 '한국중국현대문학학회'의 학술대회에 참석했다. 학제의 틀을 넘나드는 것이 이제는 당연한 것처럼 되었지만, 그럼에도 중문학 연구자들의 모임에 한국문학 연구자인 나를 초청한 것은 이례적이다. '모옌 문학, 어떻게 읽을 것인가'라는 제하의 1부가 의례적인 중문학회의 의제였다고 한다면, '조정래『정글만리』의 중국읽기' 좌담회라는 2부의 행사는 좀 특별한 시도라고 할 수 있었다. 당대의 한국문학 작품을 대상으로, 논문 발표와 그에 잇따른 토론이 아니라 좌담이라는 형식을 취한 것은 일종의 파격이다. 대체로 보수적인 아카데미즘의 풍토를 고려할 때, 이런 파격이 용인되는 것을 보면 이 학회의 어떤 성격을 대강이나마 가늠할 수 있다.

서울역에서 택시를 타고 서강대 정문에 내렸다. 행사장인 가브리엘관은 정문에서 바로 정면에 있었다. 좀 이른 도착이라 대회장에 들어서니 자리는 거의 비어 있었고, 행사를 준비하는 조교들만이 바쁘게 움직이고 있다. 로비에서 차를 마시며 기다리고 있는데, 학회의 회장인 유세종 교수가 반기며 인사를 건넨다. 초면이었지만

275

아마도 목에 걸린 이름표를 보고 먼저 다가온 것이리라. 선생은 새로운 루쉰 전집 번역을 이끌고 있는, 국내의 저명한 루쉰 연구자 중 한 분이다. 언젠가 이종민 교수와 함께 중문학자인 서광덕 선생과, 동양철학 연구자인 강중기 선생과 동석했던 술자리가 있었다. 제법 늦은 시간이었음에도 그들은 술이 거나하게 취해서 유세종 선생에게 전화를 걸었다. 마치 친누이 대하듯 정담을 나누던 모습이 인상적이었다. 그리고 그날 알게 되었지만, 상하이에서 인연을 맺었던 목포대의 임춘성 교수와는 부부지간이라고 했다. 젊은 날 선후배로 함께 공부하던 그 우정이 머리가 희끗한 지금에까지 더 깊이 이어지고 있는 그들의 모습은 보는 사람을 흐뭇하게 했다.

그날 학회에는 한때 이 학회를 이끌었던 김시준 선생이 팔순에 가까운 고령의 몸으로 처음부터 끝까지 자리를 지켰다. 국내 중문학계의 1세대 연구자라고 할 수 있는 선생의 번역으로 나는 루쉰의 소설들을 읽었다. 행사가 끝날 무렵, 선생이 조정래 작가의 루쉰문학상 시상을 위해 방한했던 루쉰의 아들에 관한 에피소드를 들려주었을 때, 나는 이 학회가 엄숙함 따위와는 거리가 먼 대단히 친밀한 학술적 연대의 자리라는 것을 실감할 수 있었다. 물론 이런 감상은 진정으로 그 내부로 진입하지 못한 자의 곡해일지도 모른다. 그럼에도 뒤풀이의 늦은 술자리에까지 이어지던 그 어떤 정취 속에서, 나는 그저 고독한 외부자로만 물러나 있을 수 없었다. 주흥과 주정 속의 반김과 즐김이 뒤엉킨 가운데, 낯섦에도 낯가리지 않고 나는 그들 중의 아무개들과 밤늦게까지 즐거운 곤혹감으로 함께 어울렸다.

1부의 발표와 토론은 모옌의 노벨상 수상을 계기로 그의 문학을 새삼 다시 조명하는 자리였다.『붉은 수수 가족』을 번역했던 심혜영 선생의 발표가 특히 유익했다. 기억의 행위를 통해 발설되는 정령이 살아 숨 쉬는 환상의 세계, 그 심연의 에로스를 독해하는 그의 발제는 모옌 문학의 정통적인 정리라 할 수 있겠다. 비록 잘 정리된 모범 답안 같은 느낌이었지만, 모옌의 작품에 문외한인 나에게 그런 안내는 독서욕을 자극한다. 뒤이은 논문들은 모옌에 대한 나의 무지 때문이기도 했겠지만, 산만하게 느껴졌으며 그래서 참기 어려울 정도로 따분했다.

드디어 내가 패널로 참여한 2부가 한국해양대 김태만 교수의 사회로 진행되었다. 서강대 중문과의 이욱연 교수, 갑산무역의 이행원 대표와 더불어, 나는 이 자리에 문학평론가라는 자격으로 참석하게 되었다.『정글만리』는 무려 130만 부가 넘게 팔린 베스트셀러로 중국을 무대로 펼쳐지는 무역상들의 치열한 생존투쟁을 그린 소설이다. 이 작품은 소설이라는 형식을 빌려 중국에 관한 지식들을 계몽하려는 작가의 의도가 노골적이다. 때문에 대중들의 열렬한 호응과는 달리 비평가들의 평가는 혹독했다. 그러나 이 소설은 분명 상업적인 성공을 거둘 만한 요건들을 두루 갖추고 있다. 상하이를 중심으로 베이징, 시안, 칭다오, 광저우는 물론 뉴욕과 파리에 이르는 광범위한 무대에서 펼쳐지는 자본주의적 자유기업들의 국제적 경쟁의 살풍경은, 생존경쟁에 바쁜 대중들의 현실적 피로감을 흥미진진한 허구의 이야기로 해소시킨다. 환상이 실재를 집어삼키는 판타스틱 노블의 치밀한 위력!

작가는 특유의 민족주의와 민중주의를 결합하여 현지의 주재원들을 영웅적으로 묘사하면서도, 인민들의 편에서 중국의 잠재력을 호평한다. 기업소설이라는 장르 클리셰가 통속적인 재미를 자극하고, 여기다 중국에 대한 방대한 정보를 얹어서 제공한다. 그러니까 작가는 민족주의와 민중주의에 더해 대중주의를 추가함으로써 당대의 독자들을 사로잡는데 성공했다. 각각의 장에서는 초점인물들의 입을 통해 그야말로 중국에 대한 깨알 같은 정보들이 장황한 설교조로 제시된다. '문제 삼지 않으면 아무 문제가 없는데 문제를 삼으니 문제가 된다'와 같은 명구들은 물론, 꽌시(關係)와 멘쯔(面子), 런타이둬(人太多)나 라오펑유(老朋友)와 같은 키워드들을 통해 작가는 중국의 문화적 본질을 단도직입적으로 규정한다. 이날의 좌담은 바로 이런 작가의 중국 인식이 얼마나 사실에 부합하는가를 두고 치열한 논전이 펼쳐졌다. 갑산무역의 이행원 대표는 현지의 경험을 토대로 조정래의 소설이 사실을 왜곡하고 있음을 호되게 나무랐다. 객석과의 질의응답 과정에서도 역시 그 왜곡에 대한 질타가 많았다. 누군가는 조정래의 『정글만리』를 일컬어 한마디로 위험한 책이라고까지 했다.

　나 또한 마찬가지로 중국에 대한 단정적인 규정들이 거슬렸고, 그 정보들 역시 대체로 피상적이라는 인상을 받았지만, 그것을 사실이냐 아니냐의 여부로써 단죄하는 듯한 논의에는 동의하기 어려웠다. 그들이 말하는 중국에 관한 '사실' 혹은 '진실'이 무엇인가라는 포스트주의적인 질문은 접어두더라도, 그 격앙된 반응에는 중요한 전도가 작동하고 있음을 주의해야 한다. 그러니까 왜 중국학을 하시는 그 자리의 연구자들이 바로 그 사실 혹은 진실을 두고 대중들과 서로 소통하는 데 성공하지 못했는가, 라는 문제 말이다. 그 소설의 허물을 성토하는 손쉬운 일보다는, 그 실패한 성공에서 배울 바를 찾는 것이 필요한 일이다. 이른바 『정글만리』의 유사 중국학이 그 왜곡에도 불구하고 읽히는 이유, 그것은 중국을 알고 싶다는 대중의 욕망 때문이다. 중국학을 진지하게 공부하는 이들이라면 조정래의 작가적 무능을 비판하는 것보다, 대중의 그 욕망의 함의에 대하여 진지하게 사유하는 것이 우선이 아닐까.

조정래의 『정글만리』가 노정하고 있는 소설 미학적 무리수에도 불구하고, 그 계몽의 내용들을 섣불리 왜곡이라고 단정할 수는 없다. 대체로 대중적인 욕망이란 체제에 포섭되어 동질화된 역겨운 것일 수 있다. 그러나 대중의 반역에 대응하기 위해서는 그 비뚤어진 욕망의 정체를 먼저 파고들어야 한다. 기만적인 통속화를 인문학의 대중화로 호응하는 세태를 거부하더라도, 대중을 정치적인 인민으로 고양할 수 있는 방법의 모색이 절실하다. 내가 말하고 싶었던 것은 『정글만리』의 상업적 성공을 그 모색의 유력한 근거로 전유해야 한다는 것이었다. 이 소설의 미학적 결손을 따지는 것보다는, 그 소설에 대한 대중의 호응을 통해 지금의 중국학이 대중과 교통할 수 있는 방법을 사유하는 것이 우선이라는 생각. 그러므로 조정래를 향한 작가론적 비판은 전혀 다른 차원의 문제로 남는다. 나는 이 귀한 자리가 작품론이나 작가론이라는 협소한 틀에서 논쟁적이기보다는, 더 넓은 중국학의 지평을 고뇌하는 자리로 생산적이길 바랐던 것이다.

객석의 질문에 대답하는 과정을 통해 나는 좀 더 분명하게 내 의도를 전하려고 애썼고, 나름의 동의를 이끌어냈다고 생각한다. 이어진 뒤풀이 자리에서도 토론은 계속되었다. 『정글만리』는 대단히 독백적인 텍스트라 할 수 있지만, 한편으론 역설적으로 대단히 대화적인 논쟁을 가능하게 해준 다성악의 텍스트였다. 자리를 파하고 아쉬움 가득한 마음으로 KTX를 타고 부산으로 내려오는 밤, 내 곁에는 좋은 사람들이 함께하고 있었다. 그렇게 길고 긴 대화들은 밤이 하얗게 새도록 이어졌다.

익숙해질 수 없었던 이방인의 슬픔

―베이징 기행

　세 번째 중국행이었지만 베이징은 이번이 처음이었다. 나는 여행 전날에 있었던 어떤 학술대회에서 사회를 맡았다. 여느 때처럼 선후배들과 어울려 늦게까지 술자리를 하고 싶었지만, 다음 날의 여행을 생각하며 아쉬운 마음을 접고 일찍 집으로 돌아왔다. 특히 한국전쟁 직후에 활동한 이른바 전후 작가들 중에서 장용학을 이중 언어적 관점에서 분석한 한 후배의 발표에 대해서는 토론할 거리가 많았다. 식민지기에 일본어 교육을 받고 해방 이후에 한글로 소설을 창작했던 이른바 전후 세대 작가들의 언어적 심층에 대한 해명은 문학사의 긴요한 과제다. 그러나 언어적 감각의 심층에 접근하는 일은 당시의 교육과 언론 매체들과 같은 언어의 물적 토대에 대한 탐구에서부터, 이중 언어적 상황의 역사적 맥락에 대한 정치한 분석에 이르기까지 상당한 사전 조사를 요구한다. 보다 중요한 것은 이중 언어의 주체가 구성되는 메커니즘에 대한 정교한 서술이다. 그러니까 그것은 이중 언어적 상황의 객관적 분석과 더불어 언어적 무의식에 대한 정신분석적 해석이 요구되는 어려운 연구 과제라 할 수 있다. 세계화라는 말이 새삼스러운 지금, 새로운 이중 언어적 상황과 다중 언어적 주체들의 출현이 긴요한 연구의 과제라고 할 때, 그 거시적인 대상과는 달리 연구의 방법에 있어서는 극히 섬세한 관점의 수립이 긴급하다. 어쨌든 부산에서 베이징으로 향하는 내 물리적 이동 자체가 이미 이중 언어적인 관계 속으로의 진입이었다. 모국어의 세계 바깥에서 내 주체성은 어떤 변이를 겪게 될 것인가. 여행이란 그렇게 우발적인 경험들에 스스로를 내놓는 일이므로, 결과를 알 수 없는 시간들 앞에서 우려와 기대로 들뜨는 것은 모든 여행자의 공통된 심사이리라.

이번 베이징행도 역시 지난해 상하이를 함께 다녀온 K와의 동행이었다. 이번 여행의 가장 큰 명분은 제20회 베이징 국제도서전의 참가였다. 그가 대표로 있는 출판사의 편집주간을 맡고 있는 나로서는 아시아 부문에 주력해온 이 출판사의 향후 진로에 대한 고뇌로부터 무심할 수 없었다. 내가 편집위원으로 참여하고 있는 잡지 또한 아시아라는 시좌를 근간으로 지역적 사유를 심화해나가고 있다. 그러므로 이번 국제 도서전 참여는 나에게 있어서는 여러모로 유의미한 것이었다. 다만 개강을 목전에 두고 먼 출장을 떠난다는 것이 마음을 심란하게 했다.

두 시간 남짓 만에 베이징에 도착했을 때, 우려했던 것과는 달리 기온은 선선했고 공기도 그 악명을 무색하게 할 만큼 무척 맑았다. 택시를 타고 도서전 행사장에 도착했을 때, 역시 그 규모란 입을 다물지 못하게 할 만큼 굉장했다. 그러나 명색이 국제도서전임에도 암표 장수가 버젓이 활보하고 있는 것을 보면서, 행사의 규모와 조응하지 못하는 운영의 실속이 아쉬웠다. 이런 도서전을 경험해본 적이 없는 나로서는 그 넓은 행사장의 어디서부터 무엇을 체험해야 하는지를 도통 가늠하기 어려웠다. 그럼에도 출품된 책의 목록과 표지 디자인 그리고 내부의 편집들을 살펴보는 것만으로도 나는 충분히 흥분하고 있었던 것 같다.

이번 도서전의 주빈국은 이탈리아였는데 중세의 책 표지를 본 뜬 것에서부터 최근의 신간까지 다양한 컬렉션이 전시되어 있었고, 한쪽에선 이탈리아 전통 요리를 소개하는 코너까지 따로 마련되어 있었다. 그리고 다른 한쪽에서는 2013년 볼로냐 어린이도서전의 일 러스트들이 전시되어 있었다.

구텐베르크의 활판 인쇄술이 중세 유럽을 뒤흔들었을 때, 움베 르토 에코의 『장미의 전쟁』에서 묘사된 것처럼, 그 시대의 문헌이란 대체로 종교와 관련된 것이었고 그 장정은 무척이나 화려했다. 종 교에서 인간으로, 화려함에서 수수함으로, 종이와 인쇄술의 발달이 문헌의 세속화를 불러왔을 때 유럽은 이미 역사의 한 분기점을 지 나고 있었다. 어찌 보면 현대의 출판문화는 저 위대한 세속화에서 부터 비롯된 것이라고도 할 수 있다. 오늘날 책은 한편으로 그 세속 화를 심화시키는 가운데, 다른 한편으로는 소수의 고급화라는 양 극단의 갈래로 구분되고 있는 것처럼 보인다. 전자책의 부상이 전 자의 유력한 증례라면, 소량의 인문사회학 서적들이 고가의 소장용 으로 출간되어 유통되는 것은 후자의 사례다. 책의 세속화가 저질 화가 아닌 것처럼, 책의 소수화가 곧바로 고급화는 아니다. 어쩌면 지금 출판에 주어진 과제는 세속적인 것의 저질화를 우려하면서도, 소수적인 것의 고급화를 어떻게 이끌어낼 것인가를 모색하는 일인 지도 모른다.

과연 구텐베르크와 프랑크푸르트 도서전의 나라답다고 해야 하나, 유럽의 책들 중에서도 단연 돋보였던 것은 독일의 부스에 전시된 것들이었다. 장정이 깔끔하고 책 한 권 한 권이 공들인 예술품처럼 여겨졌다. 페트 한트케와 마르틴 발저와 같은 익숙한 이름들도 눈에 띄었다. 개성 있는 표지들에 홀려 한참을 둘러보다 프랑스 부스로 발길을 돌렸다. 발자크의 「사라진느」를 주제로 1967~1969년까지 2년에 걸쳐 고등연구원에서 있었던 롤랑 바르트의 세미나를 정리한 책에 눈길이 갔다. 유럽 여러 나라들의 부스가 이처럼 문학과 인문사회 분야의 책들로 다양했다면 일본이나 한국의 부스는 좀 단조로웠다. 일본에서는 업계 1위의 고단샤를 비롯해 여러 부스들이 자리를 잡고 있었는데, 주로 실용서나 엔터테인먼트 요소가 강한 저작들이 전시되어 있었다. 한국에서 참여한 출판사들은 대개 어린이책을 전시하고 있었는데, 기독교 서적을 전시하고 있는 홍성사는 그런 의미에서 조금은 의외라는 생각이 들었다.

이 도서전에서 가장 인상적이었던 것은 북한의 부스였다. 사람들이 거의 오가지 않는 구석말단에 자리를 잡고 있는 그 부스는 초라함을 넘어 진정 비참했다. 구색을 맞추지 못하고 모아놓은 빈약한 전시 내용도 그렇지만, 책의 물성 자체는 시대착오적으로 조야했다. 조잡한 표지에 조악한 편집의 부끄러움을 숨기려는 듯 독재자를 숭앙하는 거친 구호들이 물색 모르고 새겨져 있었다. 고대의 어떤 왕이 저질렀다는 분서와 갱유나, 마찬가지로 책을 모아 불살랐다는 유럽의 한 독재자가 그랬던 것처럼, 정신의 탄압은 언제나 책이라는 물리적 실체에 대한 폭력으로 표현되곤 했다. 북한의 부스에서 내가 본 것도 다름 아닌 바로 그 폭력의 참상이었던 것 같다.

주최국 중국은 다양한 카테고리와 엄청난 규모로 떠오르는 신흥 출판강국의 면모를 유감없이 자랑하고 있는 듯했다. 중국 전통의 서적문화를 엿보게 하는 전시에서부터 지역별, 대학별, 분야별로 전시된 출판물에 이르기까지 다채로운 배치가 돋보였다. 그리고 현재 중국출판의 나아가고 있는 향방을 집약하고 있는 듯한 '현대화, 대형화, 국제화'라는 인상적인 문구가 한쪽 자리에 크게 나붙어 있었다. 현대화나 국제화라는 상투적인 문구보다는 대형화라는 조금은 의외의 그 문구에서 출판을 산업의 차원에서 크게 확장하고 있는 중국의 어떤 진로를 읽을 수 있었다.

　　너무 넓었기에 오래 걸어야 했고, 그래서 우리는 지치고 허기졌다. 쉬었다 걷기를 되풀이하다가 행사장 한편의 카페로 들어가 허기를 채웠다. 이번에도 나는 입맛에 맞지 않는 중국음식 대신 따뜻한 아메리카노 한 잔을 시켰다. K는 내심 오랜만에 현지의 음식문화를 체험해보고 싶었겠지만, 그도 중국음식에 대한 나의 극렬한 거부반응을 알고 있는 터라 고맙게도 샌드위치에 콜라로 타협해주었다. 음식을 받아들이지 못한다는 것은 단순한 취향의 문제가 아닐 것이다. 이문화의 체험이라는 점에서 그것은 교섭과 교통의 실패를 의미한다. 양식을 보편적인 입맛으로 알고, 한국식을 가장 맛있는 것으로 익숙해진 이 제국주의와 민족주의의 음식취향이란 반드시 극복되어야 할 내 문화의 아비투스다.

　　심양에서 막 베이징에 도착한 이종민 교수가 우리를 데리러 행사장으로 와주었다. 우리는 함께 예약해둔 숙소가 있는 우다커우로 향했다. 우다커우는 베이징대와 칭화대가 인접한 곳으로 왕징과 함께 한국 상인들의 진출이 가장 활발한 곳이다. 나지막한 호텔은 좀 낡왔지만, 있는 동안 큰 불편 없이 그런대로 지낼 만했다. 숙소에 짐을 풀고 호텔 앞에 있는 중국음식점으로 가려 했으나, 다행히도(?) 그곳이 공사 중이라 우리는 맞은편에 있는 한국식당으로 들어갔다. 이날 저녁은 인민대 사회복지학과 교수로 있는 김병철 선생과 함께하기로 약속되어 있었다. 퇴근 시간대라 차가 밀려 약속시간보다 조금 늦게 도착한 김 교수는 나보다 세 살이 위였지만 아직 미혼이었다. 마치 오래 만나온 형처럼 친근한 분이었고 대화는 시종 유쾌했다. 사실 이번 출장의 또 한 가지 목적은 김 교수를 인터뷰어로 그와 같은 대학에 근무하는 쩡꽁청 교수와의 대담을 진행하는 것이었다. 그 인터뷰와 번역에 대해서, 그리고 그의 전공인 중국의 사회복지 문제에 대해서 깊은 대화들이 오갔고, 앞으로 우리 잡지 및 출판사와 가능한 공동의 작업들에 대해서도 많은 이야기를 나누었다.

첫날의 저녁은 언제나 어떤 설렘과 흥분 속에서 많은 말들과 함께 과음하게 된다. 빠이주(白酒)를 세 병이나 마셨고 그것도 모자라 자리를 옮겨 양꼬치에 맥주를, 그리고 마지막으로 한국식당에서 라면에 소주를 마시고 헤어졌다. 대만 자오통대의 천꽝싱 교수는 동아시아 지식인들의 연대와 교류를 기록하는 자리에 이렇게 적었다. "지식, 감정, 믿음, 서로에 대한 이해와 애정은 사실 어느 곳에서든 음주의 역사와 밀접하게 연결되어 있다."(천꽝싱, 「화해의 장벽-2008 동아시아의 비판적 잡지 회의 후기」, 『창작과비평』, 2008년 가을) 애정이 너무 과했던 것일까. 다음 날 나는 마지막 자리의 시간들을 전혀 기억할 수가 없었고 심한 숙취로 종일 쓰라린 속을 부여잡고 괴로워해야 했다.

숙소 앞 한국식당에서 내가 라면으로 쓰린 속을 달랠 때, K와 이 교수는 김치찌개와 순두부를 시켜서 아주 맛있게 먹었다. 그들은 놀랍게도 아침부터 반주로 마치 물을 마시듯 칭다오 맥주를 마셔댔다. 물론 도수가 좀 낮기는 했지만 급하게 비워지는 그들의 술잔을 보는 것만으로도 나는 속이 메스꺼웠다. 특히 이 교수의 주량과 체력은 가히 혀를 내두를 만큼 정말 대단한 것이었다. 아마도 이 교수의 술 마시는 모습을 본 사람이라면 누구나 애주가란 과연 저런 것이구나, 고개를 절로 끄덕이게 될 것이다. 그에게 반주와 본격적인 음주의 경계는 아무런 의미가 없어 보였고, 누가 말리지 않는다면 그 자리에서 끝없이 술을 마시고 있을 것만 같았다. 그럼에도 그 음주의 시간이 언제나 즐겁고 흥이 돋는 것은, 유쾌한 분위기 속에서도 늘 학문과 현실의 현안들에 대한 진지한 이야기들을 치열하게 나눌 수 있기 때문이리라. 그러므로 우리들의 그 명정(酩酊)의 시간들은 방탕하지 않은 호탕함이라고 해야 마땅할 것이다.

맨정신의 나는 반주를 거나하게 걸친 이들과 함께 베이징의 명소 천안문 광장으로 갔다. 광장은 모든 인민에게 열린 장소지만, 곳곳에 공안들이 배치되어 있었고 주변의 경비는 삼엄했다. 아마 신장이나 티베트의 사건들로 인한 테러 위협 때문인 것 같았지만, 위화감을 조성하는 그런 모습이 좋게 보이지는 않았다. 그러나 모스크바 붉은 광장의 세 배에 달하는 광장의 규모는 압도적이었다. 삼엄한 경비와 마찬가지로 광장 한쪽의 대형 전광판에서는 국가시책들이 점멸하고, 하늘 드높이 오성홍기가 위압적으로 휘날리고 있었다. 그리고 천안문 광장 하면 누구나 떠올리게 되는 마오쩌둥의 초상, 그것은 이 교수의 말에 따르면 최근에 좀 더 푸근하고 인자한 인상의 사진으로 교체된 것이라고 했지만, 일개 지도자의 사후 군림을 보는 것 같아 씁쓸했다. 그걸 지켜보고 있자니 김아타의 '마오의 초상'이 생각났다. 그것은 시간이 흐르면서 녹아내리는 마오쩌둥의 얼음 흉상을 연속 촬영한 작품이다. 그러나 마오의 권력은 시간이 지나도 여전히 녹지 않고 단단하기만 해 보였다.

마침 보수공사 중인지 가림막이 설치되어 있었지만, 초상화의 양 옆으로 '중화인민공화국 만세'와 '세계 인민 대단결 만세'라는 글귀가 보였다. 영상기록물로도 본 적이 있지만, 저 천안문의 발코니에서 마오는 중화인민공화국의 건국을 선포했다. 그리고 이른바 천안문 사건의 현장이 바로 이곳이다. 동구권의 몰락이 도미노처럼 이어지고 있던 그때, 세계사적 격변의 기운은 여기 베이징에서도 움터 올랐고 마침내 대중봉기로 표출되었다. 그러나 봉기는 처참하게 진압되었고, 지금까지도 그 때의 사건들은 발설되어서는 안 되는 불온한 기억으로 봉인되어 있다. 광장과 봉인이라는 역설이 해결되지 않는 한 저 초상화 옆의 글귀들이란 그저 허허로운 구호일 수밖에 없을 것이다.

천안문을 지나면 자금성이 바로 이어진다. 평일인데도 사람들로 붐비는 고궁을 벗어나 한참을 걸어 왕푸징 거리에 도착했다. 이곳은 전혀 딴 세상이다. 거리엔 외국인 관광객들과 젊은이들로 가득하다. 넓은 대로의 양 옆으로는 상점들이 즐비하고, 쇼핑을 나온 사람들은 저마다 물건 고르기에 여념이 없다. 우리는 점심식사를 해결할 요량으로 야시장 분위기가 나는 먹거리 골목으로 들어갔다. 전갈이 꼬치로 전시되어 있는가 하면, 각양각색의 음료와 군것질거리들이 길가에 늘어서 있다. 우리는 한 음식점으로 들어가 면요리와 만두를 사 먹었다. 물론 나는 그 음식들의 향과 모양에서 전혀 호감을 느낄 수가 없었고, 열대 과일을 갈아 만든 음료를 주문했는데 그것마저도 역시 한 모금 마시고는 K에게 넘겨버렸다. 안 그래도 속이 좋지 않았던 나는 그 음식들의 냄새 때문에 이만저만한 고역이 아니었다. 그리고 이 교수와 K는 두어 병이기는 했지만 놀랍게도 여기서마저 맥주를 반주로 곁들여 마셨다. 시원한 것이 너무 마시고 싶었지만 아무것도 믿을 수가 없었다. 식사를 끝내고 다시 넓은 길로 나와서, 노상의 카페를 찾아 둘은 커피를 나는 생수를 주문했다. 그제야 갈증을 달랠 수 있었는데, 나에게는 그 투명한 생수야말로 어떤 문화적 편견과도 무관한 보편 그 자체였다.

다음 목적지는 다산쯔에 있는 798문화예술구. 모두들 지쳤는지 택시 안에서는 여느 때와는 달리 아무도 말이 없었다. 1950년대 동독의 기술자들에 의해 지어졌던 군수공장이 이제는 엄청난 수의 관광객들이 찾는 명소가 되었다. 지금은 공장의 빈 건물들에 갤러리, 작업실, 디자인 회사, 카페, 레스토랑, 미니 숍들이 들어와 있고 아직도 이곳저곳에선 입주를 위한 공사가 한창이다. 거리엔 옛 공장 시절의 철골구조물들이 그대로 노출되어 있고, 공장의 빈터를 채우고 있는 재미있는 조각들은 그 삭막한 풍경과 어울려 묘한 분위기를 자아냈다. 공장의 벽면들도 그래피티와 장식들로 꾸며져 흥미로운 볼거리들을 제공한다. 몇몇 갤러리들을 둘러보다가 화장실이 급한 나를 위해 우리는 한 레스토랑을 찾았다. 야외 테라스에 자리를 잡고 앉자 이 교수는 또 맥주를 주문한다. 날씨도 쾌청했고 거리의 풍경도 호젓했으며 음식점의 젊은이들도 쾌활했다. 모든 것이 유쾌한 그런 오후였다. 그래서인 두 사람은 정말 즐거운 표정으로 맥주를 즐기고 있었다. 그렇게 마신 맥주가 또 얼마나 될는지. 겨우 속을 진정시키고 나서야 나도 따뜻한 아메리카노 한 잔을 주문했다. 커피 맛은 일품이었다. 향기가 좋았고 속이 풀리는 듯했다. 우리는 그 자리에 오래도록 앉아서 이러저런 이야기들을 나누었다. 서로를 좀 더 알아갈 수 있는 대화들이었고 서로의 어려움을 조금 더 이해하고 격려할 수 있는 시간이 아니었을까. 해가 저물어갈 때쯤 해서 우리는 다시 몇몇의 갤러리와 가게들을 둘러보고 저녁식사를 하러 인근의 음식점을 찾았다. 퇴근 시간대라 차도가 꽉 막혀서 그냥 걷기로 했다. '한라산'이라는 이름의 한국식당을 찾아갔는데, 입구에는 흥미롭게도 관운장의 상과 함께 제단에 향을 피워놓았다. 이 교수의 설명에 따르면 삼국지의 관우가 중국의 민간신앙에서 재물신으로 재탄생한 것이란다. 우리도 잠시 그 앞에서 복을 빌며 발원했다.

베이징에서의 셋째 날도 역시 숙소 앞의 한국식당에서 시작되었다. 이제는 주인아저씨도 제법 친근한 느낌이 들었고, 김치찌개를 시켰더니 계란찜과 짬뽕탕까지 서비스로 내 온다. 역시나 이 교수와 K는 맥주를 물처럼 마셨고, 주인아저씨는 그런 우리를 보며 중국 종업원들은 아침부터 이렇게 맥주를 물 마시듯 하는 걸 보면 도저히 이해를 하지 못한다고 농을 던진다. 과연 해장술이란 논리 따위를 넘어서는 엄청난 역설의 문화가 아닌가.

아침을 먹고 우리가 향한 곳은 숙소 가까이에 있는 베이징대학교였다. 중국의 여느 대학들이 그렇듯이 캠퍼스의 규모는 압도적으로 컸고, 유서 깊은 학교인 만큼 고풍스런 건물들이 꽤 있었다. 공원처럼 잘 꾸며진 교정을 지나 보야타(博雅塔)를 바라보며 아름다운 웨이밍후(未名湖) 주위를 거닐었다. 그렇게 한참을 걷다 보니 20여 년 전 이 교수가 이 대학에 유학을 왔을 때의 심란했던 심경을 토로한다. 그때만 하더라도 아직은 열악했던 시설과 삭막한 학교 분위기에 그는 쉽게 적응하지 못했던 모양이다. 이제 막 학문의 초입에 들어선 그에겐 무엇보다 언어와 문화의 차이가 견디기 힘든 고뇌였다고 한다. 탄탄대로의 공부가 어디 있겠는가. 지금 이들과 낯선 대학의 캠퍼스를 거닐고 있는 나는 무엇을 더 어떻게 공부해 나가야 할까. 공부라는 명분을 내세우면서도 세속의 인정에 이전투구하는 사람들, 그런 사람들에 대한 혐오 속에서도 나 역시 별다를 것 없다는 열패감이 끈질기게 나를 괴롭혔다. 그렇게 산란한 망상들에 사로잡힐 무렵 오래 걸었던 다리가 무거워졌다. 우리는 가까운 곳에 있는 카페로 들어가 커피를 마시며 피로를 풀었다. 베이징에서 나는 루쉰의 흔적을 만나고 싶었지만 끝내 뜻을 이루지 못했다. 그런 아쉬움 속에서 베이징의 마지막 날 저녁은 깊어갔다.

여행은 반복되는 일상의 익숙한 생활들로부터 단절하는 대신 뜻밖의 만남들을 경험하게 해준다. 낯선 풍토와 당황스런 상황 속에 놓일 때 우리는 리트머스에 떨어진 시약처럼 숨겨왔던 것들을 속절없이 드러내 놓게 된다. 그런 의미에서 여행은 자백하게 만드는 추궁이다. 모국어의 세계로부터 멀리 떨어져 소통하지 못하는 고립감에 고독해야 했지만, 내 곁엔 언제나 모국의 벗들이 함께 있었다. 입맛의 취향과 같은 생존에 밀접한 이문화적 경험 속에서 놀라고 당혹스러워야 했지만, 나는 그 당혹스러움에 손사래만 쳤을 뿐이다. 베이징에서 내가 경험한 것은 무엇인가. 내 완악한 습속들은 불편한 것들과의 기꺼운 만남을 가로막았고, 낯선 것들을 내 익숙한 감각으로 길들였을 따름이다. 이번 여행에서 나는 지극히 수동적이었다. 술로도 말로도 나는 제대로 대작하지 못했고, 무방비 상태에서 대취하고 만 첫날을 빼고는 그저 술잔을 따르고 누군가의 말들을 고분하게 들었을 뿐이다. 더 마시고 싶었고 더 말하고 싶었지만 피로했고, 사실은 너무 우울했다. 원치 않는 일들에 휘말려 이미 너무 많이 시달렸고, 그래서 나는 매우 지쳐 있었다. 그러나 돌이켜 보니 이 여행은 병이 낫기 직전의 고열과 같은 것이었을지도 모르겠다는 생각이 든다. 그러니까 베이징에서의 며칠 동안 나는 제대로 앓고 돌아온 것인가.

기억함으로써 가능한 기적의 순간

—광주 기행

  먼 길을 달려 광주에 다녀왔다. 늦은 저녁에 도착한 광주는 낯설었다. 금남로 인근의 여관에 짐을 풀고 일행들과 거리로 나왔다. 거리는 젊은이들로 가득 차 있었고 차가운 날씨에도 사람들은 활기차 보였다. 시내의 중심지답게 가게들마다 사람들로 붐볐다. 우리는 조용하고 분위기 좋은 한식집에 들어가, 소고기로 전을 부친 육전에 이 지방의 소주인 잎새주를 곁들여 마시며 여행객의 들뜬 기분을 달랬다. 나의 실감으로 그 순간 광주는 다만 타지였고, 30년 전 항쟁의 역사는 그저 꿈결과도 같았다. 광주에서의 첫날밤은 그렇게 가벼운 취기 속에서 지나갔다.

  다음 날, 인파로 붐비던 거리는 고요했고 거의 모든 가게는 문이 닫혀있었다. 겨우 찾아낸 해장국집에서의 이른 아침식사는 그저 그랬다. 오래전 그날 시위 군중들로 가득했던 금남로를 지나 구도청 자리를 찾아갔다. 아시아 문화전당 공사로 한창인 그곳에 옛 도청의 낡은 건물은 엄숙한 모습으로 자리를 지키고 있었다. 그날 이후 겨우 30년이 지났다. 그럼에도 황급하게 그날의 기억들을 덮어버려야 할 만큼 다급한 사정이란 무엇일까. 광주의 5월을 항쟁이

293

아니라 폭도들이 일으킨 소요 사태에 지나지 않다고 믿는 사람들에게, 기억하거나 기념하는 일은 그저 불온하여 불필요할 따름이리라. 공사를 위해 둘러싼 가림막 때문에 구도청 내부를 들어가 볼 수 없었고, 그 거대한 가림막은 마치 그날 처참하게 훼손된 시신을 덮어놓았던 거적때기처럼 우리 마음의 불편함을 억지스레 가리고 있었다.

망월동 묘역에 참배를 가는 길에 5·18 기념공원에 들렀다. 거대한 규모의 추모 기념물. 그것은 진정 추모가 아니라 산 자들의 추문으로 얼룩진 전시행정의 결과물에 불과한 것은 아닐까. 국가의 폭력에 희생당한 사람들을 국가가 기념하는 그 역설의 한가운데서 나는 좀 당혹스러웠다.

망월동 구묘역, 이곳은 항쟁의 희생자들이 제대로 장례도 치르지 못한 채 훼손된 주검으로 비참하게 매장되었던 절규의 땅. 국립 5·18 민주묘지가 조성되면서 대부분이 이장되었고 지금은 이른바 민주화 과정에서 산화한 자들의 묘지가 되었다. 겨우 스무 살이 조금 넘은 젊은이들이 민주화라는 대의를 위해 스스로 목숨을 끊어 이곳에 묻혔다. 그들의 주검은 '열사'라는 사후의 영광스런 호명 속에서 쓸쓸하게 묻혀 있다. 저들을 죽음으로 내몬 것은 전두환과 같은 반민주적인 군부독재 세력인가. 고작 몇 권의 의식화 교재들로 세상의 모순과 부조리를 발견하고 혁파할 수 있는 실천의 근거를 얻을 수 있다고 믿었던 한 시대의 맹목. 그 시절의 젊은이들은 정치적으로 성숙하기도 전에 정의로운 정념으로 성급했다. 그들에게는 보편적 이성의 느린 사유 속에서 구체적 삶의 감각을 일깨우는 시간이 더 필요했는지 모른다. 그러나 눈앞의 현실은 절박했고 적대의 전선은 선명했다. 강렬한 정치적 파토스, 나는 저 젊은이들을 죽음으로 내몰았던 것이 한 시대의 반이성적 풍토, 그러니까 민주화의 대의라는 무서운 맹목이 아니었을까 생각해본다. 리영희 선생이 비판했던 우상에는 반공주의와 같은 수구적 이데올로기뿐 아니라 교조화된 진보 이데올로기까지 포함되어야 한다. 그러니까 그 시절 진보의 그 대의명분들은 전두환의 무리들과 한패다.

묘역의 위쪽에는 최근에 분신한 노동자들의 묘가 줄지어 있다. 그중 한 묘소 옆의 유리 케이스 안에 있던 한 장의 편지는 나를 더 격분하게 만든다. '아빠 잘 있었어'라고 어린 아이의 글씨로 적힌 한 장의 편지. 그 묘의 비석에는 단결과 투쟁의 붉은 머리띠가 묶여 있고, 묘지 옆에는 '노동열사'의 죽음을 애도하는 현수막이 걸려 있다. '단결', '투쟁', '노동열사'. 이 상투적 어휘들 앞에서 저 아이의 안부 인사는 생생하게 살아 있다. 죽은 아비의 안부를 묻는, 슬픔으로 젖어 있는 그 언어의 물질성은 저 허망한 구호들의 진부함을 서늘하게 따져 묻는다.

시인 김남주의 묘지 앞에서 절을 하고 나서 신묘역으로 가기 위해 길을 나서다가, 묘역 입구에 반 토막으로 깨어져 바닥에 깔려 있는 비석 하나를 보았다. 누군가 자기 집에서 당시 전두환이 하룻밤 민박한 것을 영광으로 알고, 그것을 기념해 세운 비석이었다. 성난 민심이 그것을 지금의 이 장소에 그처럼 파손되어 사람들의 발길에 짓밟히도록 해놓은 것이다. 그 비석을 세웠던 사람의 어리석음과 순박함이란 무엇일까. 어쩌면 세상은 저 여린 순박함의 잔혹함으로 인해 두려운 것이다.

국립 5·18 민주묘지는 규모나 그 정비의 품격에서 구묘역과는 확연하게 달랐다. 묘역 입구에는 얼마 전 타계하신 리영희 선생의 영면을 기원하는 애도의 만장들이 걸려 있다. 무슨 성명(聲明)과 구호처럼 나붙은 그 만장들을 보고 있노라니, 단체 이름들이 선명한 그 애도의 문구가 역한 마음을 불러일으킨다. 일행은 서둘러 추모탑 앞에서 분향하고 리영희 선생 묘소에 참배했다. 유영보관소와 기념관을 둘러보고 5·18 항쟁의 도화선이 된 시위의 현장인 전남대 정문으로 발걸음을 돌렸다. 일요일이었지만 교정은 분주해 보였고 학생들은 활기차 보였다. 그리고 정문 앞 신호등 옆에서 알아듣기 힘든 저주의 말을 되풀이해 내뱉는 한 여인. 그것은 광기의 그날이 남긴 현재의 아픔이었을까.

모든 것이 변해버렸고 광주의 그날은 희미한 기억으로 남았다. 음울한 역사를 떠안고 언제까지나 비탄에 잠겨 있어야 하는 것은 아니다. 다만 나는 행복에 충만한 한가로운 어느 날에라도, 잊지 않고 기억해야 할 무엇들에 대하여 생각에 잠긴다. 오늘의 행복은 이 세계의 비참한 상처 위에 돋은 새살이다. 기억은 때로 그렇게 기적의 순간을 가져온다.

열등감으로부터 시작하다

—이윤택

　　어느 송년회 모임에 참석했다가 최영철 시인으로부터 이윤택 선생의 자서전 출판기념회 초대장을 받았다. 최영철 시인은 몇 년 전부터 연희단 거리패의 창작스튜디오가 있는 도요마을에서 이윤택 선생과 함께 출판사를 꾸리고 있다. 언젠가 그곳에 들렀다가 단원들의 지도로 인근 초등학교 학생들과 교사들이 공연하는 연극을 관람했던 때가 있었다. 비가 산뜻하게 내렸던 그날, 공연이 끝나고 최영철 시인 댁으로 가서 내외분의 따뜻한 환대로 즐겁고 아늑했던 기억이 새삼스럽다. 헤어질 때가 되어서도 떠나보내는 애틋한 마음을 감추지 못하고 우리 일행을 붙잡던 최영철 시인의 모습이 참 좋았다.

　　이윤택 선생의 『결국 삶이다』(도요, 2013)를 출간하는 자리라고 했지만, 실은 식전 공연을 관람하고픈 마음에 이끌려 나는 한결아트홀을 찾았다. 예상 외로 극장은 사람들로 붐비고 있었다. 아는 문인들이 있어 인사를 나누고는, 이윤택 선생의 책을 사서 극장 안으로 들어가 자리를 잡았다. 연극은 이라크의 극작가 야세르 라좍의 원작 〈아버지를 찾아서〉(이승헌 연출)인데, 공연이 시작되기 전부터 배우들이 객석을 누비며 자리를 안내하기도 하고 이런저런 재담으로 흥을 돋우고 있었다. 그 자체가 공연의 일부라고도 할 수 있는 그런 행위들은, 막간도 암전도 없이 남녀 두 명의 배우가 아홉 명의 인물을 연기하는 독특한 형식과 더불어 소외효과를 연출한다. 의도하진 않았겠지만, 남자 배우가 땀을 너무 흘리는 바람에 극적 몰입의 훼방이라는 소외효과의 의도는 극대화되었다고 해도 좋을 것 같다. 두 명의 배우가 아홉 명의 인물을 연기하는 것은 힘에 부치는 일이지만, 특히 여자 배우는 그 역할을 훌륭하게 소화해내고 있었다. 두 배우의 동일성과 아홉 명의 서로 다른 캐릭터의 이질성이 한 무대에서 뒤섞일 때 그 결과로써 어쩔 수 없는 산만함이 뒤따른다. 그것은 말 그대로 정돈되지 않은 어수선함인데, 이 역시 관객들의 극적 몰입을 방해하려는 의도된 연출이라고 할 수 있겠다. 이런 연출을 통해 이 연극이 펼치는 드라마는 아버지를 도둑맞았다는 황당한 사건을 모티프로 하고 있다. 살부의 모티프는 예술의 오랜 주제였지만, 이제 우리의 시대는 아버지를 도둑맞음의 대상으로까지 표현하기에 이르렀다. 도둑은 대체로 귀한 것을 훔치려 하지만 이 연극에서 아버지는 심한 당뇨로 한쪽 팔과 다리가 마비되었으며, 귀도 멀고 말도 잘 못하는 육체적 폐물이다. 아버지의 이런 비천함이란 훼손되어버린 우리 시대의 어떤 권위를 암시하는 것인지도 모른다. 아버지를 찾는 여정에서 만나는 사람들은 하나같이 타락한 시대의 피폐한 인간성을 드러내지만, 그 피폐가 전쟁으로부터 비롯되었다는 설정이란 지극히 진부한 것이다. 그럼에도, 비천한 아버지를 찾아가는 그 과정이 피폐를 자각하는 여정이라는 서사의 구도는 나름의 비범함으로 우리를 이끈다. 다시 말해, 숭고한 것의 비천한 추락 속에서 우리는 가치 부재와 가치 상실의 혼돈에 접근하게 되는 것이다.

연극이 끝나고 잠깐의 휴식을 보낸 후에는 최영철 시인의 사회로 출판을 기념하는 행사가 이어졌다. 그중에서도 연희단거리패의 단원들이 자서전의 일부를 낭송하고 그것을 연극적인 형식으로 가볍게 풀어낸 것이 좋았다. 그러고 보니 이 책은 마치 1인극의 독백인 것 같기도 하다. 역시 연극에 미친 사람답게, 그는 자기의 삶을 한 편의 연극 형식 속에 서른 개의 드라마틱한 장면으로 풀어내면서 스스로의 삶에 경의를 표한다. 그의 걸걸한 목소리와 질박한 말투는 여린 인간이 거친 세상을 살아낸 흔적이 아닐까. 소리를 내질러야만 했던, 그렇게 자기를 증명해야만 했던 고독한 인정투쟁의 삶. 무대에 올라 감회를 이야기하는 그의 모습은 시민 K가 아니라면 문제적 인간 연산인가, 그것도 아니라면 그는 햄릿인가 리어왕인가. 얼마 전 운전하던 차가 전복되는 사고를 겪었다는 그는 죽음의 더 가까운 곳에서 다시 삶을 되돌아보고 있는 것 같았다. 그럼에도 그는 여전히 대갈일성, 소녀시대가 판치는 속류 문화의 퇴폐에 반대한다는 것을 특유의 거친 입담으로 표명한다. 늙을 수 없는 예술가, 늙지 못하는 예술가란 바로 저런 모습이 아닐까. 그 언젠가 밀양연극축제의 야외공연으로 손숙이 출연했던 〈어머니〉의 저녁 공연을 기다리던 때가 떠오른다. 무슨 이유에선가 공연시간이 한참 지나도록 연극은 시작되지 않았고, 후덥지근한 여름 저녁의 기다림에 지친 사람들은 불평을 터뜨리기 시작했다. 그때 무대에 오른 이윤택이 기다리던 관객들에게 한 것은 사과가 아니라 엄포였다. 이 정도의 공연 지연을 기다리지 못하고 불평을 해서는 안 된다는 것,

그는 진정으로 당신들이 불만을 갖는다면 자기는 언제든 연극촌을 정리하고 떠날 것이라고 제법 화가 많이 난 목소리로 객석을 향해 쏘아붙였다. 사실 나는 좀 늦게 시작된 그날의 연극보다 사전의 그 황당한 쏘아붙임이 더 연극적이었다. 광기에 버금가는 어떤 정념의 포효 속에서 그는 허구의 연극 속 주인공처럼 열연했던 것이다. 그 기억의 단면이 그의 지나온 삶을 집약한 하나의 장면이 아닐는지.

집으로 돌아온 나는 그의 자서전을 한장 두장 천천히 넘겨 읽다가, 결국은 그 자리에서 마지막 장까지 다 넘겨버리고 말았다. 멋진 인생이었다. 책 속 그의 어릴 적 사진들은 구겨지고 찢겨진 것들이 많았다. 그를 살아내게 만든 것은 그 자기학대와 자기혐오가 아니었을까. 열등감에서 벗어날 수 없었던 변방의 인간은 그 비주류적인 삶의 기투로 치열했고, 그 치열함으로부터 그는 끝내 벗어날 수 없는 비주류의 삶을 비로소 끌어안을 수 있게 되었다. 이제 쉰아홉의 그는 죽음의 그림자를 끌어안으며 비로소 삶에 대하여 말하려고 한다. 그러나 그것은 〈오구〉로도 다 말 못했던 그의 내밀한 존재론적 토로이다. 그는 백수광부의 입을 빌어 그 공무도하의 토로를 한숨 같은 가락에 실어 노래한다.

나는 이 세상에 넌더리가 났네.
삶은 투쟁인데 적은 보이지 않고… 소녀시대가 춤추네.
결국, 이런 세상에 빌붙어 있는 나 자신이 적이라는 것을 깨달았네.
이제 강 건너 저쪽으로 건너가려네.

그는 이제 이 넌더리 나는 차안의 삶에 지쳐 피안으로 은거하려 하는가. 강 건너 저쪽에는 구원이 있을까. 그는 저 너머의 완전한 세계를 탐구하는 형이상학자가 아니다. 그는 이 넌더리 나는 세속에서 못나고 잘난 사람들과 부대끼며 살 수밖에 없는 일개 광대일 뿐. 나이를 먹은 그는 세상에 대하여 서운함이 많아진 것일까. 소녀시대를 질투하는 이윤택은 마치 어리광을 피우는 악동 같다. 그때 어느 여름밤의 공연에서 언제든 떠나버리겠노라고 말하던 그 엄포를 그는 지금 다시 반복하고 있는 것이다. "예술가에게 본질을 지키는 일은 생명처럼 귀중합니다. 나이가 들고 명성이 쌓일수록 비본질적인 시간들이 늘어납니다. 비본질적인 것들일수록 달콤하고 허세를 부리기 마련이지요. 허세가 명성을 갉아먹고 급기야 인간을 천덕꾸러기로 만들어 버립니다. 박수쳐 줄 때 떠나는 것이 상책이지요." 그러나 이것은 상책도 비책도 아닌 다만 두려움의 역설적 표현이 아닐까. 버림받기 전에 미리 버리려는 기만적인 술수. 나는 저 고백에서 상처받지 않으려는 여린 마음의 고독한 옹졸함을 느낀다. 나는 이렇게 화답하고 싶다. 그대여 강을 건너지 마오. 본질의 세계는 접어두고 이 비본질적 시간 속에서 언제까지든 나뒹굴 수는 없는 것인가요. 초월하지 말고 비약하지도 말고 끝까지 이 땅 위에서 같이 놀아줄 수는 없는가요.

탐미적 비평의 몸살

—허문영

　　무지에 가까운 순진함으로 첫 비평집을 내고 말았지만 여전히 나는 비평이라는 글쓰기에 대해 오리무중이다. 대학에서 몇 년째 비평론을 강의하고 있으면서도 '비평론'과 비평이라는 '글쓰기' 사이의 깊은 심연은 여전히 아득할 뿐이다. 이런 처지에도 불구하고 여기저기의 청탁에 응하는 것은 아마도 외롭지 않고 싶은 옹졸한 자의식에 불과할 것이다. 어쩌면 이 만남은 그래서 시작된 것인지도 모른다. 쓴다는 것의 그 난해함을 글을 읽고 사람을 만나서 풀어보려는 교묘한 열망을 갖고서.

　　'젊은 비평가 포럼'은 비평의 '다른' 풍경들을 유람하는 동학들의 공부모임이다. 이른바 '횡단과 접속'이라는 첫 번째 기획은 그 말의 진부함이 마음에 걸리긴 했지만, 문학평론이라는 목하 동일성의 글쓰기로부터 어떤 '차이'를 발견할 수 있는 자극의 열망이 절실한 프로젝트였다. 그리고 그 첫 만남의 당사자로 우리는 영화평론가 허문영 선생을 초청했다. 행사를 비공개로 진행한 것은 공부의 내밀한 과정을 외부에 알려 과시하지 않으려는 의도였다. 때때로 오늘날의 공부는 너무나 전시적이고, 일종의 그 노출증이 함께하는 진정한 시간을 선정적으로 만들기도 하기 때문이다.

포럼의 친구들 모두 허문영 선생의 『세속적 영화, 세속적 비평』(강, 2010)을 읽고 질문지를 작성해 왔지만, 세 시간에 걸친 만남의 규모는 그 모든 질문을 수용하기에 비좁았다. 우리들의 질의를 받은 선생은 나직했지만 열정적이고 느릿했지만 진지한 대답으로 시종 치열했다. 쉽게 말해버리지 않고 생각을 곱씹어 사유를 진전시키는 듯한 그 응답의 진지함이 인상적이었다.

손님에 대한 예우는 역시 낯간지러운 칭송보다는 성실한 대화의 상대가 되어주는 것이다. 그의 말들이 외로운 독백이 되어버리지 않도록. 영화를 공부의 대상으로 발견하게 된 소이에 대한 선생의 짧은 이야기가 끝나고 본격적인 질의와 응답이 이어졌다. 나는 우선 그의 비평을 어떤 계보 속에 위치시키는 과감한 판단과 함께 이처럼 모나게 물었다.

"책의 서문 어떤 구절에는, 될 수만 있다면 1950년대의 관객으로 되돌아가고 싶다는 소망이 절실하게 새겨져 있습니다. 그 소망이란 그 때 가능했거나 실존했던 것이 지금은 사라져버렸다는 상실의 인지로부터 비롯된 것입니다. 그 상실은 좀 더 구체적으로 '서부극의 랜드스케이프'를 통해 서술되고 있는데, 그것은 마치 벤야민의 '아우라'와 같은 어떤 초월성의 지평이라고 생각됩니다.(이런 관점은 원근법적인 풍경의 발견을 근대문학의 기원의 자리에 놓고 서술한 가라타니 고진의 견해와도 비교되는 지점이 있는 것 같다.) 그 상실과 결락은 50년대 이후의 당대 영화들에 이르는 영화사의 시간을 규정하는 것으로 여겨지기도 합니다. 다시 말해 1950년대 서부극의 랜드스케이프와 그 당시 관객들 사이의 '거리'는 그 이후의 영화를 판단하는 일종의 '척도'입니다. 그런데 그 재귀적인 기억의 작용으로 구성된 1950년대의 '랜드스케이프'는 하나의 척도로 성립하기에는 너무 낭만적인 것은 아닐까요."

1950년대의 서부극에서 '발견'한 '랜드스케이프'는 선생의 비평에서 결정적인 준거이자 척도다. 그러나 그것은 준거 내지는 척도로서는 너무 심미적이며 직관적이라는 것, 내가 '낭만적'이라고 지적한 것의 의미는 바로 그런 것이었다. 비평이 이런 직관에 기댈 때 그 글쓰기는 일종의 비의로 비약한다는 것이 나의 오랜 편견이다. '직관'이 훌륭한 비평가의 필요한 자질임에는 틀림없지만, 척도가 되는 개념이 심미적인 것으로 신비화될 때 객관적 논리는 진부한 집착 따위로 강등될 수 있다. 다시 말해 그 직관이란 때로 주/객관을 향한 메타적 성찰보다는, 객관을 타자화하는 주관의 과잉으로 기울곤 하는 것이다. 심미적 비평의 '애매함'은 매혹적인 것으로 자주 오인되곤 하지만, 사실 그것은 논리적 '모호함'의 일종으로써 해석의 실패를 은폐하는 장치로 기능하기도 하는 것이다.

선생의 대답은 뜻밖에도 '랜드스케이프'의 상실을 '개인'의 발견과 '공동체' 문화의 퇴조와 연결시키고 있었는데, 그것이 뜻밖의 것으로 여겨진 것은 그 설명이 근대문학의 발생과정과는 좀 다른 것이었기 때문이다. 주지하다시피 근대문학은 근대적 주체로서의 '개인'과 함께 '국민'이나 '민족'과 같은 '상상의 공동체'를 공감하는 감수성의 장치로 제도화되었다. 그러니까 선생에게 1960년대 모던 시네마의 출현은 1950년대 영화에는 가능했던 공동체의 감수성을 불가능하게 만든 일종의 사건이었던 것 같다. 그렇다면 그에게 1950년대의 서부극이란 근대 이전의 어떤 영화적 가능성이며 랜드스케이프는 그 가능성의 잠재성으로 여겨지고 있는 것처럼 보인다. 그래서일까. 그의 비평집에는 정성일이 지적했던 것처럼 장 뤽 고다르와 프랑수아 트뤼포, 미켈란젤로 안토니오니와 페데리코 펠리니와 같은 모던 시네마의 작가들에 대한 언급을 찾아보기 어렵다. 물론 그것을 근대에 대한 부정이라거나 전근대에 대한 향수라고 성급하게 단정하거나 할 수는 없을 것이다. 그럼에도 1950년대의 랜드스케이프라는 선생의 비평적 의제설정은 대단히 논쟁적인 개념임에 틀림없다.

'허문영에게 영화란 존 포드'라고 정성일이 적절하게 짚어낸 바그대로, '서부극'(웨스턴)을 근간으로는 하는 장르에 대한 인식은 그의 비평 전반을 가로지르는 일종의 거멀못이다. 대화를 통해 선생이 토마스 샤츠의 『할리우드 장르의 구조』를 번역한 사실을 뒤늦게 알게 되었지만, 그만큼 장르는 그의 비평에서 중요한 프레임이다. 그러므로 그의 비평적 심해를 헤아릴 수 있기 위해서는 이런 질문이 반드시 필요해 보였다.

"선생님에게 (좋은) 영화는 '장르'의 어떤 완고함에 대한 도전처럼 여겨지기도 합니다. 그것은 박찬욱, 김기덕, 이만희는 물론이고 유위강과 두기봉, 타란티노와 크리스토퍼 놀란, 크로넨버그 등에 이르기까지 거의 모든 작가들을 응시하는 하나의 '태도'처럼 보입니다. 그런 의미에서 선생님의 비평에서 장르의 문법이라는 상징계적 질서는 언제나 메타적인 서술의 대상이 되고 있는 것 같습니다. 그렇다면 상징계를 균열내고 그 바깥의 어떤 지점을 향하는 선생님의 영화 비평적 방향이란 무엇인지 궁금해집니다."

장르라는 체제를 탐구한다는 점에서 선생은 구조주의적이지만, 그 완고한 '구조'를 돌파하려 한다는 점에서 그의 비평은 탈구조주의적이라고 할 수 있을 것이다. 선생은 작가론이나 각 편의 작품론에서 거의 언제나 저 장르의 구조를 지평으로 해석을 시도한다. 돌이켜 보건대 나의 비평 역시 서사의 구조적 평면 위에서 그 동일성과 차이를 천착하는 것이 아니었을까. 아니 그것이 어디 나만의 방법이었다고 할 수 있겠는가. 그것은 이미 비평의 기본적인 형태이며, 진정으로 관건이 되는 것은 그 일반적 구조 너머의 지평에 대한 사유일 것이다. 그러니까 상징계 바깥의 어떤 지점에 대한 지향. 바로 그 '지향들'이야말로 비평가들의 다종 다기한 개성을 살피는 어떤 지점이라고 할 수 있을 것이다. 그러나 나는 아직 그 '지점'을 더듬고 있을 뿐 그 실체를 알지 못한다. 그렇다면 선생의 비평에서 그것은 무엇일까. 그는 '기표의 물질성'에 대하여 이야기하고 있는데, 아마 그 맥락 안에서 그 지점의 실체를 어설프게나마 짐작할 수 있지 않을까. 내러티브의 메시지나 주제의식의 강밀도가 아니라 장르 구조의 전변 그 자체에 대한 관심. 달리 말하자면 로만 야콥슨의 의사소통 모델에서 약호(code) 체계에 주목하는 '메타 언어적 기능' 혹은 구조주의 서사학(구조시학)에서 '이야기'와 구분되는 '담론'에 대한 비평적 관심이 바로 그것이다. 선생의 비평은 확실히 '무엇을 말하는가'보다는 '어떻게 말하느냐'에 치중한다. 그런 측면의 발화적 맥락에서 홍상수는 그의 영화미학에 가장 부합하는 작가로 우뚝 서 있다. 나아가 그것은 미학의 층위를 넘어 윤리적인 바람직함에까지 닿아 있다. 다시 말해 미학적으로 진부한 말하기는 윤리적으로도 나쁜 말하기다. 그리하여 선생의 비평이 향하는 지점은 그의 글쓰기가 곧 새로운 표현의 영역을 개척하는 미학적/윤리적 전위의 공간이다. 여기서 나는 또 하나의 질문을 보탰다.

"물론 선생님의 비평을 '형식주의'라고 단정할 순 없을 것입니다. 그럼에도 선생님의 비평은 '이야기' 보다는 '담론'(이야기-하기)의 분석에 자주 치중합니다. '이야기'의 차원을 언급할 때는 주로 그 논리적 모순이나 서사의 어떤 결락을 지적하는 수준으로 한정되어 있는 것 같습니다. 그것은 영화를 '장르'의 형식적 틀로 바라보는 그 응시의 구조와도 관련이 있을 것입니다. '기표의 물질성'에 대한 천착, 그것이 일종의 편향이라면, 그 편향은 물론 선생님의 치밀하게 의도적인 '관점'의 소산일 것입니다. 그런 관점의 연원을 듣고 싶습니다."

선생은 나의 질문에 대해 수잔 손택의 말을 인용하며 '형식이 영혼이라는 말'을 믿는다고 응답했다.(사실 그 말은 '스타일이 곧 영혼'이라고 한 장 콕토의 문장을 손택이 인용한 것이다.) 그 '형식'이 아니라면 굳이 그 작품을 들여다볼 필요가 없는 것 아니냐고. 너무나 솔직한 대답이다. 그 솔직함 앞에서 나의 투지는 금세 열정을 잃어버렸다. 나는 바로 이런 식의 비평적 태도를 얼마나 혐오해왔던가. 그런 지성주의적 태도의 이면을 의심의 눈초리로 바라보면서 그것의 정치적 불온성을 폭로하고자 얼마나 애태웠던가. 선입견에 가까운 나의 그 선명한 적의도 그 솔직함 앞에서 잠시 흔들리고 말았다. 그리고 차마 나는 준비했던 이 질문을 꺼내놓지 못했다.

"이건 글쓰기에 관련된 질문입니다. 선생님은 다른 동료 비평가들의 문장을 인용할 때, 거의 매번 어김없이 그 문장들 앞에 적극적인 동의와 찬사의 멘트를 붙여놓았습니다. 그리고 비평집의 작품론들은 대체로 비판보다는 공감에 치중합니다. 김현이 그랬던 것처럼 이른바 '공감의 비평'이란 어쩌면 사이드의 '세속의 비평'과는 좀 거리가 있는 '관점'이 아닌가 생각합니다. 세속적인 의문인지는 모르겠으나, 선생님의 비평에는 진부한 것에 대한 탈주의 열정은 있으나 진정으로 세계와 불화하는 정신은 그 행방이 미묘합니다."

　　나는 분명 선생의 진술한 고백 앞에서 흔들리고 말았다. 그리고 그의 비평을 심미적이며 지성주의적인 비평의 계보 안에 우겨놓고 비판하려 했던 내 메타-비평적 자의식의 정치성을 다시 돌아보게 되었다. 그러나 그 재고의 순간이 내 편견의 그릇됨을 일깨우는 놀라운 시간으로 비약하지는 않았다. 그래도 나는 저개발의 콤플렉스와 서구적 풍경에의 열등감을 고백하는 그의 '솔직함'을 존중한다. 비평이란 무엇인가. 그것은 이론도 해석도 문체도 아닌 태도라고 할 수 있는 것일까. 그렇다면 나는 감히 허문영 선생과의 만남을 통해 비평이 무엇인가를 지켜보았다고 말할 수 있다. 그런데 정말 비평이란 입장과 태도의 필사적인 표현이라고 해도 좋은 것일까. 아직 내 물음들의 절실함은 만족을 모른다. 그것이 바로 다른 '만남'을 필요로 하는 이유다.

진지함의 이면

―진동선

장마는 소강상태로 접어들었지만 하늘은 여전히 회색빛이다. 7월의 뜨거운 햇살보다는 차라리 이런 우울한 하늘이 마음을 적요롭게 한다. 나는 이런저런 일들로 조금은 뒤숭숭한 마음으로 '젊은 비평가 포럼'의 친구들과 함께 카페 루카로 갔다. 영화평론가 허문영 선생과의 만남이 남긴 여운은 아직 마음에 그대로지만 시간은 벌써 한 달을 보냈다. 오늘의 두 번째 만남은 또 어떤 잔상으로 남을 시간일까. 낯선 만남이란 늘 이렇게 설렘과 함께 긴장으로 두근거리게 만든다.

카페 루카는 생각했던 것보다는 소담했다. 호화롭지만 허허로운 해운대의 번화한 공간 한 귀퉁이에, 마치 마음 가는 사람들이라면 알아서 찾아오라는 듯 루카는 그렇게 도도하게 자리 잡고 있었다. 1층은 평범한 카페의 모습이었지만 2층으로 올라가자 사진 관련 서적들이 빽빽하게 꽂혀 있는 서가와 작은 갤러리를 겸한 세미나실이 아담했다. 우리가 들어서자 사진평론가 진동선 선생이 일행을 환대해주었다. 진자주색의 바지에 보트화를 신은 그의 차림은 신선해 보였다. 약속보다 이른 시간의 도착이라서 아직 도착하지

309

않은 친구들이 두엇 있었지만, 자리에 앉아 두서없는 방담을 나누다 보니 어느새 이야기는 진중하게 깊어갔다. 그래서 얼른 허락을 받고 장비를 꺼내 비디오카메라를 설치하고 녹음기를 작동시켰다.

부산이라는 이방의 장소가 그의 삶과 사진에 어떤 의미를 갖고 있는지, 감각적인 그의 문체가 발원하는 곳이 어디인지, 그리고 창작에서 이론(비평)으로 작업의 영역을 넓혀간 소이가 무엇인지를 물었고 그는 유장하게 답했다. 그 유장한 달변이란 그저 기질이라고 말해버릴 수 없는 여하한 사연을 품고 있으리라. 동료들이 모두 왔을 때를 즈음해 우리들은 준비해간 각자의 질문지를 바탕으로 긴 시간에 걸쳐 묻고 응답했다. 대화의 중심이 된 텍스트는 그의 사진에 대한 철학적 사유를 담은 『사진철학의 풍경들』(문예중앙, 2011)이었다.

『사진철학의 풍경들』은 말 그대로 사진을 철학적 사유의 대상으로 혹은 철학을 사진적 실존의 현상으로 성찰하고 있는 책이다. 그 성찰의 내용은 인식, 사유, 표현, 감상, 마음의 다섯 가지 범주로 분류되어 있지만, 실로 이 저작을 가로지르는 사유의 중요 마디는 현상학이다. "사진예술은 현상의 지각, 지각의 현상이다. 경험 대상에 대한 분명한 자기인식, 자기제시이다." 그것은 이 책에서 지각, 지성, 감정, 정신, 의식, 인식과 같은 개념들이 빈발하는 것을 통해서도 짐작할 수 있지만, 후설을 비롯해 하이데거와 메를로퐁티와 사르트르를 지렛대로 삼은 그의 논의들은 좀 더 직접적이다.

그는 비평가로서 사진의 매력을 '세상의 진리 혹은 세계정신의 지각'이라는 철학적 의미 속에서 찾고 있는 것 같았다. 그러니까 그에게 사진은 보이는 것에서부터 보이지 않는 것을 넘어 볼 수 없는 것에까지 이르려는 그 형이상학적 열망 자체인 것처럼 보였다. 책의 전반에 걸쳐 언급되고 있는 미니멀과 디테일, 푼크툼[하찮음]과 (정면이 아닌) 전면[파사드], 틈과 (닮음과 인상이 아닌) 인덱스[자국], 선지각의 지향성과 우연성[크로노스와 카이로스의 겹침], 라사[인식의 여백]와 (형상과 배경의) 단순화의 개념들은 바로 그 열망에 닿아 있다. 해체론이 맹위를 발하는 시대에 진리에 대한 그 간절한 형이상학적 소망이란 기묘하기까지 했다. 어쨌든 나에게 그는 사진을 통해 진리를 포착/포획할 수 있다는 일종의 미학적 본질주의자로 보였다.

카메라 혹은 사진가가 만나는 '대상'을 흔히 오브제와 피사체라고 한다. 그는 그것을 발견되거나 재인식된 대상으로 설명하기도 하고, 그 발견과 재인식의 과정을 어떤 구절에선 오딧세우스의 여로에 빗대기도 했다. 다시 말해 대상은 그 자체로써 의미를 발생시키는 것이 아니라 후설의 언명처럼 '대상은 늘 의식에 주어진 대상'으로 존재하는 것이다. 주제(Why), 소재(What), 대상(How)에 대한 설명이 그렇고, 내재적 환원성, 시지각과 사진심리, 자아의 문제로 귀결되는 감정·감각·표현, 디에제시스와 추상 언어, 괴테의 색채론, 표현주의 사진, 초현실주의와 판타스마고리아, 환상과 환멸의 시뮬라크르에 대한 설명들이 모두 대상을 향한 해석 주체의 주관성에 집중한 성찰이었다. 공감을 말하고 있지 않는 것은 아니지만 저 아우라마저도 대상 그 자체의 현전이 아니라 주체가 구성하는 특이성의 감각으로 읽혀진다. 그렇다면 진리는 그에게 대상의 현전 그 자체가 아니라 그것을 포획하고 절취하는 주체의 영역에 가까운 무엇이다. "진리의 문을 두드리고 묻는 행위 자체가 철학이다." 그는 필립 뒤바의 이론에 기대 '닮음'[객관적 유사]도 '인상'[주관적 감각]도 아닌 대상 자체가 스스로 말하는 '자국'으로서의 인덱스를 소개하고 있지만, 기실 그에게 미학적 본질로서의 진리는 '주체'의 분투 속에서 획득되는 무엇이다.

그의 미학적 본질주의는 그 '본질'에 대한 심오한 반성들의 인용에도 불구하고 해소될 수 없는 치명적 문제를 부각시킨다. 독사(doxa)를 배반하는 에피스테메, 그러니까 진리에 대한 그의 열정은 불온한 현실의 정치에 무감한 관념성을 노출한다. 이데아에 도달하려는 고매한 지향성은 그 안에 정치적으로 또는 윤리적으로 치명적인 취약성을 내포하고 있는 것이다. 사진을 찍는 주체는 어느덧 진리의 사냥꾼이 되어 대상을 포획하기에 바쁘다. 그의 말마따나 "사진가는 피사체에 대해 권력을 행사한다."

다이안 아버스의 사례를 통한 '사진적 폭력'에 대한 서술은 이 책에서 가장 흥미로운 부분이다. 그것은 바로 무자비한 포획과 탈취의 염원에 이끌린 사진가의 형이상학적 욕망에 대한 반성을 환기시키는 대목이다. 그리하여 그 반성과 함께 이제 바라본다는 것은 윤리학의 차원으로 올라선다. '시각의 영웅주의'에 대한 비판, 사진의 아비투스와 선(善)의 예술에 대한 성찰적 물음이 바로 그 윤리학의 문제에 잇닿아 있다. 마찬가지로 내면 성찰로서의 '거울'과 세계와의 적극적인 만남과 참여로서의 '창'의 구분이 그러하고, 의미의 경쟁에 대한 리처드 볼턴의 사진정치학에 대한 주해가 그러하다. 그런데 과연 주체가 갖는 형이상학적 열망의 반정치성은 이 같은 사진의 윤리학으로 정화될 수 있을까. 지성을 빙자한 지독한 알리바이.

사진의 역사는 물론 서양의 발명에 의존한 것이다. 그러므로 사진에 관한 철학적 사유들은 서구적 정신의 역사에 정당하게 기댈 수밖에 있다. 하지만 이 책은 전반적으로 각 편의 사진이라는 특이성의 개별자들을 서양이론의 개념들에 환원시키는 듯한 인상을 준다. 율법에 갇히지 않는 판단중지의 에포케를 말했으며 "스스로 묻고 답하고 깨닫는 과정에서 얻게 되는 사진철학의 정신"을 강조하지 않았던가. 비약인지는 모르겠지만 한국의 사진비평은 자기 '상황'에 근거한 주체적 발화의의 방법에 대한 고민이 더 필요할 것 같다.

진동선 선생은 '사진작가'라는 말에 극도로 금욕적인 태도를 보였다. 그에겐 그저 '사진가'로 족했다. 나는 물론 그 겸손함의 이면마저도 의혹의 눈으로 볼 수밖에 없었지만, 그는 분명 인생의 많은 시간을 피사체 앞에서 고뇌하며 보낸 사람이다. 불현듯 찾아오는 대상 앞에서 어디에 초점을 맞출 것이며 심도의 깊이는 어느 정도로 할 것인지, 그리고 앵글의 위상학과 프레이밍의 선택이라는 매 순간의 결단 앞에서 그는 매번 기로에 놓였을 것이다. 그의 사진철학이란 그 매 순간의 결단들 앞에서 이루어졌던 찰나의 고뇌들과, 그 고뇌의 승패로 환호하고 좌절했던 절실한 체험의 귀납으로 충분히 유의미한 것으로 될 수 있다. 바로 그때 그것은 현상학과 형이상학으로 고양되어 굳이 여러 개념들과 용어들을 필요로 하지 않는 높은 경지의 철학으로 우뚝 설 수 있지 않을까.

모더니즘이라는 파르마콘

—김민수

    늦둥이로 태어나 생각이 또렷해질 무렵 내 부모는 마치 조부모처럼 느껴졌다. 나고 자란 곳마저 워낙 벽촌이었던 터라, 지금도 내 또래의 친구들과 이야기를 나누다 보면 그들과 공유하지 못하는 내 유년의 기억은 유별나다. 돌이켜보면, 나는 학교에서 배운 '근대'라는 관념을 통해 내가 사는 세계를 낙후한 것으로 받아들이며 홀로 외로웠다. 그래서일까. 나는 방학이 되면 한 번쯤 방문하게 되는 인근 도시의 그 화려함에 매혹되어 내가 살고 있는 세계에 대한 저주의 마음을 품기까지 하였던 것이다. 지금 생각해보면 아마도 그 매혹이란 문명의 감각이라고 할 수 있는 어떤 것이 아니었을까. 더 노골적으로 말한다면 그것은 분명 근대를 향한 동경이었으리라.

    나를 낳고 기른 고향은 문명보다는 자연에 가까웠고, 인정의 세태 또한 지금과는 많이 다른 원시성의 연대로 교감하는 그런 세계였다. 기억을 떠올리면 그리운 그때 그 자리가, 왜 당시엔 때때로 저주의 마음을 불러일으켰던 것일까. 그것은 아마도 교과서와 텔레비전 그리고 이따금의 도시 방문으로 발심하게 된 문명에의 미혹 때문이었으리라. 다시 말해 나는 비교함으로써 분별할 수 있었고,

그 분별 속에서 저주하거나 동경하면서 성장했던 것이다.

지금 나는 이 완악한 세계를 살아가면서 가끔 그때가 가슴 시리도록 그립다. 물론 그 남루한 것들의 아늑함은 현재로 소환되어 재구성된 것이겠지만, 그렇다고 꼭 그 재귀적인 회상의 낭만성이 내 추억의 전부인 것만은 아닐 것이다. 나에게 이제 그 추억은 지금의 이 세계를 인식하는 일종의 분별지다. 그러니까 나는 지금 그때 그 시절의 감각들을 여기로 현상함으로써 이 세계를 인식하고 판단한다. 내가 나고 자란 삶의 감각들을 되돌려 기억함으로써 현재를 보는 해석의 지평을 넓혀가는 것이다. 그래서 나는 자기 체험과 경험에서 비롯된 삶의 감각을 애써 배반하는 사람들에게 예민할 만큼 적대적이다. 이런 적의는 역시 내 우울한 성장기의 상흔이리라.

이른바 모더니즘과 리얼리즘, 비록 이런 분별이 가짜라고 할지라도 그 분별이 초래하는 분쟁은 결코 만만치가 않다. 근대에 매혹되었던 나는 드디어 도시로 와서 유년의 시절을 통과했고, 마침내는 그 매혹의 정체가 의심스러워졌고, 끝내 그 미혹을 저주하기에 이르렀다. 그럼에도 마음 한 곳엔 또 여전히 내 누추한 삶의 구원을 열망했던 모던에의 치명적 미혹이 깊은 상흔처럼 남아 있다. 이런 착종과 분열 속에서 지금도 나는 불안하다.

엉뚱한 말을 길게 하고 말았지만, 지금 내가 하려는 것은 어떤 만남에 관한 이야기다. 디자인 비평가 김민수 교수와의 만남은, 다시 내 유년 시절의 시간들을 되돌아보아야 할 만큼 그렇게 어떤 마음의 파동을 불러일으켰다. 그는 디자인을 연구하고 글을 쓰는 학자이고 비평가지만, 무엇보다도 내가 그토록 동경했던 모던의 정체에 대해 깊이 몰두하여 탐구한 연구자였고, 동시에 겉치레로 변질된 모던의 속물성을 그 누구보다도 신랄하게 비판한 평론가였다.

학부 시절에 처음 읽었던 그의 책은 『21세기 디자인 문화 탐사』(솔출판사, 1987)였다. 이 책은 내용뿐 아니라 책이라는 물리적 외관에서도 깊은 인상을 받았던 것으로 기억된다. '디자인 문화 상징의 변증법'이라는 부제가 말해주듯 이 책은 디자인뿐만 아니라 문화 전반에 대한 깊이 있는 이해의 틀을 제공해주었다. 그는 지금까지 디자인이 산업의 효율적 수단으로만 취급되어온 한국 디자인계의 현실을 비판하면서 '문화로서의 디자인'이라는 개념을 내세웠다. 문화로서의 디자인은 통계적인 수치로 계량화될 수 없는 복잡한 '일상생활'에 밀착된 개념이다. 그는 기존의 한국 디자인이 복잡한 소비의 양상을 단순화시키고 소비자의 주관을 무시한 객관적 계량주의에 기울어 있었음을 대단히 공격적인 어투로 비판했다. 디자인이라는 모던한 모드는 '일상'의 혁신으로부터 출발한 것이며 그 기원에 대한 망각이 오늘날의 디자인을, 더 나아가 모더니즘의 천박한 퇴폐주의를 초래했다는 것. 지금 한국의 비평과 글쓰기에 있어 모더니즘의 문제는 대단히 중요한 의제다. 그래서 우리는 '젊은 비평가 포럼'의 세 번째 게스트로 그를 초대했다.

무더위에다 박한 초청료에도 불구하고, 그는 서울에서 부산으로 그 먼 거리를 흔쾌히 달려와주었다. 오래전 책으로 만났던 저자를, 게다가 많은 일깨움으로 가슴 벅찬 시간을 주었던 저자를, 시간이 흘러 직접 대면하는 기분이 어떤 것인지를 나는 부산역에서 그를 기다리며 새삼 느낄 수 있었다. 프로필 사진으로만 보아왔던 그의 얼굴은 역 앞의 약속 장소에 서 있던 그를 단번에 알아볼 수 있을 만큼 인상적이었다. 긴 머리에 단단한 인상의 얼굴과 함께 세련된 차림으로 서 있던 그의 모습은 머릿속으로 그려온 그대로였다. 간단한 인사로 그를 맞았고, 차를 준비해간 일행과 함께 대화가 이루어질 장소로 이동했다. 갑자기 좁은 차 안에 같이하면서 약간의 어색함이 없었던 것은 아니지만, 차창 밖으로 보이는 도시의 조경을 바라보며 우리는 부산의 도시개발을 화제로 이런저런 이야기들을 나누었다.

그날 우리가 나눈 대화는 22명의 인물을 중심으로 디자인 철학을 풀어낸 『필로디자인』(그린비, 2007)이라는 책을 대상으로 한 것이었다. 나는 그 책의 내용을 정리하면서 선생과의 대화 소재를 이렇게 네 개로 구성했다.

1. 시인 김수영은 신동엽의 시를 고평하는 자리에서 "50년대에 모더니즘의 해독을 너무 안 받은 사람 중의 한 사람"이라고 그 한계를 꼬집기도 했는데, 여기서 김수영이 모더니즘을 '해독'이라고 한 것은 무척 의미심장하다고 생각합니다. 그러니까 전통의 고답을 부정하는 모더니즘의 정신을 긍정하면서도 동시에 그것에 '毒'이 있다는 인식은 대단히 예리한 것입니다. 저는 선생님의 글에서 김수영이 말했던 바의 바로 그 모더니즘의 '해독'에 대한 치열한 성찰을 읽었습니다. 모더니즘이 보여준 창신의 정신을 긍정하면서도 일상의 생활 감각과 동떨어져 기교에 치우치는 치명적인 결점을 대단히 치밀하게 비판하고 있는 것 같습니다. 예컨대 선생님에게 에토레 소트사스는 무엇보다 "디자인을 비인간적인 중립적 대상이 아니라 인생의 희로애락이 담긴 '일상적 의식(RITUAL)'으로 복원하는 길을 모색"한 디자이너입니다. 이처럼 굳이 리얼리즘이란 말을 쓰고 있진

않지만 디자인에 대한 선생님의 사유 기저엔 실사구시의 마음이 깊게 자리하고 있습니다.

2. 모더니즘에 대한 비판적 긍정과 더불어 전통의 계승이라는 문제에 대해서도 선생님은 나름의 비판적 입장을 견지하고 있습니다. 예컨대 조성룡과 안상수는 물론이고 스기우라 고헤이와 뤼징런에게서 전통과 혁신의 복잡 미묘한 관계를 살피고 있는데, 특히 뤼징런을 언급하면서 그의 삶과 작품세계가 "역사와 전통을 빛바랜 민족주의 내지는 극복의 대상으로 간주하는 국적 불명의 이상한 한국인들과 북 디자이너들에게 많은 교훈을 준다"고 꼬집고 있습니다. 같은 맥락에서 피닌파리나의 성공의 요인 역시 "전통과 혁신의 상보적 힘으로부터 나오는 것"으로 평가하시고 있습니다. 역사와 전통에 대한 사유의 부족이 옛것을 일방적으로 긍정하거나 부정하는 문화적 천박성을 노출한다는 비판은, 새 것 콤플렉스에서 비롯되는 트렌드 추수적인 모더니즘 추종을 우려하는 마음이 이어져 있다고 생각합니다.

3. 22명의 디자이너들을 소개하는 첫 자리에 밀턴 글레이저를 앞세운 데는 나름의 이유가 있을 것입니다. 그것은 아마도 디자이너의 사회적 발언이 갖고 있는 함의, 즉 디자인의 공공성에 대한 선생님의 입장을 드러내는 것이라 여겨집니다. 다시 말해, 디자인에 필요한 철학으로서의 필로디자인이란 바로 그 공공성의 가치에 대한 깊은 탐문이라는 것이지요. 저는 이 책 전반을 가로지르는 주제가 바로 그것이라고 생각합니다. "예술 민주화를 위한 이념만큼은

사회적 선을 실천하는 공리적 가치에 두었"던 윌리엄 모리스나 "새로운 예술만이 사회를 구원하고 새로운 질서를 구축할 수 있을 거라 믿었"던 발터 그로피우스가 모두 그 사례들이라 할 만합니다. 그런 의미에서 프롤로그의 이 마지막 대목은 그 비판의 서늘한 기율이 깊은 울림을 줍니다. "부조리와 폭력에 대해 한국의 대부분 디자이너들은 침묵으로 일관해왔다. 그렇기 때문에 디자인 비즈니스로 돈을 벌어 성공할 순 있었어도 사회적 발언권을 갖고 불의에 저항할 줄도 아는 존경의 대상은 되지 못했다." 디자인의 공공성은 물론이고 예술가의 사회적 행동에 대한 선생님의 입장은 무척 단호해 보입니다.

4. 이 책의 곳곳에는 한국 디자인계의 부박함과 천박함에 대한 분노에 가까운 비판의 에토스가 깔려 있습니다. 그것은 바로 철학이 부재한 디자인의 허영에 대한 분노라고 여겨집니다. 선생님은 전작인 『김민수의 문화 디자인』(다우출판사, 2002)에서도 '기술은 손색이 없는데 내공과 철학이 문제'라고 꼬집었습니다. 철학 없이 기술과 스타일로 승부하려는 속물적 욕망이 문제라는 것이지요. 예컨대 선생님은 장 누벨을 일컬어 "그의 스타일은 결과적 산물로서의 '형태'가 아니라 '사고 과정'에 있는 것"이라고 하면서 그의 건축이 첨단 기술을 사용하면서도 기술적으로 느껴지지 않고 이야기와 시적 감동을 자아낸다고 평가했습니다. 한국의 디자인에 '결여되어 있는 것'과 한국의 디자인이 '빠져 있는 것'이 무엇일까요.

많은 질문과 답변이 오갔고, 시종 유쾌했지만 진지함을 잃지 않았던 대화들이 오래 계속되었다. 그도 그날의 대화가 나름 만족스럽고 즐거웠는지, 그 말들의 잔치가 끝나자 이어서 뒤풀이 자리가 있는지를 먼저 물어주었다. 우리는 자리를 옮겨 서로에게 만족스러웠던 그 시간의 여운을 남김없이 즐겼다. 그는 우리가 마련했던 민망할 정도의 초청료를 뒤풀이 비용으로 모두 탕진하고 난 뒤에야 자리를 떠났다. 그러나 그가 진정으로 남기고 간 것은, 여기 말로 풀어서 옮기기 힘든 어떤 진솔하고 애틋한 마음이었다고 생각한다. 공부와 글쓰기의 윤리에 대하여, 그리고 그것의 정치성에 대하여 우리는 많은 말들을 나누었지만, 나는 그의 글과 행동의 연관에 대한 치밀함에 더 깊이 빠져들었다. 불안을 견딜 수 있는 용기를 얻었다고 해야 하나, 나는 그 만남을 통해 진정으로 치유된 기분이었고 위로받은 느낌이었다. 그는 다음날 서울로 돌아가서 같이 찍었던 사진 파일과 함께 우리들 앞으로 한 통의 메일을 보내왔다. "어제 만나서 반갑고 즐거웠습니다. 함께한 모임은 그동안 숨 가쁘게 달려온 세월과 작업들을 잠시나마 뒤돌아볼 수 있었던 시간이었습니다. 좋은 자리에 초대해주신 모든 분들께 감사드립니다."

비어 있기에 가득 찬 곳

—공간 초록

　내가 처음 '공간 초록'과 만나게 된 것은 몇 년 전의 어떤 모임에서였다. 부산의 인문학 모임 관련자들이 모여 연대를 모색하던 시점이었다. 지금이야 다양한 인문지성의 모임들이 저마다의 개성을 유지하면서 서로 교류를 하고 있지만 그땐 그렇지 못했던 것 같다. 그때 모임 장소가 '공간 초록'이었고, 나는 거기서 부산에 그렇게 다양한 공부 모임이 있는지를 처음 알았다. 불교 연구자인 권서용 선생을 처음 만난 것도 그 자리에서였다. 선생은 당시 동학들과 작은 연구소를 꾸려가고 있었고, 나름대로 자립해서 연구소를 유지해나갈 수 있는 상황들을 설명해 주셨던 것 같다.

　'수유 플러스 너머'가 대학이라는 제도 바깥에서 인문학 공동체의 가능성을 열어가고 있던 때였고, 그런 가능성을 경향의 각지에서 활발하게 실험하고 있을 때다. 당시에 나는 후배들과 함께 안창마을의 어느 허름한 건물 지하에 세를 얻어 '인문공간'이라는 공부 모임을 함께하고 있었다. 그 후로 몇 차례 장소를 옮겨 다니다가 결국 모임은 사라졌지만, 그때의 결기와 포부는 그야말로 대단했다. 공간 초록에서의 만남에서도 나는 좀 흥분해서 떠들었던 것 같다. 그 자리에서 술을 마시며 소박한 분식으로 뒤풀이를 하고, 결론 없는 난상 토론은 그렇게 끝이 났다. 따로 주인이 없는 빈 집에서 우리는 마음껏 말들을 나누었고 소담한 마당을 바라보며 어떤 따뜻함을 느꼈던 것 같다.

돌이켜 생각해보면 인문학 모임의 결성과 연대는 그때 이미 시작되고 있었고, 몇 년이 지난 지금 화려하게 만개한 것처럼 여겨진다. 물론 언론에 소개되는 것처럼, 지금 재야의 인문학 모임들이 그렇게 모두 활발하게 꾸려지고 있는 것은 아닐 게다. 무엇보다 살림살이의 형편이 녹록치 않을 것이고, 사람들끼리의 이러저러한 오해와 다툼들은 함께 하는 공부의 가장 큰 걸림돌이다. 그러나 인문학 공동체들은 여하한 어려움들에도 불구하고 여전히 지속되고 있다. 중요한 것은 바로 그 지속이다. 갈등은 풀고 어려움은 같이 해결해 나가면서 그렇게 오래 지속하는 그 자체가 이미 산 공부다.

'공간 초록'은 이름 그대로 '공간'이 특별한 곳이다. 그러니까 '공간 초록'은 사람들의 모임이 아니라, 모임이 이루어지는 공간을 일컫는 이름이다. 부산교육대학 앞의 골목길 사이에 허름한 듯 소탈한 모습으로 자리 잡고 있는 '공간 초록'은, 2006년 천성산 터널 반대운동을 주도했던 지율 스님을 중심으로 여러 사람들의 뜻과 힘을 모아 가정집을 개조해 문을 열었다. 따로 주인이 없지만 그곳에 오는 모든 사람이 주인이 되는 그야말로 열린 공간이다. 집은 오늘날 생명이 기거하는 살림의 공간이라기보다는 자본의 욕망에 사로잡힌 사유재산으로서의 의미가 더 크다. 그러나 '공간 초록'의 그 집은 낡고 오래되어 허름하지만, 마치 생명의 틈새처럼 초록의 기운으로 가득하며, 고요하고 또 정갈하다.

그 이름도 고운 연두방, 풀잎방, 녹두방에다 거실로 쓰이는 마루가 있고, 그리 넓지 않은 마당에는 나무와 꽃들이 잡풀들과 함께 아기자기하다. 낡은 철제 대문은 추억처럼 정답고, 대문 옆의 나무 푯말은 이곳이 그 유명한 '공간 초록'이라는 것을 알려준다. 그러나 이 소박한 공간에서는 동서고금의 지식과 문화가 떠들썩하다. 그러니까 이곳은 지성의 소통과 교류가 이루어지는 인문지성의 터미널인 셈이다. 이 터미널에서는 연구모임 '비상'과 독서모임 '산책'의 정기적인 만남은 물론이고, 각종의 강연회와 '초록 영화제'까지 다채로운 만남의 장이 연출되고 있다. 올해 초엔 나도 '초록강연회'에 초대되어 어설픈 이야기들을 정답게 나누었던 일이 새삼 기억에 남는다. 나는 '공간 초록'에서 있었던 회의에 참석하기도 했으며, 거기서 강연을 하기도 듣기도 했다. 그러니까 그곳은 나를 다채롭게 변이시키는 요술과도 같은 공간이다. 우리는 '공간 초록'에서 고정된 하나의 정체성으로 있지 않고, 이렇게도 저렇게도 될 수 있다. 그것은 그 모든 것이 열려 있으므로 가능한 변이라고 하겠다.

공간 초록은 공부와 지성의 공간인 것만은 아니다. 때로는 술 마시고 노는 유흥의 공간으로 변하기도 하고, 잠잘 곳 없는 이에게는 하룻밤 숙박의 공간이 되기도 한다. 하지만 그곳엔 외부로부터 강제되는 규율이 없는 대신, 저마다의 양심에 기댄 자치의 규율이 엄격하다. 그래서 그 곳에서는 사람이 없어도 아무도 함부로 굴지 않는다. 필요한 만큼 누리고 가능한 만큼 갚아서, 조금 부족하더라도 넘치지는 않게, 딱 그만큼의 어려움으로 유지되고 있다. 물론 이곳 역시 사람이 사는 곳이니 크고 작은 소란이 없지는 않은 모양이다. 놀고 간 자리를 치우지 않거나 물품을 가져가서 돌려놓지 않는 사람들이 있지만, 그렇다고 색출하거나 고소하지 않고 자치의 규율 안에서 그냥 믿고 지낸다.

공간 초록의 누리집 '초록의 공명'에 들어가서 '초록방잡기'라는 메뉴를 클릭하면, 이런저런 소모임들이 미리 예약해 놓은 일정표가 한 눈에 들어온다. 그 일정표만 보고 있어도 이 공간이 그냥 빈 공간이 아니라 얼마나 많은 모임들로 가득 찬 곳인가를 쉽게 확인할 수 있다. 그리고 그 모임들 사이의 빈틈은, 누구라도 약속만 하면 언제든 함께 참여할 수 있다. 네 것과 내 것의 사이에 대한 분별로 예민한 시대에, 차별도 경계도 없어 보이는 그 열린 참여의 공간이 가능할 수 있다는 것이 그저 경이로울 따름이다. 그것은 아마도, 그곳이 누구의 것도 아닌 곳이기에 모두의 것이 되는 말의 역설이 실현될 수 있는 공명의 공간이기 때문일 것이다.

공간은 그저 비어 있는(空) 사이(間)일 뿐이다. 그 사이의 틈새를 채우는 것은 무엇보다 사람이다. 그곳엔 사람들이 끊이질 않고 드나든다. 그래서 그 공간은 초록의 생명으로 파릇파릇하다. 그리고 거기 오는 사람들은 대체로 마음이 가벼운 이들이다. 그래서 그들은 비우고 온 만큼 가져가고, 가져온 것보다 많이 가져갈 수 있다. 따로 운영의 주체나 집행부가 있는 것은 아니지만, 그렇다고 아무도 공간의 살림에 관여하지 않는 것은 아니다. 연구모임 비상의 동학들이 자주 찾고, 일을 벌이고, 함께 나누려 애쓰고 있다.

사유화의 욕망이 비대한 지금의 세태를 생각한다면 '공간 초록'은 그야말로 시대착오적인 장소에 지나지 않는다. 그러나 그 경이로운 시대착오는 그 자체로 시대의 착오를 질타하고 있는 듯하다. 여러 인문학 공동체들이 있지만, 많은 인문학 공동체들이 본받을 만한 역사를 '공간 초록'이 만들어가고 있다. 거창한 역사는 아니지만, 그저 마음과 몸이 닿아 인연이 맺어질 때, 함께 나누고 누리는 것으로 그들의 역사는 나날이 위대하다.

유명한 학자들을 불러오고, 그 이름들과 접속함으로써 모임을 번성하게 하려는 것은 유치한 기획이다. 요즈음의 어떤 공부모임들은 사업과 이벤트를 벌이며 세를 확장하려는 것처럼 보이기도 한다. 그들이 생각하는 공동체는 기업이 아니고, 공부는 사업이 아니었을 것이다. 애초의 좋은 뜻이 왜곡되거나 변질되는 것은 한순간이다. 일을 벌이는 것도 사람이지만, 그 일이 사람의 마음을 해치게도 한다. 공간 초록은 일과 사람이 오가는 어떤 흐름의 길목이다. '공간 초록'만큼은 그렇게 오래도록 사람과 일을 살리는 생명의 공간으로 머물러 있어주었으면 좋겠다.

첨언

바깥에서, 바깥으로

비평가의 사무

　이 글은 책을 만드는 일에 간여하는 자로서 문학평론가의 역할이 무엇인가를 답해달라는 어떤 청탁에 대한 응답이다. 책이라는 공통적인 것의 세계에서 비평가는 하나의 특이성으로 참여한다. 한 권의 책은 그 자체로 하나의 세계다. 저술은 저자의 몫이지만, 책이라는 하나의 세계에는 숱한 사람들이 저마다의 몫으로 참여한다. 여기엔 때때로 문학평론가라는 사람들도 그 협업의 일부로 함께한다. 그 광대한 책의 세계에서 문학평론가는 주로 문학이라는 한정된 영역에서 활동한다. 평론이란 나름의 척도로 내리는 적극적인 가치판단이되, 물론 그것은 재판관의 엄중한 판결과는 그 성질이 다르다. 일본의 저명한 문예비평가 고바야시 히데오가 평론을 일컬어 칭찬하는 기술이라고 했을 때, 그것은 비평을 비난이나 경멸로 이해하는 어떤 오해들에 맞서기 위한 것이었다. 문학평론가는 책의 가치를 알아보는 안목을 가진 독자라고 할 수 있다. 그러니까 그들은 넓고 깊은 독서를 통해 가치를 비교하고 또 판별할 수 있게끔 잘 훈련된 특별한 독자다.

　문학평론가는 시집이나 소설집의 말미에 '해설'을 써서 출간에 관여하기도 하지만, 더 적극적으로는 작품 원고를 검토하여 출간 여부를 결정하는 데 의견을 보태기도 한다. 특히 특정 출판사 문예지의 편집위원으로 활동하는 평론가들은, 창작집의 출간 전후에 막대한 영향력을 행사하기도 한다. 작품의 출간 여부에 대한 판단에 서부터 해설 집필을 비롯해 출간 이후의 문예지를 통한 주목과 조명에 이르기까지, 유력 문예지의 편집위원들은 그야말로 막강한 결정력을 갖는다. 이런 연유로 때때로 문학평론은 '비평권력'이라는 힐난을 감수해야 할 때도 있다. 뿐만 아니라 창작집의 말미에 수록되는 '해설'을 일컬어 문단의 일각에서는 비판 없이 칭송으로 일관하는 '주례사 비평'이라 조롱하기도 한다. 물론 이런 속악한 비난들에는 인정투쟁의 비루한 욕정 말고도 정당한 선의가 담겨 있다. 그러나 문학평론은 가치 판단을 글로써 표현해 책의 출간 전후에 참여하기 때문에 이런 논란을 피하기 어렵다. 그만큼 비평은 곤혹스럽고, 그러하기에 평론은 윤리적인 고뇌 속에서 심각하게 이루어져야만 하는 글쓰기다.

문학평론은 무엇보다 작품에 대한 가치 판단의 글쓰기다. 다시 말해 비평의 행위는 평론이라는 글쓰기로 표현된다. 그래서 문학평론은 역시 그 자체로 일종의 작품으로서 한 권의 책으로 공간(公刊)되기도 한다. 이때 문학평론가는 다른 이의 글쓰기(작품)를 통해 자기의 글(평론)을 써낸 저자이기도 하다. 그러니까 '문학평론집'이란 예의 그 비평적 실천의 소출(所出)인 것이다. 어쩌면 문학평론은 문학이라는 대상과의 만남을 통해 스스로가 문학으로 되어가는 그런 독특한 글쓰기라 할 수 있겠다.

문학평론가에게 비평의 대상은 문학작품이고, 그 작품들은 대체로 책의 형태로 주어진다. 그러므로 평론가에게 가장 중요한 것은 엄청난 양의 문학 출판물들 중에서도, 가치 있는 어떤 한 권의 책을 탐하고 누려 그것을 공적인 지반 위에서 풀어내는 일이다. 그러나 오해하지 말아야 할 것은 '해석'이 작품의 가치를 기존의 지식으로 환원하거나 재단하는 '해설'이 아니라는 점이다. 비평이 때때로 해설이 되기도 하지만, 비평의 존재론적 위상은 비평가와 텍스트 사이에서 이루어지는 그 팽팽한 해석의 기투에 있다. 더불어 문학이라는 개념이 환기시키는 어떤 편견의 시정이 필요하다는 것을 짚고 넘어가자. 문학이란 어떤 정형화된 실체로 판명되거나 확정될 수 있는 옹골찬 개념이 아니다. 문학이라는 기표에 경로의존 (path dependency)적으로 고착되어 왔던 기의들은 이미 심각한 도전에 직면해왔다. 시나 소설을 읽고 평하는 사람을 문학평론가라고 여긴다면, 그것은 일부분만 맞고 전체적으론 오해하고 있는 것이다. 문학이란 고답적 장르의 경계를 가로질러 인간의 심성과 세계 사이에 벌어지는 모든 사건들을 아우른다. 비유컨대 문학은 주체와 구조 사이의 장막이며 통로이고 그 양쪽을 사유하는 사상의 오솔길이다. 그러므로 문학을 비평한다는 것은 글의 이모저모뿐 아니라 글 너머의 가늠하기 어려운 지대까지를 더듬어 살피는 섬세함을 필요로 한다.

평론가는 출판의 동향과 흐름을 정확하게 이해하고 있어야 한다. 선대의 이름 높은 평론가들이 유수의 출판사와 긴밀한 관계를 맺어온 사례들을 돌이켜보면 그 사정을 쉬이 이해할 수 있을 것이다. 그리고 작품의 가치를 헤아려낼 수 있는 감각과 논리를 벼리기 위해서는, 읽고 사유하고 쓰는 공부에 쉼이 없어야 한다. 그러나 그 공부가 홀로 고고할 때, 비평은 대중들과의 접점을 잃고 난해한 문장들 속에서 고립되다가 결국은 외면되기도 한다. 명성을 얻은 몇몇 문학평론가들이 누리는 세속의 권위에 비할 때, 실제로 비평은 우리의 일상에 거의 영향력을 미치지 못한다. 이것이 오늘날 비평의 곤혹스러움이다. 지금 비평은 읽히겠다는 의지보다 예술로 우뚝 서겠다는 글쓰기의 욕망에 들려 쉽게 읽을 수 없는 자족적인 장르로 퇴화하고 있는 중이다. 물론 그것은 비평을 계도의 도구로 알았던 앞선 시대의 어떤 진부한 진술들에 대한 항의인 측면도 없지 않다. 무엇보다 그것은 깊은 사유가 사상으로 숙성되어 고매한 관념의 차원에 이르렀음을 표현하는 것이기도 하다. 사상이 일상의 경험으로부터 비롯되는 사유의 총화라고 할 때, 경험으로부터 고도로 추상화된 사상의 그 난해함이란 피하기 힘든 불가피함이다. 그러므로 난해함 그 자체로 반대중적인 엘리트주의라는 면박을 주는 것은 성급한 비난이다. 곤란한 것은 예의 그 추상화라는 고도의 사유 정련과정이 면피와 속임의 과정으로 오용되기 때문이다. 부족한 읽기와 소박한 독법을 유사 시적인 문장의 도움으로 아리송하게 추상화시킬 때, 외려 그 글들은 대단한 철인이나 사상가의 근엄함을 연출하기도 한다. 이런 눈속임으로 고고한 사람들이야말로 성실한 저술가들의 열정을 좀먹는 해충이다. 이 해충의 글쓰기는 진보적 의제들마저 자기의 글쓰기를 위한 자재로 이용하면서, 기예로 유별난 문장들로 현란한 요술을 부리곤 한다. 현실의 연관성을 잃은 그런 글들은, 그 과잉된 자의식으로 깊어진 추상화의 늪에서 기어코 독자를 익사시킨다.

지금 문학은 몰락의 소문으로 시끄럽고 구원의 열망으로 간절하다. 그 소문들의 진상을 살피고 더 나은 세계로의 변혁에 이르려는 상상력의 여러 차원들을 해석하고 사유하는 것, 그것이 지금 우리 평론가들에게 주어진 소명이 아닐까. 그러므로 이제라도 비평은 글쓰기의 차원으로 맴돌 것이 아니라, 저 책의 운명들 속으로 들어가 그 활자들의 물질성과 더불어 구체화되어야 할 것이다.

읽히지 않는 잡지를 만든다는 것

　　나는 한 비평전문지의 편집위원으로 제법 오랜 시간을 일해왔다. 잡지가 지면이라는 공적 공간으로 존재한다고 할 때, 편집위원은 그 공간을 설계하고 구획하는 일종의 건축가라고 할 수 있다. 잡지의 편집은 평론가로서의 비평 행위와 엇물려 있으면서도, 한편으로 그 둘은 전혀 성질이 다르다. 평론가가 책을 비평하는 사람이라면, 편집위원은 책을 만드는 사람이다. 그리고 비평이 주로 혼자만의 공간 속에서 이루어지는 외로운 작업이라면, 잡지의 편집은 여러 사람들의 협업 속에서 갈등과 조정의 지난한 과정을 거쳐야 하는 일이다. 편집위원으로서의 가장 큰 보람은, 공통적인 것의 구성을 위해 여럿이 함께하는 그 고통스런 과정의 결과를 확인하는 데 있다. 부족함과 어떤 불미함 가운데서도 우리는 지금까지 그렇게 여러 권의 책을 만들어냈다.

　　나는 새해부터는 이 잡지의 편집주간으로 일하게 되었다. 그러나 발랄한 의욕에도 불구하고 그 책임의 실상은 가혹하기만 하다. 그럼에도 역시 함께하는 협업으로 여러 난관들을 헤쳐나가며 다시 또 한 권의 잡지를 겨우 세상에 내놓을 수 있었다. 여러 차례 잡지의 권두언을 썼지만 이번에는 더 절실한 마음이었다. 비록 상투적으로 느껴질지도 모르지만, 다짐은 늘 그렇게 상투적인 반복 속에서 단단해진다.

시가 삶을 대신할 수 있을까? 이런 물음은 어리석다. 그래서 다시 묻는다. 삶이 그 자체로 시일 수 있는가? 삶이나 시는 서로를 대체할 수 있는 것이 아니므로, 그 역시 어리석은 물음일 뿐이다. 느닷없는 물음으로 어리둥절한 이야기를 꺼내놓는 이유는, 현실의 정치를 시라는 그 말의 사원으로 대신할 수 있기나 한 것처럼, 남루하고 진부한 세속의 삶을 혁명과 구원의 주술로 초월하려는 감성이 의기양양한 세태를 비꼬기 위해서다. 부정의 변증법을 통과하지 않는 혁명이 가능한가? 신학의 외투를 두른 형이상학이 정체를 알 수 없는 어떤 미묘한 이법에 기대어, 다만 시적인 말놀음으로 생활의 그 완악한 불안과 불행들을 초월해버리려는 것은 아닌가? 우리의 시가 그마저도 탈서정의 명분으로 발광하더니, 나아가 이국의 번역어로 점철된 언사들로 그 발광을 옹호하며 그것을 혁명의 언술로 포장하더니, 역시나 그것은 다름 아닌 아방가르드의 어떤 진부한 반복이 아니었을까.

피아의 적대가 사라지고 오로지 자기를 착취하는 시대. 그것은 역사의 끝장을 사후적으로 승인하는 듯한 뉘앙스를 풍긴다. 자기 착취로 얼룩진 주체는 병리적인 정신으로 파열되고, 깊은 우울의 망상 속에서 그 분열을 앓는 인간의 신음 같은 시가 새로운 시대의 감수성으로 도래한 것이라고? 적대와 투쟁을 '자아'의 문제로 치환함으로써 형이상학은 부정의 변증법을 잠식한다. 설명될 수 없는 것을, 그 불가능한 지대를 사유하는 것만이 오로지 가능한 방도라는 허무주의가, 시의 아포리아라는 형식으로 옹호되고 있는 것이 지금의 팽배한 사조가 아닐까. 그 사조의 상투적 도식은 결국 이렇게 귀결되고 마는 것이다. 몰락과 파국이라는 소진된 시간이야말로 신생과 재생의 역전이 개시되는 구원의 시간이라고. 다시 말래 묵시록이 메시아의 도래를 가능케 하는 계기이며, 그것이 유토피아를 가져오는 시적인 순간이라고. 변혁은 구원으로 대체되고, 전망은 유토피아로 기각되는 새로운 혁명의 판타지아.

보수가 진보의 탈을 쓰고 마르크스의 어휘들을 일종의 수사로 소모시키는 이 곤란한 풍경들 앞에서 진보는 경악한 채 그저 말이 없다. 아니, 그 신종 보수는 이미 진보의 내부로 깊숙이 파고들어와, 그 안에서 혁명의 뇌관을 제거하고 부정과 모순에서 차오르는 투쟁의 활력들을 어느새 무력화시킨다. 진짜 혁명은 없고, 혁명이라는 어휘가 미끈한 수사들의 도움으로 말들의 화려한 난장을 펼친다. 그것은 결코 위험하지 않은 것이기에, 전혀 위협이 되지 못함은 물론이다. 혁명이라는 말을 비롯한 진보적 어휘들의 과잉소비. 그 엘리트주의적 기만과 부르주아적 위선이 오늘의 정치를 말들의 난장으로 만든다. 그것은 마치 수구 정당이 사민주의적 수사를 전유해 정권을 탈환하는 어떤 장면을 떠올리기에 충분하다.

파업이 그저 고임금 노동자들의 밥그릇 챙기기로 취급받는 시속의 인정은, 자본의 빈곤화전략을 지원하는 국가의 통치술에 대중들이 완전하게 사로잡혔기 때문이다. 저 교활한 국가와 그 위원회의 기구들 앞에서, 국가를 초월하려는 의제들이 난무하는 것은 일견 온당하게도 보인다. 그러나 그 현전을 초월하는 형이상학은 의회제의 부정과 선거제의 극복을 통해 직접민주주의라는 데모스의 지배를 상기시킨다. 그리고 그 이데아적 이상을 현실적인 것으로 만드는 정치적 실천의 복잡한 변수들을, 예의 그 시적인 것으로 비약함으로써 넘어가려고 한다. 그렇게 오늘날 시적인 것은 현실을 추상하는 고도의 형이상학이다. 혁명도 그 주체도 시적인 것으로 용해되고, 국가도 자본도 시적인 것으로 탄핵된다면, 문학이란 종언이 아니라 그 얼마나 강력한 변혁의 장치인가. 그러므로 지금 우리는 다시 물어야 한다. 진정으로 시적인 것이란 무엇인가, 시적인 것이 정치적인 것을 대신해도 좋은가, 라고.

이번 호는 일종의 혁신호다. '일종의'라는 애매한 문구를 덧대는 이유는 몇 가지의 변화들로 혁신을 완수했다고는 할 수 없는 무안함 때문이다. 그러니까 혁신은 지금부터 꾸준히 진행되어야 할 미완의 과제다. 그럼에도 혁신을 말하는 것은, 이 잡지의 존재 자체에 대한 깊은 고민 속에서 새로운 시작을 알리려 하기 때문이다. 따로 재원을 조달할 만한 구조를 갖추고 있지 않기에 재정상의 열악함은 언제나 문제였지만, 지금은 어느 때보다 그 정도가 심각한 상황이다. 힘을 보태야 할 편집위원이 자리를 비웠고, 남은 편집위원들을 바라보는 안팎의 시선도 따사롭지는 않은 듯하다. 그럼에도 우리 편집진은 그 무능 속에서도 성실하게 소임을 다해왔다. 서울의 저 유력한 잡지들의 편집위원들이 갖고 있는 상징자본을 우리는 갖고 있지 못할 뿐 아니라, 오히려 그런 것들을 기꺼이 비판하는 마음으로 지금껏 일해왔다. 사적인 득실을 떠나, 지성의 기획과 조직을 통해 한 권의 결실로 드러나는 공적인 역량을 창출한다는 것이, 모든 노고를 마다할 수 있는 최선의 보람이다. 그러나 거의 읽히지 않는 이런 잡지를 그럼에도 계속 만들어나가야 하는 이유는 무엇일까. 많은 이들에게 널리 읽히는 잡지를 만드는 바람이야 없을 수 없지만, 그럼에도 언젠가 만나게 될 소수의 명민한 독자를 기다리는 것이야말로 우리들의 진심 어린 소망이다. 그러나 그 소망은 언제나 현실의 완악함을 견디지 못한다. 지금 우리가 놓여 있는 고민의 자리가 바로 그 역설의 지점이다. 그러므로 혁신이라는 말 속에 채워야 할 실천의 알맹이란, 자기만족의 안락을 거부하고 정의로운 불편을 감당하는 것으로부터 찾을 수 있을 것이다. 그래서일까. 이번 호의 글들은 유독이나 불편하다.(오늘의문예비평 92호 「봄호를 내면서」 중)

이 서문에서 비장함이 느껴진다면, 결호를 내지 않고 한 권 한 권 잡지를 만드는 일이 투쟁에 비견될 만큼 버거운 일이기 때문이다. 한 권을 내고 나면 안도와 보람 속에서도 다음 호를 또 낼 수 있을까 하는 두려움과 걱정이 밀려온다. 그러나 어렵게 잡지를 만든다는 것이 결코 푸념의 이유는 아니다. 그것은 오히려 잡지의 그 지면이라는 공간이 갖는 무게를 더 섬세하게 느끼게 하는 불편한 경험들의 축적이다. 그런 의미에서 이런 고독한 잡지를 만드는 일은, 관념 속에서 작란(作亂)하는 비평가들을 바로 그 불편한 경험 속에서 일깨우는 소중한 활동이다.

진보의 중핵은 세계 변혁의 실천이다. 어쩔 수 없는 세상의 완만한 '변화'나 이윤 축적의 비약을 위한 기업의 '혁신'은 진보가 아니다. 그것은 형질의 전환을 통해 이룩되는 '변태'가 아니라 기존의 지배적 이해관계를 그대로 고수하겠다는 '변이'일 뿐이다. 노동의 가치를 유린함으로써 인민의 행복을 이반하는 사회구조를, 그 근저에서부터 근본적으로 '변혁'하려는 진보의 기획과 그런 변이는 질적으로 다르다. 흔히 미학적 전위와 정치적 진보를 혼동하기도 한다. 예컨대 한국의 진보문학을 말할 때, 그 정치적 진보의 과격성에 비해 미학적으로는 낡은 리얼리즘의 구도를 벗어나지 못한다는 힐난이 중점 사례다. 마치 탈 리얼리즘의 기투를 미학적 진보인 것처럼 여기는 이들은, 대체로 서구적 모더니즘의 아방가르드를 예술사의 혁명으로 오도한다. 20세기 초반의 아방가르드는 합리적 근대화의 기획에서 몰락의 징후를 읽은 서방의 예리한 예술가들이, 광기와 위반의 정념으로 미학적 '재현'의 신화를 초극하려 했던 예술사의 운동이었다. 지금 한국에서 그 몰락과 더불어 재현 너머를 떠드는 목소리들은, 대체로 서구의 부르주아적 특정 분파를 추종하고 답습하는 것이 고작이다. 문제는 리얼리즘이나 모더니즘이라는 관념적인 어휘가 아니라, 리얼리티에 대한 현대성의 고뇌를 표현하는 예술의 역사성이다. 그 고뇌가 불가능성이나 불가지론이라는 아포리아로 퇴각하는 것은, 더 이상은 진보가 불가능하다는 역사적 허무주의 내지는 역사적 패배주의의 당연한 귀결이다. 그리하여 불가능한 자리에서 가능한 것을 더듬는 미묘한 손길만이 몰락 이후의 표정으로 종말 이후의 구원을 상상할 수 있다는 역설의 담론들을 창궐하게 만들었다. 우리의 잡지가 그 곤혹스런 조건 속에서도 계속 발간되어야 한다면, 그것은 무엇보다 저 역사적 허무주의에 반대하면서 진보의 가능한 지대를 탐색하기 위한 이유에서일 것이다.

　일상에서는 공적인 것을 외면하면서도 글과 말로는 세상의 구원을 외치는 사람들이 있다. 지극히 사적인 궁리에 몰두하면서도,

그 내밀한 사유의 깊이를 언론의 매체를 통해 공적인 것으로 둔갑하는 이들이 꽤 많은 것 같다. 지금 나오는 많은 잡지들이 그런 자리를 제공해준다면 어찌할 것인가. 우리 잡지가 그런 잡지들 중의 하나라면 아연실색이다. 지성의 장에서 공통적인 것을 사유화하는 그 병폐에 가담하지 않아야 한다. 전체적인 것들의 억압으로부터 사적인 자유를 옹호하면서도, 사적인 방종을 견제하면서 그 특이성의 힘들을 공통적인 벡터로 모아내는 것, 그것이 지금 우리가 힘겨운 가운데서 잡지를 만드는 목적이 되어야 한다. 비루한 일상의 경험을 천대하면서 사유의 깊이를 고매한 사상으로 숙성시킬 수는 없다. 시간의 주기 속에서 발간되는 잡지는, 일상의 난맥상을 초월하는 사유의 형이상학으로 도도하기만 할 수 없다. 경험이 사유를 거쳐 사상에 이를 수 있는 것처럼, 사유는 경험 속에서만 실체를 얻는다. 잡지는 단행본의 고고함을 탐하지 않고, 시속의 시류에 민감함으로써 미래를 예감할 수 있어야 한다. 읽히지 않는 잡지를 만드는 일, 그것은 대중을 외면하거나 기만하는 것이 아니라 그 난독 속에서 대중과의 참된 불화를 조장하는 일이다. 아침놀을 기다리기 위해서 미네르바의 올빼미는 황혼이 되어서야 날갯짓을 한다. 아침놀을 예찬하는 사람들에게 황혼의 적막함을 고지하기 위하여, 우리는 또 한자리에서 만나 서로의 지친 얼굴을 마주할 것이다.

속된 비평의
무안함에 대하여

비평은 작가의 외로운 작업에 말을 걸고 대화를 이끌어내는 글쓰기다. 비평은 작가가 미처 깨닫지 못했던 것을 일깨우고, 의도하지 않은 위대함을 발견하며, 다른 누군가를 그 대화 속으로 끌어들여 작가와 작품에 대해 더 많은 이야기들을 나눌 수 있도록 자리를 마련한다. 결코 비평은 군림하기 위해 존재하는 글쓰기가 아니다. 하지만 언론과 매체가 조장한 비평가의 권위는 때로 작가들의 숭고한 열정을 모욕으로 더럽히기까지 한다. 마르틴 발저의『어느 비평가의 죽음』에는 이런 구절이 있다.

비판의 반대는 칭찬이 아니고 동의입니다. 이것은 칭찬과는 좀 다른 것이죠. 칭찬은 칭찬해주는 상대방 인물에 대한 오만한 우월감의 발로입니다. 칭찬은 비판이 월권인 것과 마찬가지로 월권입니다. 둘 다 권력행사죠. 동의할 수 없을 경우에는 입을 다물어야 할 것입니다. 이 점에서 보면 모든 사람은 괴테입니다. 그는 '나를 사랑하지 않는 사람은 나에 관한 판단을 내려서도 안 된다'라고 아주 깊은 영혼으로부터 우러나온 말을 했습니다.

아마 세상의 작가들은 이 말에 환호할지도 모르겠다. 비평의 위엄이란 공감을 이끌어내는 판단의 예리함으로부터 비로소 가능할 수 있다. 그러나 비평가의 역량과 양심에 크게 기대는 비평의 판단은 그 근원적인 주관성으로 인해 언제나 위태롭다. 그러므로 비평은 해석에 앞서 꼼꼼해야 하고 판단에 앞서 신중해야 한다. 참된 마음으로 힘써 공부하지 않는 사람이 허세로 자기를 변명하는 것처럼, 언어의 기교나 이론의 기예로 변질된 비평이 글쓰기의 곡예가 되는 것은 너무 당연하다.

글쓰기의 나르시시즘 속에서 자기의 우월함에 자만하는 그런 비평과 마찬가지로, 자기를 둘러싼 이해관계 속에서 자신의 타산적 판단을 애써 합리화하는 것은 주관성의 늪에 익사하는 비평의 또 다른 전형이다. 인연의 동질감이 비평의 정의(正義)를 초월할 때 평문은 추문이 되고 비평가는 세속의 정치가로 전락한다. 문학에 대한 어떤 태도의 다름이 정치적 이념의 차이로 비약하고, 그리하여 그 차이가 문학의 분파로 갈라져 헤게모니 투쟁으로 확대될 때, 문학의 장은 곧 이념적 갈등의 전장으로 변질된다. 이 전장에서는 적과 동지의 살벌한 분별 속에서 작가와 비평가는 이합집산하고, 드디어 인맥으로 얽힌 이상한 문학공동체가 탄생한다. 이렇게 속류적인 정치의 숙주가 된 문학이 상업출판과 동맹할 때 비평의 역할은 저 이상한 문학공동체의 번영을 위한 나팔수와 같은 것으로 쉽게 타락할 수 있다. 지난날의 '문학권력 논쟁'이란 그 타락에 대한 울분의 표현이었다. 하지만 점잖은 자유주의자들은 그들의 지성에 미달하는 그 천박한 논쟁에 힘써 대꾸하지 않았고 냉소로 사태를 무마해버렸다.

지금 비평은 고독한 판단의 작업이기는커녕 자기를 뽐내는 현란한 기예이거나 유력한 타자와 인연을 맺어 입신출세하는 방편이 되었다. 동시에 그것은 기득권 유지의 장이 되거나 상업출판의 후견인 노릇을 하고 있다. 특히 문학상은 저 이상한 문학공동체를 공고하게 하는 일종의 파벌 잔치의 한 이벤트처럼 되어버렸다. 이 부끄러운 이벤트에서 어떤 비평가들은 역시 부끄러운 말들로 자기 진영의 울타리로 들어온 작가들을 상찬하기에 바쁘다. 상은 받는 이에게 격려가 되고, 대중들에게는 일종의 표지석이 된다. 그러므로 상 자체를 모욕하지는 말아야 하겠다. 하지만 상이란 그만큼 공공성의 함의가 깊은 것이므로 신중하고 사려 깊게 운영되어야 한다. 비평이 공공성에 헌신하지 않고, 수여 집단의 이해관계에 기여할 때 그 비평은 비루한 것으로 취급받을 수밖에 없다.

2011년 제35회 이상문학상 심사위원들은 공지영의 「맨발로 글목을 돌다」에게 대상을 수여했다. 서울대 국문학과 교수인 방민호는 이 작품집의 뒤에 실린 작품론에서 "연말에 이어 연초까지 미처 끝내지 못한 일로 분주한 가운데 스승인 권영민 교수(『문학사상』 주간)로부터 공지영 씨가 올해 이상문학상 수상자로 선정되었다는 소식과 함께 작품론을 써 보라는 말씀을 들었다. 선뜻 마음이 움직였다."(「가장 많이 사랑하는 자는 패배자이며 괴로워하지 않으면 안 된다」, 『제35회 이상문학상 작품집』, 문학사상사, 2011)고 서두를 시작하고 있다. 지금은 동료 교수이지만 권영민을 '스승'이라고 표현한 방민호는 일찍이 「권영민론 : 한국현대문학 연구의 체계화와 첨단화」라는 글을 통해 스승의 학문적 업적을 고평한 바 있다. 그러니 존경하는 스승의 말씀에 기꺼이 마음이 움직였을 것이다. 존경하는 스승의 부탁에 응해 쓴 작가론, 그것도 그 스승이 주간으로 있으면서 심사위원으로 참가한 상의 대상 작품을 평론할 때 과연 그 글은 다른 어떤 글보다 몇 배의 어려움 속에서 쓰여야만 했을 것이다.

개인사적 불행이 그녀를 고통스런 운명애자로 만든다. 그러나 그녀가 소설 속에서 말했듯이 한 인간이 성장해가는 것 역시 운명일 것이다. 고뇌하는 인간은 운명적으로 성장해갈 수밖에 없을 것이다. 그녀가 가는 길목에 유리 파편들이 있어 그녀의 맨발에 피가 흐를지언정 그녀는 '나'와 세계를 잇는 다리 만들기를 멈추지 않을 것이다.

방민호가 수상작을 호평하는 근거는 이 작품이 타자와의 열린 만남 속에서 글쓰기에 대한 근본적인 사유로 나아가 드디어 작가의 불행한 운명을 온전히 긍정하게 된다는 그 '성장'의 의미에 있다. 과연 공지영은 자전적인 이 소설에서 다음과 같이 말하고 있는 것이다.

이상하게 운명에 대한 대결 같은 거. 그것은 맞서는 대결이 아니라 한번 껴안아보려는 그런 대결이었는데, 말하자면 풍랑을 당한 배가 그 풍랑을 이기고 가는 유일한 방법은 그 풍랑을 타고 넘어가는 것 같은 그런 종류의 대결……내게 이것을 가르쳐준 것은 글이었는데 글은 모든 사람의 가슴에서 넘치다가 엎질러져 나오는 것이고 그렇게 엎질러져 나온 글들은 상처처럼 빨간 속살에서 터져나온 석류 알처럼 우리를 기르고 구원하니까요.(「맨발로 글목을 돌다」)

하지만 이건 말 그대로 작품 안에서 직접적으로 드러나 있는 표면적인 인물의 자의식에 불과하다. 소설의 '나'는 남편의 폭력과 힘든 결혼 생활로 몇 차례나 이혼의 아픔을 겪어야 했던 기구한 삶의 주인공이다. 소설은 자기와 같은 기구한 운명의 타자들을 병치한다. 스물세 살의 평범한 법대생이었다가 어느 날 갑자기 납북되었던 번역가 H, 일본군에게 성노예로 끌려가 꽃다운 청춘의 시간을 모두 빼앗긴 위안부 할머니들, 선교의 사역을 펼치려다 탈레반에게 납치당한 한국의 젊은이들. 소설에는 이 밖에도 프리모 레비, 빅토르 프랭클, 조셉 콘래드, 오스카 와일드, 토마스 만 등 숱한 이름들이 등장한다. 하지만 이 모든 타자들은 '나'를 성장하게 만드는 계몽의 매개자들일 뿐이다. 그들은 결코 그들의 기구한 운명처럼 고유한 삶 그대로 온전하게 표현되지 못하며 오로지 '나'를 위해서만 현상된다. 그러므로 이 소설은 타자와의 건강한 만남 속에서 성장하는 '나'의 모습이 아니라, 자기 아픔의 과장 속에서 타자들의 고통으로부터 위로받고 자기의 운명을 깨닫게 되는 유아주의적인 '나'를 드러낸다. 그러니까 '나'의 그 성장이란 타자들을 자기화하는 나르시시즘의 한 표현인 것이다. 문학 외적인 이유들로 호평 받았던 『우리들의 행복한 시간』이나 『도가니』 같은 공지영의 작품들 역시 같은 맥락의 문제를 고스란히 반복하고 있다. 사형수나 성폭력의 피해자와 같은 타자의 문학적 재현은 윤리적 난제를 제기한다. 타인의 상처가 자극적으로 사건화될 때 그 서사는 타인의 아픔을 통속적으로 소비하게 될지도 모른다.

방민호는 공지영 소설의 그런 통속성을 부인하지 않으면서도 이렇게 옹호한다. "나는 공지영 씨뿐만 아니라 신경숙 씨나 은희경 씨 문학도 통속적이라는 점에서 공통적인 면이 있고, 소설이란 본래 이 속됨에서 멀리 벗어나지 않은 것이며, 중요한 것은 그럼에도 불구하고 어떤 새로운 생각을 시도하느냐에 있는 것이라고 생각했다." 비속한 세계의 실상을 표현하려는 리얼리즘의 기투와 상투적이고 감상적인 속된 재현, 다시 말해 소설의 통속성은 구별되어야 한다. 방민호는 왜 굳이 이 둘을 혼동하면서까지 공지영의 통속성을 옹호해야만 했을까. 정실과 연고의 끈덕진 관계가 비루한 동맹을 공공이 하는 사례가 어디 이뿐이겠는가. "실로 가족(familia)은 자아(ego)의 연장으로서 타자(the unfamiliar)를 배제하는 기본 단위다." (김영민, 『봄날은 간다』)

모든 글쓰기가 그렇듯 비평 역시 자기로부터 망명할 때라야만 타자의 문제에 깊은 우정으로 개입할 수가 있다. 그러나 우리는 이해타산의 관계로 얽힌 이 세속에서 어떻게 자기로부터 망명할 수 있을까. 김수영 문학상 심사에 남긴 김현의 평을 오래도록 곱씹어보게 된다. "한 심사위원의 말 그대로 문학상의 심사란, 문학이 세속과 관계를 맺는 가장 힘든 행위가 아닌가 생각한다. 자기가 쓰는 글과 달리, 심사에는 타협과 양보가 있게 마련이고, 그것은 마음 깊숙한 곳에 조그만 앙금을 남긴다. 그러나 때로 그 앙금의 무게는 천금의 무게에 값한다." 나는 그

앙금의 무게를 느끼는 예민함이 바로 세속의 비평이 가져야 할
윤리라고 믿는다.

현재는 이상한 짐승이다

초판 1쇄 발행 2014년 12월 31일

지은이 전성욱
펴낸이 강수걸
편집장 권경옥
편집 손수경 양아름 문호영
디자인 권문경 박지민
펴낸곳 산지니
등록 2005년 2월 7일 제14-49호
주소 부산광역시 연제구 법원남로 15번길 26 위너스빌딩 203호
전화 051-504-7070 | 팩스 051-507-7543
홈페이지 www.sanzinibook.com
전자우편 sanzini@sanzinibook.com
블로그 http://sanzinibook.tistory.com

ISBN 978-89-6545-279-9 03810

*책값은 뒤표지에 있습니다.
*이 도서의 국립중앙도서관 출판예정도서목록(CIP)은 서지정보유통지원시스템
홈페이지(http://seoji.nl.go.kr)와 국가자료공동목록시스템(http://www.nl.go.kr/
kolisnet)에서 이용하실 수 있습니다.(CIP 제어번호: CIP 2014037081)